한국 현대소설의 서사형식과 미학

한국 현대소설의 서사형식과 미학

김 종 욱

도서출판 역락

세 번째 책을 묶는다. 평론집이었던 『소설 그 기억의 풍경』을 제외한다면 『한국 소설의 시간과 공간』을 출간한 지 5년 만에 두 번째 연구서를 묶는 셈이다. 사실 첫 번째 연구서는 1998년에 제출했던 학위논문을 보완하여 출간한 것이다. 학위논문을 기획할 때 가졌던 문제의식이 여러 가지 사정으로 구체화되지 못한 것을 아쉬워하던 차에 IMF 지배 하의 강파른 2년 여 동안 몇 편의 논문을 '겨우' 발표하여 『한국 소설의 시간과 공간』이라는 거창한 제목으로 묶었던 것이다. 돌이켜보면 한국의 근대소설, 특히 장편소설의 변화와 발전을 시간과 공간의 개념을 통해서 체계화시키고자 했던 무모함이 부끄럽기도 하지만, 다른 한편으로 그때의 학문적인 야심과 용기가 부럽기조차 하다.

첫 번째 연구서와 비교해볼 때 이 책은 조금 난삽하게 느껴지기도 한다. 이 책에 수록된 글들은 1990년대 초반부터 2005년까지 십 수년 동안 여러 학회지들을 통해서 발표되었다. 그래서 발표순서대로 배열하고 보니 나의 변화가 손에 잡힐 듯이 선명하게 드러난다. 사회학적 상상력에 깊이 침윤되어 있던 연구방법은 미하일 바흐찐, 미셀 푸코, 에드워드 사이드, 안토니오 그람시 등과 만나면서 조금씩, 그러나 근본적으로 다른 지점으로 옮겨왔던 것이다. 그럴 수밖에 없는 것이 그 오랜 세월 동안 세상은 몇 차례나 크게 흔들렸고, 나의 삶 역시 그만큼, 혹은 그보다 많이 변화한 까닭이다. 그래서 책의 모양새를 만들어가는 내내 나의 과거를 되돌아볼 수밖에 없었고, 나의 미래를 떠올릴 수밖에 없었다.

하지만, 나는 텍스트의 역사에 따라 논문들을 배열하기로 결정했다. 문학 연구의 대상이 인간인가 혹은 텍스트인가의 질문 앞에서 나는 항상 후자를 선택해 왔다. 인문학을 한다는 것은 텍스트 창조자로서의 인간에 대한 연구가 아니라 텍스트에 구현된 인간에 대한 연구라고 믿는다. 한 편의 텍스트 속에는 창조자의 정신세계뿐만 아니라 그가 살았던 역사의 시대정신을 포함하고 있기 때문이다. 작가론보다 작품론을 선호하는 개인적인 취향도 이와 관련이 깊다. 그것은 내가 사회학적 상상력에 물들어있을 때부터 지금까지 견지하고 있는 문제의식일 것이다. 사회와 역사, 혹은 실재하는 인간에 대한 해묵은 불신이 삶을 고통스럽게 만드는 것도 사실이지만, 세상의 질서에서 조금이나마 벗어나고 조금이나마 뒤떨어져서 냉정하게 바라보고 싶은 방외자로서의 기질만큼은 천형처럼 여전하다.

이 책에 수록된 각 논문들은 독립적으로 존재한다. 처음 학문의 길에 접어들 때부터 지금까지 15년 여 동안 써왔던 연구논문들을 한 자리에 묶어놓고 보니, 일관된 논점을 찾아보기도 어려울뿐더러 서술태도라든가 연구방법 등에서 많은 편차들이 도드라진다. 하지만,

하나의 텍스트가 다른 작품들과의 상호텍스트성 속에서 존재하듯이 각각의 논문도 여러 가지 방식으로 다른 논문들과 연관되어 있다. 예컨대, 이 책에는 염상섭의 「삼대」, 「취우」, 「미망인」 연작 등에 대한 연구논문이 실려 있다. 첫 번째 연구서인 『한국 소설의 시간과 공간』에도 「만세전」과 「삼대」에 대한 부분이 있다. 각각의 논문은 발표 당시의 문제의식을 반영하고 있어서 각기 다른 연구방법을 채택하고 있는 것이 사실이다. 그와 같은 차이 때문에 혹자는 방법론적 일관성이 결여되어 있다고 말할 지도 모르겠다. 하지만, 하나의 텍스트 속에는 작가의 동일성과 차이가 숨겨져 있고, 그것이 해석자로서의 나와 만나는 지점이라고 생각한다. 염상섭은 나의 변화를 견딜 만한 다양하고 깊이 있는 인간 세계를 창조해낸 '위대한' 작가인 셈이다. 이광수의 「무정」과 「개척자」, 박태원의 「소설가 구보씨의 일일」과 「천변풍경」과 「군상」, 황순원의 「카인의 후예」와 「나무들 비탈에 서다」도 이와 다르지 않다.

또 하나. 이기영의 「고향」과 같은 경우에는 학위논문 이후 '다시' 씌어졌다. 그렇지만, 다시 씌어졌다고 해서 앞서 발표되었던 글이 잘못되었다거나 무용하리라고 생각하지는 않는다. 오히려 새로운 관점에서 읽힐 수 있을 만큼 「고향」이 뛰어난 작품임을 반증할 뿐이다. 문학 연구는 그렇게 하나의 텍스트 위에 수많은 해석의 가능성을 적층시키는 과정이 아닐까. 호기심 많은 독자들은 두 논문 사이의 편차에 관심을 가지기도 하겠지만, 두 논문은 완전히 다른 사람에 의해서 씌어진 논문으로 받아들여졌으면 좋겠다는 바램을 가져본다. 중요한 것은 내가 바라보았던 문학사의 한 고리가 변화함으로써 나머지 부분들의 체계도 근본적으로 변화한다는 사실이다. 이전에 보지 못했거나 무시해버렸던 빈틈들이 흔들리는 체계 속에서 새롭게 모습을 드러낸다. 이무영의 「농민」 연작은 그렇게 발견된 것이다. 그래서 두 논문은 다르지만 동일할 수도 있다.

안수길의 「북간도」나 허준의 「잔등」에 대한 논의 역시 그렇게 흔들리는 문학사의 한 부분을 '식민의 기억' 혹은 '만주 공간의 재발견'이라는 테마로 가까스로 붙잡았던 듯하다. 탈식민주의라는 관점이 원론적인 차원에서만 방법론적 잣대로 사용되었던 학위논문과는 달리, 혼성성·민족주의·탈식민적 주체 등에 대해 구체적으로 고민하면서 안수길과 허준을 만날 수 있었다. 나는 그들의 텍스트 속에서 말한 것들보다는 말하지 않았던 것들, 드러난 것이 아니라 숨겨진 것들, 기억하고 있는 것 대신에 망각된, 아니 망각하고 있는 것을 찾고자 노력했다. 어찌 보면 그것은 모두 나에 의해서 재구성된 것에 지나지 않을지도 모른다. 하지만, 그것이 조금이나마 객관성을 지닐 수 있다면, 지금까지 보지 못했던 아주 사소한 흔적들을 발견할 수 있었기 때문이라고 믿는다. 나는 자그마한 틈새로 다른 세계를 엿보는 관음증 환자이고 싶다.

　이 책이 출간되는 과정에서 많은 도움을 주신 여러분들께 마음속 깊이 감사드린다. 학문의 길에 처음 접어들면서부터 곁에서 따뜻한 질책을 아끼지 않으셨던 모교의 여러 선생님들이 가장 먼저 떠오른다. 학문적으로 가장 왕성하게 활동하시던 20여 년 전에 그분들을 만나뵐 수 있었던 것은 나의 커다란 행운이었다. 특히, 바닷가 촌놈의 상상력을 지금처럼 이끌어주신 권영민 선생님의 가르침은 논문 구석구석에 배어 있다. 이와 함께 어려울 때마다 따뜻한 위로의 말을 건네주었던 선배, 동료, 후배들 모두에게 너무 많은 빚을 지고 있음에도 그분들의 이름을 모두 언급하지 못한 죄스러움을 감출 수가 없다. 그들이 없었다면 나는 지금쯤 다른 공간에서 헤매고 있을 지도 모르겠다. 더불어 이 책이 내 삶의 소중한 동반자에게도 조그마한 기쁨과 행운을 가져다 줄 수 있기를 기원한다. 마지막으로 어려운 여건에도 불구하고 흔쾌히 출판을 허락해주신 역락출판사의 이대현 사장님과 미진한 글을 어엿한 책으로 만들어주신 편집부원 여러분께 감사드린다.

2005년 여름 다산관에서

김 종 욱

차 례

개화기 소설과 혈연적 순수성의 의미

이해조의 「홍도화」

1. 신소설과 이해조의 위치

이해조(1869~1927)는 처녀작 「잠상태」(1906~1907)부터 「강명화 실기」(1925)에 이르기까지 약 20여 년 동안 40편 남짓한 작품을 발표한 최대의 신소설 작가이다.[1] 그가 많은 작품을 창작함으로써 '신소설'을 하나의 장르로서 문학적·대중적으로 인정받는데 중요한 역할을 담당했다는 사실은 모든 연구자들로부터 인정받고 있다. 그는 신소설의 개척자인 이인직의 작품들이 정론성에 사로잡혀 대중적 기반을 지니지 못했던 상황에서 탈피하여, 신소설을 대중에게 알리고 대중적 사랑을 받도록 함으로써 근대 서사문학의 주류로 정착시켰던 것이다.[2]

---

[1] 이해조가 발표한 전체 작품에 대해서는 약간의 이견이 있다. 예컨대, 이용남(「이해조 문학 연구」, 서울대 석사논문, 1982)은 총 41편의 작품을 이해조의 창작 목록 속에 포함시키고 있지만, 최원식(「이해조 문학 연구」, 『한국근대소설사론』, 창작과비평사, 1986)은 36편으로 한정짓고 있다. 그 역시 「옥호기연」(1912)이나 「우중기연」(1913)이 이해조의 작품일 가능성을 배제하지는 않고 있으나, 그것이 주변적인 정황적 증거에 지나지 않는다는 사실에 주목하고 있는 것이다.

[2] "이인직과 최찬식의 중간을 걷는 작가가 이인직에 의하여 개척되고 최찬식에 의하여 대중화된 신소설의 기초를 확립하는데 바친 공헌은 막대한 바가 있다"(임

본고가 연구대상으로 삼고 있는 소설 「홍도화」는 「고목화」(1908), 「빈상설」(1908), 「자유종」(1910) 등과 함께 이해조의 대표적인 신소설 중의 하나이다. 이 작품은 1908년 유일서관(唯一書館)에서 상편이 발행되었고, 이어 1910년 같은 출판사에서 하편이 간행되었다. 그런데, 1910년 5월 10일 남궁준(南宮濬) 이름으로 동양서원(東洋書院)에서 「홍도화」 하편이 초판 발행되었고, 이어 1911년 10월 20일 재판이 발행되었다. 이러한 상황 때문에 「홍도화」의 작자가 불분명하다고 말하는 이도 있지만, 「홍도화」를 이해조의 작품으로 간주하는 것이 일반적이다. 방각본 고소설을 출간하다가 점차 연활자를 도입한 신식 기계로 새로운 출판물을 보급하기 시작하던 당시의 혼란스러운 출판계 상황 속에서 집필자와 교열자, 발행자의 역할은 분명하게 구분되지 않았기 때문이다. 실제로 동양서원에서 발간되었던 김교제의 작품에서도 발행인 민준호의 이름이 발견된다는 점을 염두에 둔다면, 「홍도화」를 이해조의 작품으로 보는 것이 큰 무리는 없으리라 여겨진다. 그렇다면 이 작품은 1910년 국권 상실을 전후한 작가 이해조의 변모를 엿볼 수 있게 하는 중요한 작품이라고 할 수 있을 것이다.

일찍이 임화는 이해조가 이인직의 계몽성과 정론성을 이어받으면서도 그것을 다른 방향으로 이끌고 있음을 지적한 바 있다. 즉 「구마검」과 「자유종」이 "이해조의 정론적·계몽적 문학을 대표하는 문학"[3]이라는 사실을 지적하면서 이인직의 소설에서 발견할 수 없는 산문성에 주목한 바 있다. 임화에게 있어서 이러한 산문정신의 출현은 이인직의 도식적 계몽주의를 극복할 수 있는 유력한 가능성이기도 했다. 다음의 진술은 이해조의 문학에 대한 임화의 평가를 잘 보여주고 있다.

화, 「개설 조선신문학사」, 《조선일보》, 1940. 4. 27)
3) 임화, 「개설 조선신문학사」, 《인문평론》 14, 1940. 12.

　　이러한 시정 위에 반영된 시대성은 그의 다른 소설에도 왕왕 발견할 수 있는 것으로(……) 시정생활의 반영이야말로 새로운 소설의 근본성격의 하나가 될 산문정신이었다. 만일 이해조가 이러한 길에 대하여 자각을 갖고, 좀더 큰 재능을 발휘할 수 있었다면 그는 단지 이인직의 후계자로서만 아니라, 신소설을 일보 앞으로 발전시킨 작가로서 막대한 공적을 남길 수 있었을지도 모른다. 왜 그러냐 하면 이인직의 소설 가운데 가장 부족한 점이 이 산문성이었고, 산문성을 증장시킨다는 것은 또한 신소설을 일층 가까웁게 현대소설로 발전시키는 직접의 계기였기 때문이다.[4]

　그런데, 이해조의 소설에서 발견할 수 있는 이러한 현대적 가능성은 더 이상 발전하지 못하고 만다. 이해조의 소설은 1910년 국권 상실을 계기로 두 가지 방향으로 분화되고 말았던 것이다. 그래서 이해조의 소설에서는 "구시대적인 제재를 취급할 때엔 구소설 양식에의 복귀가 지배적이요, 보다 현대적인 제재를 취급할 때면 또한 보다 신파적인, 보다 현대 통속소설적인 또는 탐정소설적인 경향이 명백화"[5]된다.

　해방 이후 이해조에 대한 연구는 전광용,[6] 이명자[7]의 연구를 통해서 실증적인 기초를 닦게 된다. 특히 이명자는 이해조의 아들인 이갑주와의 면담을 통하여 작가의 가계를 밝히는 한편, 작가의 다양한 면모를 알려주었다. 송민호는 「개화기 소설의 사적 연구」[8]에서 이해조의 소설이 한편으로는 계모형 가정소설의 구조로 이루어져 있고, 해피엔딩으로 처리되어 있다는 점에서 구소설의 영향을 완전히 벗어나지 못하고 있는 반면, 다른 한편으로는 조혼의 부당성과 개가의 자유를 통해 자유 연애라는 개화기의 새로운 결혼관을 반영하고 미신 타

---

4) 임화, 같은 글, ≪인문평론≫ 15, 1941. 2, 101~102면.
5) 임화, 같은 글, ≪인문평론≫ 16, 1941. 4, 34면.
6) 전광용, 『한국문화사대계 Ⅴ : 언어문학사』, 고려대 민족문화연구소, 1967.
7) 이명자, 「새로 밝혀낸 이해조의 얼굴과 생애」, ≪문학사상≫ 92, 1980. 7.
8) 송민호, 『개화기 소설의 사적 연구』, 일지사, 1975.

파 사상을 강하게 드러낸다는 점에서 신소설적인 요소를 지니고 있다고 지적한다. 이러한 과도기적 성격을 보여주는 작품으로「홍도화」가 손꼽힌다.

이해조에 대한 작가적 관심에서 진일보하여 작품 자체의 구조를 밝히려는 노력은 이용남에 의해서 심화된다. 그는 작가의 생애를 구체적으로 밝히고 작품목록을 체계화시키는 한편, 여성 주인공의 자아 각성 과정에 주목하여「홍도화」를 분석한 바 있다. 그 결과「홍도화」상편은 "조혼의 부당함, 새로운 애정과 개가의 당위성 등 새롭게 진일보한 결혼관을 역설함으로써 여성들에게 자아에 대한 각성을 하도록 시사한 작품"9)이라는 결론을 도출해낸다. 최원식은「이해조 문학 연구」에서 리얼리즘의 확립이라는 목표 아래 이인직의 문학의 계몽성과 구별되는 이해조의 산문성을 강조한다.「홍도화」는 의식적으로 현재와 과거를 세심하게 교직함으로써 시간을 존재의 근본조건으로 인식했다는 점, 그리고 남녀 주인공의 능동성을 통해 권위주의에서 해방된 새로운 인간형의 출현을 선언했다는 점에서 "리얼리즘에 한발 다가섰"으며, 여주인공 태희 역시 "한 시대의 전형으로서 모자람이 없다"10)라고 높이 평가하고 있는 것이다.

이용남, 최원식 등의 연구를 통해 이해조의 문학에 대한 연구는 본격적인 궤도에 올라선 느낌이다. 그런데, 한 가지 만족스럽지 못한 것은 이해조의 작품 세계 전반에 대한 관심에도 불구하고 작가적 변모의 결절점이라고 할 수 있는 시기, 곧 1910년 국권 상실기의 문학 활동을 보여주고 있는「홍도화」에 대한 관심이 크지 않다는 사실이다. 더구나「홍도화」에 대한 연구들이 대부분 상편만을 대상으로 하고 있다는 점 역시 아쉬운 점이다. 물론 하편에 대한 언급이 없는 것은 아니지만, 줄거리 소개와 주제 의식의 추출에 멈춘 듯한 인상을

---

9) 이용남, 앞의 글, 75면.
10) 최원식, 앞의 글, 81면.

풍긴다.

본고에서는 「홍도화」 상편과 하편을 함께 고려함으로써 작품 자체의 의미를 재구성하고 문학사적 의미를 살펴보고자 한다. 시집간 지 몇 달 만에 청상과부가 된 태희가 총각 심상호와 재혼하는 과정을 그린 상편과, 재가 후 고부 간의 갈등을 중심으로 태희의 고난을 그린 하편은 여러 면에서 뚜렷하게 대비되고 있기 때문이다. 이러한 상편과 하편 사이의 차이는 개화기의 애국계몽운동에 적극적으로 참여하였던 작가의 개인적인 경험과 관련된 것처럼 보인다. 상편은 이해조가 기호흥학회[11)]에서 열성적으로 활동하던 1908년에 발표되었던 반면, 하편은 국권이 상실되기 직전이었던 1910년에 발표되었던 것이다. 따라서 상편과 하편을 함께 고찰함으로써 우리는 이해조의 의식적 변모를 추적해볼 수 있으리라 기대한다. 「홍도화」 하편은 임화가 지적하고 있듯이 구소설적 양식이라고 할 수 있는 가정소설로의 복귀를 보여주는 작품으로, 국권상실기의 작가적 변모를 엿볼 수 있게 해주는 유력한 단서인 것이다.

2. 근대성의 관념적 선취 : 「홍도화」 상편

「홍도화」 상편은 잘 짜여진 소설이다. 신소설에서 흔히 볼 수 있는 계몽주의적 교설의 차원을 넘어서 한 편의 완성된 허구적 구조물로서의 서사의 본령에 충실한 작품인 것이다. 작품의 서사적 완성도를

---

11) 이해조는 1908년 1월에 창립된 기호흥학회에서 적극적인 활동을 한 바 있다. 1908년 12월 학회 평의원에 선출되고 이어 ≪기호흥학회월보≫(1908. 5~1909. 7)의 편집인으로 활동하면서 「윤리학」을 연재하기도 하였다. 그리고 1909년 4월에는 이 학회가 창건한 기호학교의 교감으로 취임해 활동하기도 하였다.

높여주는 가장 기본적인 요건 중의 하나는 서술되는 시간의 문제와 관련된다. 먼저 이 작품에서 눈에 띄는 것은 연대기적 시간 구조에서 벗어나고 있다는 점이다. 전대소설이 주인공의 탄생에서부터 죽음에 이르기까지의 일대기적 시간을 순차적이고 나열적인 방식으로 구성하고 있음에 비해 이 작품은 시간의 흐름에 역행하거나 사건 및 장면이 교차하는 서술적 역전의 방법[12]을 채택하고 있는 것이다. 사건의 진행 과정에서 서술자의 특권을 이용하여 회상, 판단 등을 개입시킴으로써 현재 속에 과거를 삽입하는 역전적 서술구조를 보여주는 것이다.[13]

「홍도화」 상편에서 서술되는 시간의 층은 매우 복잡하게 얽혀 있다. 시간은 주인공 태희의 회상을 따라 과거로 거슬러 올라가기도 하고, 복선을 통해서 미래로 연결되기도 한다. 작품의 첫 장면은 「홍도화」가 다른 신소설보다 훨씬 복잡한 시간적 구조로 축조되어 있음을 잘 보여준다. 이 장면에서는 빨래터에서 바람에 떨어진 홍도화를 보며 울고 있는 청상과부 태희와 그녀를 바라보는 한 소년이 등장한다.

> 그 곁에 삽살개 한 마리가 사람의 말을 알아듣는 듯이 물끄러미 부인의 얼굴만 치어다보고 앉았더니, 깜짝 놀라며 벌떡 일어나 바위 모퉁이로 왈칵 돌아가며 산골이 드르렁드르렁 울리게 컹컹 짖으니, 부인이 괴이쩍게 여겨서 혼잣말로,

---

12) 이재선, 『한국 개화기 소설 연구』, 일조각, 1972, 156~160면.
13) "이해조 소설의 시간 서술 구조를 보면 전체적으로 순차적인 사건 진행을 보이면서도 부분적으로 역차적 진행 구조를 삽입하는 방식을 취하고 있다. 특히 역차적 진행구조를 도입한 것은 우선 독자의 호기심과 흥미를 유발하는 사건 서술을 먼저 한 다음, 그 사건이 일어나게 된 배경이나 등장인물의 심리적 동기를 나중에 설명하기 위한 것이다. 그리하여 주어진 사건의 진행에 대한 서술자의 합리적 설명이 가능하게 되는 것이다. 처음에는 우연히 일어난 것처럼 보이는 사건도 나중에 작가 개입을 통해 시간관계를 합리적으로 설명함으로써 개연성을 높이는 효과를 내는 것이다."(박영정, 『한국 근대소설의 정착과정 연구』, 도서출판 박이정, 1999, 96면.)

> "그 개가 무엇을 보고 별안간에 짖을까? 이 산골에 올 사람도 없
> 는데. 이 개, 이 개."
> 하며 힐끗 눈결에 보니, 어떠한 머리 깎고 의복 선명히 입은 소년남
> 자가 우산을 둘둘 말아 거꾸로 지팡이 삼아 짚고, 석벽 사이 높고 낮
> 은 길로 찬찬히 돌아오며, 산허리에 넘어가는 해가 수면에 바로 비
> 치어 홍공단 비단결에 금사를 뿌린 듯, 한가운데 무수한 고기떼가
> 활발히 노는 것을 정신없이 구경타가, 개소리를 듣고 주춤 멈춰 서
> 서 유심히 보는지라.[14]

(상, 4면)

소설의 첫 대목에서 등장했던 이름 모를 소년은 태희가 친정 어미
니가 위독하다는 전갈을 받고 급히 서울로 올라오다가 의정부 주막
에 잠시 머무를 때에 다시 등장한다. 하지만 여전히 소년의 정체는
밝혀지지 않는다. 그런데, 태희가 서울에 들어오려다가 괴한들에게
납치당하는 사건이 발생하자 소년은 납치범의 누명을 쓰고 잡혀온다.
결국 김참서[15]의 도움으로 오해를 벗으면서 소년이 바로 심협판[16]의
아들 심상호임이 밝혀진다.

여기에서 작가는 심상호의 과거 내력을 직접 서술함으로써 소설의
첫 장면과 연결시킨다. 심상호는 학교 가는 길에 만나던 한 여인에
대한 연모의 정을 잊지 못하고 결혼을 미루다가 영평 경치를 구경하
러 갔던 길에 우연히 태희를 빨래터에서 보게 되었던 것이다. 이 때
태희가 과부가 된 것을 알게 된 심상호는 평소 알고 지내던 김참서
에게 중매를 부탁한다. 그리고 김참서의 도움으로 결혼 승낙을 받은
후 결혼 준비 차 양주 당숙에게 다녀오던 길에 우연히 의정부 주막

---

14) 「홍도화」의 텍스트로는 유일서관(1908)과 동양서원(1910)에서 발간된 상·하권
   을 사용하였다. 인용문은 모두 현대적인 표기법에 따라 고쳤으며, 인용 말미에
   권수와 면수를 함께 밝혔다.
15) 참서(參書)·참서관(參書官)은 대한제국 때 궁내부·의정부·중추원·표훈원(表
   勳院) 및 각 부에 소속된 주임관을 말한다.
16) 협판(協辦)은 대한제국 때, 궁내부와 의정부의 둘째 벼슬(지금의 차관)을 말한다.

에서 다시 태희를 만났던 것이다.

이러한 소설적 복선의 효과를 더욱 극대화시키는 것은 작품의 중간에 삽입되고 있는 태희와 심상호의 과거 내력이다. 작품의 첫머리에서 작가는 태희가 영평으로 시집온 내력을 말하는 가운데 그녀가 학교 가는 길에 만났던 남학도를 언급한다. 태희의 과거 속에 숨어 있던 이 에피소드는 보쌈 사건으로 누명을 쓴 태희가 죽음을 결심하고 식음을 전폐하다가 다시 삶의 의지를 회복하는 과정에서 등장한다. 그리고 의정부 주막에서 누명을 쓰고 잡혀온 심상호의 내력에서 다시 등장한다. 이처럼 작품의 주인공인 심상호와 이태희가 공유하고 있는 경험을 적절하게 반복 삽입함으로 두 사람의 만남을 개연성 있게 형상화하고 있는 것이다.

작품의 말미에 이르러서 산재해 있던 여러 에피소드들을 하나의 완결된 구조 속에 자리잡게 하는 구성방법은 당대의 소설과 비교해 봤을 때 매우 뛰어난 것이라고 할 수 있다. 특히 소년을 미지의 존재로 남겨둠으로써 독자들의 궁금증을 자아내는 수법은 기법적인 차원이나 기능적인 차원에서 매우 효과적이다. 물론 심상호와 태희의 만남이 우연적인 것이라고 하더라도 이러한 시간의 입체적 구성은 충분히 의미있는 소설적 진전이라고 할 수 있다. 현재와 과거를 세심하게 교차시키는 서술 태도는 "시간을 존재의 근본조건으로 인식하는 리얼리즘에 한 발 다가섰다"[17)고 인정받을 만큼, 서사성에 대한 작가의 인식이 진전되고 있음을 보여주는 것이다. 사건을 적절히 배치함으로써 서사적 템포를 조절하여 독자의 흥미를 유발하는 방법을 작가는 알고 있었던 것이다.

작가 이해조는 이처럼 심상호와 이태희의 결합 과정을 통해 독자의 흥미를 유도하는 한편, 자신의 계몽주의적 목표를 추구한다. 「홍

---

17) 최원식, 앞의 글, 83면.

도화」상편에서 소설적 갈등을 형성하는 것은 과부의 재가(再嫁) 문제
이다. 과부의 재가 문제가 조혼(早婚), 축첩(蓄妾) 등과 함께 타파되어야
할 대표적인 가족제도로 규정되었음은 주지의 사실이다. 신소설의
효시로 인정받는 이인직의 「혈의 루」에서도 이미 재가 문제는 비판
적으로 언급된 바 있으며, 이후에도 여러 신문 논설과 소설들을 통해
서 지속적으로 담론화된 바 있다. 개화지식인들은 전대의 가족제도
를 야만적이고 전근대적인 악습으로 규정함으로써 근대로의 이행의
정당성을 확인하고자 했던 것이다.

고려시대까지 당연한 것으로 여겨지던 과부의 재가가 사회적으로
금지된 것은 조선시대의 일로 알려져 있다. 성종은 1477년 7월 중신
회의에서 한 번 시집가면 종신 불개(不改)해야 하며, 개가녀의 자식은
벼슬을 시키지 않는다는 결정을 내렸고, 1485년『경국대전』을 반포하
면서 공식화·법제화시켰던 것이다. 그런데, 조선 말기의 혼란된 상
황 아래에서 과부 재가 문제는 사회적 이슈로 등장하였고, 1894년 갑
오개혁에서 공식적으로 과부의 재가가 허용되기에 이른다. 그럼에도
불구하고 양반 가문에서는 재산을 승계할 상속자의 혈통적 순수성을
유지하기 위한 목적 아래 여전히 사회적·제도적으로 과부의 재가를
허용하지 않았고, 일반 서민층에서만 암묵적인 형태로 과부의 재가
가 이루어지고 있었을 따름이다.[18]

이해조가 「홍도화」 상편을 통해서 그리고 있는 조혼과 사별, 그리
고 재가의 과정은 개화지식인들이 지니고 있었던 전통적 가족제도에
대한 비판적 의식을 잘 보여주고 있다. 주인공 태희는 아버지 이직
각[19]의 결정에 따라 홍남식과 결혼한다. 이직각은 "본래 행세도 유명

---

18) 여기에 대해서는 전미경, 「개화기 가족 윤리의식의 변화와 가족 갈등에 관한
    연구」, 동국대 박사논문, 2000. 참조.
19) 직각(直閣) 이란 조선시대에 규장각(奎章閣)에 소속된 정 3품에서 종 6품까지의
    관직을 말한다.

하여 눈치 빠르게 붙임붙임이와 알음알이가 썩 도저하여 어느 세도 재상에게 아니 긴해 본데가 없"(상, 6면)는 인물이다. 하지만, 갑오경장 이후 시세가 변하자 재빨리 개화꾼으로 변신한다. 그의 변신은 외면상의 개화에 해당할 뿐 진정한 개화꾼으로의 변모와는 무관하다. "남과 같이 머리도 깎고 양복도 하여, 이 사회 저 사회로 돌아다니며 국가 독립이니, 인민 자유니, 입으로는 유지자의 흉내를 다 내지만, 심중에는 양반도 그대로 있고, 교만도 그대로 있고, 완고도 그대로 있는 얼개화꾼"(상, 6면)인 것이다. 뿐만 아니라 "무남독녀 십 세 된 딸을 자기 생각에는 글자를 가르치든지 침선을 가르치든지 집구석에 처박아 두고 싶되, 세상이 모두 학교 학교 하는데 만일 남하는 대로 아니하면 사회에 명예나 못 얻을까"(상, 6면)하는 허명심에서 딸을 학교에 보냈던 것이다.

이러한 "얼개화꾼"으로서의 이직각의 면모가 극명하게 드러났던 것은 태희의 결혼 과정이다. 자신의 허명을 좇아 딸을 교육시켰던 이직각은 인물보다는 양반이라는 전통적인 가치관만을 좇아 태희와 홍남식을 결혼시키고자 한다. 그런데, 근대적인 교육의 세례를 받았던 태희는 아버지의 조혼 결정에 반발한다. 그녀가 삶의 목표로 삼고 있는 것은 '현모양처'라는 봉건적인 여성상이 아니라 '라란부인'으로 표상되는 근대적인 여성상이기 때문이다. 하지만, 태희는 아버지로서의 권위를 내세운 이직각에 의해 강제적으로 홍남식과 결혼하고, 얼마 되지 않아 청상과부가 되고 만다. 따라서 태희의 운명은 전근대적 조혼 풍습이 빚어낸 파괴적인 결과라고 할 수 있다.

작가는 이렇듯 봉건적인 관념에 따라 구성된 전통적인 가정을 부정적인 것으로 묘사한다. 전통적인 방식에 의해서 이루어진 가정의 붕괴는 홍남식의 가계를 통해서도 여실히 드러난다. 홍남식의 조부는 "일찍이 대과를 하여 웅주 거목으로 호판·혜당을 차례로 지내어, 가성도 혁혁하려니와 재산도 넉넉하여 남부러울 것 없이 지내"(상, 4

면)던 존재였다. 하지만, 홍남식의 부친 홍생원 대에 내려오면서 가세는 점차 기울어지기 시작한다. 가세 몰락의 원인은 세태의 변화에서 찾을 수도 있겠지만, 근본적인 원인은 "구사상을 버리고 신지식을 넓히어 크게 사회를 붙들고, 작게 자기 집을 유지할"(상, 5면) 생각을 하지 않고 오히려 청고한 체 하면서 영평으로 낙향한 것에서 찾을 수 있다. 그 결과, 홍씨 가문은 "산 밑 오막살이 다 쓰러져 가는 초가집"(상, 4면)으로 표상되는 현실적인 몰락의 과정 속에 놓이게 된다. 홍남식이 조혼 때문에 요절하고 만 것도 가문의 몰락을 보여주는 결정적인 국면이라고 할 것이다.

이러한 홍씨 가문의 몰락 과정은 심씨 일가의 내력과 대비시켜 볼 때, 그 의미가 더욱 분명해진다. 심상호의 아버지 심협판은 "병신년[20] 봄에 국사범이 되야 지도로 귀양을 가서 인해 작고"(상, 46면)한 인물이다. 그는 청고를 가장하고 낙향한 홍생원과는 대조적으로 개인적인 안일이 아니라 국가와 사회의 미래를 위해 투신한 인물이다. 비록 그러한 선택의 결과로 죽음을 맞이하지만, 그의 관심은 아들 심상호에 의해서 더욱 확대된다. 작가는 이처럼 양반계층에 속한 홍씨 가문과 심씨 가문을 대조시키면서 사회적 가치가 개인적 가치보다 우월한 것임을 설파한다. 작가는 홍생원의 낙향을 두고 '청고'를 가장한 행위, 곧 국가를 위해 행동하지 않고 개인적인 안일만을 위해 현실로부터 도피한 것으로 비판하는 것이다. 여기에서 우리는 한 개인의 명예와 욕망을 떠나 국가와 사회의 요구에 걸맞는 행위를 해야 한다는

---

20) 병신년은 1896년을 말한다. 1895년 을미사변(乙未事變)으로 명성황후가 시해되자 신변에 위협을 느낀 고종은 이듬해인 1896년(건양 1) 2월 11일 정동 러시아 공관으로 거처를 옮기고 김홍집·유길준·정병하·조희연·장박 등을 역적으로 규정하여 포살(捕殺) 명령을 내린다. 아관파천 1년 동안 정부 각부에 러시아인 고문과 사관이 초빙되었고, 중앙 군제도 러시아식으로 개편되었으며 재정도 러시아인 재정고문에 의해 농단되었다. 1897년 2월 25일, 고종은 러시아의 영향에서 벗어나라는 내외의 압력에 따라 러시아 공관을 떠나 경운궁(慶運宮 : 덕수궁)으로 환궁하였다.

계몽적 작가의식을 엿볼 수 있는 것이다.

이처럼 태희의 운명은 결혼이라는 구체적인 계기 속에서 신(新)과 구(舊), 개화와 봉건, 전근대성과 근대성, 개인과 사회 사이의 충돌 속에 놓임으로써 소설적 부피를 획득한다. 작가는 태희가 부모의 강요에 의해 조혼을 하고 남편과 사별하는 과정을 통해서 전근대적인 가족제도가 지니는 제도적 억압을 부각시키는 한편, 심상호와의 재가를 통해서 근대적인 자유 결혼의 정당성을 보여주고자 했던 것이다. 결국 「홍도화」 상편은 결혼이라는 제도를 둘러싼 전통적인 방식과 근대적인 방식을 대비시키면서 근대적인 방식의 우월성 내지는 근대로의 이행의 필연성을 강조한 작품이라고 할 것이다. 하지만, 그러한 새로운 출발은 태희의 주체적인 의지에 의해서 성취된 것이라기보다는 작가의 관념에 의해서 선취된 것이라고 판단된다. 태희는 남편이 죽은 후 홀로 살다가 강사공과 사통했다는 누명을 쓰고 자결을 생각하다가 친정 어머니가 보내온 ≪제국신문≫을 읽고 자각된 삶을 살고자 결심하는 장면이나, 심상호의 연설을 통해 문중 사람들이 논리적으로 설복당하는 장면 모두 근대성의 일방적 승리를 허구적으로 축조하고자 했던 작가의 관념적 조급성을 보여주는 좋은 예라 할 것이다.[21]

더욱이 과부의 재가 문제가 한 여성의 삶에 가해진 전통의 폭력이

---

21) 당대의 신문지면에서는 사대부 가문에서의 개가 사례들을 어렵지 않게 발견할 수 있다. 제도국 총제 김윤식은 과거(寡居)하는 외손녀와 상배(喪配)한 시종 이교영과의 혼례를 자청하여 성례하였으며(≪대한매일신보≫, 1908. 7. 8), 전 판서 서상우의 과거하는 23세의 딸이 학부위원 어재승과 결혼하기로 정하였으며(≪대한매일신보≫, 1908. 9. 16), 대한신문사의 충무신은 상처한 이후 25세 된 과부와 결혼하였고(≪대한매일신보≫, 1908. 12. 19), 전 판서 남정철의 과거하는 15세 질녀가 곧 성혼할 예정에 있으며(≪대한민보≫, 1910. 3. 15), 궁내부 시종의 어머니가 개가하였다(≪대한매일신보≫, 1910. 6. 7)는 기사를 볼 수 있는 것이다. (전미경, 「개화기 과부개가담론 분석 : 신문과 신소설을 중심으로」, ≪한국가정관리학회지≫, 2001, 21면에서 재인용) 이러한 신문기사는 당대 지배층에게 있어 과부 재가가 매우 예외적인 사건이었음을 잘 보여준다.

라는 인식에서 출발하였음에도 불구하고 사회적이고 국가적인 의무의 차원에서 이해되고 있음도 주목할 부분이다.[22] 남녀평등의 근대적인 윤리의식에 따라 과부의 개가를 허용해야 한다는 당위성의 이면에서는 이것을 다시 국가, 민족 그리고 사회라는 남성적인 거대담론 아래 포섭하고 있는 것이다. 한 개인으로서의 여성의 삶은 국가와 민족의 미래라는 남성적인 집단 이념 아래에서 여전히 종속적인 위치로 규정되는 것이다. 그것은 개인과 사회를 대비시키고, 개화와 수구의 이분법에서 벗어나지 못했던 개화기 담론의 또 다른 한계를 그대로 보여주는 좋은 예라고 할 수 있을 것이다.

3. 가정소설의 복권 : 「홍도화」 하편

「홍도화」 하편은 상편과는 달리 개화의 이념적 지향성이 퇴색하면서 통속적인 가정소설의 색채를 강하게 띠고 있다. 상편은 전대의 가정소설에서 다루고 있는 처—첩 갈등이나 계모—전처 소생 간의 갈

---

22) 김참서가 이직각에서 과부 재가의 정당성을 설파하면서 다음과 같이 말한 것은 매우 시사적이다. "개가한 자손은 청환1)을 아니 시킨다는 나라 망할 말에 몇 백 년 전국의 화기를 손상하던 그 악한 습관을 타파하여 버리지 못하고, 사정으로 말하면 나의 금옥같이 귀한 자식에 못할 노릇을 하여 움을 자르고 소금을 치러 들며, 또 **공익으로 말하면 청상과부를 억지로 수절케 하여 국가생산에 큰 손해가 되게 한단 말인가?** 하늘이 사람을 내실 때에 음양화육(陰陽化育)의 이치는 똑같이 주셨을 터인데, 무슨 까닭으로 남자는 두 번 세 번 재취·사취를 하여도 아무 흠절이 없다 하며, 여자는 내외의 정의는 있고 말고 한 번 성례만 한 뒤에 과부 곧 되면 정리에 가깝지 아니한 수절을 억지로 시켜 만리전정에 빙설이 가득하게 하면, 그 부모된 마음에 그다지 상쾌하고 좋을 것이 무엇인고? 자, 두말 말고 내 말대로 하루바삐 태희를 데려 올려오게"(강조는 인용자, 상, 43면) 김참서는 과부의 재가 문제 역시 한 인간으로서의 여성의 권익 차원에서 접근하고 있는 것이라기보다는 국가와 민족의 미래라는 차원에서 접근하고 있는 것이다.

등 대신에 한 가정의 형성과정을 그려내고 있다. 이에 따라 작가의 관심은 자연스럽게 봉건적인 가족 관념의 붕괴와 근대적인 가족 질서의 수립으로 집중되었고, 작품의 구조 역시 가부장을 정점으로 한 수직적인 가족관계보다는 부부간의 수평적인 가족관계를 중심으로 구체화되었다. 따라서 가족 내의 다양한 갈등 양상들은 개화−수구라는 '시간적' 차원에서 의미화되었다.

그런데, 한국의 전통 문화 속에서 결혼은 개인과 개인의 결합이 아니라 가족 대 가족 내지는 가문 대 가문의 결합으로 이해된다. 따라서 결혼은 당사자들의 의사에 의해서 결정되기보다는 가족 내지 가문의 연장자, 즉 가부장에 의해서 결정된다. 전통적인 의미에서의 결혼은 새로운 가정의 형성이라는 의미보다는 한 가족 내에 새로운 구성원이 편입된다는 것을 의미했던 것이다. 전대소설에서 결혼이 소설적 결말에 배치되었던 것은 이 때문이다. 남녀 주인공의 파란만장한 혼사 장애가 가부장의 최종적인 승낙과 함께 사라졌음을 의미했던 것이다. 이처럼 전통문화 속에서 결혼은 주인공이 온갖 고난을 극복해 낸 결과물인 동시에 안정된 사회적 기반을 확보했다는 것을 보여주는 사건이다.

그런데, 「홍도화」 상편의 결말은 심상호와 태희의 자유 결혼으로 끝났지만, 그것은 갈등의 해소라기보다는 새로운 갈등의 출발점으로 나타난다. 즉, 「홍도화」 상편이 근대로의 이행을 역사적인 필연으로 받아들이던 개화기의 지식인들에게 있어서 근대성의 관념적 성취라고 할 수 있다면, 그러한 관념이 현실 내지는 전통적인 습속과 만나는 과정이 「홍도화」 하편인 것이다. 태희의 재가가 당대의 지배적인 윤리 관념과 일치하지 않고 있다는 점, 그래서 새로운 결혼이 필연적으로 고난에 처할 수밖에 없다는 점은 심상호가 문중 사람들을 설득하는 과정에서 이미 예견된 사실이었다. 비록 작가의 관념과 의도 아래 이러한 갈등은 일방적으로 해소되는 것처럼 나타났지만 말이다.

「홍도화」 하편에서 태희는 시어머니와 귀신 모시는 일 때문에 불
화하게 된다. 시집온 첫날 다락 속의 귀신 단지를 향해 절을 하라는
시어머니에게 태희는 "이 다락 속에 누가 있길래 절을 하라 하십니
까"(하, 6면)라고 항변한다. 그리고 아기가 잇달아 죽자 호구마마를 건
드려 일어난 재앙이라고 며느리에게 석고대죄를 명하는 시어머니에
게 태희는 "죽사와도 봉승치 못하겠나이다"(하, 9면)라고 저항한다. 그
리고 남편이 진천 군수로 부임하여 시어머니와 함께 내려가자 집안
에 모셔둔 귀신 단지를 불태워버림으로써 시어머니의 노여움을 사
친정으로 쫓겨난다.

> 이씨 부인이 시어머니 집에 있어서는 날마다 몇 번씩 쓸어 내다
> 버리고 싶은 귀신 그릇들을 감히 건드리지를 못하였더니, 시어머니
> 가 고을에 가 있어 보지 아니하는 승시하여 하인을 불러 안마당 가
> 운데 장작불을 피우라 하고, 조리 행담·모접이 등속에 여귀·남
> 귀·산신령·물귀신을 목목이 위해 앉힌 것을 깡그리 집어서 그 불
> 에다 들이뜨리는데, 급기 다락문을 열고 소위 호구 위한 그릇을 마
> 저 들어다 소화를 하려 한즉, 큰 반닫이에 무엇을 그리 집어넣었는
> 지 한편머리도 달싹하는 수 없는지라.
>
> (……)
>
> 이씨 부인이 하릴없이 열쇠를 찾아 그 반닫이를 열고 보니, 대대
> 로 지어 넣은 의복이 그 큰 그릇에 가득하였는지라, 제잡담하고 자
> 기 힘껏 한아름씩 안아다가 불에다 들이뜨리고, 나중에는 빈 반닫이
> 만 남은 것을 간신히 끌어내어 마저 불에다 태워버렸더라.
>
> (하, 11~13면)

이처럼, 주인공 태희는 시어머니의 미신 숭배라는 전근대적 의식
과 맞부딪치면서 첨예한 갈등을 야기한다. 태희와 시어머니의 갈등
은 미신을 숭배하는 전근대적인 의식(수구)과 그것을 타파하고자 하는
근대적 의식(개화)과의 충돌이라고 할 수 있다. 그래서, 친정으로 쫓겨
난 태희는 전통적인 여인들과는 달리 결혼으로 중단되었던 학업을

잇기 위해 다시 여학교에 다닌다. 남편 역시 어머니 몰래 아내를 격려한다.

하지만, 친정 어머니가 죽고 계모 시동집이 들어오면서 태희와 친정 계모 시동집 간의 갈등이 전면에 배치된다. 고부간의 갈등에 이어지는 계모와 전처 소생간의 갈등은 유기적인 연결성을 결여한 채 태희의 고난상만을 부각시킨다. 계모의 영입 → 계모의 전처 자식 음해 → 전처 자식의 축출 → 계모의 흉계 탄로 → 계모의 응징 → 가정의 화목이라는 전대 소설의 일반적인 플롯을 그대로 반복하는 것이다. 「홍도화」 하편은 이처럼 전대의 가정소설23)에서 중심 갈등을 이루고 있는 처—첩 갈등을 대신하여 시어머니—며느리의 갈등을 전면에 부각시키면서 계모—전처 소생의 갈등과 순차적으로 결합시키고 있다. 이제 소설의 기본갈등은 전근대적 의식과 근대적 의식과의 대립과 충돌에서 파생되기보다는 혈연적 순수성이라는 전통적인 가족관념에서 비롯한다.

일반적으로 혈연적인 유대에 바탕을 둔 가정이라는 공간에서는 세대간의 갈등들이 전면적으로 표출되기 어렵다. 특히 전통적인 유교 도덕 아래에서 '효'의 관념을 교육받은 이들에게 부모와의 갈등은 곧 '불효'를 의미하는 것이었기에 잠복되거나 내재화된 형태로 나타날 수밖에 없다. 국가 내에서 군주가 절대적인 위치를 차지하고 있듯이, 가부장적 권위 역시 가정이라는 공간에서 결코 부정되거나 흔들려서는 안되는 것이다. 그런데, 고부간의 갈등이나 계모와의 갈등은 기본적으로 한 가정에 이질적인 존재가 개입함으로써 발생한다. 첩이나 계모, 며느리는 기존의 가족 집단과는 아무런 혈연적 관계를 맺지 않는다는 점에서 필연적으로 다른 가족 구성원들과는 느슨한 관계망 속에 놓인다. 이것은 달리 말하면 언제든지 가족 구성원으로서의 인

---

23) 최시한, 『가정소설 연구』, 민음사, 1993.

정이 철회될 수 있음을 의미한다. 따라서 새롭게 들어온 첩과 계모라는 존재들은 자신들의 위치를 확인 받기 위해서 필연적으로 기존의 관계와 대립하고 갈등할 수밖에 없다. 곧 혈연적 순수성이 깨짐으로써 가정 내에서 새로운 갈등이 파생되는 것이다. 가정소설들은 이러한 혈연적 순수성이 위태롭게 되는 계기를 바탕으로 구성된다. 전대의 가정소설에서 안정된 가족적 질서를 위협하는 존재로서의 첩과 계모의 운명처럼 「홍도화」 하편에서도 계동 시동집은 김참서에 의해서 모든 음모가 폭로되고 마침내 경무청으로 잡혀감으로써 소설적 결말에 도달한다.

　이러한 양상은 선과 악이라는 도덕적 이분법 위에 축조되어 있던 전대의 소설과 크게 다르지 않다.[24] 하지만, 그것을 전대의 가정소설과 동일한 것으로만 바라볼 수만은 없을 듯하다. 가정 소설에서 나타나는 처-첩 갈등이나 계모-전처 소생 간의 갈등은 개화기에 있어서 외래문화와의 접촉을 통해 형성된 민족적 자의식의 문제와 중첩되어 있기 때문이다. 여기에서 주목되는 것은 조선조 가정소설에서는 처-첩 갈등을 다룬 작품과 계모-전처소생과의 갈등을 다른 작품이 거의 동일한 비율을 차지하고 있었음에 비해 개화기 가정소설에서는 후자가 훨씬 높은 비율을 차지하고 있다는 점이다.[25] 그것은 달리 말해 개화를 통해서 외래적인 문물에 접하게 된 개화파 지식인의 모순된 정신상태가 혈연적 순수성에 대한 강박적인 집착으로 나타나고 있을 가능성을 말해주는 것이기도 하다. 제국주의 시대를 살아가는 민족적 정체성의 위기는 혈연적 순수성에 기반을 둔 가정소설의 플롯을 통해 은밀하게 드러나고 있는 것이다. 다만, 개화의식의 고취라

---

24) 조동일 교수는 국가적인 질서를 요구하는 충신과 국가적인 질서를 파괴하는 역신 사이의 대결이 개화를 요구하는 자아와 개화 이전 세계의 대결로 바뀌었다고 지적한 바 있다.(조동일, 『신소설의 문학사적 성격』, 서울대출판부, 1973, 81면)
25) 이원수, 『가정소설의 시대적 변모』, 경남대출판부, 1997, 235면.

는 것을 보다 중요하게 여기고 있는 신소설 작가들의 계몽주의적 이념 때문에 신소설에서 이러한 가정소설의 플롯이 이면에 감추어졌을 뿐이다. 전대 가정소설의 기본 플롯이 개화기에도 여전히 생명력을 유지할 수 있었던 것도 이 때문일 것이다.

요컨대, 「홍도화」 하편에서 작품은 표면적으로는 미신 타파와 개화의 정당성을 내세우고 있지만, 이면적으로는 혈연적 순수성의 위기에 대한 인식을 담고 있는 것처럼 보인다. 이 과정에서 전대의 소설형식으로부터 이어받은 가정소설의 플롯과 새로운 시대에 대응하는 방식으로서의 개화의식의 고취라는 주제의식은 일종의 모순적인 상태에 놓이게 된다. 왜냐하면 개화의식의 고취는 필연적으로 사회적 안정성을 훼손시키는 방향으로 나아갈 수밖에 없기 때문이다. 따라서 작품의 구조를 통해 드러나는 주제와 등장인물의 입을 빌어 주장되는 작가의 의식 사이에 일정한 차이가 나타나게 되고, 필연적으로 작품은 일관된 주제 의식을 구현하지 못하게 되는 것이다.

봉건적 선악 관념과 개화의식이 빚어내는 서사적 위기를 극복하기 위해서 도입된 것이 개화 지식인으로서의 김참서라고 할 수 있다. 태희의 아버지 이직각이 겉으로는 머리를 깎아 개화주의자인 것처럼 보이지만 실상 완고의 사상을 버리지 못하고 있음에 비해 김참서는 이미 외국 유람을 하고 돌아왔으며 정부의 요직에도 앉아 있는 인물이다. 그는 과부의 개가 문제에 대해서도 매우 진보적인 의식을 지니고 있는 개화주의자로서 탁월한 문제 해결 능력을 지니고 있다. 그는 상편에서 전근대적 조혼에 의해 희생된 태희를 구해내 심상호와의 결혼을 주선하는 한편, 하편에서도 시동집의 간계에 따라 죽을 위기에 처한 태희를 극적으로 구하고 시동집의 음모를 밝히는 역할을 담당한다. 이처럼 작품 전체에서 근대적인 사고와 행위 방식을 보여주는 김참서는 실상 작가의 분신이라고 해도 부족함이 없을 듯하다.

김참서의 근대적인 면모는 사회적 제도에 대한 신뢰를 통해서 더욱 뚜렷해진다. 상편의 마무리 부분을 보면 태희가 의정부에서 납치되고 심상호가 납치범으로 몰리면서 소설적 긴장이 극도로 높아진다. 그런데, 작가의 개입에 의해 납치범의 정체가 밝혀지고 김만보가 붙잡혀오자 김참서는 범인을 경무청에 보낸다. 하편도 이와 유사하다. 대구에서 태희를 구한 김참서는 시동집의 음모를 백일하에 드러낸 후 이들을 경무청으로 이첩한다. 이처럼 악인형 인간들을 처벌하는 방식으로 경찰권의 개입이 「홍도화」의 결말 부분에 항상 등장하는 것이다. 이러한 경찰권의 개입은 뱃사공을 사적인 감정으로 치죄하는 홍생원과 대비되면서 근대적인 제도에 대한 작가의 신뢰를 보여준다고 말할 수 있다. 악인을 응징함에 있어서 개인적인 판단보다는 제도적인 판단을 신뢰하는 이같은 근대적인 사고 규범은 김참서가 지향하는 개화의 의미를 분명하게 보여준다. 하지만, 20세기 초반 일본 제국주의의 식민지로 전락해 가고 있는 민족적인 삶에 대한 인식과 맞물리지 못한 상태에서 근대적인 사법 제도에 대한 맹목적인 신뢰는 많은 문제점을 내포한다는 사실은 부인할 수 없는 사실이다.

4. 개화기 가정소설의 의미

이상에서 우리는 「홍도화」 상편과 하편을 함께 고려함으로써 작품 자체의 의미를 재구성하고 문학사적 의미를 살펴보고자 했다.

「홍도화」 상편은 개화기의 애국계몽운동에 적극적으로 참여하였던 작가의 개인적인 경험 아래에서 개화, 내지 계몽의 의지로 충만한 소설이었다. 그런데, 이러한 인식은 필연적으로 전통에 대한 부정으로 나타날 수밖에 없다는 점을 간과해서는 안된다. 당대의 지식인들은 사회진화론이라는 매개를 통해 역사는 전근대 사회에서 근대 사회로 변모한다는 필연성과 함께 근대적인 직선적 시간 의식을 받아들이게 된다. 하지만, 그 결과 자신들의 현재를 구성하고 있는 현실은 근대성에 미달한 결여태들만이 존재하는 장소로 전락한다. 개화계몽에 대한 예찬의 이면에서는 자신들의 과거에 대한 부정이 놓여 있는 것이다.26)

「홍도화」 하편이 관심을 끄는 것은 이와 관련이 있다. 이 작품은 형식적으로 가정소설의 면모를 강하게 보여준다. 한일합방 직전의 문화적 상황 속에서 씌어진 작품이라는 사실을 고려해본다면, 이러한 모습은 부정적인 것으로 파악되는 것이 일반적이었다. 이 시기에 가정소설들이 집중적으로 양산된 것은 일제의 탄압에 따른 작가의식의 혼란 속에서 빚어진 현상이라고 보는 것이다. 하지만, 당대의 독자들이 이러한 가정소설에 관심을 기울였던 것은 바로 가정소설이 가지고 있던 독특한 의미구조, 곧 혈연적 순수성에 대한 뿌리깊은 애착과 관련이 있다고 보여진다. 외래문화와 접촉하면서, 그리고 개화에 대한 당위적인 지향 아래에서 빚어지는 민족적 정체성의 혼란이 혈연적 순수성의 회복이라는 가정소설의 일반적인 플롯을 새롭게 의미부여하도록 했던 것이다.(『한국 개화기소설 연구 : 이용남 선생 화갑기념 논총』, 태학사, 2000년 7월 5일 改稿)

---

26) 졸고, 「'혈의 루' 연구」, ≪한국문화≫ 23, 서울대 한국문화연구소, 1999. 6.(『한국 소설의 시간과 공간』, 태학사, 2000 수록)

과학적 세계관의 수용과 근대소설의 발전

이광수의 「개척자」

1. 「무정」과 「개척자」의 거리

「개척자」는 1917년 11월 10일부터 1918년 3월 15일까지 총 76회에 걸쳐 ≪매일신보≫에 연재되었던 이광수의 두 번째 장편소설이다. 이 소설은 한국 근대소설의 초창기를 장식했던 작품임에도 불구하고, 「무정」(≪매일신보≫, 1917. 1. 1~6. 14)의 명성에 가려 문학사의 조명을 거의 받지 못했다. 「무정」이 한국 소설사에 있어서 근대적인 장편소설의 출발을 알린 기념비적인 작품으로 각광을 받는 사이 이 작품은 작가의 소설적 한계가 적나라하게 드러난 작품으로 폄훼되고 있는 것이다.

이러한 평가는 김동인의 「춘원 연구」(≪삼천리≫, 1935. 2)에서 비롯한 것으로 보인다. 여기에서 김동인은 "「무정」에 있어서 있는 정열을 모두 다 쓰고 빈 마음에 새로운 감동을 집어 넣기 전"에 쓴 것이어서 「개척자」에는 "한 개의 감동도 없고 한 개의 정열도 없다". 따라서 "춘원의 이데올로기를 소설 형식으로 억지로 빚어놓으려고 성격도 없는 허수아비를 몇 개 만들어 놓고 부자연한 언행을 행케 한 '문학의 남비(濫費)'에 지나지 않는다"[1]라고 혹평한다. 이광수에 대한 김동인의 대타의

---

1) 김동인, 「춘원 연구」, 『김동인 전집』 16, 조선일보사, 1988, 63면.

식이 빚어낸 부정적인 평가는 비단「개척자」에만 한정되는 것은 아니지만,「개척자」에 대한 향후의 관점, 즉 인물 형상화의 실패와 작가 의식의 과잉을 지적하고 있다는 점에서 그 중요성을 부인하기 어렵다.

이후 한국문학사에서「무정」에 대한 관심이 증가한 것에 반비례하여「개척자」에 대한 심도 있는 연구는 거의 진행되지 않는다. 백철의 『조선신문학사조사』, 조연현의『한국현대문학사』, 김윤식・김현의『한국문학사』등과 같은 포괄적인 문학사는 물론이고 이재선의『한국현대소설사』와 같은 장르사에서도 거의 언급되지 않고 있다. 이광수에 대한 가장 방대한 업적 중의 하나라고 할 수 있는 김윤식의『이광수와 그의 시대』에서도「개척자」에 대한 언급은 다음과 같은 한 줄뿐이다. "「무정」과 달리 관념적인 조작에 의해 쓰여진 것"이어서 "문체도 국한혼용체이며 자전적 곡진한 진실이 담겨 있지 않았으며, 따라서 신사상의 주입이 뻔히 드러난 졸작"[2]이라는 것이다.

따라서「개척자」에 대한 평가는 백철,[3] 강수길,[4] 구인환[5] 등의 작품론에 의해서 본격화되었다고 해야 할 것이다. 그러나 이들의 평가 역시 김동인의 부정적인 평가에서 크게 벗어나는 것은 아니다. 즉,「개척자」가「무정」의 결말에서 나타난 "과학에 의한 입국(立國)과 개성과 애경(愛敬)을 바탕으로 하는 애정의식을, 인습에 젖어 있는 구 사회와 상충하는 삶의 현장에서 발현케 하여 변혁적 지향의식을 형상화하려 한 작품"이지만, "작가의 생생한 목소리가 지나치게 노출되어" 있는 설교문학에 불과하다는 것이다.[6] 한점돌 역시 "화자가 불필요하게 자신을 드러내고, 준비론의 당위성을 작품으로 형상화하여

---

2) 김윤식,『이광수와 그의 시대』2, 한길사, 1984, 570면.
3) 백철,「'개척자'의 작품 의도」,『이광수 전집』1, 삼중당, 1974.
4) 강수길,「'개척자'의 인간관계」, ≪국어국문학논문집≫ 23, 한국국어교육연구회, 1982.
5) 구인환,「'개척자'의 성취의식」, ≪국어교육≫ 44・45, 1983. 2.(『이광수 소설 연구』, 삼영사, 1983 재수록)
6) 구인환,『이광수 소설 연구』(보정판), 삼영사, 1996, 62면.

보여주는 대신에 화자가 관념적으로 설득하고자 하는 모습이 역력하다. 그러므로 작품은 추상성을 면하지 못하"[7]고 있다고 지적한다.

　이광수의 「개척자」에 대한 긍정적인 의미 부여는 최수일[8]에 의해서 이루어진다. 그는 「무정」이 "개인적 진실이 역사적 진실을 왜곡함으로써 역사적 진실성의 획득에 실패하고 있는 반면, 「개척자」는 개인적 진실과 역사적 진실을 통일시킴으로써 비극적 총체성을 획득하"고 있는 리얼리즘적 작품이라고 고평한다. 하지만, 이 연구는 1910년대의 현실에 대한 선험적인 규정으로 말미암아 리얼리즘적 성과를 과장한 측면이 없지 않다. 이와 함께 「개척자」에 대한 긍정적인 평가는 페미니즘적 입장에 서 있는 연구들에서도 찾을 수 있다.[9] 이들 연구에서는 주로 여주인공 성순의 자아에 대한 각성에 주목하면서 현실과 타협하지 않고 비극적인 죽음을 선택하는 과정에 커다란 의미를 부여한다.

　이렇듯 몇몇 페미니즘적 연구를 제외한다면, 「개척자」에 대한 평가는 대체로 소설미학적 측면에서나 작가 의식의 측면에서 모두 부정적인 결론에 이르는 듯하다. 그 이유는 첫째, 자전적 경험의 부재 내지는 이에 상응하는 작가 의식의 과잉, 둘째, 인물과 사건 등 서사 구성의 미숙성과 동기화 되지 않은 작가의 등장, 셋째, 역사적 진실성의 결여 등으로 요약될 수 있다. 그런데, 한 가지 의문은 한국 근대소설사에서 기념비적인 작품을 발표한 지 불과 반년만에 이처럼 철저하게 나락에 떨어질 수 있는가 하는 점이다. 흥미로운 것은 이러한 「개척자」에 대한 평가의 세부항목들을 그대로 적용해 볼 때에, 기념비적

---

7) 한점돌, 「1910년대 한국 소설의 정신사적 연구」, 서울대 박사논문, 1992, 144면.
8) 최수일, 「춘원의 '개척자' 연구」, 성균관대 석사논문, 1994.2, 94면.
9) 페미니즘적 시각에서 「개척자」를 바라본 연구들은 다음과 같다.
　김은숙, 「'개척자'에 나타난 여권의식 연구」, ≪국문학연구≫ 14(효성여대), 1991. 12.
　서정자, 「이광수 초기소설과 결혼 모티브 : 신문학 초기 페미니즘 소설 연구」,
　≪어문논집≫ 3(숙명여대), 1993. 2.
　송명희, 「이광수의 '개척자'와 나혜석의 '경희'에 대한 비교 연구」, ≪비교문학≫
　20, 1995. 12.

인 작품 「무정」 역시 이러한 평가로부터 자유로울 수 없다는 사실이다. 「무정」의 곳곳에서 우리는 작가의 과잉 노출과 설교조의 관념을 만날 수 있으며, 서사 구성에 있어서도 영채의 자살 미수 사건을 중심으로 이원화되어 있다는 점 또한 무시할 수 없다.

이 점은 연구자들이 「무정」과 「개척자」를 평가함에 있어서 일종의 이중잣대를 사용했다는 것을 의미한다. 「무정」에서 애써 감추려고 했던 것을 「개척자」에서 무자비하게 폭로하고 있는 셈이다. 그런 점에서 두 작품은 초기 이광수 소설의 빛과 그림자에 해당한다. 따라서, 「무정」과 「개척자」를 함께 보았을 때, 이광수 문학의 초기적 양상을 보다 온전히 파악할 수 있을 것이다.[10) 1910년대 이광수를 지배했던 문제의식은 「무정」과 「개척자」 모두에 나타나고 있는 것이다. 본고에서는 그 중에서도 특히 서구의 근대적 자연과학이 어떻게 수용되고 있는지를 중점적으로 살펴보고자 한다. 「무정」의 결말 부분에서 이미 근대 자연과학에 대한 신뢰를 내비친 바 있었던 이광수는 이 작품에서 화학자 김성재를 주인공으로 내세우고 있기 때문이다. 이는 백철이 『조선신문학사조사』에서 "과학자는 이 시대의 작품의 주인공의 하나요, 과학 문제는 이 시대 작품의 주제 중의 하나였다" "이 시대는 교육 과학 예술이 모다 신문화라는 의미에서 작품에 등장해 온 것이었다"[11)라고 지적에 기반을 둔 것이기도 하다.

2. 과학적 실험과 금욕적 주체의 형성

「개척자」는 표면적으로 근대지향적인 의식을 지닌 젊은이들이 가

---

10) 「무정」에 대해서는 졸고, 「학교공간과 규율화된 주체의 형성」(『한국 소설의 시간과 공간』, 태학사, 2000)을 참조할 것.
11) 백철, 『조선신문학사조사』, 수선사, 1948, 120~123면.

족과 사회 속에서 좌절하고 고통받는 이야기이다. 이러한 서사 진행 과정에서 가장 중요한 모티프는 '죽음'이다. 이 작품에는 두 차례에 걸쳐 죽음이 나타난다. 김성재의 아버지 김참서[12]의 죽음과 누이동생 김성순의 죽음이 바로 그것이다. 작품은 이 핵심적인 사건을 중심으로 구성된다. 그 결과 「개척자」의 전반부와 후반부는 각각 죽음으로 귀결되는 구조를 취하게 된다.

「개척자」의 전반부에서 주인공은 김성재라고 할 수 있다. 동경에서 고등공업학교를 졸업하고 돌아온 김성재는 경성공업전문학교와 연희전문학교로부터 교수 초빙을 받지만 거부한 채 실험실에 틀어박혀 화학자로서의 꿈을 불태우고 있다. 그런데, 김성재의 실험이 번번이 실패로 돌아가자 김참서가 모아두었던 집문서와 땅 마지기가 차근차근 빚쟁이의 손으로 넘어가고, 마침내 가대문권(家垈文券)마저 함사과[13] [함명은]에게 삼천원에 저당잡힌다. 그런데 채권자인 함사과가 오랜 세의(世誼)를 무시하고 변호사를 동원해 가차압시키자 김참서가 충격으로 죽게 된다.

김참서의 죽음은 표면적으로 함사과와 이일우가 표상하고 있는 '돈'의 논리에 의한 것이다. 김참서는 함사과가 포목점을 경영하다 실패했을 때 돈 만 냥을 주어 전당포를 경영할 수 있도록 도와주었던 적이 있었다. 그런데, 함사과는 이러한 정리(情理)를 무시하고 어려움에 처한 김참서를 더욱 곤경에 빠뜨린다. 이러한 패덕적인 면모는 화폐에 대한 맹목적인 숭배와 관련이 깊다.

> 그의 일생의 이상은 돈이었었다. 그러다가 이상하였던 돈을 모으고 나니, 이제 남은 이상은 쾌락일 것이다. 그는 생래에 돈과 주색

---

12) 참서(參書)·참서관(參書官)은 대한제국 때 궁내부·의정부·중추원·표훈원(表勳院) 및 각 부에 소속된 주임관을 말한다.

13) 사과(司果)는 조선시대 오위도총부(五衛都摠府)에 속한 정6품의 무관직(武官職)을 말한다.

> 외에 사회에 무슨 고상한 추구물이 있는 줄을 모른다. 그는 금전거
> 래부 외에 서적이라고 들어본 것이 없었고, 금전거래 이외에 사람과
> 교제하여 본 적이 없었다. 그러니까 그가 사업이라면 돈 돈 모으는
> 것 이외에 없는 줄 알고, 쾌락이라면 동물의 본능적 욕망 이외에 없
> 는 줄 안다고 반드시 책망도 못할 것이다. 실로 종교라든지, 문학이
> 라든지, 사교라든지, 미술이라든지—이러한 것을 쾌락으로 알게 되
> 려면 십 수년 간 문명적 교양이 필요한 것이다.[14]
>
> (1917. 12. 9)

이처럼 함사과의 삶은 화폐에 대한 집착과 교양의 결여로서 요약
될 수 있다. 함사과는 문명적 교양을 갖추지 못함으로써 본능적 욕망
을 절제할 줄 모른다. 그 결과 화폐에 대한 병적인 관심을 보여주는
것이다. 이러한 화폐에 대한 과잉 욕망, 곧 탐욕을 상징하는 것이 "전
당포"[15]라고 할 수 있을 것이다. 함사과는 고리대금업의 일종인 전당
포 운영을 통해서 막대한 부를 축적하게 된다.

그런데 우리의 관심을 끄는 것은 함사과가 법률적인 대리인을 내
세워 김참서의 집을 가차압한다는 점이다. 함사과의 신임을 얻고 있
는 변호사 이일우는 김성재와 함께 동경에 유학을 다녀온 인물이다.
그는 화폐에 대한 탐욕적인 집착을 통해서 자본을 축적한 함사과와
는 달리 자신의 전문성을 바탕으로 현실 속에서 성공한 인물이다. 귀

---

14) 「개척자」의 텍스트로는 《매일신보》 연재본을 사용하였다. 인용문은 모두 현
대적인 표기법에 따라 고쳤으며, 인용 말미에 《매일신보》 연재 날짜를 밝혔다.
15) 전당포는 개항 이후 서양의 근대식 은행이 들어오기 전까지 거의 유일하게 존
재했던 민간금융기관이었다. 동양에서는 중국 남북조 시대에 불교사원들이 안
정적인 수행과 포교 활동을 위해서 신도들에게 물건을 전당잡히고 돈을 빌려주
던 데에서 비롯된 것으로 알려져 있다. 이러한 대금업은 당나라 시대에 접어들
면서 대금에 관한 법령이 실시되고 계약서 작성과 친인척들에 의한 보증이 일
반화되었다.(이화수, 『중국의 고리대금업』, 책세상, 2000) 서양에서는 중세 시대
에 도미니크회 수도사들이 각종 재해로 인한 피해를 줄이기 위해 담보로 돈을
빌려주는 은행을 세웠다고 알려져 있으며, 1428년에 이탈리아의 루도비크 신부
가 최초의 전당포를 설립했다.(피에르 제르마, 『만물의 유래사』, 김혜경 역, 하
늘연못, 2004)

국 후 불과 몇 년 만에 "몇 백 추수나 할 재산을 얻고, 작년부터는 경성 대사동16)에 꽤 굉장한 가옥을 사고, 그것을 주택 겸 사무소로 쓰며, 대문 안에는 전용 인력거까지 세워 두게 되었"(1917. 11. 21)던 것이다. 비록 서술자가 김성재를 통해 이일우의 동경 유학 시절을 폭로하더라도 법률에 관한 전문적인 지식이야말로 이러한 현실적 성공의 토대였음을 부정할 수 없다. 그는 조선을 대표하는 법률 전문가이자 "훌륭한 신사"(1917. 11. 22)이었다.

이일우가 이토록 빨리 성공할 수 있었던 것은 "변호사는 의사와 같으니까 의사가 환자 가리지 아니함과 같이 변호사는 사건을 가리지 아니할 것"이라는 신조 아래 "좀 불분명한 사건이라든지, 정당치 못한 사건이라든지 한 것으로, 다른 여러 변호사에게 거절을 당한 사건"(1917. 11. 21)을 도맡아 처리한 까닭이다. 즉, 이일우는 전문성과 직업성을 내세워 자신의 행동을 합리화하고 있는 것이다. 따라서 그의 형상 속에서는 식민지 권력에 대한 비판적인 인식이나 자신의 행위에 대한 반성적인 인식을 찾아보기 어렵다. 이처럼 수단적인 합리성에 매몰되었을 때, 전문성은 항상 식민지 권력의 그물에 사로잡히고 말 것이다. 이일우 변호사는 「무정」의 배학감과 마찬가지로 식민지 권력을 확대재생산하는 근대적인 유학생의 모습을 보여주고 있는 것이다. 따라서 함사과와 이일우의 공모는 상업 자본이 근대적인 지식이나 제도와 결합되는 양상을 전형적으로 보여주는 것이다.

이처럼 작품의 전반부에서 주된 갈등은 근대적인 채권-채무관계를 둘러싼 인물들 간의 갈등이라고 할 수 있다. 이 갈등에서 함사과와 김참서의 대립은 전근대적인 인간관계에서 근대적인 인간관계로

---

16) 지금의 인사동. 『한경식략(漢京識略)』에는 "대사동(大寺洞)은 탑사동(塔寺洞)이라고도 하는데 그곳에 옛날에는 원각사(圓覺寺)가 있었으나 지금은 석탑만 남아 있다"라고 기록되어 있다. 1914년 4월 1일 경기도고시 제7호로 방계명(坊契名)을 동(洞)으로 개칭하면서 관인방(寬仁坊)의 '인(仁)'과 대사동(大寺洞)의 '사(寺)'를 합쳐 인사동(仁寺洞)으로 불리게 되었다.

변모하고 있음을 보여준다. 김참서가 함사과와의 오랜 세의를 내세워 채권－채무관계가 유예되리라고 기대하는 모습이라거나 김성재가 유학 시절의 정리를 통해 이일우에게 가산 차압을 미뤄 달라고 사정하는 모습 등은 이러한 변화된 인간 관계에 적응하지 못하고 있는 전근대적인 것들의 존재 양상이다. 이 작품의 역사적 배경17)이라고 할 수 있는 일제 강점 직후부터 1917년 사이에 토지조사사업을 통해 근대적인 사적 소유가 확립되고 화폐 경제가 정착되기 시작하면서, 전통적인 인간 관계 역시 붕괴되고 소멸될 운명에 처하게 된 것이다.

이런 맥락에서 김참서의 죽음은 우리가 한국 근대소설에서 쉽게 만날 수 있는 유형이라고 할 수 있다. 김참서의 죽음은 근대적인 인간관계로의 변모에 적응하지 못한 전근대인의 몰락을 상징적으로 보여주는 사건인 것이다. 하지만, 작가는 김참서의 죽음 자체에 대해 큰 의미를 부여하지 않는 듯하다. 이 소설에서 김참서의 죽음이 함사과의 패덕성에 기인하는 것이기는 하지만, 정작 강조되고 있는 것은 김성재의 화학 실험이 실패한 결과라는 점이다. 만약 실험이 성공했다면, 김참서는 그렇게 불행하게 죽지 않았을 지도 모른다. 요컨대, 김참서의 죽음의 표면적인 원인은 함사과가 제공한 것이지만, 궁극적인 원인은 김성재가 제공한 것이다.

김성재가 화학 실험에 몰두한 것은 개인적인 명예욕이나 물욕에서 기인한 것은 아니다. 그는 조선이 국권을 상실한 1910년 무렵부터 화학 실험을 통해서 민족과 국가의 발전을 도모하고자 했다. 화학은 세

---

17) "나는 사실주의 전성시대에 청년의 눈을 떴는지라 내게는 사실주의 색채가 많다. 내가 소설을 '모(某) 시대의 모(某) 방면의 충실한 기록'으로 보는 경향이 많은 것이 이 때문이 아닌가 한다. 「무정」을 일로전쟁에 눈 뜬 조선, 「개척자」를 합병으로부터 대전 전까지의 조선, 「재생」을 만세운동 후 1925년 경의 조선, 방금 『동아일보』에 연재 중인 「군상」을 1930년대의 조선의 기록으로 나 스스로 생각하는 것이 이때문인가 한다"(이광수, 「여의 작가적 태도」, 『이광수 전집』 16, 삼중당, 1966, 193면)

계가 원자로 이루어져 있다는 돌턴(John Dalton : 1766~1844)의 이론으로 부터 출발한다. 그는 1803년과 1807년 사이에 몇 개의 논문을 통해서 데모크리토스나 라이프니츠의 형이상학적 입자가 아니라 실증적 화학적 지식으로서의 입자의 개념을 제창한다. 이렇듯 입자로서 세계를 설명하는 방식은 세계가 다섯 개의 원소로 이루어져 있다는 동양의 주자학적 음양오행론과도 근본적으로 상이한 것이었다.

그런데, 화학은 공업적으로 응용되면서 사회적 변화를 초래하였다. 화학의 응용은 천연물을 인공적으로 합성하는 데서 시작했다. 즉, 천연 염료의 성분 분석을 통해 그 기초물질을 콜타르의 성분으로부터 얻을 수 있음을 알게 되어 인공 합성염료의 제조에 성공함으로써 유기합성화학의 기초를 이루게 된다. 이러한 화학의 산업적인 응용은 암모니아의 합성에 의해 진가를 발휘한다. 즉 암모니아의 합성을 통해 값싼 질소비료를 대량 생산함으로써 농업생산량이 크게 증대되었으며, 요소, 수지, 인견 등의 분야가 열리게 되는 것이다. 따라서 화학 공업의 발전은 식민지 지식인이었던 이광수에게 적지 않은 충격을 가져다 주었을 것으로 추측된다. 화학은 현실적으로 농업 생산력을 높일 수 있는 방법을 제공함으로써 당시 피폐한 조선의 농촌 사회를 발전시키고자 노력하던 이광수의 관심을 끌 수밖에 없었던 것이다.[18) 김성재의 화학 실험은 이처럼 현실적이고 구체적인 목표와 연관되어 있었던 것이다.

작품의 전반부가 진행되는 동안 김성재의 삶은 실험실로 국한된다. 물론 김성재가 행하고 있는 화학 실험은 실제적인 구체성을 지니지 못하고 있는 것이 사실이다. 그의 실험이란 기껏해야 알코올 램프로

---

18) 이광수는 「개척자」가 발표되던 무렵 「농촌계발」을 ≪매일신보≫(1916. 11. 26 ~ 1917. 2. 18)에 연재한 바 있다. 김영민은 「농촌계발」과 「무정」의 연관성을 지적한 바 있거니와, 「개척자」에도 적지 않은 영향을 끼치고 있는 것으로 보인다. (김영민, 『한국근대소설사』, 솔, 1997, 420면)

시험관을 가열하고 반응을 보는 정도로 그쳐 있다.[19] 염상섭의 「표본실의 청개구리」에서 개구리 해부 장면과 마찬가지로 이 작품에서도 화학 실험은 초보적인 수준을 면하지 못하고 있는 것이다. 따라서 과학적인 것에 대한 작가적 관심은 구체적인 현실성을 획득하지 못한 채 관념적인 차원에서 수용된 것이라고 할 수 있다. 그 관념이란 다름 아닌 실험을 통해서 세계에 대한 지식을 확장하고 축적해 간다는 근대적 인식론이다. 실험을 통해서 세계의 모형을 만들고 통제하고 인식하는 서구적 패러다임은 동양의 지식인에게 커다란 경이감을 가져다 주었던 것으로 보인다. 종래 동양에서는 진리의 영역으로서의 선험과 기술의 영역으로서의 경험이 분리되어 있었기 때문이다.

　그런데 이 실험실의 풍경에서 우리의 관심을 끄는 것은 실험실의 한편에 놓여 있는 '팔각 목종'이다.

　　방 한복판에 우뚝 서며 동벽에 걸린 팔각종을 본다. 이 종은 성재가 동경서 고등공업학교를 졸업하고 돌아오는 길에 실험실에 걸기 위하여 별택(別擇)으로 사온 것인데, 하물(荷物)로 부치기도 미안히 여겨 꼭 차중이나 선중에 손수 가지고 다니던 것이다. 모양은 팔각 목종에 불과하지마는 시간은 꽤 정확하게 맞는다. 이래 칠 년간 성재의 평생의 동무는 실로 이 시계였었다. 탁자에 마주앉아 유리 시험관에 기기괴괴한 여러 가지 약품을 넣어 흔들고 젖고 끓이고 하다가 일이 끝나거나 피곤하야 휴식하려 할 때에는 반드시 의자를 팽 돌려 이 팔각종의 시계 분침과 똑같이 딱하는 소리를 듣고는 빙긋이 웃는 것이 례였다.

(1917. 11. 10)

---

19) 김성재의 실험실 장면은 대체로 다음과 같은 묘사가 반복적으로 나타나고 있다. "성재는 빨리 탁자 앞으로 걸어가서 그 시험관을 쳐들어서 서너번 쩔레쩔레 흔들어보더니, 무슨 생각이 나는지 의자에 펄썩 주저앉으며 주정등 뚜껑을 열고 바쁘게 성냥을 그어 불을 켜놓은 뒤에 그 시험관을 반쯤 기울여 그 불에 대고 연해 빙빙 돌린다. 한참 있더니 그 황갈색 액체가 펄럭펄럭 끓어오르며 관구(管口)로 무슨 괴악한 냄새나는 와사(瓦斯)가 피어오른다.(1917. 11. 10)

> 팔각종의 시침이 사와 오의 새에 있고, 분침은 육과 칠의 새에 있
> 었다. 성순은 '네 시 반보다 오분이 지났네' 하고 혼자 생각하였다. 네
> 시 반은 성재가 실험을 그치고 삼십분간 산보를 하거나 성순과 이야
> 기를 하는 시간이니, 이것은 삼년 래로 일정불변하는 가규(家規)라.
>
> (1917. 11. 11)

실험실에서의 성재의 삶은 이 '팔각 목종'에 의해 규정된다. 그의 일과는 시계 시간에 따라 정밀하게 분할되어 정해진 순서에 따라 실험하고 휴식하는 과정을 반복한다. 따라서 팔각 목종은 시간표를 통해 김성재의 삶을 규칙적이고 합리적으로 구성하는 역할을 담당한다. 그런데, 시간을 합리적으로 세분할 필요성에 의해 만들어진 일과표는 삶으로부터 독립되어 의식을 규정한다. 정밀하게 분할되어 반복화된 삶은 어떠한 일탈도 허용하지 않는다. 따라서 실험실 속에서는 실패에 대한 불안이나 회의가 개입할 여지가 없다. 또한 개인적인 욕망이 비집고 나올 틈도 없다. 결국 시계 시간에 따라 자신의 삶을 일정하게 분절시킨다는 것은 또한 자신의 욕망을 통제하여 합리적인 존재가 된다는 의미이다. 즉 금욕적인 주체로서의 삶의 모습이며, 근대화된 인간의 한 전형이라고 할 것이다.

실험실이라는 폐쇄된 공간 속에서 실험에 열중하는 김성재는 의식적인 측면에서도 다른 인간들과 구별된다. 자신의 삶을 합리적으로 구성했다는 특권적인 인식은 다른 사람들의 삶 또한 합리성에 의해 구성하도록 요구하는 것이다. 다른 사람들의 삶을 무지몽매한 것으로 바라보는 것은 모두 이러한 의식의 메커니즘에서 연유한다. "성재는 평생 자기를 비(飛)하면 충천(衝天)하려 하야 불비(不飛)하고, 명(鳴)하면 경인(驚人)하려 하야 불명(不鳴)하는 자[20]로 자임하고 도리어 일시의 영화에 현혹하여 하는 그네를 홍곡(鴻鵠)을 모르는 연작(燕雀)으로 여겨

---

20) 此鳥 不飛則已 一飛沖天 不鳴則已 一鳴驚人. 이 구절은 『史記』「滑稽列傳」에 실려 있는 제(齊)나라 위왕(威王)의 말에서 유래한 것이다.

일종 경멸하는 뜻을 품고 있었다."(1917. 11. 22) 실험실은 이처럼 주인공 김성재를 다른 사회적 공간으로부터 분리시키고, 더 나아가 의식적인 우월성을 획득하도록 만드는 주요한 소설적 장치인 셈이다.

이러한 금욕적인 계몽주의자로서의 면모는 이광수의 소설에서 매우 낯익은 모습이다. 이미 「무정」의 이형식에서 우리는 그러한 금욕적 모습을 만난 적이 있다.21) 학교라는 공간을 통해서 이형식은 자신을 타자로부터 구별짓고 자신의 이념을 타자에게 강요할 수 있었다. 이 소설에서는 학교라는 공간이 실험실로 대체되었을 뿐 주인공의 의식 상태는 크게 다르지 않다. 학교라는 공간이 실험실로 대체되었다면, 교육이라는 제도적 장치는 실험이라는 행위로 대체된다. 교육은 교육받는 대상들을 하나의 타자로서 전제한다. 교육받는 대상들은 결여된 상태 내지는 미성숙한 존재들이어서 교육하는 주체에 대해 종속적인 위치에 놓일 수밖에 없는 것이다. 실험 역시 이와 크게 다르지 않다. 실험의 대상은 자연물이다. 인위적인 환경 아래에서의 실험은 또한 주체 혹은 의식의 절대성을 강화시켜 나갔던 것도 무시할 수 없을 것이다. 그런 점에서 김성재의 실험은 이형식의 교육과 크게 다를 바 없다. 실험은 교육 내지 계몽과 등가의 관계에 놓인다.

이처럼 실험실은 의식의 성채이자 계몽의 성소이다. 욕망이라는 이름의 타자가 틈입하는 것을 막는 성재만의 폐쇄된 공간이다. "성재가 발명의 지(志)를 품고 천신만고로, 불완전하나마 실험실을 꾸미고 들어앉음으로부터는 아무도 이 실험실에 들어오기를 허하지 아니하"(1917. 11. 14)였던 까닭도 바로 여기에 있다. 성순만이 이 공간에 아무 때나 들어올 수 있는 특권을 지닌 것은 그가 미성숙한 인간이었기 때문이다. 그는 성재를 맹목적으로 따르는 아이였으며, 현실적인 욕망을 갖지 못한 존재였던 것이다. "그 형이 그처럼 열성으로 자기의

---

21) 졸고, 「학교 공간과 규율화된 주체의 형성」, 『한국소설의 시간과 공간』, 태학사, 2000, 61~78면.

초지를 관철하려고 애쓰는 것을 볼 때에 한껏 존경하는 마음도 생기고, 또 한껏 불쌍한 듯한 생각도 든다. 이렇게 성재에게 동정하여 주는 점으로 보아서는 성순은 마치 성재를 보호하여 주는 맏누이와 같다"(1917. 11. 13) 성재를 모델로 삼아 모방적 존재로 남아있는 한 성순은 성재에게 있어 타자일 수 없다. 성순은 성재의 누이이자 동료이며 분신이었던 것이다. 둘 사이에는 어떠한 갈등도 발생하지 않는 채 전폭적인 이해와 지지만이 가능할 따름이다.

요컨대 「개척자」의 전반부에서 주인공 성재는 주체의 절대성에 갇혀 있는 인물이다. 그는 반성적인 성격을 지니지 않고 자기의식에 사로잡혀 있다. 그의 의식은 현실과의 상호 관계 속에서 형성된 것이 아니라 관념적인 차원에서 형성된 것이다. 7년여의 시간이 지나갔지만, 주인공 성재의 삶은 변화하지 않는다. 그에게 있어 시간은 무의미하다. 변화나 발전의 가능성을 갖지 못한 채 동일한 삶의 반복으로서만 의미를 지니고 있을 뿐이다. 이처럼 시간이 분할되어 규칙화될수록 시간은 더욱더 공간화된다. 실험실에서의 시간은 정밀하게 분할되어 성재의 삶과 의식을 규정하지만, 변화의 연속으로서의 의미를 상실해 버린다. 「개척자」의 전반부에서 시간은 멈춰 있다. 그의 삶은 실험실이라는 공간으로 한정된다. 따라서 김성재의 삶에 있어서 실험실은 시간에 의해 조직됨으로써 시간성의 의미를 상실당한 모순적 공간이다.

3. 계몽성의 균열과 희생의 논리

「개척자」의 후반부는 김참서의 죽음과 함께 김성재가 실험실을 벗어나 현실과 마주서는 부분에서 시작된다. 작품의 전반부에서 불길하게 예감하고 있던 실사회의 힘22)은 김참서의 죽음과 함께 김성재를 새로운 상황 속에 내몰아간다. 만약 그가 예전의 실험실 인간으로 현실과 계속 담을 쌓아둔다면 그의 운명은 '전경'처럼 될 수밖에 없다. 전경이 과거의 시간에 사로잡힌 채 현재의 변화를 받아들이지 않는 존재였다면 성재 역시 시간성의 의미를 거세당한 칠년 전의 사람이기 때문이다. 따라서 "나도 전군과 같이 미치지나 아니할런지요. 어째 미칠 것만 같소. 칠년 동안이나 실패만 하고 가산은 온통 집행을 당하고, 종일 돈 변통하러 다니다가 간 데마다 거절만 당하고 집에 돌아오니 늙으신 부친께서는 불시에 돌아가시고"(1917. 12. 6) 운운하는 대목은 김성재의 변화를 예시하는 대목인 셈이다.

　함사과의 가산 차압으로 다동23)에서 계동24)으로 옮겨온 김성재는 가족들의 생계를 위해 노동판에 뛰어들게 된다. 이 과정에서 민족이라는 추상적인 대상을 향했던 당위는 '가족'이라는 구체적인 대상을 향한 의무로 변질된다. 이러한 변화는 가족 구성원의 무능 내지는 비합리성에 의해 정당화된다. 김참서의 죽음 이후의 집안 풍경을 살펴보자.

> 가족들은 다만 과거 일을 회상하고 슬퍼하기만 위하여 사는 것 같았다. 그네는 현재에 시량(柴糧)이 없음을 알되, 또 그것을 걱정은 하되 어떻게 하여야 자기네를 현재의 궁핍에서 구제할는지는 생각도 하지 아니하였다.

---

22) "성재의 실험실에도 아침부터 저녁까지 실사회의 고민 번뇌가 창 틈과 벽 틈으로 꾸역꾸역 들어온다. 시험관을 들고 앉았슬 때에는 모든 것을 다 잊어버린다 하더라도, 주정불이 턱 꺼지자 세상의 천사만려가 성재의 가슴을 누른다."(1917. 11. 15.)

23) 다동(茶洞)은 본래 다방골로 불리어졌다. 현재는 종로 1가 아래 서린동과 다동이 다방골에 해당된다. 이곳은 중인층, 특히 시전 상인들이 주로 거주하던 공간이었으나, 대한제국 말기에 평양 출신 기생들이 모여살다가 다동기생조합이 결성되면서 유흥가로 변모하였다.

24) 계동은 조선 시대에 각 도에서 들어오는 약재의 일을 맡은 제생원(濟生院)이 있어 제생동이라고 하다가, 발음이 와전되어 계생동(桂生洞)으로 변하였다. 그런데, 그 발음이 기생동과 유사하다 하여 줄여서 계동으로 고쳐졌다.

성순은 슬퍼하는 어머니와 낙심하여 하는 형을 보고 더할 수 없는 간절한 동정을 일으키지마는 다만 그뿐이었고, 성훈의 아내는 다만 청춘의 공방이 설웠을 뿐이요, 일가의 곤궁에는 별로 감각함이 없었다. 모친은 일가의 곤궁도 알고 그 곤궁을 벗어나야 할 줄도 알고, 벗어나려면 벗어날 듯한 자신도 있는 듯하지마는 어떻게 하여야 한다는 방책도 없었고 정견도 없었다. 딸과 며느리가 자기의 운명을 분명히 보지 못하는 대신에 모친은 그것을 분명히 보기는 보았다. 그러나 현재의 운명을 벗어나려는 지혜도 없고 용기도 없어서 다만 운명의 손에 자기를 내어맡기고 한숨 쉬고 눈물 흘리는데 이르러서는 세 사람이 다름이 없었다. 그러므로 그네는 다만 과거를 회억할 뿐이다.

(1917. 12. 20)

이처럼 성재의 가족들은 적극적인 의지와 행동을 지니지 못한 채 삶을 운명적인 것으로 받아들인다. 이러한 상황 속에서 성재는 가족들의 생계를 책임지지 않으면 안된다. 실제로 가족들을 부양할 수 있는 능력을 지닌 자는 성재뿐이었다. 이제 그는 실험실을 벗어나 가족들의 생활을 위해 희생하는 존재로 변신한다. 7년 동안 자신의 이상을 위해 가족을 희생시켰던 성재는 가족을 위해 희생하는 것이다. 이제 김성재는 두 가지 목표를 추구해야만 한다. 첫째는 가족의 생계를 유지하는 것이고, 둘째는 화학 실험을 계속하는 것이다. 전자가 가족 구성원을 위한 것이라면, 후자는 민족을 위한 것이었다.

그런데, 이 두 가지 목표를 달성하기 위해서 필요한 것은 다름 아닌 '돈'이었다. 전반부에서 김성재가 함사과나 이일우에 대해서 정신적으로 우월한 위치에 설 수 있었던 것이 돈에 대한 욕망의 결핍이었다고 한다면, 이제 생존과 이상을 위해서는 돈이 상징하는 타락한 현실과 타협해야 할 상황에 처하게 된 것이다. 이 과정에서 김성재는 자신의 타락을 욕망의 발현이라기보다는 의무감에서 기인한 어쩔 수 없는 현실 타협으로 규정함으로서 자기 위안을 삼는다. 그는 민족을 위해 자신을 희생하였듯이 가족을 위해 부조리한 현실과 타협하는 것이다.

김성재에게 있어서 이러한 현실과의 타협을 보여주는 것은 변영일과 김성순의 혼인 약조이다. "주의상 여자 교육을 중히 여기며, 성순을 사랑하며, 또 성순의 재질을 믿는 고로 기어이 동경 유학을 시키려 하였"던 성재는 변영일과 성순의 약혼을 일방적으로 결정한다. 그리고 오라비의 혼인 권유를 거부하는 여동생에게 "반대가 무슨 반대냐? 하나이나 부족한 것이 있어야지. 변서방으로 말하면 양반이것다, 부자것다, 사람이 잘났것다, 그뿐 아니라 여태껏 그의 신세를 우리가 얼마나 졌니? 아무리 생각하더라도 조금이나 부족한 데가 있어야지."(1918. 1. 17)라고 말하기에 이른다. 김성재가 결혼 조건으로 내세우는 것은 문벌과 경제력인 것이다. 그리고 여동생 김성순은 독립된 개성을 갖춘 인간이 아니라 가족을 위해 희생해야 할 존재로 인식된다. 이처럼 김참서의 죽음 이후 성재의 삶은 변화한다. 책임과 의무를 짊어진 대신 가정 내에서 가부장적인 권리를 내세우게 되는 것이다.

이러한 면모는 성재와 아내를 강제로 조혼시켰던 아버지 김참서의 모습을 그대로 답습하는 것이기도 하다. 따라서 이 부분에 오면서 성재는 금욕적인 계몽주의자의 면모를 더이상 간직할 수 없게 된다. 그는 작품의 전반부에서 경멸했던 인간들과 동등한 차원으로 떨어지고 만다. 이런 맥락에서 볼 때, 변영일에 대한 다음 평가는 매우 시사적이다.

> 변은 결코 악의 있는 청년이 아니었었고, 차라리 선량한 청년이었었다. 동경 유학 시에 현금 조선의 사상과 풍습과 반대되는 여러 가지 사상을 많이 배웠지만은, 그는 이 양자간에 무슨 모순이나 부조화가 있는 줄로 생각지도 아니하고, 따라서 구습을 깨뜨리고 신사상을 수입한다든지, 신사상을 배척하고 구사상을 묵수한다든지 또는 신구를 조화한다든지 하려는 생각도 없고, 또 자기가 특별히 한 가

> 지 이상을 세우고 전력을 다하여 여러 가지 곤난과 싸우며 그것을
> 실행하여야 할 필요도 인(認)치 아니한다. 그는 진실로 매약과 같이
> 무해 무독한 사람이요 세상이 칭찬할 만한 건전한 청년이었다.
> (1917. 12. 19)

변영일의 현실추수적인 면모는 이 대목에 오면서 "건전한 청년"으로 평가된다. 전통적 질서에 순응하면서 모범적 가정을 형성하려는 변영일이 건전한 청년으로 추앙받는 것이다. 앞서 작품의 전반부에서 "변호사는 의사와 같다"는 이일우의 생활 신조에 대해서 경멸적이고 비판적으로 묘사하던 것에서 "매약과 같이 무해 무독한 사람"이라는 긍정적인 입장으로 옮겨가는 것이다.

이처럼 작품의 전반부에서 금욕적인 생활을 바탕으로 계몽적인 위치에 서 있던 김성재가 현실과 타협하는 모습으로 변모되자, 작품의 후반부에서 김성순이 실질적인 주인공의 역할을 담당하게 된다. 변영일과의 혼인 약조를 전후로 김성순은 오빠 김성재와 날카롭게 대립한다. 김성순은 더이상 김성재의 분신이 아니다. 김성순 또한 김성재를 모방대상으로 삼지 않는다. "나는 내다, 내 사람이다. 모친의 성순도 아니요, 성재의 성순도 아니요, 오직 성순의 성순이다"(1918. 1. 27)라는 자각을 통해서 김성순은 독립적인 개체, 개성을 지닌 존재로 새롭게 태어난다. 이때 김성순의 의식을 지배하는 것은 김성재의 의무감과는 다르다. 김성재에게 있어서 삶을 구성하는 것은 다름 아닌 의무 내지 당위의 차원이었다. 작품의 전반부에서 민족을 위한 의무감의 표현이 화학 실험이었다면, 작품의 후반부에서는 가족 구성원의 생계 유지였다. 두 가지 의무감은 비록 그 대상이 다를지언정 개인적인 차원을 넘어서는 것이었다. 의무감은 달리 말해 무엇인가를 위해 자신을 희생한다는 관념을 낳는다. 김성재는 자신을 희생자 내지 헌신자로 규정함으로써 다른 사람들보다 우월한 위치에 설 수 있었다.

이에 비해 김성순의 의식은 개성에 대한 자각으로 규정될 수 있다.

개성에 대한 자각은 다른 가족을 위해 자신을 희생해야 한다는 김성
재의 논리와 대결하는 과정에서 싹튼 것이다. 희생 관념이 당위와 의
무의 차원에서 비롯한 것이라면, 자아 관념은 욕망과 권리의 차원에
서 파생된 것이다. 이제 김성순은 무언가를 위해서 자신을 희생하는
것이 진정한 삶이 아니라는 점을 깨닫게 된다. 오히려 내적인 욕망의
자유로운 표현이야말로 자신의 권리라고 생각하게 된다.

> 우리 조상이 부모나 가정을 위하여 자기를 희생하던 것과 꼭같은,
> 또는 그보다 열렬한 의무의 염(念)으로 자기를 위하여서는 부모나 가
> 정도 희생을 하여야 한다. 자기를 위한다 함은 자기로써 대표하는
> 신시대를 위함이니, 장래에 무한히 길 신시대와 무한히 번창할 자손
> 은 부모보다도 중하다. 아니 모든 과거를 온통 모아놓은 것보다도
> 중하다.
>
> (1918. 1. 29)

이처럼 김성순이 김성재의 그늘에서 벗어나 독립적인 개체로서의
삶을 시작했음으로 보여주는 징표가 민은식과의 사랑이다. 그동안
성재의 가장 충실한 협조자였던 성순은 이제, 오라비와 어머니가 혼
인을 약속한 변영일을 거부하고 미술가 민은식과 사랑에 빠진다. 김
성재의 금욕적인 의무감이 아니라 민은식의 예술적인 열정과 순수한
감정이 김성순의 자아 각성 과정에서 핵심적인 역할을 수행한다. 하
지만, 민은식은 경제적인 어려움과 유부남이라는 사실 때문에 가족
의 격렬한 반대에 놓이게 된다. 결국 김성순은 유산을 마시고 민은식
의 품에 안긴 채 영원히 사랑하는 내 아내라는 말에 미소를 지으며
눈을 감는다.
사실, 우리 소설사에서 등장인물의 자살은 흔치 않은 일이다. 개화
기 소설 중에서 주인공이 자살을 시도한 경우는 여러 차례 볼 수 있
지만, 실제로 자살에까지 이른 경우는 거의 볼 수 없다. 그것은 달리

말해 개인과 사회의 대립과 갈등이 치열하지 않았다는 것을 반증하는 것이며, 동시에 주인공 역시 자아에 대한 인식이 심화되지 못했다는 것을 의미한다. 이광수의 전작 「무정」에서도 박영채는 배학감에게 겁탈당한 후 자살하기 위해 평양으로 떠나지만, 김병욱을 만나 갱생의 길에 접어든다. 이에 비해, 「개척자」의 주인공 김성순은 자신의 사랑을 인정하지 않는 사회적인 구습에 자살로써 항거한다. 따라서 김성순의 자살은 욕망의 표현이자 자아 각성의 결과이다.

서사의 진행과정에서 작가의 과잉 개입이 나타나기 시작하는 것도 이와 관련이 깊다. 작품의 전반부에서는 작가의 계몽적인 목표와 이상이 주인공 김성재의 금욕적인 우월성을 통해 작품 속에서 삼투될 수 있었다. 이에 비해 작품의 후반부에 접어들면서 의무감으로 둔갑한 김성재의 현실적 욕망이 전면에 등장하게 되면서 더 이상 작가의 이상을 대변할 수 있는 존재가 되지 못하게 된다. 김성순 역시 자아의 내적인 욕구로서의 사랑의 완성이 문제시될 뿐, 타인에 대한 교육이나 계몽을 담당할 여력을 지니지 않고 있다. 이때, 작가는 자신의 창작의도를 등장인물과 서술자의 거리를 재조정함으로써 작품 속에 구현하려고 시도한다.

> (이 말은 용하게 성재의 사상을 발표한 것이었다. 그는 성순에게도 독립한 인격을 인정하여야 옳을 줄을 안다. 알뿐더러 남을 향하여 말까지 한다. 그러나 서양서 들어온 지 얼마 아니되는 인(人)이 인권이라는 새 사상은 가장 진보하였다는 성재에게까지도 아직 실행할 힘을 주리만큼 깊히 침투하지를 못하였다.)
>
> (1918. 1. 17)

작가는 이 부분에서 괄호를 사용하여 다른 소설 지문으로부터 구분하고 있다. 물론 작가가 소설 지문에서 괄호를 사용한 것은 이 경우만 있는 것은 아니다. 대개의 경우 이러한 의도적인 구분은 작가가 등장인물과 서술자 사이에 일정한 거리를 설정하고자 했다는 점을 의미한다. 시간적 거리라든지 공간적 위계, 그리고 이념적 낙차 등을 설정하기 위해서 일반적인 소설의 지문으로부터 구분짓고 있는 것이다. 인용문의 경우, 작가와 인물 사이의 거리는 시간적/공간적 차원이 아니라 이념적 차원으로 이해된다. 즉, 소설 속의 역사적 배경이 작가가 서술하고 있는 시점과 동시대라는 점을 감안한다면, 작가는 자신이 추구하고자 했던 이상과 등장인물이 추구하고 있는 이상 사이에 균열이 있음을 암시하고 있는 것으로 보아야 하는 것이다.

이러한 거리 설정에 따라 작품 속에 등장하는 인물들은 서술자 내지 작가보다 이념적으로 열등한 존재로 전락해버린다. 이에 따라 작품의 전반부에서 "양목(洋木) 의복에 메투리"를 신고 다니는 김성재의 우스꽝스러운 모습의 의미도 분명해진다. 전반부에서는 이 모습은 김성재의 궁핍한 생활을 표상하는 듯 보였지만, 이러한 관점에 서게 된다면 전통과 근대 사이에서 부유하는 김성재의 모순적인 의식을 표상하는 것으로 재해석되는 것이다.25) 김성재는 미성숙한 근대인 내지는 과거의 습속에서 완전히 벗어나지 못한 존재인 것이다. 이처럼 작가는 등장인물의 한계를 직접적으로 지적함으로써 작가 자신의 계몽적인 위치를 회복하려고 시도하고 있는 셈이다.

"미숙한 근대성"이라는 논리는 작가의 계몽적인 위치를 회복하는 역할과 함께 사회의 지속적인 발전에 대한 낙관적인 신념을 표출하는 역할을 담당한다. 앞서 인용한 부분에서 바로 이어지는 "종로에

---

25) 김성재의 모순적인 의식은 이일우 변호사의 집에 대한 묘사에서 나타나는 우스꽝스러움과도 연관된다. "사환이 차를 가지고 나왔다. 하얀 고뿌에 가배차를 넣고 접시에는 각사탕 두 개씩을 놓았으며, 칠한 과자합에는 일본 과자가 담기고 과자 위에 이쑤시개 두 개를 꽂았다. 조선 집에 서양식 탁자, 의자도 우습지마는 가배차에 일본 과자도 우습고, 그것보다도 메투리 신은 화학자와 세비로 입은 변호사와의 대조가 더욱 우스웠다."(1917. 11. 23.) 이러한 형상화 방법은 이미 「무정」에서 이형식과 김선형과의 약혼 장면에서 사용했던 방법이기도 하다.

인경 소리를 듣고 난 성재보다는 시계의 치는 소리를 듣고 난 성순이 편이 얼마큼 더욱 신사상을 동화할 능력이 있었다."(1918. 1. 17)에서 알 수 있듯이 시간의 진행이야말로 역사의 발전을 담당하는 진정한 힘인 것이다. 이처럼 작품의 후반부에서는 김성순이 서사를 추동하는 중심축으로 부상하면서 시간성이 핵심적인 요소로 떠오른다. 그리고, 김성순의 변화와 성장이야말로 시간성을 표현하는 가장 중요한 요소인 것이다.

그런데 시간을 전진과 발전의 의미만으로 이해하는 것은 진화론적 시간인식과 밀접한 관련을 맺고 있는 것으로 보인다. 1890년대 말에서 1900년대 초에 걸쳐 사회진화론은 한국의 지식인들에게 폭넓은 영향을 끼친 것으로 알려져 있다.[26] 그것은 ≪황성신문≫, ≪제국신문≫, ≪독립신문≫ 등을 통하여 일반 대중에게 알려지게 되었던 것이다. 그런데, 사회진화론을 수용하는 한, 중, 일, 삼국의 모습은 서로 달랐다. 중국은 적자생존의 논리를 수용하면서도 약자의 관점에 서 있었음에 비해 일본은 강자가 되어야 살아남을 수 있다는 관점에 서게 된다. 중국과 일본의 사회진화론이 지니는 차이와 대립은 한국의 지식인 사회에서도 그대로 발견된다. 단순하게 요약하자면, 전통적인 사유체계에 익숙해 있었던 개신 유학자들은 중국이라는 프리즘을 통해 사회진화론을 받아들였음에 비해 근대적인 학문체계를 접했던 일본 유학생들은 일본이라는 프리즘을 통해 사회진화론을 받아들인다. 이광수 역시 여러 논설들에서 이미 사회진화론에 대한 관심과 일정한 이해를 보여준 바 있거니와, 전작 「무정」에서도 주인공이 자신의 전공과는 무관하게 생물학을 전공하겠다는 결심하는 결말 부분을 통해서 진화론에 대한 관심을 보여준 바 있다.

그런데, 사회진화론은 역사 발전을 단선적인 과정으로 이해하고 있

---

26) 전복희, 『사회진화론과 국가사상』, 한울, 1996.

다는 점에서 많은 문제점을 지니게 된다. 즉, 생물의 진화 과정과 마찬가지로 역사 과정 역시 어떠한 퇴보나 침체도 인정하지 않는 것이다. 이에 따라 과거—현재—미래라는 연속체로서의 시간적 계기들은 야만의 상태로부터 문명의 상태로의 진행, 혹은 진보와 발전이라는 단선적인 의미만을 지니게 된다. 이로써 진보는 평면적인 이행의 과정으로 받아들여지면서 역사적 축적이라고 하는 계기는 사라져버린다.

따라서 김성재의 타락과 김성순의 성장이 복합적으로 교차하는 1910년대의 민족 현실을 단선적인 시각으로 바라보는 사회진화론적인 시각은 많은 문제점을 지닐 수밖에 없게 된다. 예컨대, 이러한 시각은 현재를 과거보다 발전한 사회를 바라보게 함으로써 역사의 방향감각을 상실하고 현실추수적인 면모를 보여줄 수 있는 것이다. 또한 현재의 시간에 엄존하는 결여나 결핍의 문제를 가상의 미래에 대한 낙관적인 전망으로 호도할 수도 있는 것이다. 작가 이광수는 여기에서 김성재의 삶과 김성순의 삶을 "미숙한 근대성"과 "조숙한 근대성"으로 논리화하면서 현실성이라는 이름 아래 자신의 계몽적 위치만을 확인하고 있는 셈이다. 그 결과 새로운 근대문명의 야만적 속성, 곧 제국주의의 식민지 지배의 현실은 사라지고 만다.

4. 자연과학의 수용과 「개척자」의 의미

19세기 후반 서양의 물질문명은 동양의 지식인에게 커다란 충격을 가져온다. 동양의 지식인들이 바라본 서양은 군사력과 기술력으로 무장한 낯선 타자의 모습 그 자체였다. 전통적 사유방식과 행동양식에 의해서는 이해될 수 없는 충격적인 경험은 동양의 지식인 사회를 다양하게 분화시킨다. 이 과정에서 서양의 문명을 모방하고자 했던 일군의 지식인들은 서양문명의 근간을 이루고 있는 자연과학적 지식을 서둘러 받아들이고자 했다. 19세기 서양의 세계관에 가장 큰 영향을 끼친 것은 찰스 다윈의 자연진화론과 존 달턴의 원자설로 알려져 있다.[27] 그 가운데 자연진화론은 사회진화론으로 모습을 달리하면서 사회의 변화를 설명하는 핵심적인 원리로 이해되었고, 원자설에 기초를 둔 화학 역시 부국강병을 위한 근대적인 산업 발전의 원동력으로 이해되었다.

이광수의 「개척자」가 주목되는 것은 바로 근대에 있어서 과학적인 세계관의 근간을 이루는 두 가지 요소가 작품 속에서 핵심적인 원리로 기능하고 있다는 점이다. 작품의 전반부는 실험실이라는 폐쇄된 공간성이 지배한다. 실험(experiment)은 서구의 근대 자연과학에서 지식을 획득하는 가장 기본적인 방법이다. 다양한 실험 결과를 귀납적으로 추론하는 과정에서 진리에 도달하는 것이었다. 이러한 실험의 개념은 주체와 대상, 인간과 자연의 위계적인 분할을 전제로 한 것이었다. 실험하는 주체는 대상으로서의 자연에 인위적으로 개입하고 간섭함으로써 지식을 획득한다. 스스로 말할 수 없는 존재, 자기 의식에 도달하지 못한 미성숙한 존재에 대해 지식을 통해 지배하는 것이라는 점에서 실험은 교육 내지 계몽의 활동과 동질적인 것이라고 할 수 있을 것이다. 요컨대, 우리는 「개척자」의 전반부에서 실험실과 실사회의 위계적인 분리를 통해서 작가의 금욕적 계몽주의가 유지되고 있음을 확인할 수 있는 것이다.

이와 달리 작품의 후반부는 김성재의 타락과 김성순의 성장이라는 과정이 서로 교차하면서 시간성이 핵심적인 서사 원리로 부각된다. 이 과정에서 김성재는 전반부에서 보여주었던 금욕적인 정결성을 훼

---

27) 마루야마 마사오·가토 슈이치, 임성모 역, 『번역과 일본의 근대』, 이산, 2000, 148면.

손당함으로써 계몽주체로서의 자격을 박탈당한다. 김성순 역시 김성재와의 대립과정에서 개인의 내적 욕망으로서의 사랑에 대한 자각을 통해 자아를 성숙시킴으로써 계몽의 내적 기반으로서의 금욕주의를 거부하게 된다. 이에 따라 작가는 근대성의 미성숙이라는 논리로 등장인물과 이념적인 격차를 설정하고 계몽성을 회복하려고 시도한다. 설교조의 작가적 서술이 빈번하게 발생되는 것도 이 때문이다. 그런데 근대성의 미성숙이라는 논리는 근대화를 평면적인 이행의 과정으로 보았다는 점에서 사회진화론과 상동적인 것이라고 할 수 있을 것이다.(≪국어국문학≫ 제132호, 국어국문학회, 2002년 12월 30일 全載)

성장의 시간과 이념적 비전의 역설

··· 강경애의 「인간문제」

1. 강경애와 경향소설의 발전

강경애의 「인간문제」는 1934년 8월부터 12월까지 119회에 걸쳐 ≪동아일보≫에 연재되었던 장편소설이다. 이 소설은 「고향」(이기영, 1933~1934)의 명성에 묻혀 당대에는 논의가 거의 이루어지지 않았다. 당대 리얼리즘 소설의 최고봉으로 평가되는 「고향」이 끝나기 직전에 발표되기 시작했다는 점, 그리고 강경애가 신진작가였다는 점 때문에 정당한 평가를 받지 못했던 것이다.[1] 하지만, 한설야의 「과도기」와 마찬가지로 식민지 하에서의 농민층 분해와 노동자계급의 자각을 그려내고 있어서 경향소설의 성과와 한계를 점검해볼 수 있는 중요한 작품이다.

기존의 연구에서 주목되는 바는 「인간문제」의 작품 구성을 전반부와 후반부로 분리하는 경향이다. 용연 동네에서의 농민들의 삶을 그리고 있는 전반부와 인천에서의 노동자들의 삶을 그리고 있는 후반

---

1) 강경애에 대한 당대의 비평적 언급은 강경애의 문학적 특성을 여성작가로서의 자의식과 결부시켜 논의하고 있는 듯이 보인다. 강경애의 여성작가로서의 성격에 관한 논의는 조남현, 「강경애 연구」(『한국현대소설연구』, 민음사, 1987. 121~129면)에 자세히 검토되어 있다.

부가 확연히 분리되어 있다는 것이다. 여주인공 선비를 중심으로 파악했을 때, 「인간문제」에서 용연동네와 인천이라는 사회적 공간의 이원적 분립은 의심할 여지가 없는 듯이 보인다. 지주의 성적 노리개가 되었다가 쫓겨난 농촌의 여성이 인천의 방적공장에서 강도 높은 노동 통제에 시달리다가 결국 목숨을 빼앗기고 마는 과정을 통해 당대의 농촌과 도시 어느 곳에서도 인간다운 삶을 살아갈 수 없는 식민지 여성들의 사회적 운명을 담고 있는 것이다. 그런 맥락에서 여성작가로서의 강경애[2]를 염두에 두고 「인간문제」를 여성 수난사의 소설적 형상화로 이해한 것은 충분히 납득할 만한 것이었다. 하지만, 이러한 관점에 설 경우 식민지 근대화의 관문이었던 인천에서 부두 노동자가 된 첫재가 의식적으로 성장해 간다는 점이나, 선비 역시 노동자들의 열악한 현실을 경험하면서 계급적인 각성에 이른다는 점은 간과될 우려가 있다. 따라서 선비의 삶을 수난의 과정으로만 이해하는 것을 비판하고 자각과 저항의 과정으로 재구성했던 관점 역시 정당성을 획득하게 된다.[3]

「인간문제」는 농촌 마을인 용연 동네에서 대도시인 인천의 공장에 이르기까지 넓은 공간적 배경을 보여 주는데, 그것은 주인공인 첫재

---

2) 안숙원, 「강경애 연구」, 서강대 석사논문, 1977.
　김윤식, 「강경애론」, 『속 한국근대작가론고』, 일지사, 1981.
　이강언, 「강경애소설의 정신과 기법」, ≪여성문제연구≫(효성여대) 11, 1982.
　강인숙, 「1930년대 여류작가의 작품 경향 연구」, 이화여대 석사논문, 1982.
　서정자, 「강경애 연구」, ≪숙명여대 원우논총≫, 1983.
　송백헌, 「강경애의 '인간문제' 연구」, ≪여성문제연구≫(효성여대) 13, 1984.
3) 이상경, 「강경애 연구」, 서울대 석사논문, 1984.
　조남현, 「강경애 연구」, 『한국현대소설연구』, 민음사, 1987.
　이상경, 「만주항일혁명운동의 문학적 수용」, 『한국문학의 리얼리즘과 모더니즘』, 민음사, 1989.
　임진영, 「'인간문제'의 비극성과 낙관주의」, ≪연세어문학≫ 22, 1990. 3.
　차원현, 「식민지시대 노동소설의 이념지향성과 현실인식의 문제, ≪외국문학≫ 29, 1991. 겨울.

와 선비가 살았던 1930년대의 사회적 현실을 축약한 것이라고 할 수 있다. 그런데, 작품의 첫머리에 등장하는 '원소전설'은 주제의식과 연관성4)을 맺고 있을 뿐만 아니라, 구조적인 측면에서 작품의 전반부와 후반부를 매개하는 역할을 담당하고 있는 듯이 보인다. 원소는 서술자의 이념적 우월성을 가능하도록 공간이다. 그리고 원소전설의 반복과 의미변화를 통해서 작가는 작품 전체의 통일성을 확보할 수 있었던 것이다.

본고는 이 점을 염두에 두고 「인간문제」를 분석해보고자 한다. 2장에서는 전반부와 후반부를 연결하는 매개고리로서의 원소전설이 갖는 의미와 담론적 특성을 살피고자 한다. 3장에서는 시간-공간구조를 중심으로 작가가 농촌과 도시라는 사회적 공간을 어떻게 형상화하고 있는가를 살피고자 한다. 서로 다른 시간과 공간에 기반하는 「인간문제」의 전반부와 후반부가 어떤 미학적·사회적 원리에 의해 형상화되고 있는가를 살필 것이다. 이는 1920~30년대 리얼리즘소설이 이룩했던 문학적 성취 과정의 의미와 한계를 정당하게 자리매김하기 위한 것이다.

2. 원소전설의 구성적 의의

소설 「인간문제」의 발단 부분을 살펴보면, 가장 먼저 느낄 수 있는 것이 서술자의 움직임이다. 「인간문제」의 서술을 담당하고 있는 서술자는 이야기 밖에 존재하는 인물이다. 그는 이야기 속에 자신의 모

---

4) 여기에 관해서는 김윤식의 「강경애론」(앞의 책, 244면)에서 지적된 이래 이상경의 「강경애 연구」(앞의 글, 70~85면)에서 자세히 검토된 바 있다.

습을 명시적으로 드러내지 않은 채 비교적 객관적인 묘사와 서술로
서 이야기를 이끌어가고 있다. 서술자가 실체화되어 있지 않기 때문
에 서술자의 존재는 서술되는 이야기를 전달하는 과정 속에서만 확
인할 수 있다. 서술자의 존재 양식이 서사문학의 장르적 특질을 이룬
다는 점을 염두에 둘 때, 「인간문제」에서 서술자의 위치는 매우 흥미
롭다.

> (A) 이 산등에 올라서면 용연동네는 저렇게 뻔히 들여다 볼 수가
> 있다.
>
> (1934. 8. 1)[5]

> (B) 신발 소리가 차츰 가까워지더니 산등으로 계집애 하나가 뛰어
> 올라온다. 그는 무엇에 쫓기는 모양인지 자주자주 뒤를 돌아
> 보며 숨이 차서 달아내려온다.
>
> (1934. 8. 2)

> (C) "이애 선비야! 나하고 같이 가자."
> 소리를 지르며 달려내려갔다. 그가 원소까지 왔을 때는 계집
> 애는 보이지 않았다.
>
> (1934. 8. 2)

> (D) 그들이 집까지 왔을 때는 어슬어슬한 황혼이었다.
>
> (1934. 8. 3)

(A)은 소설의 처음 부분이다. 여기에서는 서술자의 위치가 "산등"
이라는 점이 분명하다. 하지만 (B)의 인용문을 살펴보면 서술자가 움
직인다는 사실을 알 수 있다. "달려내려온다", "올라온다"와 같은 서
술어는 서술자의 움직임과 밀접하게 연관되어 있다. 첫 문장에서는
서술자가 위치하고 있는 산등으로 "뛰어올라온다". 다음 문장에서는

---

5) 「인간문제」의 텍스트로는 ≪동아일보≫ 연재본을 사용하였다. 인용문은 모두 현
   대적인 표기법에 따라 고쳤으며, 인용 말미에 연재날짜를 밝혔다.

"달려 내려온다"는 표현을 쓰고 있는데, 이는 서술자가 산등보다 아래에 위치해 있기 때문에 가능할 수 있다. 서술자의 정확한 위치는 알 수 없지만, (C)의 인용을 고려해 보았을 때, 산등과 원소 사이일 것이다. (C)에서 서술자의 위치는 원소로 이동하고, (D)에서는 첫재의 집, 곧 용연동네로 이동했다. 서술자의 위치가 용연동네로 내려 왔을 때, 서술자의 하강운동은 멈추게 된다. 이제 서술자의 위치 이동은 수직적인 차원에서 수평적인 차원의 운동으로 변화된다. 이처럼, 소설의 서두에서 서술자는 산 정상에 위치해 있다가 원소로, 그리고 용연동네로 내려오고 있다.

작품의 서두에서 두드러지게 나타나는 서술자의 움직임은 이야기를 서술하는 각도(묘사패턴)의 변화를 수반하며, 작품 내적 공간의 변화와도 직결된다. 산 정상에 위치해 있을 때, 이야기를 전달해주는 서술자는 용연 동네의 삶을 전체적으로 조감할 수 있다. 농민들이 살아가고 있는 용연동네의 공간적 축도와 함께 원소전설로 이름 붙여진 역사적 시간까지도 아울러 살펴볼 수 있게 된다.

> 이 산등에 올라서면 용연 동네는 저렇게 뻔히 들여다 볼 수가 있다. 저기 우뚝 솟은 저 양기와집이 바로 이 앞벌 농장주인인 정덕호 집이며, 그 다음 이편으로 썩 나와서, 양철집이 면역소며, 그 다음으로 같은 양철집이 주재소며, 그 주위를 둘러싸고 컴컴히 돌아앉은 것이 모두 농가들이다.
>
> (1934. 8. 1)

그런데, 여기에서 서술자는 자신의 시야를 용연동네 내부로 고정시킨 채 용연동네 이외의 사회적 공간에 대한 관심을 갖지 않는다. 용연동네 내부에서 이루어지고 있는 농민들의 삶만이 서술자의 관찰 대상이 된다. 서술자가 용연동네로 시선을 고정시킴으로 해서 서술자와 작중인물 사이에는 새로운 관계가 발생한다. 서술자는 작중인물들보다 한단계 높은 공간적 위치에서 내려와 작중인물과 동일한 현실 속에 자리잡는다. 서술자는 더 이상 작중인물들의 삶을 바라보는 객관적 관찰자의 태도에서 벗어나, 등장인물들이 경험하게 되는 사실을 서술하는 것이다. 그런데, 주목해야 할 점은, 서술자가 선비와 첫재의 눈을 통해서 세계를 인식하는 것이 아니라, 그들보다도 한 단계 높은 이념적 위치에서 작중인물을 파악하고 서술한다는 점이다. 서술자가 작중인물들보다 한 단계 높은 이념적 위치에 설 수 있도록 해주는 것은 원소전설이다. 원소전설은 묘사된 인물들과 서술자 사이에 존재한다. 서술자는 이 전설로부터 자유로운 위치에 서 있지만, 작중인물들의 삶은 이 전설에 영향 받고 있다.

농민들의 삶 속에서 원소전설이 차지하고 있는 의미는 매우 특이하다. 그들에게 있어 과거의 전설은 신성한 것이다. 그것은 어떠한 시간성의 침윤도 받지 않은 채 농민들의 의식 속에 잔존해 있으며, 현재에까지 지속적인 영향력을 행사한다. 현재를 살아가고 있는 농민들은 신성한 과거로서의 전설을 '기억'한다. 거기에는 어떠한 의미부여도 가능하지 않다. 그것이 언제, 어떠한 이유로 발생되었는가가 중요한 것이 아니라 그것이 존재한다는 사실만이 중요한 것이다. 따라서 과거가 현재의 전사로서의 의미를 가지고 있다거나, 혹은 과거는 이미 끝난 것이라는 상대성에 대한 인식은 존재하지 않는다. 따라서 농민들의 삶에 있어서 현재는 과거의 지속이자 반복이다. 현재는 미래를 향해 열려 있지 않고 과거를 향해서만 열려 있다. 전설은 농민들의 반복된 경험이 축적된 결과물로서, 세계에 대한 인식의 모형으로 기능한다.

> 이 동네 농민들은 어디서 새로 이사 오는 사람들이 있으면 반드시 쫓아가서 원소의 전설부터 이야기하고 그리고 자손이 나서 말을 배우기 시작할 때부터 이 전설을 가르쳐 주는 것이다. 그래서 어린

애들로부터 어른까지 이 전설을 머리에 꼭꼭 기억하고 있다. 그리고 이 원소에 대하여서 막연하나마 어떤 기대를 가지고 있는 것이다.

그러므로 이 농민들은 무슨 원통한 일이 있어도 이 원소를 보고 위안을 얻으며 무슨 괴로운 일이 있어도 이 원소를 바라보면 사라진다고 하였다.

사명일 때면 그들은 떡이나 흰밥을 지어 이 원소 부근에 파묻으며 옷이며 신발까지도 내다 버리는 것이다. 그만큼 그들은 정성을 표하곤 하였다. 더구나 그들이 불치의 병에 걸렸을 때도 이 원소에 와서 빌면 그 병은 곧 물러간다고 그들은 말하였다.

이러한 원소를 가진 그들이건만 웬일인지 해를 거듭할수록 나날이 궁핍과 고민만이 닥쳐왔다. 그래서 근년에는 그들의 먹는 것이란 밀죽과 도토리뿐이므로 흰밥이며 떡을 해다 파묻는 일도 드물었다.

그들의 이러한 아픔과 쓰림은 저 원소라야만 해결해 줄 것 같았다. 그래서 그들은 언제나 원소를 바라보며 위안을 얻었다.

(1934. 8. 1)

현재만을 경험하고 있는 농민들은 원소전설을 신성한 과거로서 기억한다. 하지만, 농민적 경험의 축적물로서의 원소전설과 현재의 삶 사이에 단절과 불연속이 존재한다. 따라서 원소전설에 새롭게 의미를 부여하는 과정이 개입할 수 없다. 그것이 언제, 어떻게 이유로 발생했는가가 중요한 것이 아니라 그것이 존재한다는 사실 자체가 중요한 것이다. 따라서 과거가 현재의 전사로서의 의미를 가지고 있다거나, 혹은 과거가 이미 끝난 것이라는 상대성에 대한 인식은 끼어들여지가 없다. 미래가 존재하지 않는 바로 그 이유 때문에 과거 역시 과거로서 인식되지 않는다. 미래가 없는 이상 과거도 과거가 아니며, 따라서 역사도 존재하지 않는다. 역사는 인간이 능동적인 주체로서 자기의 삶에 관여하기 시작하면서 비로소 나타나기 때문이다.

원소는 이처럼 용연동네 농민들의 의식을 지배하는 권위적 담론 (authoritative discourse)6)으로서 기능한다. "이 동네 농민들은 어디서 새로

---

6) M. M. 바흐찐의 개념에 따른다면 원소전설은 과거에 이미 권위를 인정받았다는 점

이사오는 사람들이 있으면 반드시 쫓아가서 원소의 전설부터 이야기
하고 그리고 자손이 나서 말을 배우기 시작할 때부터 이 전설을 가
르쳐주는 것이다"(1934. 8. 1) 그들은 과거의 선조들이 현실을 바라보았
던 것과 마찬가지로 원소전설을 통해서 자신들의 현재 위치를 인식
한다. 이처럼 용연동네는 공간적으로 폐쇄되어 있으며, 시간적으로
과거를 향해서만 열려있을 뿐이다. 따라서, 용연동네 농민들이 보여
주는 희망 역시 진행적인 성격보다는 퇴행적인 성격을 지닌다. 그들
은 자신들의 삶의 신조이자 유일한 자랑거리로 삼은 원소전설 속에
서 행복했던 과거, "흰밥이며 떡을 해"(1934. 8. 1) 먹을 수 있었던 것을
회상할 뿐이며, 세계를 적극적으로 변화시키려는 의지보다는 자기위
안적인 요소를 발견해 낼 뿐이다. 타작마당에서 첫재의 행동을 통해
지주 정덕호에게 반항하던 농민 대중들이 곧이어 첫재를 원망하는
것은 그들의 의식 속에 각인되어 있는 퇴행적인 성격을 잘 보여준다.

원소전설이 이처럼 작중인물들의 삶을 지배할 때, 그들은 발전과
변화의 감각을 획득하지 못한다. 들판의 저편, 혹은 앞산 봉우리 너
머의 새로운 공간적·시간적 지평을 획득하지 못한 채, 선조들에 대
한 기억과 회상의 시간—구체적으로는 원소전설—을 통해서만 삶에
의미를 부여할 수 있을 뿐이다. 이처럼 원소전설은 현실과의 직접적
인 대면을 통해서 당대의 역사적 변화를 수용하고 인식하려는 노력을
가로막고 과거로의 몰입만을 가능하게 한다. 그들의 삶은 경험 속에
서가 아니라 전설이라는 인식틀에 의해서 연역될 뿐이다. 따라서 원
소전설 속의 세계는 회복되어야 할 세계임에도도 불구하고, 현실적인
실현 수단을 발견하려는 시도 속에서 구체화되지 않는다. 첫재가 타
작마당에서 농민들을 선동해 지주에 대항할 때, 그것은 원소전설의

에서 권위적 담론의 하위개념인 선험적 담론(prior discourse)으로 정의해야 좀더 정
확할 것이다. 권위적 담론과 내적 설득의 담론에 대해서는 M. M. 바흐찐, 『장편소
설과 민중언어』, 전승희·서경희·박유미 역, 창작과비평사, 1988, 342~346면 참조.

후광을 입고 있다. 하지만 원소전설 속에는 이미 농민들의 패배가 예견되어 있다. 농민들의 투쟁과 자유가 바람직한 상태로 제시되지만 그것은 패배할 수밖에 없는 상황 속에 놓여 있는 것이다. 요컨대, 용연동네에서 과거로서의 원소전설은 농민들에게 미래의 역할까지 담당하고 있지만, 그것은 실현 가능성과 결합되지 않았다는 의미에서 몽상적인 성격을 벗어나지 못하는 것이다.

> 싸락눈이 그의 다는 얼굴을 선듯선듯하게 하여 준다. 그는 뿌옇게 보이는 앞 벌을 바라보며 한숨을 푹 쉬었다. 아직까지 그의 온갖 희망과 포부가 이 벌 전부이었던 것을 그는 다시금 생각해 보았던 것이다. 그러나 이 벌을 잃어버린 지금에 와서는 그에게 무슨 희망과 포부가 있으랴! 단지 그의 앞에 가로질린 것은 캄캄한 암흑뿐이었다.
> 그는 일하러 나올 때마다, 괭이를 높이 둘러메고 끝없는 공상에 잠기곤 하였다.
> 농사를 잘 지어서 먹고, 남는 것을 팔아서 저축해 두었다가 그 돈으로 밭 사고, 그리고 선비를 아내로 맞이해서, 아들딸 낳아 가면서 재미나게 살아 보겠다고 그는 몇 번이나 생각해 보았던가! 그는 자기의 이러한 어리석었던 공상을 회상하며 픽 웃어 버렸다. 따라서 희망에 불타던 그의 씩씩한 눈망울은 비웃음과 저주로 변하는 것을 확실히 볼 수가 있었다.
>
> (1934. 9. 27)

농민들의 의식을 지배하는 몽상적인 미래와 농민들의 희생과 패배를 강요하는 냉엄한 현실이 맞부닥치는 지점에 첫재와 선비의 '탈향'이 놓인다. 첫재는 타작마당에서의 반항적인 행동으로 말미암아 주재소라는 식민지 권력에 위협받으면서 용연동네를 벗어난다. 선비 또한 정덕호의 농락을 견디지 못하고 용연동네를 떠나게 된다. 근대의 발전과 함께 농촌의 공동체적 본질은 더 이상 유지될 수 없다. 특히 첫재는 불합리한 삶을 강요하는 근대적 원리로서의 '법'에 정면으로 맞서지 않고서는 진정한 자유를 획득할 수 없다는 각성에 이르게 된다. 여기에서 비로소 「인간문제」는 소설의 내적 형식으로서의 시간성을 획득하게 된다. 용연동네라는 전원적 풍경을 통제하던 외부로부터의 철저한 고립이 파괴되기 시작한 것이다.

용연동네 내부에 머물러 있던 서술자가 다시 소설 서두의 위치로 올라서는 것도 이 대목이다. 정덕호에게 반항한 댓가로 소작권을 빼앗긴 첫재는 용연동네를 떠나기로 결심한다. 이 장면에서 서술자는 소설의 서두에서와 마찬가지로 용연동네보다 높은 공간적 위치로 올라선다. 서술태도에 있어서는 근본적인 변화가 나타난 것은 아니지만, 서술자는 작중인물보다 높은 위치에 서게 됨으로써 용연동네라는 폐쇄적 공간을 넘어설 수 있는 가능성을 얻게 된다. 작중인물이 용연동네를 벗어나기 위해서는 서술자 또한 용연동네를 벗어나야 한다. 서술자가 용연동네를 벗어나기 위해서는 마을로부터 한단계 높은 원소의 자리, 혹은 용연동네를 여타의 공간으로부터 지리적으로 한계짓고 있는 공간적인 위치가 요구되는 셈이다. 여기에서부터 서술자는 용연동네 외부에도 관심을 갖게 된다. 이 장면 직후에서부터 신철의 생활들이 나타난다는 점은 그것을 잘 말해준다. 옥점과 함께 이곳을 방문했을 때, 신철은 어떠한 개인사도 갖지 못한 인물이었음에 비해, 이곳에서부터 신철은 본격적으로 소설 속에서 활동하는 것이다.

　어느덧 그는 원소까지 왔다. 앙상한 버드나무 숲은 어찌 보면 자기의 신세와도 흡사하였다. 그러나 다시 한 번 그 숲은 쳐다보았을 때 오는 봄에 싹 돋으려는 씩씩한 기운을 발견할 수가 있었다. 그는 버드나무를 의지하여 원소를 내려다보았다. 그때에 생각키운 것은 원소의 전설이다.
　'그들도 법에 걸려 혹은 죽고 혹은 매를 직사하게 맞았다지' 몇 천 년이나 몇 백 년이 되었는지 분명하지 못한 그 옛날의 농민들도 자기와 같은 그런 궁경에 빠졌던 것을 새삼스럽게 느끼며 다시금 원소의 푸른 물을 들여다보았다.

(……)

그는 산등에 올라 되는대로 주저앉았다. 그러고 지게를 진 채 멍하니 산아래를 굽어보았다. 그때에 떠오른 것은 어려서 이 산등에 나무하러 왔다가 선비를 만나 싱아를 빼앗아먹던 기억이다. 따라서 그때부터 자기가 선비를 맘 한구석에 생각하였다는 것이, 옛날을 회상할수록 더욱 뚜렷하였다. 그러나 그렇게 사모하던 선비를 한번 만나 이야기도 못해 보고 그만 영원히 만나지 못할 생각을 하여, 무의식간에 그는 작대기를 들어 그의 발부리를 힘껏 후려쳤다. 그리고 벌떡 일어났다.

(1934. 9. 28)

이처럼 첫재의 탈향과정에서 원소전설은 새로운 의미를 시험받게 된다. 첫재는 용연동네를 떠나야한다는 절망과 새로운 세계에 대한 공포 속에서 원소를 찾게 된다. 원소는 그에게 위안을 주는 곳이었다. 그는 이곳에서 자신의 과거를 회상하지만, 그것에서 한걸음 더 나아가 원소전설 속에서 새로운 의미를 찾으려고 시도한다. 그는 원소전설 속의 농민들이 보여준 투쟁을 자기화하며, "오는 봄에 싹돋으려는 씩씩한 기운을 발견"(1934. 9. 28)하는 것이다. 과거를 향해서 열려져 있던 첫재의 의식지평은 미래를 향해 새롭게 열려간다. 침범할 수 없는 권위를 지닌 담론으로써 농민들의 의식세계를 지배하던 원소전설은 첫재에 의해 새로운 의미를 지닌 담론으로 전화하는 계기를 이룬다. 첫재가 공상에서 의도적으로 벗어나려고 하는 것은 선비와의 만남이 이루어지지 못한 것에 대한 안타까움이 아니다. 그것은 "전날의 선비와 같이 다정한 감을 주지 않고 웬일인지 차디찬 조소를 그의 윤택한 살갗을 통하여 차츰 농후하게 던져주는"(1934. 9. 28) 선비에 대한 미련을 떨쳐버리기 위한 의도적인 노력이다. 하지만 그것의 진정한 의미는 첫재에게 아직 발견되지 않고 있다. 다만 농촌에서의 조화로운 삶은 이미 퇴락하기 시작했다는 것을 알려줄 뿐이다.

첫재가 보여주는 원소전설의 재맥락화는 작품 내적 시간-공간 구조가 변화할 수 있는 필연적인 가능성을 보여준다. 전원적 풍경을 통제하던 철저한 고립과 외부로부터의 한계가 이미 파괴되기 시작한 것이다. 즉 낯선 세계에 둘러쌓여 있으면서도 고립적으로 존재하던 용연동네는 다른 세계로 변화하기 시작한 것이다. 첫재의 정덕호에 대한 반항과 패배 또한 원소전설 속에 내포되어 있는 바, 첫재는 결국 자신의 문제성을 실현할 수 있는 새로운 공간적 환경을 요구하게 되는 것이다. 「인간문제」를 전반부와 후반부로 구분짓는 것은 공간적 폐쇄성과 그것에 기초한 의식상의 단순성이 새로운 세계질서 속에 편입됨으로써 빚어지는 소설 내적 구조의 변모인 셈이다. 서술자가 첫재의 탈향 과정에서 원소의 위치를 회복한다는 점은 그것을 말해준다. 그것은 좀더 정확히 말하면 선비의 탈향을 계기로 하는 것이 아니라 첫재의 탈향을 계기로 이루어진다. 자연적이고 일상적인 순환성 속으로부터의 탈출, 그것이 선비와 첫재, 그리고 간난이의 탈향 과정이다. 여기에서 비로소 「인간문제」는 소설의 내적 형식으로서의 시간성을 획득하게 된다.

3. 노동자로서의 삶과 자각으로서의 시간

첫재의 탈향과정을 통해 형상화되기 시작한 도시에서의 삶은 농촌에서의 리듬과는 확연히 구별된다. 도시에서의 삶은 모두 이해관계에 따라 얽혀 있으며, 시간의 흐름에 따라 항상 변화하는 과정으로 나타난다. 따라서 원소전설처럼 과거의 절대화가 아니라, 그것의 역사화가 이루어진다. 과거의 의미는 미래의 빛에 비춰진 현재에 의해 새롭게 발견되는 것이다. 그것이 구체화되기 시작한 것이 첫째의 경우에는 신철과의 만남이며, 선비의 경우에는 간난이와의 만남이다. 그들은 이러한 만남을 통해서 새로운 모습으로 성장한다. 이 과정에서 주목할 것 중의 하나가 바로 시간적 표지들이 많이 등장하고 있다는 점이다. 용연동네의 삶에서 시계시간은 거의 등장하지 않으며, 등장하더라도 소설 구성에서 커다란 역할을 담당하지 않고 있다.[7] 하지만, 도시에서의 삶은 시간과 아주 밀접하게 연관되어 있어서 소설적 진행을 위해서는 객관적 시간을 염두에 두지 않을 수 없다. 학교와 공장뿐만 아니라 거리에서 다양하게 전개되는 삶의 양상을 묶어주는 것은 다름아닌 객관적인 시계시간이다. 개별적인 서사적 인물들은 서로 다른 공간에서 활동하고 있음에도 불구하고 동일한 시간적 지표를 바탕으로 작품 속에 들어올 수 있게 된다.

신철에게 있어 시간은 고뇌와 방황의 시간이다. 신철은 시간 속에서 끊임없이 유혹당하고 시험된다. 예컨대, 아버지와 다툰 후 가출한 신철이 관철동을 출발하여 다시 관철동으로 되돌아오는 과정은 그의 정신적 방황과정과 일치한다. 신철이 지니고 있던 갈등은 내면적인 갈등이다. 현실적인 삶을 추구하라는 아버지의 요구는 신철에게 강요되고 있었을 뿐만 아니라 신철의 의식 속에 이미 내면화되어 있었다.

> 엘리베이터를 타고 미쓰고시 상층까지 올라온 신철이는 의자에 걸어앉아 멍하니 분수를 바라보았다. 곁의 의자에 앉은 어떤 남녀는 빙수를 청하여 놓고 먹으면서 무슨 이야기를 재미나게 하다가는 호호 웃었다. 그때마다 신철이는 그들이 자기의 초라한 모양을 바라보고 웃는 듯하여 한참이나 그들을 노려보다가 획 돌아앉았다. 그리고

---

7) 「인간문제」의 전반부에서 시계시간이 등장하는 것은 두 부분이다. 신철이 용연동네를 떠나기 전 원소에 들르는 대목과 선비가 정덕호의 유혹을 받기 직전 할멈과 대화를 나누는 대목 뿐이다.

그는 도리어 그들을 대하여 떳떳한 길을 밟지 못하고 있는 인간들아! 하고 소리쳐 주고 싶은 생각을 억지로 해보았다.

곁에서 빙수를 마시며 호호…… 하하…… 하는 두 젊은 남녀의 웃음소리에 비위가 상해서 신철이는 그만 돌아앉았으나 그들의 시선이 그의 잔등과 뒷덜미를 향하여 여지없이 쏟아지는 것을 깨달았다. 동시에 햇볕이 못 견디게 내리쪼인다. 그는 포켓에서 수건을 내어 이마를 씻었다. 수건 역시 이것이 마지막이다. 집에서 나올 때 사오 개 가지고 나왔지마는 동무들에게 하나하나 빼앗기고 그나마 해어진 것 이것이 있을 뿐이다. 그는 곁에서 빙수를 먹는 여자의 음성이 차츰 옥점의 그 음성과 흡사하였다. 옥점이는 어디로 출가했는가? 아직도 나를 생각하고 있는가? 이런 생각이 내리쪼이는 햇볕과 같이 강하게 일어나는 것을 깨달았다. 그는 픽 웃어 버렸다. 그리고 그 생각을 묻어 버렸으나 웬일인지 그때가 그리운 듯하였다. 아니! 확실히 그리워졌다. 그나마 그때가 자신에게 있어서는 얼마나 행복스러운 시절이었는지 몰랐다. 그는 그만 벌떡 일어났다. 그 생각이 마치 일포가 콧구멍을 우벼 내고 발가락을 우벼 내는 것보다도 더 고리타분하게 생각되었던 때문이다.

(1934. 11. 6 ~ 11. 7)

신철은 일시적으로 노동자들의 계급적 각성을 위해 노력하는 지식인으로서의 면모를 보여준다. 하지만, 부두에서 일하고 온 신철이 육체노동에 대한 괴로움과 옥점에 대한 그리움을 동시에 표출하거니와, 선비의 거친 손을 생각하는 의식적인 시간으로서의 낮과 옥점의 고운 손을 상상하는 고뇌의 시간으로서의 밤이 계속 교체되는 방황의 연속으로 나타난다. 이러한 고뇌와 방황의 근원에는 금욕적이고 계몽적인 주체에게서 특유하게 나타나는 고독의 감정이다. 신철은 "노동자와 자기 사이에는 언제부터인가 짐작할 수 없는 그때부터 어떤 보이지 않는 간격"(1934. 11. 17)이 존재하고 있다고 느낀다. 자신이 동화되고자 했던 사회적 존재로부터 거부되고 있다고 고독의 감정은 "자기는 노동자의 동무가 되려고 필사의 힘을 다하여 노동시장에 나왔거늘 그들은 저렇게 자신을 비웃고 조그만 동정도 기울이 않는다"(1934.

11. 16)는 원망으로 확대된다.

이렇듯 신철은 계급적 이념의 확립과 그 실천이라는 식민지 지식인의 정신적 특성을 잘 반영하고 있다. 그는 자신이 억눌러야만 하는 것으로 파악되던 욕망이 드러날 때, 자신을 비열한 인물로서 간주한다. 끊임없이 나타나는 옥점을 향한 육체의 욕망을 억제하지 못하는 자신을 비판하고 의식적으로 노동자계급의 편에 서고자 했던 것은 신철이 근대 특유의 금욕적 주체이기 때문이다. 그 결과 신철에게는 노동을 통해서만 자신의 자연적 욕망을 충족시킬 수 있는 계급에 대한 환상이 나타나지만, 노동을 통한 신체의 단련을 거치지 못했다는 바로 그 이유 때문에 마침내 전향하고 만다.

신철과는 달리 노동자계급에 속해 있는 첫재와 선비에게 있어 삶의 과정은 자신들의 이념을 확고히 세워나가는 성장의 시간이다. 간난과 선비는 절친한 친구 사이였으나 정덕호와의 관계 속에서 점차 멀어진다. 하지만 두 사람이 같은 처지로 전락함으로써 옛 우정을 회복한다. 그들의 일체감과 정신적 성장을 더욱 확고하게 만들었던 것은 공장에서의 경험이다. 그들은 공장에서의 근대적 시간체험의 결과 일시적인 욕망을 절제하고 규율에 따라 행동하는 새로운 인간형으로 탄생한다. 이러한 새로운 인간형의 등장은 결코 자연발생적인 과정이 아니다. 그것은 생산력의 발전을 추구하는 근대적인 발전과정의 부산물이다.

> "이 공장에서는 여공의 장래를 그르칠까 봐 풍기를 엄밀히 감독하는 까닭에 개인의 외출을 불허하느니만큼 여러분은 퍽 밖이 그리울 것이오. 그러나 매해 춘추로 좋은 음식을 만들어 가지고 산보를 가오. 오는 봄에는 여러분에게 구두를 원가로 배급하야 신기고 월미도에 가서 원유회를 할 계획을 지금 사무실에서 하고 있는 중이오……."
> 여공들의 눈에는 희망과 환희의 빛이 떠올랐다. 이때 간난이는 벌

떡 일어나서 감독의 말을 일일이 반박하고 싶은 흥분을 가슴이 뜨겁
도록 느끼었다.

"또 이 공장에서는 삼 주일에 한 일요일은 휴일로 정하고 그날은
앞의 운동장에서 운동과 유희를 시키우. 이것은 여러분의 건강을 위
하여 하는 일이니, 참 이 공장의 특전이오. 마지막으로 이 공장을 내
공장으로 생각하고 소제를 깨끗이 하며 또 일의 능률을 내어서 임금
외에 상금도 많이 타도록 하오. 그러나 게으른 사람에게는 도리어
벌금이 있을 터이니 특별히 주의하여야 하오."

그들은 일시에 일어나 감독에게 경례를 하고 강당에서 몰려나왔다.
또다시 종이 울렸다. 이 종은 자라는 종이라고 그들은 소변 대변
을 보고 나서 방 안의 전깃불을 껐다.

(1934. 11. 24)

선비의 공장생활은 '종'으로 표상되는 근대적인 시간경험을 바탕
에 깔고 있다. 이것은 정해진 일과표에 따라 노동을 효율적으로 관리
하기 위한 것이었다. 공장은 정해진 시간표에 따라 시간을 분할하고
행동을 규칙화함으로써 근대적인 생산활동에 쉽게 적응하도록 만드
는 공간인 것이다. 노동자들은 이러한 시간훈련을 통해 일시적이고
예측불가능한 육체의 욕망과 행동을 통제하고 합리적으로 조직하는
새로운 인간형으로 탄생한다. 그들은 노동의 대가로서 주어진 한정
된 임금을 효율적으로 사용하기 위하여 현재의 욕망을 수량화·계측
화한다. 그리하여 최우선적인 욕망에서부터 화폐임금을 소비해갈 것
이다. 이렇듯 현재의 욕망에 대한 절제와 서열화를 통해서 미래를 예
측할 수 있게 된다. 그들은 이제 미래의 가능성을 위해서 현재를 살
아갈 것이다. 공장이 노동자계급의 혁명적 성격을 가능하게 하는 곳
이라면, 그것은 바로 이러한 시간성을 경험하도록 하는 것이기 때문
이다.

노동자들은 이처럼 공장으로 표상되는 근대적 공간 경험을 통해서
미래와 진보에 대한 믿음을 획득하고 그것을 실현하기 위해 현재를

재조직한다. 그런 의미에서 식민지에서 노동자계급은 P. 부르디외가 말했던 것처럼 하나의 특권적인 계급을 형성한다.8) 노동자들이 혁명적인 의식을 선취할 수 있었던 것도 생활상의 긴박한 욕구로부터 벗어나 자신의 삶을 계획적으로 조직할 수 있었기 때문이다. 여기에서 농민들이 즉자적인 반항에도 불구하고 진정한 의식의 혁명에 도달할 수 없는 이유도 분명해진다. 농민들은 현재의 욕망에 사로잡혀 살아갈 뿐이다. 이에 비해 노동자들은 긴박한 생활상의 문제로부터 어느 정도 벗어날 수 있었기 때문에 오히려 진정한 미래지향적인 태도를 획득할 수 있었던 것이다. 이러한 미래 개념의 획득이야말로 한 개인의 역사를 성장의 역사로 변모시킬 수 있다. 선비는 공장체험을 통해서 "천 여 명의 여공들이 한 몸이 되어 우선 경제적 이익과 인격적 대우를 목표로 항쟁하도록 인도"(1934. 11. 25)하여야 한다는 계급적 시각을 획득한다. 따라서 인천에서의 선비의 삶은 이념적 자각의 역사라고 할 수 있다.

그러나 첫재와 선비의 의식은 신철과 간난과의 만남을 통해서 직접적으로 고양되지 않는다. 첫재와 선비는 철저히 신철과 간난이의 영향권 아래에 놓여 있다. 첫재와 신철의 대화를 살펴보면 두 사람 사이에는 대화적 관계가 성립하지 않고 있음을 알 수 있다. 신철의 담론은 이념성을 강하게 띠고 있으며, 첫재의 응답가능성을 염두에 두고 있지 않다. 신철의 담론은 첫재가 아니더라도 상관없을 만큼 일방적으로 전개된다는 점에서 첫재를 대상으로 하고 있지 않다고 할 수 있으며, 따라서 비대화적·독백적인 담론이다. 대화는 신철에 의해 일방적으로 진행되고 있으며, 첫재는 신철의 담론을 무비판적으로 수용하는데 그친다. 신철의 담론은 첫재를 향한 직접적인 방향성만을 가진다. 신철의 담론은 일종의 권위적인 담론 형태로서 첫재에

---

8) P. 부르디외, 『자본주의의 아비투스』, 최종철 역, 동문선, 1995, 90~92면.

의해 침범될 수 없는 영역이다. 첫재와 신철 사이에는 너무나 넓은 간극이 존재하기 때문에 모방의 형태로 나타난다. 첫재가 원소를 떠나면서 갖게 되는 법질서에 대한 의문은 그것을 의식할 수 있도록 매개하는 신철과의 넓은 간극 때문에 주체적인 성격을 띠지 못하는 것이다. 따라서 첫재는 매개자로서의 신철을 절대시하고 그것을 모방하려는 욕구로 나아간다. 신철의 담론은 완전한 의미를 가진 것이다. 그것은 최종적인 가치판단의 기준이 된다. 신철의 직접 화법은 작가에 의해 묘사되고 객체화된 담론 형태이지만, 작가(혹은 서술자)의 언어는 신철의 담론을 자신의 문맥 속에 포괄하지 않는다. 원소전설이 차지하고 있는 권위가 신철의 담론에 의해 대체되고 있는 형국이다.

이것이 역전되는 과정이 소설의 마지막이다. 신철의 담론은 이 부분에서 간접화법으로 묘사된다. 직접화법으로 묘사된 신철의 담론은 작가에 의해 묘사되고 객체화된 형태이지만, 서술자(혹은 작가)의 문맥 속에 포괄되지 않는다. 작가는 신철의 이념적 담론에 간여하지 못하지만, 간접화법으로의 변화를 통해 비로소 첫재의 관점에서 신철의 담론을 비판할 수 있게 된다. 철수를 통한 전달이라는 대화형식상의 변화는 다른 한편으로 첫재가 신철의 영향권으로부터 벗어나게 됨을 보여준다. 첫재를 향해 무조건 옳은 것으로 전달되기만 하던 신철의 담론이 조건적으로만 진리일 수 있음을 보여주는 것이다. 여기에서 첫재의 의식성장과정이 포괄된다.

> 그의 머리에는 아까 철수에게서 들었던 말이 번개같이 떠오른다. '돈 많은 계집을 만나구 취직을 하구……' 그렇다! 신철이는 그만한 여유가 있었다! 그 여유가 그로 하여금 전향을 하게 한 게다. 그러나 자신은 어떤가? 과거와 같이 그리고 눈앞에 나타나는 현재와 같이 아무러한 여유도 없지 않은가! 그러나 신철이는 길이 많다. 신철이와 나와 다른 것이란 여기 있었구나!
>
> (1934. 12. 22)

　매개자로서의 신철과 주체로서의 첫재 사이에 새로운 관계가 발생한다. 일방적인 교육관계 속에 놓여 있던 신철과 첫재의 관계는 대화적인 동등관계로, 나아가 경쟁관계로 변화한다. 전범으로 인식되던 신철은 방해자로 전화한다. (더 정확히 얘기하면 매개자로서의 신철은 가치지향의 이름만을 내세운 채 실질적으로는 가치지향을 포기하고 있다) 신철의 담론은 첫재의 관점에서 이해되고 비판된다. 첫재는 신철의 기회주의를 비판함으로써 지식인의 전향을 바라보는 노동자계급의 시각을 드러내고 있는 것이다. 여기에서 첫재는 원소전설의 역광 속에서 삶의 근원적인 문제를 제기한다.

　　이렇게 무섭게 첫재 앞에 나타나 보이는 선비의 시체는 차츰 시커먼 뭉치가 되어 그의 앞에 칵 가로질리는 것을 그는 눈이 뚫어져라 하고 바라보았다.
　　이 시커먼 뭉치! 이 뭉치는 점점 크게 확대되어 가지고 그의 앞을 캄캄하게 하였다. 아니 인간이 걸어가는 앞길에 가로지르는 이 뭉치 …… 시커먼 뭉치, 이 뭉치야말로 인간문제가 아니고 무엇일까?
　　이 인간문제! 무엇보다도 이 문제를 해결하지 않으면 안될 것이다. 인간은 이 문제를 위하야 몇 천만년을 두고 싸워 왔다. 그러나 아직 이 문제는 풀리지 않고 있지 않는가! 그러면 앞으로 이 당면한 큰 문제를 풀어나갈 인간은 누굴까?
　　　　　　　　　　　　　　　　　　　　　　　(1934. 12. 22)

　작품의 대단원에 해당하는 이 부분에서 작가는 동기화되지 않은 채 자신의 목소리를 드러낸다. 작가의 직접적인 창작의도가 서술자의 목소리를 통해 드러나지 않고 직접적인 형태로 독자에게 전달된다. "인간의 근본 문제를 포착하여 이 문제를 해결할 요소와 힘을 구비한 인간이 누구며 또 그 인간으로서의 갈 바를 지적"[9]하고자 한다는 작가의 창작의도가 그대로 발화되는 것이다. 이러한 작가의 창작

---

9) 강경애, 「작가의 말」, ≪동아일보≫, 1934. 7. 27.

의도는 사회의 경향적 발전의 문제이며 역사철학적 문제와 연관되어 있다. 그것에 대한 해답은 주어져 있지 않지만, 첫재와 같은 노동하는 계급으로부터 우러나올 것임은 틀림없는 사실이다. 「인간문제」에서 지속적으로 비판하고 있는 것은 정덕호, 혹은 공장감독과 같은 지배계급의 허위의식이며, 신철과 같은 지식인의 부동성이기 때문이다.

「인간문제」는 이처럼 선비, 첫재와 같은 노동자계급이 보여주는 끊임없는 성장의 시간 속에서 사회의 경향적인 발전을 이끌어냄으로써 역사적인 비전을 획득한다. 시간의 흐름 속에서 자신의 삶을 주체적으로 세워나갈 수 있는 인간이란 역사와 더불어 발전하고 있는 사회적 계급의 인물이다. 선비의 육체적 죽음은 노동자계급이 추구하고 있던 사회적 비전의 일시적인 패배로 나타나지만, 그가 추구했던 것은 첫재에 의해 계속된다는 점에서 사회적 비전 자체의 패배를 의미하지 않는다. 육체적 소멸과는 무관하게 한 인간이 추구해왔던 이상은 근대적인 발전적인 시간성 위에서 그가 속해있던 계급에 의해 지속적으로 추구되어야 할 것으로 나타나는 것이다.[10]

4. 역사의 법칙성과 공간적 비전

현실적인 시간과 공간의 다양성을 발견하려는 노력은 1920년대 중반 이후의 한국 소설이 지속적으로 추구해왔던 과제 중의 하나였다. 탈향과 귀향이라는 반복되는 모티프는 그러한 노력의 반영이다. 이 과정에서 현실은 등장인물과 외면적인 관계를 맺는데 그치지 않고 자연스럽게 소설세계 속으로 삼투되어 배경과 플롯진행의 거점을 이

---

10) 임진영, 「"인간문제'의 비극성과 낙관주의」, ≪연세어문학≫ 22, 1990.

룬다. 「인간문제」에서 묘사되고 있는 사건은 이같은 당대 조선의 현실의 반영으로서 농민의 노동자화라는 단선적인 연속선을 형성하고 있다. 첫재의 탈향을 중심으로 작품의 전반부와 후반부가 이원적인 구조를 형성하고 있는 것은 1920~30년대 조선 현실의 진행과정인 것이다.

「인간문제」가 「과도기」와 공통적으로 보여주는 것은 이처럼 사회적 공간의 이행을 통해서 역사적 비전을 창조하고 있다는 점이다. 「인간문제」에서는 당대 사회에서 동시적으로 존재하고 있는 도시와 농촌을 연대기적으로 재구성하고 있다. 농민의 노동자화와 계급적 의식의 형성이라는 시간적 이행 속에서 작가는 자신의 창작목표를 구현하고 있는 것이다. 따라서 농촌과 도시라는 사회적 공간 역시 당대 사회에 동시적으로 존재하고 있었음에도 불구하고 역사의 필연적인 법칙이라는 인식틀과 중첩되면서 연대기적으로 재구성되는 것처럼 보인다. 이 작품에서 서술되는 시간과 서술하는 시간의 관계 속에서도 이러한 연대기적 성격은 분명히 드러난다. 「인간문제」에서 서술되는 시간은 선비 아버지가 죽음에서 선비가 죽음에 이르는 과정까지 약 12년여의 시간이다. 그런데, 선비가 일곱살 되던 해에 아버지 김민수가 정덕호의 노여움을 사 죽음에 이르렀던 과정과, 선비가 열다섯살 되던 해 첫재와 선비가 싱아를 놓고 다투던 일, 그리고 첫재 어머니의 음행을 둘러싼 다툼이 잠시 제시될 뿐, 서술되는 시간은 대부분 선비가 열여덟 살 되던 해 어머니가 죽어 정덕호의 집안에 들어가면서부터 이듬해 선비가 공장에서 폐병을 얻어 죽어가는 과정으로 채워진다. 특히 김민수의 죽음을 제시할 때에만 회상이 나타날 뿐, 서술되는 시간과 서술하는 시간은 대부분 역전되지 않고 순차적으로 진행된다.

작품의 전반부에서 회상이 소설 속에서 거의 나타나지 않는 이유는 용연동네 농민들의 삶이 자연적인 성격을 띠고 있기 때문이다. 용연동네 농민들은 현재를 과거와는 질적으로 다른 어떤 것으로서 경험하고 있는 것이 아니라 과거의 반복적인 연속으로 경험하기 때문에 과거를 과거로서 기억할 필요를 느끼지 못한다. 과거는 앞서 말한 것처럼 기억되는 것이라기보다는 현재 속에서 경험되는 것이다. 따라서 과거의 사건은 대부분 기억될 필요가 없다. 그런데, 근대적인 시간경험 속에 놓여 있는 인천에서의 첫재와 선비의 삶에서도 우리는 과거에 대한 회상을 찾아보기 어렵다. 선비나 첫재의 경우, 일단 새로운 공간 속으로 편입되면, 지나온 공간을 염두에 두지 않는다. 첫재만이 한번 고향에 두고온 어머니를 생각할 뿐이다. 선비의 경우에도 공장 지배인을 정덕호와 유추적으로 비교하는 모습이 간혹 나타나지만, 정덕호 자체를 떠올리는 경우는 존재하지 않는다. 그들은 육체적으로나 정신적으로 과거의 삶에 전혀 빚을 지고 있지 않는 고아와도 같은 위치에 놓여 있다. 신철의 경우도 마찬가지이다. 신철에게 있어서 고뇌는 존재하지만 성찰은 존재하지 않는다. 그 역시 미래를 향한 길에서 어떤 길을 선택할 것인가에 대해 고뇌하고 방황하지만, 자신이 선택했던 길에 대해서는 한번도 의심을 던지지 않는다. 그에게 있어서 미래만이 존재할 뿐 과거는 망각되고 있다.

이러한 면모는 다음과 같은 인식에서 비롯한 것이라고 볼 수 있다. 작가 혹은 서술자는 농촌적 삶을 당대의 사회에서 헤게모니를 장악하고 있던 근대적 삶과의 관련 속에서 파악하지 않은 채 철저하게 전근대적인 것으로 파악하였던 것이다. 따라서 전근대적인 생활양식은 역사의 발전을 위해서 폐기되어야만 하는 것으로 이해된다. 만약 작가가 이를 근대성과의 관련 속에서 상대적으로 비근대적인 것으로 파악했다면, 두 공간 사이의 관계는 훨씬 복합적이고 역동적인 관계로 나타났을 것이다. 하지만, 농촌과 도시의 관계는 절대적인 경계를 지니고 있는 전근대적인 공간과 근대적인 공간으로 인식하는 것처럼 보인다. 근대적인 시간관에 따르면 한번 지나가버린 과거는 절대로 되돌이킬 수 없다. 시간의 화살 속에서 지나가버린 과거는 고정되는 것이다. 따라서 과거를 되돌아본다는 것은 무의미하다. 그것은 오직 복고주의와 같은 허위의식을 낳을 뿐이다. 「인간문제」에서 소설적 주인공들이 더이상 농촌을 되돌아보지 않는 것은 이런 맥락에서 이해될 수 있다. 서술자는 농촌의 성격을 시간적으로 과거와 동일시하고 있기 때문에 이미 지나가버린 과거로서의 농촌에 시선을 되돌리지 않는다. 시간은 과거와 현재와 미래라는 선분 위에 존재한다. 따라서 역사의 방향과 일치하는 미래에 따라 과거와 현재는 재구성된다. 과거와 현재에 대한 미래의 무차별적인 승리 속에서 역사로서의 과거는 망각되고, 소설에는 미래만이 의미를 지닐 수 있게 된 것이다.

과거에 대한 미래의 전면적인 우위는 전위와 대중이라는 관계 속에서도 투영되어 나타난다. 의식화란 의식적 주체로서의 전위와 무의식적 대중 사이에 존재하는 근대적 이분법을 전제로 하고 있다. 따라서 전위의 목적의식적 실천이란 공간적으로는 외부에서, 시간적으로는 미래에서 자신의 활동에네르기를 발견한다. 전위란 미래를 살아가는 존재이며, 대중의 외부에서 살아가는 존재이다. 첫재와 선비는 전위로서의 신철과 간난이의 영향권 아래에 놓여 있다. 첫재와 신철의 대화를 살펴보면 두 사람 사이에는 대화적 관계가 성립하지 않고 있음을 알 수 있다. 신철의 이념적 담론은 첫재에 의해 침범될 수 없는 영역이며, 완전한 의미를 지닌 채 최종적인 가치판단의 기준이 된다. 그런데, 일방적인 교육과 계몽적인 관계 속에 놓여 있던 신철과 첫재의 관계는 전향을 거치면서 경쟁관계로 변화한다. 이념적 전범으로 인식되던 신철은 방해자로 전화한다. 이제 신철의 담론은 첫재의 관점에서 이해되고 비판된다. 첫재는 지금까지 신철로부터 절대적인 영향을 받고 있었지만 신철의 기회주의적 행태를 바라보면서 독자적인 자의식을 획득한다. 신철의 전향은 노동현장과 결합하지 못한 룸펜적 지식인의 궁극적인 귀결을 잘 보여준다. 그리고 노동현장에서의 경험은 전위와 대중 사이의 계몽적 관계를 넘어서 노동자 계급의 자기의식으로 이끌어준다. 하지만 여기에서 주목되어야 할 것은 서술자가 신철의 이념적 담론 자체를 비판하지 않는다는 점이다. 서술자는 한 개인으로서의 신철의 행위와 이념 사이의 불일치만을 비판하고 있을 뿐이다. 이점에서 신철로부터 첫재로의 이동은 '주체의 대체'에 불과하다고 할 수 있을 것이다.

「인간문제」가 보여주는 공간의 이행과 주체의 대체를 통한 미래의 획득이라는 낙관주의적 성격은 많은 한계를 지닌다. 이 작품에서 작가는 예측가능성으로서의 미래의 문제에 많은 관심을 표명했다. 작가는 농촌에서 도시로의 이동을 자본주의에서 사회주의로의 이행이라는 역사적 맥락에서 파악하고 있다. 역사는 '남아있는 것'이 사라져가고 지배적인 것에 대항하는 것이 새롭게 출현하는 평면적인 이행의 과정으로 이해되고 있었던 것이다. 당대의 현실을 구성하는 기본적인 공간적 요소는 「인간문제」가 파악하고 있듯이 도시와 농촌이라는 분할된 공간이라고 할 수 있다. 그런데, 도시와 농촌의 구별은 분명 도시의 성장과 함께 나타난 것이라는 점에서 근대적인 현상이다. 도시가 없었다면 농촌은 결코 존재하지 않았다. 그러나, 도시와 농촌을 구분하는 데 그친다면, 근대적 메카니즘을 인식하는데 어려움을 겪을 수밖에 없다. 저개발의 상태가 존재하지 않는다면 발전은 이루어질 수 없다는 점 때문이다. 즉 근대의 역동성은 이윤의 항상적 유출지대로서의 저개발의 공간에 기초를 두고 있다. 부분적으로 이러한 과정이 역전될 수 있겠지만, 역전된 현상 속에서는 바로 개발과 저개발이 새롭게 구조화되는 것이 이 때문이다. 따라서 「인간문제」에서 나타나는 전반부와 후반부의 분리는 과거(저개발)의 부정이며 미래(개발)의 긍정이라는 점에서 근대화 담론과 분리되지 않는다. 역사는 축적되어야 한다는 것, 그리고 축적된 역사를 통해서만 미래를 예측해볼 수 있다는 사실이 망각되고 있는 것이다.

이 때문에 새로운 공간의 등장은 과거의 공간에 대한 부정으로만 귀결될 뿐이며, 공간은 통합성을 상실한 채 더욱더 파편화된다. '남아있는 것'으로서의 농촌에 대한 맹목적인 부정이 '돌출하는 것'으로서의 미래에 대한 맹목적인 긍정으로 나타났던 것이다. 따라서 현재 역시 이행의 과정에 놓여 있는 하나의 점으로 인식되어 현실적 부피를 지닐 수 없게 된다. 결국 「인간문제」에서 새로운 공간의 창출은 시간을 통한 공간의 절멸로서 나타난다. 하지만, 공간적 성격을 벗어던질 수 없었던 까닭에 시간적 비전 역시 공간적 비전 속으로 형해화된다. 이에 따라 「인간문제」의 해방적 비전은 시간성의 차원에서가 아니라 공간성의 차원에서 구축된 것이라는 역설을 낳는다. 현실에서 동시적으로 존재하고 있던 현상들을 비동시적이고 연대기적인 현상으로 재해석함으로써 당대의 역동적 현실은 사라지고 단선적인 역사의 진행과정만이 무매개적으로 소설 속에 나타난다. 사회의 역사적 경향성을 염두에 두고 파악했을 때 전반부와 후반부의 분리는 분명 현실적 근거를 지니고 있지만, 이러한 현실적 근거가 작품의 미학적 우월성을 보증해주는 것은 아닌 것이다.(『현대소설의 구조와 미학 : 임영환 선생 화갑기념 논총』, 태학사, 2005년 7월 5일, 《한국의 현대문학》 제1호, 한국현대문학연구회, 1992년 8월 20일 改稿)

관념의 예술적 묘사와 다성성의 원리

염상섭의 「삼대」

1. 염상섭 소설의 리얼리즘

장편소설 「삼대」(조선일보, 1931. 1. 1~9. 17)[1]는 「만세전」, 「취우」와 함께 작가 염상섭의 대표작으로서, 그리고 한국 리얼리즘 문학의 대표작으로 주목받아왔다. 이 작품이 많은 연구자들의 주목과 찬사를 받아온 것은 1920~30년대 식민지 조선의 현실을 다면적·다층적으로 형상화하고 있기 때문이다.[2] 식민지 현실에 대한 「삼대」의 리얼리즘적 성취는 한편으로는 작가의 세계관적 특성에서, 다른 한편으로는 작가 특유의 창작방법에서 말미암은 것이라고 할 수 있다. 특히

---

1) 1931년 ≪조선일보≫ 연재본은 총 36장으로 구성되어 있음에 비해 1947년 을유문화사에서 간행된 단행본은 총 42장으로 구성되어 있다. 단행본의 전반부는 신문연재본의 문구 수정이라고 할 수 있으나 제19장 김의경 이후에는 상당한 부분이 개작되고 있다. 최근에 발간된 『삼대』(창작과비평사, 1993) 역시 꼼꼼한 텍스트 비교작업에도 불구하고 신문연재본이 아닌 단행본을 근간으로 하고 있다는 점에서 아쉬움을 남긴다. 「삼대」의 신문연재본과 단행본의 텍스트상의 차이는 오효진, 「작가의식과 정치상황」(서울대 석사논문, 1974)에서 검토된 이래 많은 연구자들의 주목을 받은 바 있다.

2) 「삼대」의 리얼리즘적 성취를 고평한 김현의 「식민지시대의 문학」(≪문학과지성≫, 1971. 가을)과 신동욱의 「염상섭의 ‘삼대’」(김윤식 편, 『염상섭』, 문학과지성사, 1977) 등은 염상섭 문학에 대한 실증적인 연구의 집대성이라고 할 수 있는 김종균의 『염상섭 연구』(고려대출판부, 1974)와 함께 「삼대」 연구의 바탕을 이룬다.

염상섭의 거의 전 작품에서 검출되는 독특한 창작방법은 작가의 이데올로기적 '중도성'과 '보수성'을 넘어서 현실의 본질적 측면을 밀도있게 형상화하는 데 커다란 작용을 한 것으로 보여진다.

「삼대」의 리얼리즘적 성취의 원천을 밝히고자 하는 기존의 시도는 대체로 다음과 같이 유형화할 수 있다.

(1) '가족사소설' 혹은 가족공동체 내부의 갈등 양상에 대한 관심[3]

(2) 작가의 예술적 세계관으로서의 중산층 보수주의와 그것의 구체적 발현으로서의 '동정자(sympatheizer)'에 대한 관심[4]

(3) 「삼대」, 「무화과」의 연작성과 식민지 지주계급의 몰락과정에 대한 관심[5]

(4) '돈'의 의미에 대한 관심[6]

(5) 문체론적인 관심[7] 등.

---

3) 유기룡, 「가족적 삶을 미학으로 한 인물형」,『염상섭연구』, 새문사, 1982.
   이재선,『한국현대소설사』, 홍성사, 1979.
   조남현, 「염상섭의 '삼대'와 갈등사회학」,『한국소설과 갈등』, 문학과비평사, 1990.
4) 김윤식,『염상섭 연구』, 서울대출판부, 1987.
   신영덕, 「1920~30년대 염상섭 소설 연구」, 서울대 석사논문, 1987.
   이보영,『난세의 문학』, 예지각, 1991.
   이주형, 「민족주의 문학운동과 '삼대'」,『염상섭연구』, 새문사, 1982.
5) 유문선, 「식민지시대 대지주계급의 삶과 역사적 운명」, ≪민족문학사연구≫ 1, 1991.
   정호웅, 「식민지 중산층의 몰락과 새로운 방향성」,『염상섭문학연구』, 민음사, 1987.
6) 김동환, 「'삼대' '태평천하'의 환멸구조」, ≪관악어문연구≫ 16, 1991.
   김승환, 「염상섭 소설에 나타나는 '가족'중심의 인간상고」, 서울대 석사논문, 1983.
   김윤식,『염상섭 연구』, 서울대출판부, 1987.
   김 현, 「염상섭과 발자크」,『염상섭』, 문학과지성사, 1977.
   유보선, 「전망 부재의 공간으로서의 '삼대' 또는 근대 초기 시민계급의 자화상」, ≪한국의 현대문학≫ 1, 1992.
7) 김정자,『한국근대소설의 문체론적 연구』, 삼지원, 1985.
   정한모, 「염상섭의 문체와 어휘 구성의 특성」, ≪문학사상≫, 1973. 3.
   우한용, 「염상섭소설의 담론구조」,『한국현대소설구조연구』, 삼지원, 1990.

　「삼대」의 예술적 특질을 해명하기 위해서 이렇듯 다양한 관점과 연구방법이 동원되었다는 사실은 작품 자체의 복잡성과 다층성을 반증하는 것이라고 할 수 있다. 그렇지만 「삼대」의 리얼리즘적 성과를 평가하는 부분에서 각 연구자들의 견해는 긍정과 제한적 긍정으로 양분되어 있다고 할 수 있다. 초창기의 연구는 대체로 「삼대」의 리얼리즘적 성과를 고평하는 입장을 취했지만, 염상섭의 세계관적 특질로서 중산층 보수주의가 지적되면서, 그리고 경향소설이 근대문학 연구의 대상으로 본격적으로 편입되면서 제한적 긍정의 입장이 대세를 이루어고 있는 듯하다. "불철저한 사회역사인식에 규정되면서 그 극대치를 성과로서 산출한 것"8)이라든지 "역사의 발전방향 대신에 돈이라는 원리와 결과론적인 시대규정상으로 인하여 당대적 삶의 전형성을 확보하지는 못했다"9)라는 지적들은 「삼대」의 리얼리즘적 성과와 한계를 작가의 예술적 세계관과 함께 통일적으로 고찰하고자 한 최근의 연구들이 도달한 새로운 평가를 잘 보여준다.

　그런데 기존 연구가 리얼리즘적 성과를 평가하는데 있어 상이함을 보여주고 있음에도 불구하고 공통적으로 받아들이고 있는 가설 중의 하나는 허구세계에서의 조덕기의 삶과 실제세계에서의 염상섭의 삶을 동일시하고 있다는 점이다. 작가의 삶에서 보여지는 중간파로서의 의식을 주인공의 형상을 통해 드러난 동정자적 태도에 투영시키고 있는 것이다. 하지만 이같은 연구방법을 통해서는 작가와 작품의 상관성을 확인하는데서 한 발자국도 나아갈 수 없다. 「삼대」의 예술적 특성과 리얼리즘적 성과에 관한 진정한 이해에 도달하기 위해서는 작품을 추동시키는 형식적 원리를 탐색하지 않으면 안된다. 「삼대」가 기존 연구에서 지적된 것처럼 작가의 중산적 보수주의에 의해 미래에 대한 뚜렷한 전망을 갖지 못하고 있었음에도 불구하고 당대 현

---

8) 유문선, 앞의 글, 208면.
9) 유보선, 앞의 글, 74면.

실을 폭넓게 드러낼 수 있었던 것은 새로운 예술형식과 방법에 바탕을 두고 있었기 때문으로 여겨진다. 염상섭의 창작방법이 갖는 특징은 모든 것을 '공존'과 '상호작용' 속에서 형상화한다는 점이다. 그는 동시대의 모순적 다면성에 주목하여 자신의 전 창작생활을 지속하였거니와, 「표본실의 청개구리」에서 나타난 분신의 테마[10]는 염상섭 특유의 창작태도의 방향을 지시하고 있었던 것이다.

본고는 염상섭의 예술적 시각이 갖는 특수성, 곧 '대립항의 공존과 상호작용'을 '다성성(polyphony)'의 개념으로 살펴보고자 한다. 이 개념은 미하일 바흐찐[11]에 의해서 처음으로 사용된 바 있거니와, 우스펜스키에 의해 다음과 같이 정식화된다.

(1) 다성성은 몇 개의 독립적 시점들이 작품 안에 나타날 때 발생한다.

(2) 한 편의 다성적 작품에서 시점들은 반드시 서술되는 사건에 참여하는 인물들에게 곧바로 속하는 것이어야만 한다. 다시 말해 인물들의 개성 외부에는 어떠한 추상적인 이념적 태도도 존재할 수 없다.

(3) 다성성을 연구할 때 우리는 오직 관념적 수준에서만 드러나는 시점들을 고려한다. 그것들은 기본적으로 그 안에서 인물들이 그들 주위의 세계를 평가하는 방법 속에서 드러난다.[12]

「삼대」의 예술적 방법이 갖는 참신함, 곧 '대립항의 공존과 상호작

---

10) 염상섭과 도스또예프스끼의 연관성에 대해서는 이보영의 「한국현대소설과 도스토예프스키」(≪월간문학≫, 1979. 9)에 언급되어 있다.

11) M. M. 바흐찐, 『도스또예프스끼시학』, 김근식 역, 정음사, 1988. 이 책에서 사용된 바흐찐의 새로운 개념에 대해서는 Gary Soul Morson & Caryl Emerson, *Mikhail Bakhtin-Creation of a Prosaics*(Stanford: Stanford Univ.Press, 1990)에서 많은 도움을 얻을 수 있었다.

12) B. 우스펜스키, 『소설 구성의 시학』, 김경수 역, 현대소설사, 1992, 34면.

용'이 바흐찐의 '다성성' 개념에 '정확히' 부합한다고 단언할 수는 없다. 그러나 다성성 개념은 「삼대」의 예술적 특성을 해명하는데 상당한 시사점을 던져줄 것으로 보인다.[13] 「삼대」의 예술적 형식이 갖는 의미는 소설의 각 층위를 전체적으로 고려했을 때에만 파악될 수 있다. 그것은 기존의 연구처럼 관념적 층위만으로 한정될 수 없으며, 어법적 층위, 심리적 층위, 시공간적 층위 등 서사구조와의 연관 속에서 이해되어야 한다. 이를 위해 본고는 먼저 인물의 독립성을 서사구조와 연관시켜 살펴볼 것이다. 작가 혹은 서술자로부터 자유로와진 주체들의 세계는 「삼대」의 가장 중요한 특징일 뿐만 아니라 예술적 형식의 바탕이 된다고 여겨지기 때문이다. 제 3장에서는 앞에서 확인된 결과를 토대로 관념적 층위에서 나타난 특성을 구체적으로 검토할 것이다. 다시 한 번 강조하건대 「삼대」의 진정한 면모는 경향소설의 리얼리즘과는 구별되는 새로운 소설형식의 창출에 있다고 보는 것이 본고의 문제의식이다.

2. 인물의 독립성과 서술자의 역할

「삼대」의 예술적 특징을 규정짓는 근본적인 조건은 인물의 존재방식이다. 기존연구에서는 대부분 조덕기를 작가의 대변자로서 이해하고 있다. 만약 이 관점을 받아들인다면 작가=서술자=인물이라는 등식에 의해서 조덕기의 가치판단은 작가의 가치판단을 대신하고 있다

---

13) 우한용은 M. M. 바흐찐의 소설론을 바탕으로 하여 「삼대」의 담론적 특성을 살피고 있다. 이 글에서 우한용은 "「삼대」는 담론이 이중적인 목소리를 드러내는 부분이 없는 것은 아니지만, 그것이 단일한 목소리에 의해 해설됨으로써 대화적인 속성이 제약을 받고 있다"(251면)는 결론에 도달한다.

고 볼 수 있다. 작가는 조덕기의 판단이 신뢰할 만한 것이라고 권위를 부여할 것이며, 이에 따라 작가의 권위를 등에 업고 조덕기의 가치판단은 지배적인 형태로 작품 속의 세계를 지배해 나갈 것이기 때문이다. 이러한 가정은 작가의 이념과 조덕기의 이념이 유사하다는 점에서 타당성을 지닌다. 하지만 대부분의 경우(조의관의 재산분배과정 등을 제외하고는) 작가는 서술자의 매개를 통해 작품 속의 세계에 관여하거나 조덕기의 가치판단에 권위를 부여하지 않는다. 다음의 예문을 살펴보자.

(A) 주부의 눈에 비친 덕기는 해끄무레하고 예쁘장스러운 똑똑한 청년이었다. 이 여자에게는 조선인이라는 경멸하는 마음은 벌써 없으나 그 해끄무레하고 예쁘장스러운 데다가 학생복이나마 값지고 조촐하게 입은 양으로 보아서 어느 부잣집 애기거니 하는 생각이 들어서 약간 경멸하는 마음이 들었다.[14)
                                                                          (3회)

(B) 덕기는 부친의 이러한 의견을 반대하고 싶지 않은 것은 아니었으나 역시 구습상 부친에게 반대할 수도 없고 또 제 주제에 길게 논란할 수도 없는 터이어서 그만두었었다. 그뿐 아니라 부친이 생각하였는 것보다는 현대 사상 경향이나 사회현상에 대하여 아주 어둡고 무관심한 것이 아닌 것을 발견한 것이 반갑기도 하고 부자간의 이런 토론은 처음이었으나 그로 말미암아 부친과 자기 사이가 좀 가까워진 것 같은 기쁜 생각이 들어서 웃고 말았지만 어쨌든 부친은 봉건시대(封建時代)에서 지금시대(現時代)로 건너오는 외나무다리의 중턱에 선 것 같다고 생각하였다.
                                                                          (14회)

  여기에서 작가는 조덕기와 조상훈을 형상화함에 있어서 타인의 시선과 관점을 동원하고 있다. 즉 (A)에서는 주부의 눈을 통해서, 그리

---

14) 「삼대」의 텍스트로는 ≪조선일보≫ 연재본을 사용하였다. 인용문은 모두 현대적인 표기법에 따라 고쳤으며, 인용 말미에 연재회수를 밝혔다.

고 (B)에서는 조덕기의 눈을 통해서 조덕기와 조상훈을 형상화하는 것이다. (A)에서 조덕기는 주부의 "경멸"하는 시선에 의해 형상화되고 있다는 점에서 작가와 조덕기를 동일시하는 기존의 가정이 문제점을 내포하고 있음을 보여준다. 조의관, 김병화 등등 「삼대」의 등장인물들은 대부분 상대방을 평가하는 주체일 뿐만 아니라 상대방으로부터 평가받는 객체이기도 하다. 한 인물이 다른 인물을 평가하는 동시에 다른 인물에 의해 평가받는 방식이 「삼대」의 전면에 드러난다. 대부분의 경우 「삼대」의 인물들은 이처럼 작가, 혹은 서술자에 의해 성격화되지 않고 다른 인물들에 의해 자신의 형상을 부여받고 있다. 이에 따라 인물의 성격은 그가 어떤 인물의 의식 속에 비춰지느냐에 따라 다양하게 변주된다. 인물의 성격화가 작가에 의해 직접 이루어진 경우를 전혀 찾을 수 없는 것은 아니지만, 이 경우에 있어서도 다른 등장인물에 의한 미정형의 성격화가 경쟁하면서 작가에 의한 직접적인 정형의 성격화 역시 권위를 획득하지 못한다. 작가의 담론 역시 소설 속의 등장인물의 담론과 동일한 위치에 놓이게 되는 것이다.

　인습적인 형상화방식에 따른다면 한 인물의 성격과 의식에 관한 정보는 대체로 작가(혹은 서술자)에 의해서 '주어져야' 한다. 하지만 「삼대」에서는 두 개의 방향, 작가로부터 작중인물로 향하는 방향과 한 인물로부터 다른 인물로 향하는 방향을 동시에 담아내고 있다. 후자의 방향은 전자의 방향으로부터 독립해서 자신만의 영역을 확보하고 있다. 주인공의 말은 작가의 예술적 퍼스펙티브에서 연유하는 지시적 방향으로만 취급되는 것이 아니라 그 나름의 의미를 지닌 말로서 독자적으로 취급되고 있다. 「삼대」의 소설내적 세계를 형성하고 있는 사건들과 인물들이 몇 개의 전혀 다른 세계관(이념)을 가진 인물들에 의해 평가되고 있는 장면을 찾기는 어렵지 않다. 이러한 인물들의 존재방식[15]은 제1장에서만 하더라도 조의관의 말을 통해 드러난 김병화의 외모, 조덕기의 내면에 비쳐진 김병화의 성격, 주부의 눈에

잡힌 조덕기의 외모 등으로 나타나고 있다.

등장인물에 관한 묘사의 차원과 마찬가지로 외부세계와 일상생활도 작가의 시야를 벗어나 인물의 시야로 옮겨간다. 가령 「삼대」의 배경을 이루는 수하동 조씨가문의 집에 대한 묘사는 거의 찾을 수 없다. 그것은 조씨가문의 성원들에게는 일상생활의 영역으로 특별한 의미를 띠지 못하기 때문이다. 객관세계는 작중인물이 세계를 어떻게 바라보느냐 하는 문제가 제기되었을 때에만 묘사된다. 외부세계에 대한 묘사는 일상성을 벗어난 지점, 곧 조덕기가 김병화의 하숙집을 방문하였을 때, 필순이 조덕기를 병문안하기 위하여 수하동 집을 방문하였을 때, 혹은 조덕기가 김의경과 매당에 의해 새롭게 꾸며진 화개동 집을 방문하였을 때에나 이루어지는 것이다.

작가의 권위로부터 독립된 인물들의 존재방식은 각 인물들의 의식 속에서 보다 명확해진다. 염상섭의 세계 속에 있는 인물들의 의식은 '생성과 성장'의 과정 속에 놓여 있지 않다. 인물들의 의식은 형성되어 가는 과정으로서 나타나지 않고 소설적 전제로서 주어지고 있다. 「삼대」에서는 인물들은 의식적 독립성을 유지하면서 타인의 이념과 대결을 벌인다. 작가는 인물들이 말하는 발화내용과 그 지향점에 대해서 개입할 수 없으며, 인물들의 개성 외부에는 작가의 '추상적인 이념적 태도'가 개입하지 않는다. 인물들의 이념이 소설적 전제로서 주어진 이상 작가가 그들의 이념에 개입하는 것은 예술적 형상성을 약화시킬 것이기 때문이다.

인물들의 의식성장 과정이 아니라 인물들의 이념대립이 관심의 영역으로 부각하면서 「삼대」에서 시간적 계기적 질서보다는 공간적 병렬이 보다 중요한 의미를 지닌다. 「삼대」에서 공간적 속성을 대변하

---

15) 이같은 인물들의 존재방식은 서사학(Narratology)에서 말하는 인물적 서술상황과 상당한 유사성을 지니고 있다. 이 개념은 F. K. Stanzel, *A Theory of Narrative* (New York : Cambridge Univ.Press, 1984)에 자세하게 언급되어 있다.

고 있는 것이 세대이다. 자연적 범주로서의 세대, 곧 조의관 대, 조상훈 대, 조덕기 대는 원래 시간적 질서를 내포하고 있는 범주이다. 「삼대」의 특징은 소설 속의 각 세대가 자연적인 범주에서 그치는 것이 아니라 사회역사적 맥락을 담고 있다는 점에서 주목된다. 세대는 시간적인 연속성을 의미하는 통시태임과 동시에 식민지 치하의 조선에 공존하던 이념 형태를 표상하는 공시태인 것이다.[16]

「삼대」가 공시적인 측면을 중심으로 구성되는 것은 서술되는 시간과 서술시간과의 관계 속에서도 살펴볼 수 있다. 「삼대」는 약 백일간에 걸쳐 조씨 가문을 중심으로 일어나는 사건들을 담고 있다. 여기에서 서술되는 시간은 주인공이라고 할 수 있는 조덕기가 존재하는가의 여부에 따라 삼분된다. 소설의 서두에서는 조덕기와 김병화, 그리고 홍경애의 만남을 통해서 소설 전개의 바탕이 마련된다. 제11장(재회)에서 조덕기는 학업 때문에 일본 경도로 떠났다가 제23장(전보)에서 다시 서울로 돌아온다. 이같은 조덕기의 공간적 이동을 전후로 해서 중요한 사건이 발생한다. 하나는 조의관의 낙상 사건이고, 다른 하나는 조의관의 사망 사건이다. 전자는 조씨가문을 지배해왔던 조의관의 권위가 서서히 무너져내리는 계기가 된 사건이며, 후자는 조의관의 권위가 완전히 상실되고 가족의 자연적인 해체가 시작되는 계기이다.

첫 번째 기간(약 7일) 동안 표면적으로는 조덕기의 일상적인 생활이 전면에 부각되지만, 조씨가문은 조의관의 권위에 의해 한치의 빈틈도 없이 짜여져 있다. 등장인물들의 욕망과 의식이 맞부딪치는 경우가 발생하지만 조의관의 개입에 의해 잠재화된다. 두 번째 기간, 곧 조의관이 낙상으로 허리를 다쳐 누워있는 한달 여 동안 조씨 가문은

---

16) 따라서 「삼대」를 '가족사 소설'로 정의한 이재선 교수의 견해는 무리가 있다고 여겨진다. 유종호가 지적하고 있듯이 소설 속의 시간이 가족사소설로 보기에는 지나치게 짧은 시간이라는 점, 그리고 각 세대의 정신적 지향에 대한 총체적 형상화보다는 조의관의 죽음을 통해 나타난 새로운 세대의 가치관 정립 과정에 보다 많은 작가적 관심이 놓여 있다는 점 등이 그 이유가 된다.

재산 상속을 향한 각 개인들의 욕망의 대결장으로 변한다. 이 부분에서는 홍경애를 사이에 둔 김병화와 조상훈의 갈등, 조상훈을 사이에 둔 홍경애와 김의경의 갈등 등 통속적 요소가 나타난다. 조의관의 권위가 약화되면서 소설의 중심에 놓이게 되는 것은 조상훈이다. 이 과정에서 조상훈의 타락상이 뚜렷하게 나타난다. 세 번째 기간(약 두달) 동안 조의관이 운명하고 사당과 금고 열쇠가 조덕기의 손에 들어오자 소설의 중심은 조덕기로 옮겨온다. 이 부분이 되면서 소설은 조덕기 세대의 특징 곧 이념적 대립과 화해를 중심으로 전개되고, 김병화도 룸펜적 성격을 버리고 이념인로서의 면모를 드러낸다.[17]

「삼대」의 서술시간은 이처럼 거의 동일한 분량으로 삼분되어 있으며, 각각은 조의관 대, 조상훈 대, 조덕기 대에 해당된다. 서술되는 시간의 양을 살펴본다면 조의관대에는 약 일주일, 조상훈대는 약 한 달, 조덕기 대에는 약 두 달이 할애되어 있다. 조덕기 대에 내려올수록 동일한 서술시간 내에 서술되는 시간의 양이 많아진다는 사실, 다시 말하면 많은 사건들이 발생한다는 사실은 사회역사적 변화가 심화되고 있음을 말해준다고 할 수 있다. 전통적인 가치와 근대적인 가치, 그리고 그 실현을 둘러싼 이념적 대립이 심화되고 있는 과정을 반영하고 있는 것이다. "삼대가 사는 중산계급의 한 가정을 그려보려 합니다. 한 집안에서 살건마는 삼대의 호흡하는 공기는 다릅니다. 즉 같은 시대에 살면서도 세 가지 시대를 각각 대표합니다"[18]라는 작가의 창작의도를 통해서 이러한 사실을 분명히 알 수 있다. 가족의 확

---

17) 「삼대」의 소설적 전개 과정은 수직적인 축이 중심이 되어 있는 제23장 이전과 수평적인 축이 중심이 되어 있는 그 이후(특히 제25장 입원 이후)로 구분된다. 염상섭은 이처럼 세대간의 의식 편차라는 수직축과 동 세대에서의 이념 대립과 화해라는 수평축을 하나의 평면 위에서 교직시키면서 새로운 플롯을 창조하고 있다. 「삼대」 이전의 장편소설들이 대부분 남녀의 삼각관계를 중심으로 하는 단일구성을 취하고 있었음을 살펴볼 때, 「삼대」의 이중플롯은 "한국소설에서는 새로운 면모를 보인 것"이라 하지 않을 수 없다. (이주형, 앞의 글, 43면)

18) 염상섭, 「작자의 말」, ≪조선일보≫, 1930. 12. 27.

장태로서의 '가문'이 배경으로 설정됨으로써 '현재'라는 평면 위에 과거, 현재, 미래(봉건, 근대, 현대)가 만나서 대결을 벌이는 것이다.

　이와 함께 각 인물들의 개인사는 항상 현재적 상황으로 남아 있다는 점에 「삼대」의 특징이 있다. 그들은 현재에 영향을 끼치는 과거의 사건만을 기억한다. 그들의 과거는 지나가버린 사건이 아니라 살아 움직이는 현재이다. 그런 의미에서 인물들은 아무것도 회상하지 않으며, 과거를 지니지 않는 인물들이다. 따라서 「삼대」에서는 현재상태를 과거의 원인으로부터 해명하려는 어떠한 시도도 보여주지 않는다. 앞서 지적한 바 있는 서술자에 의한 객관묘사의 부재도 이같은 맥락에서 이해될 수 있다. 현재의 상황은 과거에 이루어진 경험의 축적이라고 할 수 있지만 현재에 대한 작가의 관심은 각 인물들이 객관세계를 바라보는 특정한 시점만을 문제삼게 되는 것이다. 상황은 인물을 한정시키는 인과적 결정요인이 될 수 없으며 인물과 대립할 수도 없다. 현재를 살아가는 인물과 대립할 수 있는 것은 오직 다른 인물들뿐이다.

　상대방을 향한 등장인물의 의식적 지향은 대화에서 가장 첨예하게 드러난다. 대화는 동일한 대상, 혹은 사건들을 향해 각 인물들의 말이 만나는 지점이기 때문이다. 일찍이 유종호가 지적했듯이 「삼대」에서 인물들에게 생동감을 부여하는 것은 대화장면이다.[19] 특히 대동보소를 둘러싼 조의관과 조상훈의 논쟁, 수원집과 덕기모의 다툼, 홍경애와 김의경·매당 사이에 이루어진 담판, 필순의 방문으로 빚어진 덕기모와 덕기의 충돌 등은 염상섭의 뛰어난 묘사능력을 보여준 대표적인 대화장면이라 할 것이다. 대화는 발화상황에 조건지워지면서 형성되는데, 대화를 살펴보면 각 발화자의 성격과 현실인식, 그리고 그들이 맺고 있는 인간관계의 내밀한 부분이 재현된다. 특히

---

19) 유종호, 「염상섭에 있어서의 삶」, 『염상섭 문학 연구』, 민음사, 1987, 338면.

자신의 감정과 욕망을 숨긴 채 타인의 욕망을 투시하는 뛰어난 능력을 지닌 「삼대」의 등장인물들은 대화에 있어서 상대방의 반론을 고려하면서 자신의 입장을 개진한다.

인물들의 의식에 나타난 타자지향성은 대화뿐만 아니라 편지 등 독백적인 말들도 대화화한다. 조덕기에게 보내는 김병화의 답장(123~124회)에는 소설 「삼대」가 걸어가는 길이라고 할 수 있는 조씨가문의 몰락을 정확히 예언되어 있을 뿐만 아니라 이념인으로서의 김병화가 겪고 있는 내적 번민이 잘 드러난다.

> 내가 산다는 것은 내가 가진 사상이 산다는 말이요 내가 가진 소위 이데올로기가 산다는 말일세. 물론 지금의 내 사상이나 이데올로기가 영원성을 가진 고정한 것이 아닌 것은 나도 모르는 것이 아니나 더 새롭고 더 안정한 인류 생활로 나가는 큰 계단으로서 가치가 있음을 의심하는 자네와 및 자네의 동류는 뒷발길로 걷어차고 시대는 앞으로 나가는 것일세. 내가 시대를 앞으로 끄는 것일까? 아닐세! 그것은 자네가 시대의 꼬리를 뒤에서 잡아다닐 수 있다고 생각하듯이 망상일세. 나는 다만 시대에 끌려가는 시대의 동화자(同化者)일 따름일세.
>
> (124회)

편지 속에 나타난 김병화의 고백적 언술을 살펴보면, 그가 자신에 관해 타인이 어떤 반응을 보이며, 어떤 생각을 하고 있는가에 대해서 민감하게 반응한다는 것을 알 수 있다. 편지는 대화의 응답과 마찬가지로 조덕기를 향해 열려 있고, 그 사람이 취할 수 있는 반응이나 대답을 고려에 넣고 있다.[20] 여기에는 상대방의 반응이 예측되어 있고, 이 예상된 요소는 편지의 내용을 결정한다. 김병화는 스스로 조덕기의 질문을 예상하고 거기에 대해 답변하고 있다. "지금의 내 사상이나 이데올로기가 영원성을 가진 고정한 것이 아닌 것"이라는 말은

---

20) 편지가 갖는 대화적 속성에 관해서는 우한용, 앞의 글, 239~241면 참조

조덕기를 비롯한 타인의 반론을 고려한 말이라 할 수 있다. 자기 자신에 대한 김병화의 의식은 이렇듯 자신에 대한 조덕기의 의식을 배경으로 지각된다. 이 편지를 고려해볼 때 김병화가 작품의 후반부에서 이념인으로서의 면모를 보이는 것은 의식의 발전이라기보다 잠재되었던 이념성이 표면화되는 것으로서 이해되어야 할 것이다.

인물들의 의식은 이처럼 다른 의식과 나란히 존재함으로써, 그리고 다른 의식과의 상호작용 속에서 자신의 모습을 드러낸다. 한 의식은 다른 의식과 긴장관계 속에 놓여 있다. 대상에 대한 각자의 주장은 그 대상적 의미를 떠나 같은 대상에 관한 타인의 주장을 반박하도록 구성되어 있다. 각 인물들의 논쟁 속에서 작가의 세계관은 부각되지 않는다. 소설 속의 인물들은 이념적으로 독립성과 자주성을 지니고 있어서 작가의 개입을 거부한 채 스스로 완전해지기 위해 다른 인물들의 이념과 대립한다. 인물들은 작가의 말을 대변하는 메가폰과 같은 존재가 아니라 자신만의 가치와 권리를 주장하는 독립된 존재들인 것이다. 김병화뿐만 아니라 조덕기도 자기 자신에 대해 사고할 때 김병화, 조의관, 조상훈의 말을 고려한다. 「삼대」의 등장인물(조의관을 제외하고)이 보여주는 사상과 정신적 체험은 자신으로 한정되지 않고 끊임없이 상대방의 사상과 정신적 체험을 염두에 두고 있다.

인물들의 의식에 나타난 타자지향성, 혹은 반론에 대한 고려는 말의 구조를 변화시킨다. 이러한 발화는 내부적인 의미구조도 타인의 말로써 형상화하게 된다. 여기에서 우리는 앞서의 인용문에서 나타나는 특징적인 문장구조를 살펴볼 필요가 있다. 인용문에서 가장 많이 사용되고 있는 것은 '~으나', '~지만'과 같은 대립의 의미기능을 지닌 접속어미들이다. 이러한 대립의 접속어미와 함께 빈번하게 나타나는 것이 '~에도 불구하고', '~일지라도'와 같은 양보의 접속어미이다. 또한 '하지만', '그러나'와 같은 대립의 접속부사와 '그럼에도 불구하고'와 같은 양보의 접속부사도 많이 사용된다. 이 접속어미들

은 선행절과 후행절의 내용이 의미상 대립되도록 연결시켜준다.[21]

　양보/대립의 의미를 지니는 접속부사와 접속어미의 사용은 대립되는 의미를 동시성 속에서 재현하려는 작가적 지향이 어법적 수준에서 표출된 것이라고 할 수 있다. 양보/대립의 기능을 갖는 접속부사와 접속어미는 상대방을 바라보는 인물들의 정신 상태에 내재되어 있는 두 가지 감정의 공존과 상호작용을 보여준다. 이러한 대립된 감정의 공존은 인물들의 의식 상태를 조건적으로 만든다. 따라서 인물들은 끊임없이 자신을 의식하며, 또한 상대방도 의식한다. 작중인물 스스로가 그 시점을 이해하고 있으며, 여기에서 양보/대립의 접속어미가 생겨난다. 여러 방향을 가지는 말들 속에서 타인의 의식 자체의 능동성이 부각됨으로써 내적 대화가 이루어지는 것이다. 이러한 말에서는 상대방의 의식에 대한 말하는 사람의 일방적인 우위는 사라지고, 말은 불안정하고 내적으로 동요하며, 이중적 의미를 지니게 되는 것이다. 염상섭의 문체가 지니는 산문성은 추상적이고 독백적인 발화 속에서 이루어지는 것이 아니라 타인의 말 한가운데 자신을 위치시키는 능력을 치칭한다.

　「삼대」의 서술자는 이처럼 작가의 예술적 세계관을 대변하는 적극적인 기능을 수행하는 것이 아니라 서사문학의 장르적 특성에서 연유하는 최소한의 역할만을 담당하고 있다. 각 인물들의 입장은 대화 장면 속에서 직접 묘사됨으로써 서술자에 의해서 통제되거나 작가의 세계관으로 윤색되지 않는다. 더욱이 인물의 구체적 특성에 대한 묘사가 서술자가 아니라 다른 인물에 의해서 이루어지면서 예술적 형상은 새로운 예술적 의미를 띠게 된다. 묘사의 차원이 전이되더라도 묘사되는 내용, 곧 인물들의 구체적 특성은 동일하게 남아있다. 하지만 서술자에 의해서 주어지지 않는 인물의 외모와 행동은 그의 성격

---

21) 이은경, 「국어의 접속어미 연구」, 서울대 석사논문, 1990, 79~84면.

을 견고한 이미지로 만들어낼 수 없게 된다. 그것은 다른 사람의 의식이라는 거울에 비쳐진 모습이기 때문이다. 이처럼 동일한 대상과 인물들에 대해 서로 다른 평가체계들이 엇갈리면서 상대방에 대한 일정한 관계가 설정되고, 인물들은 대립과 공존의 상호작용 속에 놓이게 된다.[22] 따라서 서술자는 인습적인 요소에 불과하다. 「삼대」에서 극적인 제시가 돋보이는 것도 이같은 서술자의 역할 축소와 깊은 연관이 있다.

3. 이념적 대립의 예술적 묘사

「삼대」는 앞서 지적한 것처럼 각 세대와 이념을 대표하고 있는 인물들의 논쟁과 대립으로 구성되어 있다. 인물들의 형상화방법이 갖는 독특함 때문에 견고성을 갖지 못하는 인물들은 '대화'를 통해 상대방의 이미지를 파괴하면서 동시에 형성한다. 「삼대」의 표면적인 이념대립은 가문의 유지를 최우선의 과제로 삼는 전통적인 가치관의 대표자로서의 조의관과 청교도적 금욕주의에 바탕한 조상훈의 근대적 가치관의 대립이다. 이 대립은 현격한 힘의 차이로 인해서 대립이라고 말하기 어려운 측면도 없지 않다. 조의관과 조상훈의 대립의 이면에는 조상훈-김병화, 조상훈-수원집, 홍경애-김의경의 대립이 놓여 있다. 홍경애-김의경의 대립은 조상훈을 정점으로 한 통속적

---

22) 염상섭의 후기 대표작인 「취우」에서도 서술자의 역할이 축소되어 있다. 이 작품에서는 이념인들이 주체적인 모습으로 타인을 평가하지 못하고 일상인들에 의해 평가되는 객체로 전락해있다. 작가의 이념적 변모를 보여주는 대목이라고 할 수 있다. (졸고, 「염상섭의 '취우'에 나타난 일상성에 관한 연구」, ≪관악어문연구≫ 17, 1992)

삼각관계의 면모가 강하다는 점에서, 조상훈－수원집의 대립은 조의관이 남겨놓을 '돈'과 재산이라는 목표를 향한 욕망의 대결이었기 때문에 극단적으로 대립하는 양상을 띠지만 황금편집광적인 욕망이 좌절되면서 두 사람은 새로운 대립자(조덕기)를 향해 쉽게 화해한다는 점에서 「삼대」의 본질로부터 멀어지게 된다. 결국 「삼대」의 본질에 접근할 수 있는 관계는 조상훈－김병화의 대립관계라고 할 수 있다. 근대적인 이념을 추구하는 인물로서, 그러나 서로 다른 이념을 추구하는 인물로서 조상훈과 김병화는 대립을 벌인다.

조의관과 조상훈의 대립은 현격한 힘의 차이로 인해 실제적으로는 조의관에 대한 조상훈의 문제제기에 불과하다. 따라서 이 대립은 조의관의 면모를 살피는 것과 동일하게 된다. 조의관은 가문의 유지를 최우선의 과제로 삼는 전통적인 가치관의 소유자이다. 가문이 유지되기 위해서는 가문 내부의 결속력이 가장 기본적인 요건이라고 할 수 있다. 조의관이 가문의 권위를 유지하고 있던 순간에 일어난 조상훈과 조의관의 충돌, 덕기모와 수원집의 충돌 등은 조의관의 권위에 의해 잠재화된다. 가부장으로서의 권위에 의해 가족은 표면상이나마 평화상태를 유지할 수 있었던 것이다. 조씨 가문 내에서 조의관이 차지하는 위치는 절대적이다. 가문을 유지할 책임을 지닌 가장은 혈연적 관계에 의해 자연적으로 결정되는 것이지만, 만약 장자가 없거나 「삼대」의 경우처럼 가장상속권을 가진 장자에게 심각한 결함이 있는 경우 가문의 원만한 유지를 위해 새로운 후계자가 필요하게 된다.[23] 즉 장자상속권이란 후계 문제, 상속권 문제를 해결하기 위한 원칙이라고 할 수 있지만, 가문 유지라는 현실에 우선하는 것은 될 수 없다. 따라서 장자상속권을 무시하고 조덕기에게 사당열쇠와 금고열쇠를 맡기는 것은 가문의 유지와 발전이라는 조의관의 관점에서 볼 때 당

---

23) 최재석, 『한국 가족제도사 연구』, 일지사, 1983 참조.

연한 귀결이라 할 것이다.

조의관의 의식을 규정하는 또 다른 요인이라고 할 수 있는 돈 혹은 재산의 문제는 이같은 가족공동체의 유지라는 가치관과의 관련 속에서만 올바로 이해될 수 있다. 조의관에게 있어 재산이란 가문을 유지하기 위한 한 방편에 불과한 것이다. 이런 의미에서 돈은 자본과는 분명히 구별되는 것이다. 조의관은 김병화가 지적하듯이 전일의 "상민계층"(123회) 출신으로 근대적인 계급으로 성장할 수 있는 가능성을 내포하고 있었다. 하지만 일제의 식민지정책으로 인해 시민계급으로 성장하지 못한 채, 과거 속에 얽매어 있게 된 것이다. 조의관과 같은 계층에 있어서 돈이 진정한 의미에서의 근대적 성격을 획득하기 위해서는 노동력과의 결합을 통한 이익의 창출, 곧 산업자본으로의 변화가 이루어져야만 한다. 만약 조의관이 가치의 자기증식이라는 자본의 속성을 체현하고 있는 인물이라면, 그것을 위해서 식민지 지배집단인 일제 및 조선총독부와 야합하는 쪽을 택했을 것이다. 하지만 정총대[24]이니, 방면위원[25]이니 하는 감투를 쓰고 고등과장과 관계가 있었다는 내용은 신문연재본에서는 전혀 나타나지 않는다는 점에서 조의관은 '반(半)근대'[26]적인 가치관의 소유자가 아니라 온전

---

24) 1915년 경성부에서는 총대제(總代制)를 계획하고 다음 해인 1916년 9월 28일 경성부 고시(告示) 제19호로 정·동에 총대제를 설치하였다. 경성부는 정·동을 몇 개씩 합하거나 혹은 단독으로 하여 모두 133개 구역으로 하고 133여의 총대를 두었다. 이와 같은 정·동 총대제도(總代制度)는 17년간 존속하면서 경성부 행정업무(行政業務)를 보조하여 왔으나 1933년 10월 3일 고시 제7조에 의하여 경성부 정회(町會)가 설치되면서 정·동 총대제도는 폐지되었다.

25) 경성부는 1927년 12월 5일 「방면위원규정(方面委員規程)」을 제정하고 경성부가 필요하다고 인정하는 구역에 방면위원 약간 명을 두어 경성부의 업무를 돕도록 하였는데 이 규정은 1934년 5월 18일 고시 제72호로 개정되었다. 5개의 방면에는 사무소를 설치하고 업무를 수행하였는데 동부방면의 사무소는 효제동 251번지에, 남부방면의 사무소는 황금정(黃金町) 3정목 64번지에, 서부방면의 사무소는 냉동 21번지에, 북부방면의 사무소는 사직동 1번지에, 용산방면의 사무소는 원정(元町) 2정목 94번지에 설치하였다.

26) 상당수의 연구자들이 조의관의 가치관이 '돈'으로 귀결된다는 점을 중시하면서

히 가족공동체유지를 핵심으로 하는 봉건적 가치관의 소유자였다고 할 수 있다.

조의관은 이처럼 가족공동체, 혹은 가문을 유지하기 위해 많은 돈을 들여 대동보소를 세워 족보를 간행하고, 치산을 하고자 한다. 이년 동안 미국에서 유학한 기독교 교인이며, 교회계통의 학교에 깊이 간여하고 있는 조상훈의 관점에서 볼 때 그것은 "오입"이라고 할 수밖에 없는 행위이다.

> 조의관에게는 평생의 오입이 세 가지 있다. 하나는 을사조약 전 한창 통에 그때 돈 이만량 지금 돈으로 사백원을 내놓고 삼십여 세에 옥관자를 붙인 것이니 차함은 차함이로되 오늘날의 조의관이란 택호가 아주 터무니 없는 것이 아니요, 또 하나는 육년 전에 상배하고 수원집을 들여앉친 것이니 돈은 여간 이만량으로 언론이 아니나 그 대신 귀순이를 낳고 또 여든 다섯에 죽을 때는 열다섯 먹은 아들을 두게 될 지 모르는 터인즉 그다지 비싼 오입이 아니나, 맨나중으로 하는 오입이 이번 이 대동보소를 맡은 것인데 이번에는 좀 단단히 걸려서 이만량의 열곱 이십만량이나 쓴 것이다. 그것도 어엿이 자기 집 자기 종파의 족보회를 꾸민다면야 설사 지금 시대에 역행하는 일이라 하더라도 덮어놓고 오입이라고 하여서는 말이 아니요 인사가 아니겠지만 상훈이로 보아서는 대동보소라는 것부터 굳이 반대는 안한다 하여도 그리 긴할 것이 없는데 게다가 ××씨의 족보에 한목 비집고 끼이려고 ― 덤붙이가 되려고 사천원 탬이나 생돈을 내놓는다는 것은 적어도 오입 비슷한 일이라고 생각하는 것이었다.
>
> (38회)

조상훈은 "돈 주고 양반을 사"는 조의관의 행동에 대해 굴욕감을 느낀다. 그것은 자신의 기독교적·근대적 이념과 부합하지 않는 봉

조의관 세대의 특징을 '반(半)근대'로 파악하고 있다. 김동환도 "봉건사회에서도 물질의 의미는 여전히 유의미했지만 의식체계에서는 분명한 배척의 대상"(77면)이었다고 말하면서 조의관이 전통적인 가족중심주의와 근대적인 '돈'에 대한 지향이 착종되어 있다고 주장한다. 하지만 조의관에게 있어서 돈은 가문 유지를 위한 수단으로서의 의미를 지닌다.

건제적 유물에 불과한 까닭이다. 조상훈은 자신의 이념에 따라 조의관과 대립한다. 이 대립의 결과가 장자상속권을 무시한 재산상속이라고 할 수 있다. 조상훈이 조의관의 행위에 대립하였듯이 조의관도 조상훈의 행위를 철저하게 부정하고 있는 것이다.

이렇듯 조의관과 조상훈의 대립은 가족중심주의를 근간으로 하는 전근대적 가치관과 이를 부정하는 근대적 가치관의 대결이다. 이 대립은 너무도 공공연하고 전면적이어서 대화적 관계를 맺지 못한 채 외면적인 대립으로 나아간다. 조의관과 조상훈의 이념적 차이는 작가의 의해 '묘사'되는 것이 아니라 인물에 의해 '주장'될 뿐이다. 타인의 이념은 부정의 대상일 뿐 이해나 고려의 대상이 되지 못한다. 소설 속에서 조의관의 존재가 고독해 보이는 것도 이 때문이다. 동양에서는 전통적으로 국가와 가족을 동일시했다는 사실을 염두에 둘 때, 가장은 국가에서의 왕과 같이 가문 내에서 절대적 권력을 갖고 있다. 이러한 가장으로서의 절대적인 권위에 의해 그의 말은 타인의 말과 뚜렷한 경계선을 그은 채 구별된다. 자신을 부정하는 타인의 말과의 대화적 교류가 이루어지지 못함으로써 조의관의 이념은 정체되고 생명력을 상실한다. 조의관의 죽음은 자연사에 해당하는 것일 뿐만 아니라 동시대적 현실 속에서 타인의 이념적 관계를 맺지 못한 독백적 담론의 소멸이다.

조상훈과 김병화의 대립과 논쟁은 가족과 시민사회라는 인륜적 공동체를 바라보는 시각의 차이에서 뚜렷해진다. 이 관계는 현상적으로는 홍경애를 정점으로 하는 삼각관계라는 면에서 조상훈을 정점으로 하는 홍경애와 김의경의 대립과 구별되기 어려운 것처럼 보인다. 하지만 이 관계는 「삼대」의 또 다른 축으로서, 이념적 갈등을 내포하고 있는 '숨겨진 형태의 논쟁'이다. 조상훈과 김병화는 국가적 영역을 향하고 있다는 점에서 동질적이다. 하지만 두 사람의 가치지향이 국가적 영역으로 수렴된다고 할지라도 각자가 대표하는 이데올로기의 차이로 인해 논쟁적인 형태를 취한다. 조상훈과 김병화의 대결이 중요성을 띤다는 것은 작가의 창작의도에서도 확인된다. 염상섭은 「작자의 말」에서 "종래의 작품에 나타난 뚜렷한 사건은 유심적(唯心的)의 신구사상-신구도덕의 충돌이었으나 시대의 진전을 따라서 유심적 경향에서 유물적 경향으로 옮겨가서 단순한 도덕문제라든지 가족제도의 구습구관의 파기라는 부분적 노력에서 한 걸음 더 나가서 사회적 의식이 깊어간 데에 같은 신구충돌에도 그 뜻이 새롭습니다."라고 말하고 있는 것이다.

조상훈은 봉건사회를 벗어나 새 시대를 지향하고자 하였으나 정치의 길이 막혔던 관계로 종교적 삶을 선택한다.(14회) 종교적 삶을 통해 근대에 걸맞는 생활방식과 사회변혁을 추구하고자 한 것은 일면 타당성이 있어 보인다. 베버가 이미 지적했듯이 근대란 곧 기독교와 밀접한 연관을 맺고 있기 때문이다.[27] 조상훈의 면모는 홍경애와의 관계를 통해서 잘 드러난다. 홍경애와 조상훈의 만남은 사회적 조건을 뛰어넘는 '낭만적 열정'의 형태를 취하고 있다. 홍경애의 부친이 감옥에서 겪은 고문의 후유증으로 고생하고 있던 것을 보고 그 처자를 물심양면으로 도와준 조상훈의 행위에 대해 누차 "계획적"인 것이 아니었다고 강조하고 있는 것도 이같은 맥락에서 이해될 수 있다. 후에 서술자가 조상훈은 늘상 그러한 방법으로 여자를 유혹했다고 평가절하하고 있지만, 홍경애의 손을 처음 잡던 날 조상훈이 보여준 내적 갈등은 그것을 잘 보여준다. 홍경애를 향한 조상훈의 정열은 이처럼 그의 이념적 바탕이었던 청교도적 정결성이 훼손되는 과정이다. 홍경애와의 만남을 통해서 시작된 청교도적 정결성의 훼손과정의 끝에 놓여 있는 것이 조상훈의 이중규범[28]이다.

---

27) 시드니 A. 버렐 편, 『서양 근대사에서 종교의 역할』, 김희완 역, 민음사, 1990.
28) 제도로서의 일부일처제는 한 남자에게 단 하나의 합법적인 부인을 허용한다. 이러한 도덕관에 따르면 여성은 혼전에 성경험이 없어야 하며 결혼 후에는 오

그런데, 조상훈의 정신적 타락의 근저에는 조선의 식민지적 특성이 놓여 있다. 상업자본이 산업자본으로 전화될 수 있는 가능성이 봉쇄된 상태에서 조의관 대에 이르기까지 축적된 부는 자기증식의 길보다는 탕진의 길을 걷게 된다. 즉 일본의 식민지 농업정책이 일본의 자본주의화를 위한 식량기지화에 중점을 두었기 때문에 지주계층은 화폐축적기능의 다변화를 위해 상업, 고리대, 투기사업에 진출하는 것이 일반적이었다.29) 하지만 조의관의 경우와 같이 축적된 부를 농업외부문으로 투자하지 못한 상태에서, 혹은 투자대상을 찾지 못한 상태에서 반봉건적 지주—소작관계를 바탕으로 획득된 잉여는 항상적으로 소비될 수밖에 없게 된다. 조의관의 금욕주의가 부의 축적이라는 목표를 향한 과정 속에서 의미를 지닌다고 한다면, 조상훈의 타락은 목표를 상실한 금욕주의가 필연적으로 빠져드는 운명과도 같다고 말할 수 있을 것이다.30) 결국 조의관이 그토록 애지중지하던 '돈'은 식민지 지주계급의 재산축적을 드러내주는 현상형태이며, 근대적인 의미의 자본으로 전화되지 못한 채 가문 내에서 축첩 행위 등으로 소모될 수밖에 없는 운명에 처해 있는 것이다.

조상훈과 같은 근대적 지식인에게 가장 적극적으로 대응하고 있는 인물은 김병화이다. 김병화는 자신의 이념체계를 바탕으로 종교 일

직 남편과의 성관계만이 허용된다. 순결은 가족의 상속권을 유지할 수 있는 유일한 방안이다. 홍경애가 낳은 딸에 대한 조상훈의 문제제기는 이같은 부르주아적 형태의 가족관에서 나온 것이다. 부르주아적 결혼에서의 이중규범에 관해서는 J. 살스비, 『낭만적 사랑과 사회』(박찬길 역, 민음사, 1985) 68~72면 참조하였다.

29) 서울사회과학연구소 경제분과, 『한국에서의 자본주의 발전』(새길, 1991) 및 장시원, 「식민지하 조선인 대지주 범주에 관한 연구」(『한국 근대 농촌사회와 농민운동』, 열음사, 1988) 참조.

30) 식민지시대 소설에서 제1대에 이루어진 부가 제2대, 제3대로 이어지면서 탕진되면서 궁극적으로는 몰락의 길로 접어드는 과정은 이같은 식민지사회의 구조적 반영이라고 할 수 있다. 농업외부문으로 재투자되지 못한 부가 운명처럼 걸어가는 길은 채만식의 소설 「태평천하」 등에서 형상화된다.

반과 종교에 매몰된 아버지의 세대에 대해 비판적 태도를 보여준다. 특정한 역사적 시기에 전범[젊은 지사]으로 인식되던 조상훈은 이제 방해자로 전화한다. 더 정확히 얘기하면 김병화와 이념적 경쟁관계 있던 조상훈은 가치 지향의 이름만을 내세운 채 실질적으로는 가치 지향을 포기하고 있다. 홍경애를 향한 김병화의 정열은 조상훈의 그 것과 뚜렷한 차이를 지니고 있다. 이데올로기와 개인적인 영역으로 서의 애정을 구별함으로써 김병화는 이념인으로서의 면모를 유지한 다. 그것은 "일을 팔아서는 사랑을 살 수는 없으나 일은 일이고 사랑 은 사랑이다"이라는 말로 요약된다. 그는 홍경애를 만남으로써 룸펜 적 성격을 불식하고 실천적인 이념인으로서 성장해간다. 홍경애는 피혁을 만나는 계기였으며, 이념을 견지하도록 하는 원동력이다. 조 상훈과 홍경애의 관계가 이념적인 것으로부터의 타락의 과정이었다 면 김병화와 홍경애의 관계는 이념적인 것으로의 상승의 과정이다. 조덕기에게 보낸 그의 답장을 살펴볼 때 이것은 의식의 발전이라기 보다는 이념과 현실간의 일시적인 방황으로 극복함으로써 본래적 모 습에 복귀하는 것이다. 특히 이 편지에서 김병화는 "형식으로 '봉건' 을 지키는" 전일의 상공계급을 문제삼고 있거니와, 조의관과 같이 가 문의 영속을 위해 형식적으로나마 전세기적 유습을 지키고자 하는 전일의 상공계급이 몰락의 운명에 처해 있다고 주장한다. 이러한 그 의 인식은 소설의 전개와 정확히 일치하고 있다는 점에서 주목된다. 하지만 이념인으로서의 김병화의 면모는 개작과정에서 상당부분 변 질되고 있어 아쉬움을 남긴다.

김병화의 이념인으로서의 면모는 또다른 이념인인 장훈과의 연관 성 속에서 온전한 모습을 획득한다. 장훈은 금천형사의 야만적인 고 문을 완강하게 버티다가 자신의 옷 속에 숨겨온 코카인을 먹고 혀를 깨물어 자결한다.

> 당장 고통을 견디지 못해서 죽은 것은 아니다. 몇 십명의 동지를 대신해서 죽는다는 것도 말이 안된다. 그들 개인이나 그들의 가족을 불행과 고통에서 건져주려는 그 따위 희생적 정신이라는 것은 미안하나마 내게 없다. 나는 다만 조그만 시험관 하나를 죽음으로 지킬 따름이나 그 시험관은 자기네 일의 결정적 운명을 좌우하는 일이요 …… 그것 하나만으로도 나의 죽음은 값이 있는 것이다.
> (208회)

장훈이 죽음을 맞이한 것은 육체적 고통으로부터 벗어나기 위한 소극적인 것이 아니라 보다 적극적인 의미를 내포하고 있었다. 김병화는 장훈의 죽음을 의미있게 하기 위해서, 곧 장훈이 추구했던 목표를 달성하기 위해서 장훈에게 모든 책임을 미루고 새롭게 민족해방운동의 대열에 참가하고자 한다. 사회주의 활동에서 발을 빼기 위해 산해진을 열었다든가 홍경애와의 연애관계를 과장한다든가 하는 김병화의 진술은 장래의 투쟁을 계속하기 위한 일시적인 모면책이었던 것이다. 따라서 장훈의 죽음은 자신의 신념을 확인하는 차원에서 한걸음 더 나아가 김병화의 새로운 출발의 계기가 된다는 점에서 낙관주의적 성격을 띠게 되는 것이다.

이상에서 살펴본 바와 같이 조의관, 조상훈 그리고 김병화는 각각 하나의 시대와 이념을 대표하고 있는 인물로서 본질적인 면에서 각각 자신의 대립자를 갖고 있다. 조덕기 역시 조의관과 조상훈, 그리고 김병화와 대립한다. 이 점에서 그는 누구와도 본질적으로 대립하지 않고 있다고 할 수도 있다. 조덕기는 김병화에게 부자 간의 의절은 편협한 감정 탓이라고 비판하면서 아버지의 집으로 돌아갈 것을 권한다. "부자 간의 윤기(倫紀)라는 것이야 어찌 하는 수 없지 않은가? 거기에는 타협이니 자기 생활이니 하는 문제가 애초에 붙을 리가 있나!"라고 강조한다. 조덕기는 조상훈의 종교적 신앙에 대해서도 불만을 갖고 있다. 덕기의 말을 빌리자면 "만일 그가 요샛말로 자기청산

(自己淸算)을 하고 있던 시기에 거기에서 발을 빼냈더라면 그가 사상적으로도 더 새로운 시대에 나오게 되었을 것이요 실생활에 있어서도 자기의 성격대로 순조로운 길을 나"(14회)갈 수 있었던 것이다. 또한 조의관과 조상훈의 대립을 중재하는 것도 조덕기이다.

조덕기의 진정한 면모는 필순을 향한 그의 연정에서 드러난다. 필순을 향한 그의 애정은 관습적으로 인정되는 사회적 조건과 장벽을 넘어서는 것이었기에 조상훈, 김병화와 동일한 '정열'이라고 할 수 있다. 그는 필순에 대한 정열을 이성적으로 억제함으로써 조상훈이 타락시킨 정결성을 유지한다. 그는 이미 결혼한 처지이고, 더욱이 아들까지 둔 상태이었기에 자신의 정열을 억제해나간다. 조상훈의 경우처럼 정열을 억제하지 못한 채 불륜의 관계로 빠지는 것이 아니라 현실로 존재하는 전근대적인 정혼관계와 근대적인 자유연애 사이에서 균형을 모색하는 것이다. 이러한 과정에는 김병화, 조상훈, 조의관이라는 세 형태의 결혼관이 견제력을 발휘한다. 그에게 있어 조의관의 가부장제적인 가문과 조상훈의 타락한 근대적 일부일처제의 방식이 현실로 존재한다면 다른 한편으로 김병화에게서 보이는 동지애적 사랑이 하나의 이상으로서 그와 필순의 관계를 통제하는 것이다. 전자는 부정적인 면모로서 조덕기의 선택을 제약하고, 후자는 하나의 이상형태로서 그의 선택을 제약한다.

「삼대」의 인물들은 이처럼 자신들이 가지고 있는 이념과 불가분의 관계에 놓여 있다. 우리는 인물들을 통하여 이념과 사상을 보게 된다. 조의관의 경우 타인의 목소리를 의식하지 않는 고립된 의식으로 인해 퇴화하고 사멸해버린다. 조상훈의 경우 개인적인 이기심이 작용하면서 이념의 대표자로서의 자격을 상실한다. 이에 비해 조덕기와 김병화는 타인과의 관계 속에서 자신들의 이념과 사상을 발전시키는 열려있는 의식체계의 보유자들이다. 그들은 개인적인 이해를 앞세워 타인의 삶을 부정하는 것이 아니라 오히려 타인의 삶을 자신의 삶 속에 포괄함으로써 더욱 넓은 영혼의 소유자이고자 끊임없이 노력한다. 특히 조덕기는 조의관을 꼭지점으로 하는 이념의 삼각형 속에서 누구와도 일치하지 않으며, 누구와도 대립하지 않는다. 그는 삼각형의 무게중심처럼 세 꼭지점과 등거리를 유지한다. 만약 작가가 일반적인 방식을 택했다면 조의관, 조상훈, 김병화가 대표하는 각 세대의 이념과 사상은 작가나 서술자에 의해서 긍정되거나 부정되는 형태를 취할 것이다. 그리고 작가나 서술자에 의해 긍정되는 관념은 묘사의 중심으로 자리잡아갈 것이다. 하지만 「삼대」에서 각각의 이념과 사상은 자기만의 독특성을 주장하며 조덕기의 삶 속에 융합된다. 작가는 다양한 방식으로(2장에서 지적한 바 있듯이) 등장인물로부터 거리를 유지하면서 각각의 인물들이 갖고 있는 이념을 긍정하지도 부정하지도 않은 채 작품 속에 구체화한다. 대립하는 인물들의 공존과 상호작용이라는 대화적 관계를 유지할 수 있도록 하는 것은 조덕기의 도덕적 정결성이다. 작가의 관념은 고립된 개인적 의식 속에서가 아니라 타인의 목소리를 의식하는 조덕기의 관념 속에서 살아있다. 타인과 동시대의 공기를 호흡하고 다른 의식과 살아있는 접촉을 맺는 것, 이것이 작가의 유일한 관념이다. 하나의 평면 속에서 끊임없이 대립하고 화해하는 논쟁의 과정 속에 놓여 있는 인물들에 대한 관심, 이것이 염상섭의 예술적 시각을 근본적으로 규정짓고 있었던 것이다.

4. 「삼대」와 새로운 소설형식의 창출

일찍이 염상섭은 「조선과 문예 문예와 민중」에서 자신의 소설관을 피력한 바 있다. 이 글에서 그는 사회계급을 부르주아지와 프롤레타리아트로 분류하고 그 중간부분으로서의 인텔리겐차가 양대계급에 편입될 수밖에 없음을 지적한 후, 인텔리겐차가 '외면적 생활사정'에도 불구하고 '내면적 생활'에 있어서는 독자적인 경지를 가지고 있다고 지적한다. 이러한 바탕 위에서 염상섭은 인텔리겐차의 인생을 보는 방법의 특징을 "인생을 횡단적(橫斷的)으로 보"는 것, 다시 말하면 "평면적(平面的) 전폭(全幅) 또는 전후좌우(前後左右)"로 보는 것이라고 지적하면서 당시의 소설계를 다음과 같이 비판한다.

> 인생을 좌우로 본다는 것은 자기와 어깨를 나란히 한 사람을 본다는 말이다. 여기에서 사회관을 얻고 윤리관을 얻을 것이다. 일층 널리 말하면 우주 현상의 상관적(相觀的) 인과적 이법을 살핀다는 말이다. (……)
> 그러나 인생을 종단적으로만 보려는 부르주아군과 준부르주아군이나 프롤레타리아군에게는 다만 현실의 일점 ─ 그것만이 자기의 모든 상념을 흡수하는 전체이다. 마치 백양목이 제자리에서 가능한 최대한도의 양분을 흡수하면서 불필요한 가지를 떨어뜨리고 뻗어올라가듯이 자체적 생활의 층을 올려 쌓기만 하면 그만이다.[31]

염상섭이 이 글에서 주로 비판하고 있는 것은 1920년대 소설의 주류를 형성하고 있는 경향소설이라는 것을 어렵지 않게 짐작할 수 있다. 그는 '종단적' 현실인식이라는 말로 경향소설의 가장 큰 특징이라고 할 수 있는 역사적 시간의 진행에 따른 인물들의 의식성장을 지적하고 그것과 구별되는 '횡단적' 현실인식을 제안하고 있다. 이같은 염상섭의 소설관은 앞서 살펴본 것처럼 「삼대」에서 실체화되었다.

염상섭의 「삼대」의 독창적인 면모는 이념인들간의 대립과 갈등을 인물들 상호간의 간섭 속에서 형상화하고 있다는 점이다. 「삼대」에서 서로 충돌하는 사회적 세력들은 개별적인 의미를 띠고 있을 뿐만

---

31) 염상섭, 「조선과 문예, 문예와 민중」, 『염상섭전집』 12, 민음사, 1987, 132~133면.

아니라 상호침투하고 있다. 이같은 상호침투의 물질적인 기반은 식민지 조선에서의 자본주의의 발전과 함께 이루어진 것이라고 볼 수 있다. 수세기에 걸쳐 형성된 조의관의 봉건주의적 가치관, 서구에서 유입된 조상훈의 가치관 등은 독자적인 윤곽을 상실하지는 않았지만, 과거처럼 완전한 독립을 유지할 수 없는 상황에 처하게 된 것이다. 즉 자본주의의 발전과 함께 각각의 세계관은 전근대적인 맹목적 공손함을 거부하고 개별적인 가치를 강하게 주장하기 시작한 것이다. 각 인물들은 서술자(혹은 작가)의 가치판단적 시선으로부터 독립됨으로써 자신만의 독자성을 주장한다. 인물들은 소설이 시작하기 전에 이미 모든 것을 알고 있었으며, 앞으로의 전개상황까지 예감하고 있다. 이처럼 등장인물들의 의식이 처음부터 주어져 있는 상황에서 인물이 처한 중심문제는 가치의 지향과정이 아니라 주어진 가치들 사이에서의 선택의 문제이며, 더 나아가 타인의 이념체계를 설득하는 과정이다.

각 인물들의 논쟁 속에서 작가의 세계관은 부각되지 않는다. 이들은 이념적으로 독립성과 자주성을 지니고 있어서 작가의 개입을 거부한 채 스스로 완전해지기 위해 다른 인물들의 이념과 대립한다. 즉 인물들은 작가의 말을 대변하는 메가폰과 같은 존재가 아니라 자신만의 가치와 권리를 주장하는 독립된 존재들이다. 신이 인간을 창조했음에도 불구하고 인간에게 자유의지를 부여했듯이 작가 염상섭 역시 각 인물들에게 소설 속의 세계에서 자유롭게 사고하고 활동할 수 있는 능력을 부여한 것이다. 「삼대」의 예술적 방법이 갖는 참신함을 올바르게 이해하지 못한다면 이 새로운 형식을 바탕으로 한 새로운 세계상도 이해할 수 없다. 새로운 예술적 형식은 주어진 내용에 의해서 규정되는 것이 아니라, 내용 자체를 새롭게 한다. 즉 작가로부터 자유로와진 주체들의 대립과 화해라는 새로운 소설적 세계는 필연적으로 이야기가 전개되고 묘사되는 관계를 새롭게 설정하게 되는 것이다.

「삼대」가 가지는 소설사적인 의미는 염상섭 자신이 의식하고 있듯이 경향소설과의 비교 속에서 찾아질 수 있다. 경향소설에서는 이념적 상승과정에 놓여 있는 인물들의 삶을 형상화함으로써 사회적·계급적 모순을 정신적·문학적으로 극복하고자 시도하고 있다. 인간 정신의 모순성과 이에 바탕한 생성과 성장이라는 경향소설 작가들의 일반적인 관념은 헤겔적 사유에 부응하는 것이다. 그런데 인물들의 의식성장 과정은 작가(혹은 서술자)에 의해 그 방향이 설정되어 있을 때에 가능하다. 작가의 정치적, 예술적 퍼스펙티브에 의해서 선험적(작품외적)으로 의식성장의 방향이 결정됨으로 해서 소설내적 세계에서는 어떤 사상은 올바르고 가치있는 것이며, 어떤 사상은 그릇되고 가치없는 것으로 그려진다. 따라서 경향소설의 예술적 성패는 주어진 목표와 이념에 도달하는 과정이 구체적인가의 여부에 의해 결정된다. 또한 작품의 대단원에서 완성되어가는 형태로서 제시되는 이념은 예술적으로 묘사되기보다는 주장되는 것이라 할 수 있다. 여기에서 누가 언제 그 관념을 말하는가는 순수하게 구성적인 문제에 불과하다. 다른 인물도 발화자의 형상적 개연성을 파괴하지 않는 한 그 관념을 말할 수 있다. 따라서 이 관념은 그 누구의 것도 아닌 작가의 소유라고 밖에 말할 수 없는 것이다.

경향소설과 같이 작가에 의해서, 혹은 서술자를 통해서 직접적으로 발화되는 말은 작가적 이데올로기의 안정성을 전제로 한다. 하지만 작자의 사상을 직접 표현하는 알맞는 형식이 없을 경우 타인의 말을 통해 자신의 사상을 굴절시키는 수밖에 없다. 중도주의로 규정되는 염상섭의 사상적 부동성은 자신의 사상을 직접 표현하는 가장 알맞은 형식으로서 이렇듯 인물들 상호간의 대화적 관계를 통한 형상화라는 독특한 예술적 형식을 창조하고 있는 것이다. 경향소설 작가들처럼 예술적 전망을 제시하기보다는 일반인들에게 단일하게 보였던 대상과 인물들 속에서 분열과 대립이 내포되어 있음을 밝히고 그것을 동일한 시공간 속에서 병렬적으로 제시함으로써 당대 소설에서 요구하는 현실적, 리얼리즘적 과제를 수행하고 있는 것이다. 현상 속에서 발견되는 모순들은 시간의 흐름에 따라 성장하지 않는다는 점에서 변증법적 생성과 구별된다. 따라서 염상섭에게 있어 세계를 형상화한다는 것은 순간적인 국면에서 모든 것을 '상호작용'하면서 '공존'하는 것으로 드러내는 것이다. 염상섭의 소설에서 전기적 시간을 거의 찾아볼 수 없는 것은 이 때문이다.

염상섭은 일반인이 단일하게 보았던 모든 것에서 분열되고 대립하는 것들을 보았다. 그는 하나의 대상, 이념, 말 속에서 대립하는 두 측면을 발견하였고, 확신과 불확신을 발견하였고, 나아가 현재와 완전히 상반된 것으로 옮겨갈 수 있는 가능성을 발견하였다. 또한 작중 인물들은 작가의 계획으로부터 어느 정도 해방됨으로써 작가 자신의 정치적 세계관에서는 일찍이 추측하지도 못한 것을 말하고 행동하는 능력을 획득하게 된다. 이로써 작가는 자신의 중도주의적 세계관에 바탕하면서도 세계의 다면성과 모순성을 효과적으로 그려낼 수 있게 된 것이다. 작가적 전망이 강조되면서 바흐찐이 말한 것처럼 묘사의 대상으로서의 타인의 사상, 타인의 관념을 알지 못하는 독백적 세계를 보여준 경향소설과는 달리 염상섭은 다성성의 원리에 바탕하여 객관적인 세계의 모순성과 다면성을 형상화함으로써 독자들로 하여금 사회의 전개방향을 깊이 있게 인식할 수 있도록 도와주고 있는 것이다. 결국 염상섭은 소설 「삼대」를 통해서 변증법적 생성에 바탕한 소설과는 구별되는 새로운 다성적 서사물(polyphonic narrative)을 최초로 펼쳐보인 작가이며, 진보주의적 역사관에 입각하지 않으면서도 식민지 조선의 현실을 사실적으로 그려낸 작가라고 말하지 않을 수 없다.(≪민족문학사연구≫ 제5호, 민족문학사연구소, 1994년 7월 10일 全載)

구술문화와 저항담론으로서의 소문

이기영의 「고향」

1. 「고향」 다시 읽기

리얼리즘이 소설을 분석하는 유력한 방법론으로 각광받았던 시절, 이기영의 「고향」은 '신화'처럼 존재했다. 문제적 인물, 전형적 인물, 매개적 인물, 완결된 인물 등 수많은 성격 개념을 통해 분석되고서도 여전히 설명되지 않는 무엇인가를 가지고 있다는 느낌은 「고향」의 신화를 형성시키는데 충분한 것이었다. 그것은 이데올로기가 부여한 아우라이자, 오인의 효과일지도 모른다. 그런데, 1980년대의 문학 연구가 부여했던 리얼리즘 소설의 한국적 정전으로서의 문학사적 위상[1]

---

1) 1980년대를 지배했던 리얼리즘적 연구방법론을 따르고 있는 연구업적들은 다음과 같다.

권영민, 「계급 리얼리티의 선봉장 이기영」, 《월간경향》, 1988. 9.

정호웅, 「이기영론 : 리얼리즘 정신과 농민문학의 새로운 형식」, 김윤식·정호웅 편, 『한국근대리얼리즘작가연구』, 문학과지성사, 1988.

권일경, 「이기영 장편소설 연구」, 서울대 석사논문, 1989.

한형구, 「'고향'의 문학사적 의미망」, 권영민 편, 『월북문인연구』, 문학사상사, 1989.

김재용, 「일제하 농촌의 황폐화와 농민의 주체적 각성」, 『고향』, 풀빛, 1989.

김윤식, 「이기영론 - '고향'에서 '두만강'까지」, 『한국현대현실주의소설연구』, 문학과지성사, 1990.

김병걸, 「이기영의 '고향'론」, 『1930년대 민족문학의 인식』, 한길사, 1990.

하정일, 「'고향'과 농민소설의 방향」, 《연세어문학》 22, 1990.

은 여전히 지속되고 있다. 일본이라는 동양적 제국의 식민 통치 아래에서 지식인을 매혹시켰던 계급담론이 10여 년에 걸친 역사적 성취를 발전적으로 통합함으로써 민중들의 삶을 총체적으로 구현한 최고의 문화적 업적으로 평가받고 있는 것이다.

「고향」의 서사를 진행시키는 표면적인 추동력은 김희준과 안승학, 피지배와 지배 사이의 권력 관계에서 발생한다. 이러한 지배와 피지배의 권력관계는 원터와 읍내로 표상되는 농촌과 도시의 공간적 분할과 연계의 구조 속에서도 반복적으로 재현된다.[2] 이러한 계급적·공간적 대립 속에서 마름을 비롯한 중간관리층을 발견한 것은 고향의 현실성을 담보해주는 중요한 리얼리즘적 성과 중의 하나라고 할 수 있다. 이와 함께 식민지 엘리트였던 김희준이 계몽적인 활동에 머물지 않고 민중의 삶 속으로 들어갔던 것도 중요한 요인이다. 목적의식기의 카프소설에서는 계급의식으로 충만한 주인공들의 활동에 주목한 결과 민중들의 주체성을 박탈하는 결과를 초래했던 것에 비해, 「고향」에서는 주인공이 계급의식을 전면화하지 않음으로써 농민들의 삶에 밀착할 수 있게 되었던 것이다. 그 결과, 마름 안승학은 제국의 식민 지배와 자본의 확대에 적극적으로 동조하는 전형적인 중간관리층으로 창조되었으며, 농민들의 전통적인 조직이었던 두레는 김희준의 활동과 결합하면서 공동체적 자기인식에 도달하는 매개 과정으로 변용되기에 이른다.

한기형, 「'고향'의 인물전형창조에 대한 연구(1)」, ≪반교어문연구≫ 2, 1990.
윤지관, 「리얼리즘 문학에서의 반영성·전형성·민중성 - 이기영의 '고향'의 경우」, ≪민족과문학≫, 1991. 봄.
김외곤, 「노농동맹의 성과와 한계」, ≪문학정신≫, 1991. 11.
김성수, 「이기영소설 연구」, 성균관대 박사논문, 1991.
김흥식, 「이기영 소설 연구」, 서울대 박사논문, 1991.
서은주, 「이기영 소설 연구」, 연세대 석사논문, 1991.
김동환, 「'고향'론」, ≪민족문학사연구≫ 1, 민족문학사연구소, 1991.
이상경, 「이기영 소설의 변모과정 연구」, 서울대 박사논문, 1992.
2) 졸저, 『한국 소설의 시간과 공간』, 태학사, 2000, 165~186면.

그런데, 기존의 연구에서는 김희준이 이념적 회의에 사로잡혀 있음에도 불구하고 여전히 농민들을 계몽의 대상으로 바라본다는 사실을 간과하고 있다. 김희준은 소설의 초점화자이자 계몽의 주체로서 다른 인물보다 우월한 인식론적 권위를 지니고 있다. 이에 따라 저항의 주체인 농민들은 스스로 발언하지 못한 채, 김희준의 의식 속에 포착된 재현대상에 머무르고 있는 것이다. 본고에서 '소문' 모티프에 주목하고자 하는 것도 이와 관련된다. 소문은 일반적으로 객관적인 근거를 지니지 않은 채 사람들의 입을 통해서 대규모로 유통되는 커뮤니케이션 양식을 가리킨다. 그것은 현대적인 매스 미디어가 발전하기 이전의 구술적인 문화에서 주로 나타나거니와, 현대에 들어와서도 매스 미디어가 통제되는 비정상적인 상황에서 '유언비어'의 형식으로 나타나기도 한다.[3] 그래서 소문은 객관성, 동일성, 신뢰성을 지니지 못한 '저급한' 커뮤니케이션 양식이라는 평가를 받는다. 소문은 객관적인 진실을 담지 않은 거짓된 말이며, 끊임없이 모습을 바꾸어 유통되다가 자연스럽게 소멸되는 일시적인 말로 받아들여지는 것이다.

하지만, 구술문화에서 소문이 차지하는 위치를 문자문화의 논리 속에서 규정되는 것은 재고될 필요가 있다.[4] 구술담론(oral discourse)으로서의 소문은 본래적으로 진실성 여부와는 무관한 담론 형태이다. 진실성을 문제삼기 위해서는 소문의 기원을 추적하는 작업이 필수적이지만, 소문의 담론적 형식이 타인의 말을 끊임없이 인용하는 형식을 취하고 있기 때문에 기원으로 소급하는 것 자체를 불가능하게 만든다. 다른 사람의 말을 인용하되, 말하는 사람이 사건과 사건 사이에 존재하는 여백들을 채워 넣어 완결된 이야기로 만들어 가는 "과정 중

---

3) 清水幾太郞, 『유언비어의 사회학』, 김규환 역, 도서출판 청람, 1977.
4) 구술문화의 개념과 특징에 관해서는 월터 J. 옹의 『구술문화와 문자문화』(이기우·임명진 역, 문예출판사, 1995) 제3장 「구술성의 정신역학」에 자세하게 언급되어 있다.

의 말"인 것이다. 그렇기 때문에 소문의 기원을 찾아내어 진실 여부를 확인하더라도 소문의 본질과는 무관하다. 소문 속에서 사람들은 끊임없이 다른 사람의 말을 참조하면서 희망과 불안, 그리고 기대를 나누어 가진다. 그래서 소문은 끊임없이 참조되고 덧붙여지면서 집단적인 말이 되고, 나아가 계층적 무의식과 상응하게 된다.[5] 소문은 이처럼 내용의 진실성이 아니라 자신을 둘러싼 역사적 상황에 대해서 제한된 정보만을 접할 수밖에 없었던 서발턴 집단이 어떻게 현재를 인식하고 미래를 욕망했는가를 엿볼 수 있게 한다는 점에 그 중요성이 있다. 현대적인 의미의 매스미디어에서는 개인화된 발화 주체를 통해서 사실과 담론 사이의 유사성이나 진실성을 문제삼는 것에 비하여, 발화 주체가 익명적이거나 집단적인 존재로 드러나는 소문에서는 담론의 발생과 유통 과정을 통해서 형성되는 서발턴 집단의 계층적 무의식을 문제삼을 수 있는 것이다.

본고는 이러한 문제의식 아래 「고향」의 서사 진행과정에서 중요한 변수로 기능하고 있는 소문의 역할과 의미에 대해서 탐구하고자 한다.[6] 작가 이기영은 인물의 형상화나 플롯의 구성에 있어서 자주 소문을 이용하고 있다. 먼저, 소문은 「고향」의 리얼리즘적 성과 가운데 하나로 평가되는 마름 안승학의 형상화 과정에서 자주 등장한다. 안승학이 재산을 축재하게 된 내력("출세담" 章)과 국실의 부정을 이용해서 마름이 되는 과정("소유욕" 章)에서 서술자는 소문의 형식을 빌어

---

5) "합리적인 것, 로고스 그리고 문자전통과 경합을 벌이면서 페메는 집단적 기억과 같은 것은 창조하고 보존한다. 수없이 많은 문장, 단어를 가지고 얼굴 없이 페메는 듣기 및 반복의 채널을 통해 전체 사회의 몸체에 전파된다. 그래서 언제나 거듭 새롭고도 자기를 혁신시키는 반복행위의 시스템이 생겨난다"(한스 J. 노이바우어, 『소문의 역사』, 박동자·황승환 역, 세종서적, 2001, 50면.)

6) 소문의 소설적 기능과 역할에 대해서는 Hyunyong Choi, *Das Gerücht als Literarisches Verfahren : im Hinblick auf seine sujetbildende Funktion*, Dortmund, Projekt Verlag, 2002을 참조할 수 있다. 이 논문은 19세기 러시아 소설을 분석하여 플롯 구성에 있어서의 소문의 기능과 의미에 대해 고찰하고 있다.

출세와 축재를 향한 안승학의 주도면밀한 성격을 그려낸다. 안승학의 출세담과 함께 「고향」에서 주목되는 것은 경호의 출생담이다. 개인적 농담에서 출발했던 경호의 출생 비밀은 안승학의 음모, 갑숙·경호의 가출과 이어지면서 서사의 중요한 흐름을 형성한다. 이 소문은 신문기사로 공개되기까지 김희준을 중심으로 한 이념적인 계몽의 서사와 구별되면서 대중적인 흥미와 관심을 자극하는 서사적 장치로서 기능한다. 마지막으로, 소문은 작품의 결말 부분에서 농민들이 소작쟁의에서 승리하는데 결정적인 역할을 수행한다. 즉, 소작쟁의의 와중에서 자신과 가문의 명예가 훼손될 위험성이 생겨나자, 안승학은 김희준과의 밀약을 통해서 소문을 유포시키는 않는다는 조건으로 소작쟁의를 마무리짓게 되는 것이다.

이처럼 「고향」에서 소문은 매우 중요한 구성적 역할을 담당하고 있다. 따라서, 본고에서는 소문의 의미를 농민적 삶을 지배하고 있는 구술적 전통과 김희준으로 대표되는 지식인의 문자중심적 사유와의 상호관계 속에서 살펴보고자 한다. 이를 바탕으로 농민의 자연발생적인 의사표현 양식으로서의 소문이 지식인의 의식 속에서 어떻게 포착되고 있는가를 검토할 것이다. 이 과정에서 계몽 주체로서의 엘리트 지식인과 계몽 대상으로서의 서발턴 농민 사이의 인식론적·서사적 거리가 확인될 수 있을 것이며, 더 나아가 한국 프로문학의 계몽적 성격도 자연스럽게 재검토될 수 있을 것으로 기대된다.

2. 담론적 참여로서의 소문

「고향」이 소설적 배경으로 삼고 있는 '원터'의 삶은 구술문화적 전통과 불가분의 관계 속에 놓여 있다. 근대에 접어들면서 사람과 사람 사이의 커뮤니케이션은 근본적인 변화를 겪는다. 음성언어의 공간적이고 시간적인 한계를 극복할 수 있는 다양한 테크놀로지를 발전시키는 과정에서 신문, 잡지와 같은 매스미디어가 출현했던 것이다. 그런데, '원터'는 미디어의 근대적 변화에도 불구하고 여전히 전근대적인 구술성의 문화가 살아남아 있는 공간이다. 농민들은 근대적인 교육을 받지 못한 문맹 상태에서 구술적인 삶을 영위하고 있는 것이다.[7] 농민들이 구술문화적 전통 속에서 자기를 표현하는 방식이란 '말'을 통해 이루어지는 대화적 상황을 전제로 한다. 타인과 말을 주고받는 과정에서 자기의 견해를 표현할 수 있고, 타인과의 대립과 일치를 확인할 수 있는 것이다. 따라서 구술문화 속에서 개인의 의견이란 끊임없이 타인의 의견을 참조함으로써만 가능하다. 소문이란 바로 이러한 농민들의 구술문화적 전통이 빚어낸 필연적인 결과라고 할 수 있다.

그런데, 근대화의 과정 속에서 농민들의 구술문화적 전통은 새롭게 해석되고 규정된다. 근대적인 문화는 구술적인 성격을 벗어나 문자적인 성격을 획득함으로써 성취되었기 때문이다. 근대 초창기의 문학을 지배했던 계몽이란 새롭게 등장한 문자성이 자신의 선행자인 구술성을 파괴하고 문자중심적 문화로 재편하려는 위계적인 재배치 과정이라고 할 수 있다. 이렇듯 구술문화의 문자문화로의 변화에 성공적으로 적응한 인물이 바로 안승학이다. 안승학은 경기도 죽산 근처에서 호방 노릇을 하던 아버지가 일찍 죽자 처가가 있던 이곳으로

---

7) 농민들이 형성하고 있는 구술문화는 문자를 알지 못한 상태에서 이루어지고 있다는 점에서 문자성과 경합을 벌이고 있는 현대적인 구술문화(곧, 전자시대의 구술성)와는 구별된다. 월터 J. 옹은 그래서 문자성을 알지 못하는 상태에서 이루어지는 삶의 양식을 일차적인 구술문화로, 전자 미디어를 통해서 이루어지는 현대적인 구술성을 이차적인 구술문화로 구별하고 있다. 여기에 대해서는 월터 C. 옹의 『언어의 현존』(이영걸 역, 탐구당, 1985)과 『구술문화와 문자문화』를 참조할 수 있다.

솔가해 왔다. 그런데, 안승학은 불과 이십여 년 만에 민판서의 마름이 되었을 뿐만 아니라, 대부업 등을 통해서 막대한 부를 축적한다. 하지만, 안승학의 축재 과정은 명확하게 밝혀지지 않다. 그래서 원터 주변에는 안승학의 치부에 대한 여러 소문들이 떠돌아다닌다.

> 그러나 안승학의 치부에 대하여는 여러 가지 풍설이 많다. 그가 지금은 사음도 보고 취리 [貸金業]도 하지마는 몇 해 전까지도 단순히 하급의 월급생활을 하고 있음에 불과하였다.
> 월급이라는 것은 뻔한 것이 아닌가. 그것으로 의식은 족할는지 모르나 저축까지 한다는 것은 의문이었다. 월급은 장사와 같지 않기 때문이다.
> 그래서 그는 아마 뇌물을 많이 먹은 것이라는 소문도 있고 또는 토지조사 임시에 은결(隱結)로 숨은 땅을 누구와 협잡해서 나중에 자기 땅으로 돌려쳤다는 말도 있다. 또한 그는 첩을 많이 얻어서 살았기 때문에 어떤 돈 많은 여자를 얻어 살다가 그 여자의 돈을 빼앗아 땅을 산 것이 아닌가 하는 추측도 있으나 이것은 전혀 무근한 풍설에 지나지 않았다. 그렇다면 어떤 과부 부자나 얻었어야 할 터인데, 그는 과부라고는 얻어 본 적이 없다.
> 남의 유부녀를 떼들이기는 비일비재였지마는 이랬든지 저랬든지 그때 시절로서는 족히 있음직한 일이었다. 그 시절에는 우연만치 똑똑하고 장래를 내다보는 선견지명이 있는 사람이라면 테 밖에 앉아서도 돈벌이를 상당히 할 수가 있었다. 장사를 해도 그렇고 농사를 지어도 그렇고 하다못해 노름판을 쫓아다녀도 그랬었다.[8]
>
> (상, 126~127면)

인용문에서 분명하게 드러나듯이 "지체도 없고 형세도 없이 타관에서 떠들어온" 안승학이 불과 이십여 년 만에 민판서의 마름이 되자, 뇌물·협잡·축첩 등 갖가지 소문이 생겨난다. 농민들은 안승학의 축재 과정, 곧 지난 이십여 년의 시간적 공백을 다양한 해석과 추

---

8) 본고에서는 1937년에 한성도서주식회사에서 간행한 『고향』(상·하)을 텍스트로 삼았다. 그리고 신문 연재본과 단행본에 차이가 나는 경우에는 괄호 안에 이를 밝혔다.

측을 통해 보충하고자 했던 것이다. 그런데, 주목할 점은 서술자가 원터 농민들의 입을 오르내리고 있는 여러 소문에 대해서 근거 없는 '풍설'에 지나지 않는다고 말한다는 사실이다. 대신 안승학이 부를 축적하게 된 과정을 '합리적으로' 설명하고자 한다. 안승학이 현재와 같은 지위를 획득하게 된 출발점은 남보다 먼저 근대적인 문물을 수용하고 이러한 시대적 흐름에 적극적으로 편승한 결과라고 말하는 것이다. 안승학은 "이 근처 사람들은 생전 처음보는 기차와 정거장과 전봇대를 보고 경이의 눈을 크게 떴"(상, 123~124면)을 무렵 "목판차를 맨처음으로 먼저 타고 서울을 가 보았"(상, 124면)고, "이 고을에서 우편으로 보내는 편지를 제일 먼저 써"(상, 124면) 보았던 것이다. 더구나 경부선 개통 직후 설립된 사립학교에 선등으로 입학해서 일본어를 배우는 등 구술문화의 전통에서 탈피하여 문자를 활용할 수 있는 능력을 획득한 바 있다. 뿐만 아니라 "위대한 선각자"(상, 125면)로서의 안승학은 "기미년 인산 때에 새로 지은 고운 북포두루마기와 건을 쓰고 일부러 서울까지 올라가서 망곡"(상, 276면)을 하기도 하며, 기미 독립운동 이후에는 "청년회를 창립하는 데 있어서는 열렬한 활동분자 중의 한 사람"(상, 152면)으로 참여하기도 한다.

그런데, 기미독립운동을 전후한 시기에 계몽적 활동가로서의 면모를 보여주었던 안승학은 다른 청년회 회원들과 마찬가지로 현실적 욕망을 좇아 타락해간다. 특히, 민판서의 마름이 되는 과정에서 그러한 욕망이 적나라하게 드러난다. 한편으로는 미인계를 쓰고, 다른 한편으로는 지적도를 위조하는 등 "신랄한 수완"을 동원하여 민판서의 마름이 되는데 성공한 것이다.

> 그가 민판서 집 마름을 운동한 내막에도 적지 않은 맥락이 숨어 있었다. 백성을 다루던 그의 신랄한 수완은 마침내 성공하고야 말았던 것이다.

　　어느 해 여름에 – 앞내에 큰 홍수가 져서 민판서 집 전장이 많이
상했을 때 민판서는 친히 농장시찰을 내려왔었다. 이 기미를 미리
알아차린 안승학은 어떤 소작인을 끼고 어떻게 삶았던지 뜬뜬하기로
유명한 민판서도 그의 수단에 넘어가고 말았다.
　　그는 한옆으로 미인계를 쓰고 이간책을 쓰고 갖은 음모를 다 꾸
며서 그전 사음을 중상하였다. 그 미인계에는 지금 데리고 사는 숙
자가 중대한 역할을 했다는데, 인물이 보잘것없는 숙자를 어떻게 동
원시켰는지 모르나 지금까지 버리지 않고 살 뿐 아니라 도리어 그
손아귀에 쥐여 지내는 것은 그때 한 일이 폭로될까 무서워하는 비밀
이 있다는 쉬쉬하는 소문이 떠돌기도 하였다.

(상, 128~129면)

　　안승학이 마름이 되는 과정에서 가장 결정적인 역할을 했던 것은
이근수와 국실의 간통 사건이다. 안승학은 쇠득이를 동원하여 소문
으로 떠돌던 이근수와 국실의 불륜을 민판서에게 고변하도록 충동질
함으로써 이근수를 마름 자리에서 쫓아낼 수 있었던 것이다. 이러한
안승학의 음모는 타인에게 알려지지 않은 채 비밀에 휩싸여 있다. 쇠
득이가 이 사실을 발설하는 즉시 아내의 부정을 스스로 폭로하도록
되어 있어서 사건에 대한 정확한 정보가 외부로 누설되기 어려웠던
것이다. 이 때문에 농민들은 다양한 추측, 곧 소문을 통해서 안승학
이 군청을 사직하고 마름이 되는 과정을 인과적으로 설명해보고자
했던 것이다. 그런 점에서 소문은 농민들이 사건을 인식하는 행위의
일종이라고 할 수 있다. 부정확하지만, 자신들이 얻은 정보를 취사선
택하고, 나아가 추측과 해석을 통해 사건의 의미를 파악하려는 능동
적인 행위인 것이다.

　　그런데, 은폐되어 있던 안승학의 비밀은 우연한 기회에 폭로될 위
기에 처하게 된다. 쇠득이 모친과 백룡이 모친의 싸움이 그것이다.
백룡네 소가 쇠득이네 화중콩밭의 콩을 뜯어먹은 것이 발단이었지만,
쇠득이 모친이 백룡이 모친더러 "화냥년"이라고 부르면서 격렬해진

다. 여기에 백룡모는 쇠득이 처 국실이를 들먹이며 "메누리를 서방질 시켜서 논을 얻지 않았어? 똥 묻은 개가 겨 묻은 개보고 더럽다더니 저년이 그쪽일세!"(상, 245면)라고 말한다. 그리고, "내가 사람 잡을 년이냐? 네년이야말로 그래서 사람을 잡어먹었지! 손자새끼 잡어먹지 않었니? 오장이를 죽이지 않었어? 샛서방을 닮어서 키울 수가 없으니까, 오장이에다가 담어서 실경에다 얹어 죽이고 무엇이 어째?"(상, 246면)라고 말한다. 백룡모는 이근수와 국실의 불륜과 오장이(쇠득의 아들)의 죽음 사이의 빈틈을 자신의 논리로 채워넣고자 했던 것이다. 그래서 국실이와 마름 이근수와의 불륜을 문제삼고, 더 나아가 오장이의 죽음이 이 불륜과 연계되어 있다고 주장하는 것이다. 결국 백룡모의 "모욕의 소낙비"(상, 246면)를 견디지 못한 국실은 까무라치고 마침내 자신의 결백을 주장하기 위해 양잿물을 마시게 된다.

이 장면은 기존의 여러 논의에서 농민의 소소유자적 성격을 예각적으로 보여주는 장면으로 평가받아왔다. 그런데, 싸움은 백룡이네 소가 쇠득이네 콩밭을 훼손하는 것에서 촉발되지만, 그것이 크게 확대되는 것은 소문과 관련되어 있음을 간과해서는 안된다. 소문의 진위 여부를 둘러싼 두 사람의 싸움이 국실의 자살 시도로까지 이어지는 것이다. 그런데, 여기에서도 우리는 안승학의 출세담에서와 마찬가지로 사건의 객관적인 정황을 제시하는 서술자를 다시 만나게 된다. 서술자는 국실이 마름 이근수와 불륜을 맺은 것이 소작을 얻기 위한 고육책이라기보다는 부모의 뜻에 따라 자신이 원치 않는 사람과 결혼하게 된 까닭이라고 말한다. 그리고 아들 오장이가 죽은 것 역시 불륜과는 무관한 무지의 탓이라고 밝힌다. 이처럼 서술자는 안승학의 출세담처럼 직접 허구세계에 모습을 드러내고 있지는 않지만, 국실의 내면에 대한 전지적 접근을 통해서 사건에 대한 정확한 정보를 전달하고자 하는 것이다.

그는 자기 집으로 떼메여 온 뒤로 한참 만에야 겨우 정신이 깨났
다. 그는 다시 생각할수록 암만해도 분한 맘을 참을 수 없었다. 살이
떨리고 뼈가 저리다. 자기가 그전 마름과 관계가 있었던 것은 사실
이나 오장이를 죽인 것이 그런 부정한 씨를 받은 까닭으로 일부러
독살했다는 것은 그것은 꿈에도 생각지 못할 소름이 끼칠 일이다.

　비록 자기 사내에게는 처음부터 싫어했지만 그래도 그 아들을 자기는
얼마나 귀애했던가! 아니 남편을 미워하는만큼 사내에게로 갈 애정까지
그 아들에게 쏟지 않았던가! 그런데 그 아들을 죽였다니 ……?

　**온 동리에 소문이 퍼지기는 마름에게 논을 얻기 위해서 그런 짓을
했다지만 실상인즉 그런 것만도 아니었다. 항상 사내에게 불만을 품
고 있던 그는 자기로서도 억제치 못할 한때의 유혹에서 그만 그의 음
흉한 간계에 속아 떨어진 것이다.** 이성에 대한 경험이 적은 그는 애
오라지 감정의 지배를 받은 것이 아니던가? 그는 참으로 순진한 처
녀의 마음으로 그에게 정조를 바쳤었다.

(상, 252면, 강조는 인용자)

여기에서 우리는 소문에 대한 서술자의 관점을 엿볼 수 있다. 서술
자는 소문을 옮겨다 놓은 듯한 태도를 취하는 듯하지만, 실제로는 허
구세계에 개입하여 진실성 여부를 검증하고 있다. 소문을 통해 이루
어지고 있는 농민들의 다양한 추측과 해석을 진실성의 차원에서 접
근하고 있는 것이다. 그것은 농민들의 입과 입을 통해서 전해지는 소
문에 대해서 서술자가 객관적인 사실과 부합하지 않는 거짓된 말이
라고 바라보고 있다는 것을 의미한다. 이제, 소문이란 흔히 말해지듯
이 근거 없는 낭설 혹은 유언비어로서 격하된다.

서술자가 소문에 대해서 진실성의 관점에서 접근함으로써 백룡모
와 쇠득모의 싸움은 마름 안승학의 치부를 폭로하는 과정으로 발전
되지 않는다. 국실이 마름 이근수와 부정한 관계를 맺었던 것이 마치
순수한 연애감정에서 비롯한 것처럼 서술함으로써 안승학의 간계와
술책이 공론의 장 속으로 확장될 가능성이 봉쇄된 것이다. 대신, 사
실과 부합하지 않은 근거 없는 추측과 해석으로 국실을 음해한 백룡

이 모친은 쇠득이에게 똥세례를 받게 된다. 그녀의 도덕적 음란성이 말의 신뢰성에 결정적인 영향을 미쳤다는 것은 두말할 필요조차 없을 것이다. 결국 그녀는 작품의 후반부에서 소설적 공간으로부터 추방됨으로써 윤리적이고 현실적인 대가를 치루게 된다.

3. 소문의 외설성과 저항적 가능성

「고향」의 전개과정에서 안승학의 출세담과 함께 중요한 구성적 역할을 담당하고 있는 경호의 출생담에 대해서 살펴보기로 하자. 농민들의 삶에 대한 리얼리즘적 형상화라는 작가의 창작목표와 관련시켜 보았을 때, 경호의 출생담은 지엽적인 이야기에 불과하다고 생각할 수도 있다. 하지만, 「고향」을 읽는 독자들의 입장에서는 끊임없이 호기심을 자극하는 매우 대중적인 코드이기도 하다. 실제로 작가 이기영은 이러한 출생의 비밀이라는 서사적 장치를 하감역의 아들 상오가 낳은 경호가 자식으로 인정되는 과정이 서사의 중요한 흐름을 형성하고 있는 「신개지」에서도 다시 사용한 바 있다.

「고향」에서 경호의 출생이 문제적인 양상으로 포착되기 시작한 것은 "청춘의 꿈"이다. 하계 방학이 시작하던 날 자신들의 고향으로 출발하던 와중에 한 학생이 경호를 "중의 자식"이라고 놀려주던 일이 출발점인 셈이다. 일심사 부처에게 불공을 드리고 얻었다는 사실에 착안해 경상도 학생이 경호를 "부처님이 점지한 자식"이 아니라 "중의 자식"이라고 말했던 것이다. 이 말은 유추의 과정을 통해서 이루어진 개인적인 차원의 언어 유희 내지는 농담이라고 할 수 있을 것이다.[9] 그런데 '농담'이 발화되면서 당연한 듯 보였던 경호의 출생을

둘러싼 여러 상황들이 의심을 받기 시작한다. 이러한 의심이 현실로
드러난 것은 원터에 사는 소작인 춘학이 안승학에게 경호가 권상철
의 친아들이 아니라는 사실을 알려준 사건이다. 개인적인 차원에서
시작된 농담은 점차 구체적인 증거들과 결합하면서 소설적인 의미를
지니는 사건으로 발전해 가는 것이다.

여기에서 한 가지 주목할 점이 있다. 소문의 진원지가 바로 죽은
박서방이라는 사실이다. 박서방의 죽음은 작품의 첫 대목인 "농촌점
경"에서 이미 언급된 바 있다. 권상철에게 돈을 빌리러 갔던 박서방
이 뜻을 이루지 못하자 여울목에 빠져 죽었던 것이다. 이 사건은 김
희준이 동경에서 돌아오던 해에 있었던 일이다. 그런데, 1년여가 지
난 후에 죽은 박서방의 입을 빌어 경호의 출생담이 문제되기 시작한
것이다. 따라서 경호의 출생담은 예고 없이 불쑥 서사 속에 끼어들고
있다고 말할 수도 있다. 하지만, 소설의 전반부에서 박서방의 자살
사건이 끊임없이 등장인물의 입에 오르내리면서 독자들에게 환기되
고 있었다는 점을 고려한다면, 작품의 반전을 위해서 처음부터 준비
되었던 것으로 보는 것이 타당할 것이다.

> ① "야, 인동아! 거기 지금 물귀신 나온다! 상리 박서방 죽은 귀신
> 너 모르니……."
> 막동이는 원두막에서 인동이가 서서 둘레둘레 보는 것을 쳐다
> 보고 이렇게 고함을 치며 너털웃음을 웃는다.
>
> (상, 10면)
>
> ② 그는 상리 살던 박서방이 여울목에서 빠져 죽던 기억이 나자

---

9) 소문은 일종의 "사회적" 농담이라고 말할 수 있을 지도 모른다. 압축·전치·전
위 등 농담의 기술은 소문의 유통 과정을 분석하는 데 많은 도움을 줄 것이다.
본고를 구상함에 있어서 지그문트 프로이트의 『농담과 무의식의 관계』(임인주
역, 열린책들, 2003[재판])로부터 많은 도움을 받았다. 하지만, 본고가 대상으로
삼고 있는 「고향」에서는 소문의 유통과정이 생략되어 있기 때문에 농담의 다양
한 기술들이 작품 분석에 적용되기에는 어려움이 있었다.

별안간 머리가 쭈뼛해져서 고개를 외로 돌렸다. 박서방도 제방
공사에 부역을 다녔었다. 원칠이는 박서방을 잘 아는만큼 그
집 식구가 지금 어떻게 사는지 몰라서 궁금한 생각이 들었다.

(상, 46면)

③ 원칠이는 상리 사람 박서방이 빠져 죽은 생각이 문득 나서 소
름이 쭉 끼쳤다. 꼭 작년 이맘때다.

(상, 63면)

④ 그런데 상리 사는 박서방이 일채로 집을 쫓겨나게 되어서, 돈
십 원을 권상철이한테로 얻으러 갔다가 거절을 당하고 돌아오는
길에 앞내 큰 여울물에 빠져 죽은 사실이 있은 이후로는 그는
만나는 사람마다 보고 상철이가 너무 인색하다고 타매하였다.

(상, 277~278면)

⑤ 그런데 그 중에서 춘학이라는 늙은 작인이 일전에 볏돈을 얻
으러 내려와서 이런 이야기 저런 이야기 하던 끝에 수 년 전
에 물에 빠져 죽은 박서방의 이야기가 나왔다.
그는 그 집 식구의 형편이 지금 마련없다고 권상철의 인색한
말을 하면서 마름에게 아첨을 하였다. 한동리간에서 살던 정리
로 하더라도 돈 십 원을 빚으로 달라는데 그럴 수 있느냐고,
그래 승학이가 맞장구를 치는 바람에 그는 더욱 기운을 얻어
서 지금 있는 권상철의 아들 경호는 결코 그의 친아들이 아니
라는 말을 넌지시 토설했다.

(상, 401면)

소작인 춘학은 이처럼 안승학으로부터 돈을 빌리기 위하여 오래
전에 박서방에게 들었던 경호의 출생 비밀을 말했을 뿐이다.[10] 그런
데, 이렇게 누설된 경호의 출생 비밀은 안승학에 의해서 예기치 않은
국면으로 전개된다. 안승학은 타작마당에서 들었던 곽첨지의 말과의

---

10) 구술문화에서 경험은 기억하기 쉬운 모습으로 저장되었다가 시의성에 따라 의
식의 표면에 떠오른다. 따라서 구술문화 속에서 말로 표현되는 발화는 이것이
만들어지는 상황, 곧 시의성과 동떨어져 존재할 수 없다. 『소문의 역사』, 앞의
책, 16면.

상관성을 간파하고 "정탐적 흥미"(상, 404면)와 함께 자신의 잇속을 챙길 음모를 꾸미려 했던 것이다. 이를 위해 안승학은 소작인 춘학에게 "그런 소문이 나거든 남의 말을 함부로 말라"(상, 403면)라고 지시한 후, 곽첨지를 불러 "이십여 년 전에 젊은 여자를 얻었다가 중에게 뺏겼던"(상, 407면) 과정에 대해 자세히 듣는다. 그리고 난 후, 권상철을 찾아가 오십이 넘은 나이에 애써 키워온 아들을 잃게 될지도 모른다고 협박한다. 이에 권상철은 안승학을 찾아가 소문이 퍼지지 않도록 조처해주기를 부탁하고, 대신 "장사 밑천"을 대기로 약조한다. 안승학은 소문을 이용해 권상철과 거래를 했던 것이다.

그런데, 소문을 이용해 자신의 이익을 도모하려던 안승학의 시도는 실패로 돌아간다. 순경을 통해서 자신의 출생 비밀을 알아챈 경호가 집을 떠나고, 안승학의 계략은 경호와 갑숙의 혼전 관계로 말미암아 완전히 실패로 돌아간다. "권상철을 짜먹으려고 물샐틈 없이 계획을 꾸민 것이 도리어 자기가 올가미를 쓰고 함정에 떨어졌던"(하, 34면) 것이다. 마침내, 안승학은 최후의 수단으로 경호를 찾아가 권상철로부터 생활비를 얻도록 주선하겠다고 제안하지만, 그것마저 거절당한다. 결국 화가 난 안승학은 경호에게 "너도 원터 구장집에서 머슴 사는 니 애비처럼 사는 것이 소원인가 보다"(하, 222면)라는 말을 내뱉게 된다.

이렇듯 경호를 둘러싸고 끊임없이 변전을 거듭하던 소문은 김희준에 의해서 신문 기사로 밝혀질 때까지 마을 사람들을 통해서 확대재생산된다. 실체적 진실과는 무관하게 끊임없이 사람들의 입을 오르내리면서 담론을 생산해 낸다. 경호의 출생 비밀이 원터 농민들의 관심을 끌었던 것은 소문의 내용이 외설스러운 상상과 결합되어 있었던 것에서도 이유를 찾을 수 있겠지만, 보다 근본적인 이유는 마을 사람들이 권상철에 대해 지니고 있던 거부감에서 찾을 수 있을 것이다. 권상철은 박서방에게 돈을 빌려주지 않아 자살하게끔 만든 장본인이다. 그리고, "포목장사를 해서 돈을 모았지만 장사 밑천을 노름판에서 딴 돈으로 했을 뿐 아니라 근래에도 가끔 그 버릇을 놓지 않았"(하, 69면)기 때문에 마을 사람들의 신망을 잃어서 "남녀노소 없이 권상철이라면 모르는 사람이 없고 또한 애어른 없이 권상철이라고 착호성명을 하였"(하, 69면)던 것이다. 따라서 경호의 출생에 관한 소문을 이용하여 농민들은 권상철의 탐욕과 위선을 비웃고 조롱하였던 것이다.

그런데, 소문이 김희준에 의해 근대적인 미디어에 활자화되면서 농민들의 담론적 참여는 불가능해지고 만다. 소문의 구술성이 제거된 순간 농민들의 자발적이고 자유로운 참여 또한 봉쇄되면서 구술담론으로서의 생명력을 잃어버리는 것이다. 사실, 소문의 유통을 막고자 하는 김희준의 면모는 소설 전편에서 발견된다. "이리의 마음" 장에서 김희준은 쇠득모와 백룡모 사이의 싸움의 와중에서 소문에 관심을 지니는 어머니와 아내에 대해서 "그런 말씀 말어요. 남의 속을 잘 알지도 못하고 함부로 지껄이다가 공연히 망신하시지 말고!"(상, 249면)라고 말한다. 또한 "고육계" 장에서 방개에 의해 갑숙의 소식이 인동에게 알려지자 김희준은 사실을 확인하고자 하는 인동에게 "마치 남몰래 무슨 짓을 하다가 들킨 사람처럼 속으로 놀래면서 겉으로는 모르는 체 하"고, "쉬, 소문내면 큰일난다"(하, 337면)라고 말하기도 한다. 서술자와 마찬가지로 김희준 역시 소문을 저급한 커뮤니케이션 양식으로 파악하면서 '부정확한' 소문의 유통을 막고자 했던 것이다.

김희준의 소작쟁의 과정에서 보여주었던 태도도 이와 무관하지 않다. 김희준이 소문에 민감하게 반응하는 것은 그가 소수의 음모적인 활동에 의해서 농민들의 소작쟁의를 이끌어가고 있기 때문이다. 소문이라는 담론형식은 음모라는 활동방식과 적대적으로 대립한다. 많은 사람에게 알려지는 즉시 김희준의 비밀스러운 투쟁 계획은 안승학에게 노출되어 실패할 수밖에 없는 것이다. 실제로 소작쟁의가 한창 진행되던 와중에서도, 김희준이 구해온 돈을 분배하기 위한 인동, 김선달 등의 모임이 노출되어 어려움을 겪기도 한다. 따라서 안승학과의 소작쟁의는 김희준을 위시한 소수의 사람들에 의해서만 주도될 수밖에 없었고, 이에 따라 농민들의 참여 역시 제한적으로만 이루어지게 된다.

그런데, 이처럼 농민들의 자발적인 담론적 참여로서의 소문에 대해서 부정적이었던 김희준이었지만, 소작쟁의에서 승리하기 위해서는 어쩔 수 없이 소문을 이용해야 한다는 데에 김희준의 딜레마가 있다. 즉, 김희준은 갑숙과 경호의 연애담을 이용하여 안승학의 양보를 얻게 되는 것이다.

> "올 같은 수해이기에 도지를 탕감하야 달라는 것인데 서울 있는 지주영감은 반대하지도 않는 것을 사음 보시는 어르신네가(당신이 자기—연재본) 맘대로 지주보다도 더 욕심꾸러기 짓을 하려고 하니 말이 됩니까…… 일찍이 문제를 해결해 주지 않는다면 댁에서는 아무리 이 동네서 행세를 하고 싶어도 딸을 팔어 가지고 위자료 오천 원을 받어먹으려 하다가 코가 납작해지구, 게다가 그 딸의 정조를 유린한 청년이라는 것이 중놈에게 끌리어다니던 여자의 몸에서 애비가 누군지도 잘 알 수 없게 생겨난 사람이라면! ……만일 이 사실을 동네 사람들이 안다면 얼마나 조롱거리가 되겠습니까…… 그뿐인가요. 지금……."
>
> 희준이가 이렇게 말을 마치기 전에 안승학은,
>
> "가만있게! 그게 다 모두 누가 지어낸 이야긴가. 원 당치도 않은……."
>
> 이같이 가로막았다. 이런 창피할 데가 있나! 이런 생각 때문에 그의 얼굴은 조금 붉어진 듯싶다.
>
> "지어내다니요. 누가 없는 사실을 지어낼 사람이 있어요? 지금도 따님이 경호와 죽자사자하는 판이니까 우리가 알고 있지요…… 댁(당신—연재본)은 이 동네서 부자요 행세하는 양반인지 모르나 따님은 공장의 여직공으로 경호하고 좋아지내니 당신도 결국은 우리와 마찬가지 미천한 사람이 아니겠습니까!"
>
> 희준이는 더 보잘것없다는 듯이 거리낌없이 말했다.
>
> (하, 427~428면)

인용문에서 볼 수 있듯이 갑숙과 경호의 연애담은 원터에서 차지하고 있는 안승학의 특권적 지위가 붕괴되는 것을 의미한다. 이제 농민들은 경호의 출생담을 이용하여 권상철을 마음껏 비웃었듯이 갑숙과 경호의 연애담을 통해 안승학을 조롱할 것이다. 경호의 출생담과 갑숙의 연애담은 외설스러운 상상을 가능하게 하고 있어서 지배계급의 도덕성에 결정적인 흠집을 만들어내는 것이다. 「고향」에서 소문은 이렇듯 외설성과의 결합을 통해 지배계급의 도덕성을 위기로 몰아넣는다. 뿐만 아니라 마름의 딸이 머슴의 아들과 연애한다는 소문을 통해 마름의 현실적 권위 역시 붕괴시킨다. 안승학을 '새로운' 양반, 곧 마름의 위치에서 끌어내려 자신들과 동일한 내지는 더욱 미천한 존재로 만들어내는 것이다. 이처럼 소문은 지배계급의 도덕적 위선을 비웃고 이를 통해 현실적 권위를 박탈하는 언어적 카니발의 경험이라고 할 수 있다.[11] 아래와 같은 농민들의 반응은 그것을 잘 보여준다.

> 김선달과 조첨지, 수동 아버지는 이제야 아까 희준이가 이리로 오기 전에 하던 말이 이런 사실인 것을 깨닫고서 '옳지! 일이 그렇고 그렇단 말이지…… 그렇다면 왜 진작 우리들한테는 이런 이야기를 들려주지 아니했담! **벌써부터 알았더면 실컷 놀려나 먹을 것을……**' 이렇게 뱃속으로 중얼거렸다.
>
> "양반의 집 가문이 어떠니어떠니 하더니 그 꼴 참 잘됐다!"
>
> 김선달은 **비꼬는 듯이 딴전을 보면서** 이런 말을 내뱉었다.
>
> 안승학이는 그만 당장에 얼굴이 푸르락붉으락하고 코를 벌름벌름하기 시작한다.
>
> 인동이는 상쾌한 듯이 마루 끝에 앉아서 싱글싱글 웃고 있고
>
> "그러기에 자랑 끝에 불붙는다지 않나베!"
>
> 조첨지가 맞장구를 쳤다.

---

11) 현실적 권위를 전복시키는 웃음의 의미에 대해서는 미하일 바흐찐의 『프랑수아 라블레의 작품과 중세 및 르네상스의 민중문화』(이덕형·최건영 역, 아카넷, 2001) 제1장 「라블레와 웃음의 역사」 참조.

"조용히들 해. 누가 당신들에게 떠들어도 좋다고 했나?"
안승학은 홧김에 만만한 조첨지와 수동 아버지만 쳐다보고 눈을
부릅뜬다.
"얼른 우리들 요구를 들어주시기만 하면 더 앉아 있으라고 하신
대도 곧 가겠습니다."
조첨지는 지지 않고 말대답을 한다.

(하, 429면)

이제 안승학 가문의 치부를 알게 되면서 농민들은 더 이상 마름에
대해 두려움이나 경외감을 지니지 않는다. 그들은 안승학을 "놀리고"
"비꼬고" "지지 않고 말대답을 한"다. 이런 맥락을 고려해보자면, 안
승학이 '명예의 훼손'으로서의 소문을 두려워하고, 끝내 김희준의 요
구에 굴복할 수밖에 없었던 이유는 분명한 듯이 보인다. 지금까지 자
신의 후광으로 간직해왔던 '선각자'이자 '양반'으로서의 면모가 훼손
되었을 경우, 농민들에 대한 지배와 복종의 메커니즘에 균열이 발생
할 수밖에 없다는 점이 첫 번째 이유라고 할 수 있다. 지배는 물리적
인 폭력을 통해서만 이루어지는 것이 아니라 정신적인 동의의 과정
을 통해서 공고해진다. 선각자이자 양반으로서의 면모는 이러한 지
배의 정당성을 확인해주는 이데올로기적 장치이다. 따라서 양반으로
서의 권위와 명예가 훼손된 순간 안승학은 농민들의 반항을 막기 위
해서 훨씬 많은 물리적 폭력을 동원할 수밖에 없게 되는 상황에 직
면하게 되는 것이다.

또다른 이유는 지주로서 군림하고 있는 민판서와의 관계에서 유추
해볼 수 있다. 앞서 살핀 대로 안승학이 마름 이근수를 몰아내는 데
있어서 결정적인 역할을 했던 것이 국실이의 부정을 이용한 모함이
었다. 민판서는 이근수가 자신의 권위를 이용하여 국실을 욕보였다
는 쇠득의 폭로를 듣고 "양반의 집 자식으로 처신을 잘 가져야 할 터
인데 점잖은 사람이 그게 무슨…… 에, 고약한 사람 같으니."(상, 131

면)라는 말과 함께 마름의 지위를 박탈했던 것이다. 따라서 자신에 대한 외설적인 소문이 유포될 경우 안승학 역시 민판서로부터 이근수와 같은 처분을 받게 될 것이다. 체면을 중시하는 사회에서 스캔들은 한 사람의 사회적 파멸을 초래할 만큼 위협적일 수 있는 것이다. 따라서 안승학의 선택은 명예의 훼손이라는 정신적인 면과 함께 지극히 '현실적인' 면을 고려한 것이었다고 할 수 있다.

안승학의 타협이 이런 현실적인 의미를 지니고 있었음에 비해 김희준은 소작쟁의가 정당한 방법으로 승리하지 못했다는 자괴감에 빠져 있다. 그것은 앞서 경호의 출생담에 대한 처리에서 보여주었듯이 소문을 공개하고 기사화함으로써 농민들의 구술성에 대한 계몽적 우위를 확보하였던 것과 비추어볼 때 충분히 이해할 만한 것이기도 하다. 김희준은 외설스러운 상상과 결합되어 있는 소문을 이용함으로써 스스로 도덕적 정결성을 훼손했다고 생각하는 것이다. 작품의 결말 부분에서 방개에 대한 인동의 연정을 용인하면서도 갑숙에 대한 자신의 연정을 억압해야만 하는 금욕주의자로서의 면모를 통해서도 우리는 김희준의 도덕률이 농민들의 자발적인 저항과 전복의 담론이라고 할 수 있는 외설성과 대척점에 서있음을 알게 된다. 그것은 지배계급의 도덕률과 동일하지는 않지만, 매우 닮아 있다.

뿐만 아니라, 「고향」의 결말 부분에서 문제시되어야 할 것은 김희준과 안승학의 타협이 궁극적으로 농민들의 '침묵'을 전제로 하고 있다는 사실이다. 안승학은 "신상과 가문에 대해서 불명예로운 무근지설이 전파되는 것을 본인 등이 극력 방지하겠"(하, 438면)다는 김희준의 각서를 받아낸다. 그것은 달리 말해 소문을 통해서만 자신들의 입장과 관점을 표현할 수 있는 구술적인 상태의 농민들에게 침묵을 강요하는 것이기도 하다. 소문은 진실 여부와는 무관하게 사건을 해석하는 하나의 구성물이다. 소문이라는 공론의 장을 통해서 농민들은 미처 알지 못했거나 관심을 두지 않았던 것을 새롭게 해석할 수 있게 된다. 소문이 잡담이나 농담에 머물지 않고 역사에 관여할 수 있는 것은 이러한 시의성과 집단성 덕분이다.

그런데, 농민들의 능동적인 담론적 참여는 이제 김희준이라는 지식인의 프리즘을 거치면서 '무근지설'로 무시당하거나 혹은 통제되어야 할 것이 되고 만다. 즉, 농민들의 자발적이고 능동적인 참여는 여전히 「고향」의 외부에서 "잉여"로서 남아 있는 것이다. 옥희가 "저의 아버지라는 양반이 그렇게 영악한 체하면서도 어리석기란 짝이 없지요! 요구조건을 승인하면 했지 무슨 다짐을 받어요? 아무러면 살어 있는 딸의 이야기를 세상 사람이 영영 모를라고! 어떻게 소문이 나든지 소문이 날 걸 가지고…… 그런 것을 소문나지 않도록 해달라구 한다니 어리석지 않어요?"(하, 445~446면)라고 말했을 때, 그것은 안승학을 비난하는 의미가 될 수도 있겠지만, 근대주의자이자 문자성을 신뢰했던 계몽 주체 김희준이 처해 있는 근원적인 존재조건을 말해주는 것이기도 하다. 만약 안승학과의 약속 때문에 김희준이 농민들의 자발적인 소문과 그 유통을 통제하게 된다면, 그는 영원히 농민들 속으로 들어가지 못한 채 외곽에 머무르는 존재로 남을 수밖에 없게 되기 때문이다.

4. 구술문화와 소문의 의미

지금까지 「고향」을 통해서 살펴본 것처럼 농민들의 삶은 근대적인 문자 미디어의 등장에도 불구하고 여전히 구술성의 사고방식을 간직하고 있는 것처럼 보인다. 구술성의 삶을 살아가는 농민들에게 있어서 고정된 의미의 텍스트란 존재하지 않는다. 소문은 끊임없이 은밀하게 유통되면서 모습을 바꾼다. 소문은 그렇게 사람들의 입에 오르내리는 순간에만 일시적으로 존재한다. 그러나 출처를 알 수 없는 구전된 이야기들은 커뮤니케이션의 과정을 통해서 "공공성"을 만들어 낸다. 구술적인 문화 속에서 언어는 성찰의 도구가 아니라 행위의 방식일 뿐이다. 사람들이 자신의 주변에서 벌어지고 있는 상황에 참여하는 방식인 것이다. 하지만, 이러한 삶의 방식은 김희준을 위시한 근대적인 계몽가들의 사유방식과는 일정한 거리를 지니고 있다. 김희준이나 안승학의 경우처럼 문자를 읽고 쓰는 능력을 얻은 지식인들은 역사적인 선행양식으로서의 구술적인 것을 저급한 것으로 취급한다. '야학'이라는 계몽활동은 바로 그러한 구술성의 파괴양상 중의 하나이다. 레비 스트로스의 비유를 빌려 말한다면, 야생의 정신에서 길들여진 사고로의 전환이 이루어진다.

이러한 인식의 기저에 놓여 있는 것이 '진실성'의 문제이다. 소문에는 사실과 의견, 진실과 거짓이 뒤섞여 있거니와, 계몽주의자들은 소문에 잠재되어 있는 집단적인 의견을 거짓으로 간주하는 것이다. 따라서 소문이 지니고 있는 다층적인 양가성은 지식인의 관점에 따라 부정되거나 통제되어야 할 것으로 규정되기에 이른다. 서발턴 의식이라고 불릴 수 있는 농민들의 자율성 내지는 그것의 담론적 표현으로서의 소문은 안승학 뿐만 아니라 김희준에 의해서도 포섭되지 않은 채 재현의 체계 바깥에 놓여 있었다. 제국주의자를 대신하고 있는 안승학뿐만 아니라 엘리트들의 저항담론을 대표하고 있는 김희준에 의해서도 농민적인 자율성은 근대적인 의식의 바깥에 존재하는 타자로 규정되어 있는 것이다. 그럼에도 불구하고 엘리트들의 재현의 기술은 농민들을 완전히 이해할 수 있는, 그래서 통제가능한 타자로 구성하고자 했다. 안승학과 김희준의 시선에 의해서 통제되거나 대표됨으로써 더 이상 스스로 발언할 수 있는 가능성을 봉쇄당했던 것이다.

　　엘리트의 지배에 내삽되지 않았던 자율적인 주체로서의 서발턴의 개념에 주목하는 것도 이 때문이다. 농민들의 자율적인 의식을 반영하고 있는 소문은 엘리트들의 다양한 논리를 독자적으로 전유하고, 탈코드화함으로써 내적인 위기를 고조시킨다. 소문의 형식은 언제나 중개된 말에 불과하고 그것을 인용하는 사람들은 늘 현존하지 않았으며, 재현의 대상을 갖지 않는다는 점에서 텅 비어있다. 그래서 소문은 기원을 알 수 없기에 반박할 수 없고 따라서 통제될 수 없다는 사실 때문에 불안을 야기한다. 뿐만 아니라 소문의 내용을 이루고 있는 '외설성'은 지배계급의 도덕적 위선을 폭로하고 현실적 권위를 박탈하는 유쾌한 놀이의 현장이다. 그것은 풍자처럼 진지하지는 않지만, 모든 일상적이고 도덕적인 억압을 해체하고 붕괴시킨다. 새로운 상상적 가능성이 출현하고 있는 것이다.(《한국현대문학연구》 제16집, 한국현대문학회, 2004년 12월 31일, 全載)

회상과 내면적 지속으로서의 자아

박태원의 「소설가 구보씨의 일일」

1. 모더니즘의 시간성

「소설가 구보씨의 일일」(《중앙일보》, 1934. 8. 1~9. 19)은 어떤 인물에 대한 이야기이자 어떤 소설의 창작과정에 대한 이야기이다. 이 작품에는 주인공 구보가 인생의 행복을 추구하는 과정과 함께 소설 한 편을 준비하고 서술해나가는 과정이 나타난다. 작품의 결말에서 주인공의 인생에 대한 서술이 멈춰지는 순간에 소설의 탄생은 예고된다. 그리고 그 결과가 바로 「소설가 구보씨의 일일」이다. 이처럼 소설의 창작과정을 형상화함으로써 「소설가 구보씨의 일일」은 한국 근대문학사에서 독특한 지위와 영역을 차지하게 된다.

박태원의 소설, 그 중에서도 「소설가 구보씨의 일일」에 대해서는 상당한 연구업적들이 축적되어 왔다. 안회남[1]이 "기교의 문학", "도회적 감각의 세계"로 규정한 이래 박태원의 문학은 도시의 생태학과 지식인의 병든 일상이 발현된 도시소설[2]로 불려왔다. 이러한 규정성

---

1) 안회남, 「구보씨의 일일」, 《동아일보》, 1938. 12. 23.
　　　　, 「작가 박태원론」, 《문장》, 1939. 2.
2) 이재선, 『한국현대소설사』, 홍성사, 1979.

은 「소설가 구보씨의 일일」의 배경을 이루고 있는 경성의 근대적 성
격을 문제삼고 있는 서준섭,[3] 근대적인 삶의 감각과 사물화된 풍경
에 절망한 '소외된 예술가'의 경성중심가 편력기로 규정하면서 작품
의 핵심적인 의미망이 실직 지식인의 의식구조—실직 예술가의 자의
식임을 밝힌 권성우[4] 등에도 지속되고 있다. 이후 김윤식은 「고현학
의 방법론」[5]을 통해 박태원문학의 방법론으로서 '고현학'을 내세운
바 있으며, 최혜실[6]은 이를 '산책자' 모티프라는 개념으로 모더니즘
일반에 대한 논의로까지 확산시키기에 이르렀다. 강상희[7]는 J. 하버
마스의 논리에 기대어 박태원 소설의 기본 특질이 '주관성의 원리'임
을 밝혀냈으며, 장수익[8]은 박태원 소설의 기법적 특질과 기능에 주
목하여 그의 문학적 변모를 해명하고자 한 바 있다.

　「소설가 구보씨의 일일」에 대한 기존의 연구는 대체로 기법적 측
면이나 소설 배경의 특성에 집중되어 왔다. 이같은 연구태도는 1920
년대, 적어도 1930년대 중반 이후 식민지 조선이 자본주의사회로 이
행하면서 근대적인 도시의 발달이 이루어졌고, 이에 따라 도시공간
이 문학의 중심적인 테마로서 부각되었다는 역사적 사실에 바탕을
두고 있다. 물론 도시의 테마가 문학적 중심으로 부상한 것은 노동자
—자본가의 대립을 그리는 카프소설에서 비롯된 것이다. 하지만, 카
프소설에서는 도시공간이 노동자—자본가의 대립이 펼쳐지는 배경으
로써 취급되었을 뿐, 도시성 자체의 의미는 천착되지 못한 것이 사실
이다. 도시공간이 갖는 구체적 특성에 대한 밀도 있는 접근은 박태

---

3) 서준섭, 『한국 모더니즘문학 연구』, 일지사, 1988.
4) 권성우, 「1930년대 한국 모더니즘소설 연구」, 서울대 석사논문, 1989.
5) 김윤식, 「고현학의 방법론」, 『한국문학의 리얼리즘과 모더니즘』, 민음사, 1989.
6) 최혜실, 「'소설가 구보씨의 일일'에 나타나는 '산책자(flaneur)' 연구」, ≪관악어문
　　연구≫ 13, 1988.
7) 강상희, 「박태원 문학 연구」, 서울대 석사논문, 1990.
8) 장수익, 「박태원 소설 연구」, 서울대 석사논문, 1991.

원, 이상 등 모더니즘소설에서 비로소 이루어지게 된 것이다. 이처럼 박태원의 「소설가 구보씨의 일일」이 한국문학사에서 중요하게 취급된 이유는 근대적인 도시 속에 살아가고 있는 근대적 인간의 삶을 깊이 있게 취급하고 있다는 점에 있다. 달리 말하면 자본주의 발전의 결과물로서 '경성'이라는 근대적 공간이 형성되지 못했다면, 「소설가 구보씨의 일일」은 존재할 수 없었을 것이다. 따라서 「소설가 구보씨의 일일」은 당대의 사회문화적 현실과의 연관 속에서만 이해될 수 있을 것이다.

"자아와 세계의 분리와 통합"이라는 모더니즘의 테제에 따르면, 자아를 둘러싼 객관세계는 무질서와 혼란상태(자본주의적 생산의 무정부상태를 상기해 보자)에 처해 있으며, 그것을 예술적 구조 속에 인위적으로 통합시키려는 주관적 자아는 객관 세계와 철저하게 분리되어 있다. 이른바 예술적 자율성에 대한 끊임없는 강조는 객관적 세계와 주관적 자아 사이에 건널 수 없는 강이 놓여 있음을 잘 보여준다. 하지만 모더니즘의 실제 작품에서는 세계와 자아 사이의 분리를 부정하고 열린 의식세계를 지향한다. 서술의 인과적 전개를 부정하고 자유연상의 혼돈 속에서 직선적으로 진행되는 자연적 시간은 점차 약화되고, 경험적 시간이 전면에 부각되는 것이다.[9]

이러한 시간관의 변화에 따라 모더니즘 문화에서는 과거와 현재, 미래가 구분되지 않으며, 모든 시간이 "현재적 순간"으로 경험된다. 객관적 시간에 입각한 인과율적 세계인식은 더 이상 개인의 의식세계에 적용되지 않는다. 인과율은 시간성의 차원에 있어서 상호외재적이고 분간할 수 있는 두 요소나 계기를 상정함으로써만 성립할 수 있음에 비해, 경험적 시간영역에서는 과거가 현재에, 전체가 부분에 내재해서 불가분의 상태를 이루고 있는 것이다. 현재적 자아의 의식

---

9) M. 칼리니스쿠, 『모더니티의 다섯 얼굴』, 이영욱 외 역, 시각과언어, 1993, iii면.

세계에서는 전체가 부분 속에, 한 부분이 다른 부분 속에 내재해 있기 때문에 부분과 전체, 부분과 부분 사이의 구분 자체가 무의미해지게 되는 것이다. 따라서 모더니즘이 선조적으로 부가되는 시간성에 대한 대안으로서 나타난 공시적 몽타지 수법을 중시한다는 유진 런의 지적[10]은 현상적으로 두 사건의 병치이지만, 시간성의 차원에서 '순수지속'[11]으로 이해되어야 한다.

그런데 기존연구에서는 「소설가 구보씨의 일일」의 기법적 원리를 대체로 "현재와 과거의 병치", 혹은 "시간의 공간화"로써 파악하고 있다. 「소설가 구보씨의 일일」에서 "시간의 흐름은 한 공간에서 다른 공간으로 이동하는 과정에서 표현되는 부수적 요인인 바, 지속적인 시간의 흐름이 거부되고 도시 공간 포착의 순간순간 속에 정지되어 있을 뿐이다. 이 작품에서 주된 것은 시간이 아니라 공간의 편린들이며, 작가는 이 편린들에 과도할 정도의 성실한 표현을 가하고 있다."[12]는 언급은 공간성을 작품의 핵심원리로 파악한 대표적인 예라 할 것이다. 이는 작가 박태원이 1930년대의 경성이라는 근대적 도시현실을 작품 속에 편입(연구자의 표현에 따르면 '도시풍물의 가시화')시키려 했다는 가정에 지나치게 얽매어 있기 때문으로 여겨진다.[13] 이렇듯 박태원의 소설을 공간적 병치로서 파악한다는 것은 과거와 현재 사이의 단절, 혹은 시간을 객관적으로 분할 가능한 것으로 파악한다는 점에서 모더니즘적 체험과는 일정한 거리를 지닐 수밖에 없다. 요컨대, 「소설가 구보씨의 일일」을 과거와 현재의 병치로서 이해한 것은 작품의

---

10) E. 런, 『마르크시즘과 모더니즘』, 김병익 역, 문학과지성사, 1986, 47면.

11) H. 베르그송, 『물질과 기억』, 홍경실 역, 교보문고, 1991.

12) 최혜실, 「1930년대 한국모더니즘소설 연구」, 서울대 박사논문, 1991, 199면.

13) 이와 관련하여 H. 베르그송은 지성은 시간을 '공간화'한다고 말한 적이 있다. 이 말이 뜻하는 것은 근대적 시간경험의 특징인 연속적 흐름, 즉 '지속', '다양성 속의 통일체'라는 성질이 객관적 시간에 입각할 때에는 하나하나 분해되어 측정가능한 '양'들로 치환된다는 것이다.(H. 마이어호프, 김준오 역, 『문학과 시간 현상학』, 삼영사, 1987, 29~30면)

구조적 특질의 한 단면을 지적한 것이라고 할 수 있지만, 일면적이라는 지적을 면하기 어렵다. 따라서 「소설가 구보씨의 일일」을 올바르게 이해하기 위해서는 전통적인 시간관에 입각해서 작품의 구조를 파악하는 방식에서 한 걸음 더 나아가 '지속의 상' 아래에서 시간을 파악하는 것이 요구된다고 할 것이다.

2. 고현학적 방법과 직관의 순간

「소설가 구보씨의 일일」은 '직업과 안해를 갖지 않은' 26세의 소설가 '구보'의 의식적 방황과정을 외출—귀가의 과정 속에서 펼쳐보이고 있는 소설이다. 작품의 표면에는 도시배회과정(집→천변→화신상회→다방→경성역→조선은행→다방 낙랑→종로 경찰서→다방 제비→대창옥→광화문통→다방→황금정→종각 뒤 술집→낙원정→집으로 가는 길)에서 만난 단편적 사건들이 계기적으로 연속되어 나타난다. 주인공 구보의 외부에 존재하는 단편적인 사건들은 고독(산책, 비정상적 상태)과 행복(생활, 정상적 상태)이라는 이항대립적 요소들이다. 특히 어머니가 주인공에 대해 요구하는 현실적 행복(직업과 안해)은 주인공의 욕망(소설쓰기)과 대립한다.

소설의 전반부에서 주인공 구보는 세 개의 욕망(직업, 안해, 소설) 중에서 잠시 현실적 행복에 관심을 갖기도 한다. "한 손의 단장과 또 한 손의 공책과 — 물론 구보는 거기에서 행복을 찾을 수는 없다"(231면)[14]는 것은 자신이 욕망했던 것을 포기하고 타인으로부터 요구받고 있는 현실적 행복을 향하고 있는 주인공의 심리를 보여준다. 그런데,

---

14) 「소설가 구보씨의 일일」의 텍스트로는 1938년 문장사에서 간행된 『소설가 구보씨의 일일』을 사용하였다. 이하 작품 인용시에는 인용 말미에 인용면수를 밝히는 것으로 대신하고자 한다.

그가 거리에서 만나는 도시의 풍경은 서정시인조차 황금광으로 나서는 세태, 민첩한 보험회사 외교원의 지적 저열성, 경성역에서 보이는 군중의 소외감 등으로 요약될 수 있다.[15] 현실적 행복은 어느 곳에도 찾을 수 없다. 자본주의의 성장과 함께 형성된 속물적 세계 앞에서 구보는 위화감·혐오감·고독감을 갖게 되거니와, 그러한 의식이 집약된 것이 자신의 감각을 의심하며 병적 징후를 발견하는 것이다.(238~240면) 이처럼 행복을 찾기 위한 구보의 산책(만남과 끽다)은 늘 실패를 거듭하고 원점에서 다시 시작된다.[16]

현실 모더니티의 득세 속에서 주인공 구보가 정신적 위안을 얻을 수 있는 유일한 공간은 벗과 만나는 '다방'이다. 거리에서 속물적인 세계에 젖어가는 사람들을 관찰하던 그는 생각에 피로해지면 어김없이 다방으로 숨어든다. "생각에 피로한 그[구보-인용자]는 이제 마땅히 다방에 들러 한 잔의 홍차를 즐겨야 할 것이다"(241면) 그곳에서 주인공은 객관세계로부터 찾을 수 없는 행복, 혹은 타인과의 만남을 통해서 발견할 수 없었던 삶의 의미를 찾고자 한다. "갑자기 구보는 벗이 그리워진다. 이 자리에 앉아 한 잔의 차를 나누며, 또 같은 생각 속에 있고 싶다 생각한다"(243면) 하지만 주인공이 만나고 싶었던 벗들 역시 머릿속에 그리던 것과는 다른 모습으로 나타난다. 그의 벗들은 황금광으로 나선 서정시인, 영락한 옛친구, 신문사 사회부 기자로서의 직업에 얽매인 시인 등이다. 이처럼 「소설가 구보씨의 일일」은

---

15) 이는 1930년대 한국사회에 경제적 의미에서의 현실모더니티가 성장하고 있음을 보여준다. 1930년대 식민지 조선사회에서는 기형적인 형태이기는 하지만 자본주의적 경제범주가 사회구성체적 수준에서 질적 규정성을 획득하기 시작한 것으로 보인다. 경성을 비롯한 근대적 도시의 발전은 이러한 현실 모더니티의 반영이다.

16) 어머니의 눈을 통해 제시된 작품의 서두 부분은 주인공의 산책이 일상적으로 반복되는 행위이었음을 잘 보여준다. "어머니는 다시 바느질을 하며, 대체, 그 애는, 매일, 어딜, 그렇게, 가는, 겐가, 하고 그런 것을 생각하여 본다. 직업과 안해를 갖지 않은, 스물 여섯살 짜리 아들은, 늙은 어머니에게는 온갖 종류의, 근심, 걱정꺼리였다. 우선, 낮에 한 번 집을 나서면, 아들은 밤늦게나 되어 돌아왔다."(222면)

거리와 다방에서 타인의 삶을 통해 삶의 의미를 찾으려는 주인공의 탐색 과정을 그리고 있다.

속물적인 세계 앞에서 자신의 감각을 의심할 수밖에 없는 무력한 예술가, 혹은 벗과의 만남 속에서 삶의 의미를 발견할 수 없었던 고독한 예술가 구보가 진정으로 욕망하는 것은 '소설쓰기'이다. 그런데, 주인공을 짓누르는 현실적 가치와 스스로 욕망하는 진정한 가치 사이의 방황은 작가로서의 불임성을 가져온다. 그는 "한 손에 단장과 또 한 손에 공책을 들고 목적 없이 거리로 나와"(261~262면) 길을 걷고 차를 마시고 사람을 만나며, 자신과 마주친 사물과 인간에 대해 파편적인 인상을 기록하는 '자료수집가'로서의 면모만을 보여줄 뿐이다. 이른바 고현학의 방법론을 사용한다.[17] 하지만 고현학의 방법으로 소설은 탄생할 수 없다.

> 한길 우에 사람들은 바쁘게 또 일 있게 오고 갔다. 구보는 포도 우에 서서, 문득, 자기도 창작을 위하여 어데, 예(例)하면 서소문정 방면이라도 답사할까 생각한다. '모데로노로지오'를 게을리 하기 이미 오래다.
> 그러나, 그러한 생각과 함께 구보는 격렬한 두통을 느끼며, 이제 한 걸음도 더 옮길 수 없을 것 같은 피로를 전신에 깨닫는다. 구보는 얼마 동안을 망연히 그곳 한길 위에 서 있었다.······
>
> (246면)

주인공은 고현학(모데로노로지오)적 방법을 떠올리는 순간 "격렬한 두통"과 "피로"를 느낀다. 이는 고현학적 방법, 달리 말해 사실의 수집과 나열만으로 소설을 쓴다는 것이 불가능함을 의미한다. 그는 작품 메모를 위한 대학노트를 지니고 다니면서 대도시가 그에게 제공하는 여러 가지 체험의 파편들을 직접 그 자리에서 기록하지만, 고현

---

17) 김윤식, 앞의 글, 130면.

학적 방법을 통해 수집된 근대적 경성의 풍물은 창작주체의 개입에 의해서 재구성되었을 때 소설로 씌어질 수 있는 것이다. 따라서 고현학의 방법은 소설을 쓰기 위한 자료수집의 과정은 될 수 있을지언정 주인공 구보가 소설을 쓸 수 있는 원천은 되지 못한다. 말하자면 고현학적 방법은 소설을 위한 필요조건이지 충분조건은 될 수 없는 것이다. 「소설가 구보씨의 일일」의 경우 산책을 통해서 산책하는 개인으로서의 체험은 계속되지만 소설 창작에 필수불가결한 의미있는 체험은 만들어지지 않는다. 이에 따라 작품은 앞으로 씌어져야 할 것이지만, 씌어지지 않는다. 작가로서의 불임성은 다음과 같은 영감의 순간을 거치면서 비로소 해소된다.

> 구보의 눈이 갑자기 빛났다. 참 그는 어찌 되었을꾸. 비록 어떠한 종류의 것이든 추억을 갖는다는 것은 사람의 마음을 고요하게, 또 기쁘게 하여 준다.
>
> (201면)

이 장면은 고독과 권태의 예술가 구보가 영감을 얻는 순간이라는 점에서 매우 주의 깊게 볼 필요가 있다. 즉, 주인공은 갑작스럽게 떠오른 동경에서의 사랑에 작품의 주제가 있다는 것을 깨닫고, 삶의 의미로서의 소설 창작의 열정을 회복한다. H. 베르그송의 용어를 빌린다면 실재(보다 구체적으로 표현한다면 지속하는 자아)에 대한 직접적인 접근의 방식인 직관[18]의 순간이다. 이후 주인공은 소설—스스로 통속소설이라고 비하하고 있지만—을 쓰기로 한다. 이렇듯 회상을 통한 직관은 구보의 삶의 태도를 변화시킨다. 동경에서의 사랑을 떠올린 후 구보는 "문득 광명을 찾은 것 같은 착각"(275면)을 느끼고 "각모 쓴 학생과, 젊은 여자가 어깨를 나란히 하여 구보 앞을 지나갔다. 그들

---

18) H. 베르그송, 『사유와 운동』, 이광래 역, 문예출판사, 1993, 130~156면.

의 걸음걸이에는 탄력이 있었고, 그들의 말소리는 은근하였다. 사랑하는 이들이여. 그대들 사랑에 언제든 다행한 빛이 있으라. 마치 자애 깊은 부로(父老)와 같이 구보는 너그러웁고 사랑 가득한 마음을 가져 진정으로 그들을 축복하여 준다.”(276면) 뿐만 아니라 자신의 감각을 불신하던 소극성에서 벗어나 “왼갓 사람을 모다 정신병자라 관찰하고 싶은 강렬한 충동”(288면)을 느끼는 적극성을 획득하는 것이다. 그 와중에서 여급아이의 “맑은 두 눈은, 그의 두 빰의 웃음 우물은 아직 오탁에 물들지 않았다”(293면)는 사실을 발견하고 어머니의 사랑을 떠올린다. 이제 과거는 현재와 대립하거나 선재(先在)하는 원인일 뿐만 아니라 현재 속에서 살아있는 경험이 된다. 과거와 현재는 회상 속에서 통합된다.

이처럼 「소설가 구보씨의 일일」의 탄생은 구보가 추구하던 행복의 실체를 독자 앞에 보여주는 것이라고 할 수 있는데, 그 과정에서 인생의 행복 탐구라는 미래지향적인 구보의 활동은 과거에 대한 기억과 회상이라는 과거지향적인 활동으로 변모한다. 앞으로 살아나가야 할 목표를 추구하는 과정이 아니라 이미 살아버린 것에 대해 기억하고 서술한다. 고고학적 방법이 현재의 시간 속에 잠들어 있는 과거의 사실에 빛을 밝히는 것이라면, 고현학적 방법이란 현재의 시간 속에 잠들어 있는 잠재된 의식을 심층으로부터 끌어올림으로써 현재의 나를 밝히려는 작업이라고 할 수 있다. 따라서 「소설가 구보씨의 일일」의 주제는 회상된 인생이다. 이제 소설은 과거를 지닌 한 인간의 삶에 대한 철저한 이해로서만 만들어질 수 있다. 현재진행중인 삶이 아니라 살아버린 삶에 대해 탐구한다는 것, 이것이 「소설가 구보씨의 일일」의 특징인 것이다.

3. 무의지적 기억과 의식의 전체성

「소설가 구보씨의 일일」에서 작가 박태원은 실제로 일어났던 삶이 아니라 삶을 되돌아보는 방식으로 작품을 구성한다. 과거의 문제와 연관하여 서술자와 주인공 사이의 관계가 매우 중요하다. 작가 박태원은 자신의 호를 딴 '구보'라는 인물을 주인공으로 하여 그의 의식을 추적하고 있다. 이러한 사소설적 요소로 인해 작중의 구보는 작가 박태원의 인간과 사물에 대한 관점과 가치관을 투사한 인물이라고 가정한다. 즉 서술자와 주인공의 동일성을 바탕으로 하여 작가가 주인공의 눈을 통해 대상에 대한 사유와 독백을 개진하고 있다고 파악하는 것이다. 하지만, 엄밀하게 구분하자면 작가와 서술자와 주인공은 구분되어야 한다. 서술자의 입장에서 본다면, 주인공은 경성 공간은 배회하며 체험하는 현재의 인물이지만, 작가의 입장에서 보면 기억 속에 존재하는 과거의 인물인 것이다. 따라서, 주인공 구보는 박태원이 쓰고자 하는 이야기의 주인공일 뿐만 아니라 작가의 총체적인 경험에 해당한다. 그런데, 그는 작가 박태원이 살아왔던 발자취도 아니고, 삶으로부터 수집해 놓은 체험들의 저장고도 아니다. 그는 세상을 비춰주는 더없이 깨끗하고 폭넓은 거울이다. 때로 개인적 체험이라는 한계에 갇혀있기도 하지만, 본질적으로는 세계와 동일해질 만큼 작가 박태원과 거리감을 두기도 한다. 주인공 구보는 때로 현실 속에 존재하는 인물이며, 때로 관찰자이고, 때로 몽상가이다. 구보는 이처럼 인습적인 의미에서의 허구적 인물이 아니다. 자연주의 작가들에게서 나타나는 몰개성이라든가, 고백체에서 나타나는 개성들에서는 느낄 수 없는 독특함을 지니고 있는 것이다.[19]

---

19) 서준섭, 앞의 책, 183면 참조. 구보의 이러한 성격을 베르그송의 용어를 빌려 말

그런데, 주인공의 현재 경험은 그 자체만으로는 의미를 획득하지 못한다. 등장인물의 출현이 이를 잘 보여준다. 「소설가 구보씨의 일일」의 경우 등장인물들은 감각적 출현으로 우리를 사로잡는데, 그 감각적 출현은 윤곽에 불과하며 그들의 성격을 재구성하는 데에는 불충분하다. 박태원은 평범한 사건을 시각적인 출현과 동시에 독자에게 보여준다. 다시 말하면 그는 사물을 원인에서 시작하여 보여주지 않고 그 대신에 효과로부터, 곧 독자의 눈을 사로잡는 감각적 확실성으로부터 보여준다. 그래서 어떤 인물의 묘사는 인물이 나타나는 바로 그 순간에 포착되는 것으로 한정된다. 「소설가 구보씨의 일일」을 읽으면서 한 인물이 우리에게 소개된다고 느끼기보다는 인물이 우리에게 나타난다고 느끼는 것도 이와 관련된다. 인물이 주인공 앞에 갑작스럽게 나타났듯이 독자들에게도 바로 그 순간에 현현하는 것이다. 그래서 구보의 도심 배회 과정에서 만나게 된 수많은 타인들은 성격적으로 완성되지 못한 채 작품 속에서 명멸해간다.[20]

구보의 현재적 삶이 의미 있는 경험을 만들 수 없듯이 주인공의 의식 속에서 진정한 경험은 과거에서만 존재한다.[21] 타인을 관찰할 수 있는 열린 공간으로서의 '거리'와 벗과 만나는 공간으로서의 '다방'은 자신의 기억을 되살리는 역할을 한다. 현실과 이상, 고독과 행

한다면 박태원이라는 사회적 자아(표면자아)와는 구별되는 또다른 나, 곧 개성적 자아(심층자아)라고 할 수 있을 것이다.

[20] 이러한 주인공의 성격화는 아리스토텔레스적 인간관의 입장에서는 다음과 같이 비판될 수 있을 것이다. "모더니스트 작가들에게는 인간이란 원래 고독하고 비사회적이고 다른 인간 존재와 관계를 맺을 수 없는 존재이다. (……) 이런 식으로 상정된 인간은 다만 피상적이고 우연적인 방식으로, 존재론적으로 말하면 회고적인 반성을 통해서만 다른 인간존재와 관계를 맺을 수 있다. 왜냐하면 타자들 역시 기본적으로 고독하고 의미 있는 인간관계를 맺을 수 없기 때문이다"(G. 루카치, 「모더니즘의 이데올로기」, 『우리 시대의 리얼리즘』, 문학예술연구회 역, 인간사, 1986, 20면)

[21] 체험과 의미 있는 경험과의 구별에 관해서는 W. 벤야민, 『발터 벤야민의 문예이론』, 반성완 역, 민음사, 1983, 203면.

복의 대립 속에서 주인공은 외부의 대상이 야기한 우연한 사건을 통해 기억 속에 잠겨 있던 과거의 사건을 떠올린다. 「소설가 구보씨의 일일」의 경우 삶에 대한 습관적 기억으로부터 벗어나 무의지적 기억으로 몰입하는 매체가 되는 것은 미각이다. 미각을 통한 기억과 연상이라는 박태원의 주제는 끈질긴 것이다. 시각과 청각에 대한 불신과 미각에 대한 강조는 차 마시는 행위에 대한 집요한 반복과정 속에서 효과적으로 구현된다. 차 마시는 행위를 통한 과거의 무의지적 연상은 홍차에 마들렌 과자를 적셔먹고 그 미감의 현실에서 과거 콩브레의 정수를 다시 보게 되는 프루스트의 「잃어버린 시간을 찾아서」의 서두를 생각나게 한다. 실제로 구보가 동경에서의 사랑을 떠올리는 과정이 가장 잘 드러났던 것은 친구와 설렁탕을 먹는 장면이었다. '직접적인' 감각으로서의 미각을 통해 주인공 구보는 그때 그 시간에 느꼈던 무엇이 여전히 그대로 남아 있음을 느끼는, 달리 말해 현재의 시간과 과거의 시간이 직접적으로 연결되는 '무의지적 기억', 곧 베르그송적 의미에서의 회상(souvenir)을 경험하게 되었던 것이다.

결국, 주인공 구보에게 있어서 중요한 것은 그가 경험했던 체험의 내용이 아니라 그것을 회상하는 행위이다. 구보가 거리를 방황하는 동안 수많은 생각, 주로 과거에 대한 기억이 떠오른다. 그것은 현재의 자기를 둘러싼 상황을 설명해주거나 혹은 앞으로의 방향을 예견해주는 기능을 수행하지 않는다. 기억의 내용은 언제나 지금 눈앞에서 벌어지는 사건들에 의해 촉발되어지는 과거의 사건이다. 기억된 사물은 현재의 급박한 사정과 과거의 공포와 미래의 희망에 의해서 항상 수정되고 재해석된다.[22] 구보가 과거를 회상하는 것은 현실 속에서, 그리고 타자와의 만남을 통해서 삶의 의미를 발견할 수 없었기 때문이다. 그런데, 이러한 기억들이 무의지적인 순수행위로서의 회상과 직관의 순간을 거치면서 작품의 통일성이 형성된다.

---

22) H. 마이어호프, 앞의 책, 38면.

이처럼 구보의 경우에 있어서 의의 있는 연상—동경에서의 사랑에 대한 회상—은 구보의 삶 전체에 새로운 의미를 부여하고 삶의 태도를 변화시키며, 더 나아가 이전의 회상 행위까지 새로운 구조 속에 통합시킨다. 「소설가 구보씨의 일일」의 경우 현재와 대립하는 내면 공간으로서의 과거는 현재와 상호융합된다. 과거는 현재로부터 분리된 채 단지 선재하는 원인에 불과한 것이 아니라 현재의 삶에 끊임없이 영향을 미친다. 현재는 과거와의 상호융합 속에서만 의미를 지니고 있는 것이다. 따라서 구보의 의식세계에 있어서는 상호외재성의 원리, 혹은 지성은 적용될 수 없다. 의식상태는 서로 침투하여 매순간 새로운 유기적인 전체성에 도달한다.[23] 회상에 대한 작가의 관심은 소설 속에서 다음과 같이 객관화된다.

> 그는, 즐겨 구보의 작품을 읽은 사람의 하나이다. 그리고 또, 즐겨, 구보의 작품을 비평하려드는 독지가였다. 그러나, 그의 그러한 후의에도 불구하고, 구보는 자기 작품에 대한 그의 의견에 그다지 신용을 두고 있지 않았다.……
>
> 오늘은, 그러나, 구보는 그 말에 귀를 기울이지 않으면 안된다. **벗은 요사이 구보가 발표하고 있는 작품을 가리켜 작가가 그의 나이보다 엄청나게 늙었음을 말했다.** 그러나 그뿐이면 좋았다. 벗은 또, 작자가 정말 늙지는 않았고, 오직 늙음을 가장하였을 따름이라고 단정하였다. 혹은 그럴지도 모른다. 구보에게는 그러한 경향이 있었을지도 모른다. 그리고 다시 돌이키어 생각하면, 그것이 오직 가장에 그치고, 그리고 작자가 정말 늙지 않았음을, 오히려 구보가 기꺼하여 마땅한 일일 게다.
>
> (강조는 인용자, 260면)

---

23) 의식상태의 상호침투관계, 곧 인간의 기억은 시간의 불가역성을 가역화함으로써 물질적 흐름을 극복하는 능력이다. 생명체에 있어서 과거는 흘러가지 않고 현재에 살아남으며, 현재와 융합되어 하나의 단위를 이룸으로써 의식의 세계는 매순간 새로운 전체성을 탄생시킨다. 베르그송은 새로운 전체성의 탄생이 순간에서 보면 창조이지만, 창조를 가능케 하는 것이 지속이라는 의미에서 '창조적 진화'라고 한다(김진성, 『베르그송 연구』 문학과지성사, 1985, 53면)

늙음이란 현실에 구애됨이 없이 과거의 삶을 자유롭게 회상할 수 있음을 말한다. 미래에 대한 희망이나 과거에 대한 안타까움으로부터 벗어나 삶을 되돌아볼 수 있다는 것은 노년만이 가질 수 있는 특권적인 삶의 태도라고 할 수 있다. 미래에 대한 희망을 지닌 젊은이의 모습이 아니라 기억과 회상 속에서 기쁨을 발견하는 조로(早老)한 영혼을 소유한 주인공 구보는 이제 파노라마적으로 펼쳐지는 의식상의 자유를 만끽한다. 그래서 구보는 과거와 현재, 내면 세계와 현실 세계 사이를 자유롭게 넘나들면서 거리에서 보고 듣고 만나고 느끼게 되는 인간과 사물에 대해 개입하고 평가하고 서술한다. 과거의 경험은 현재의 의식에 의해서만 의식을 지니게 된다. 이같은 과거와 현재의 끊임없는 교차와, 삽입되는 회상을 통한 구보의 심리적 상태 제시는 영화기법의 하나인 오버랩을 통해 효과적으로 표현된다.

이러한 과거 회상에 대한 집착은 현재에 적응하지 못하는 인물의 심리적 속성을 나타내주면서 동시에 진행으로서의 객관적 시간이란 외면적일 뿐이라는 점을 보여준다. 동일한 의미를 갖는 행위와 감정의 반복성은 작품구조 혹은 서술상의 반복 형태에 의해 심화되고 있다. 마디마디 끝없이 이어져 나갈 듯한 문장들은 동작과 동작의 의미 없는 반복을 강조해준다. 쉼표에 의해 짧게 분할되면서 이어지는 그의 문장은 쉼표를 사이에 두고 의미상의 동일성을 지니고 있어서 행위들을 동질화한다. 시간의 진행에 따른 의미의 전개라는 연속적 글쓰기 방식을 취하지 않고 의미상의 유사성에 의한 분절적 글쓰기 방식을 취하고 있는 것이다. 또한 과거 회상과 객관 묘사에 쓰이는 과거시제와 현재의 주관적인 심리상태를 묘사하는 현재시제를 구별함으로써 소설 속에서 현재시제를 과거시제의 종속상태로부터 해방시킨다. 현재시제의 빈번한 사용에 의한 묘사의 기법은 작품 전체에 유동적인 분위기를 부여하면서 반복되는 사건과 결합하여 회귀적 플롯으로 구체화된 것이다.[24]

이처럼 「소설가 구보씨의 일일」에는 시간을 보는 두 가지 태도가 나타난다. 첫째는 계획의 태도, 미지의 미래를 지향하면서 현실적인 행복을 추구하는 태도이다. 둘째는 계획이라는 미래지향적 활동을 역행적 활동에 의해 가상적인 것으로 변화시키면서 과거를 지향하는 태도이다. 작품의 끝에서 소설의 탄생이 예고되는 것, 즉 작품에 대한 탐구 활동(산책)의 결과로서 창작의 영감을 얻는 직관의 순간 현실적 행복을 향한 주인공 구보의 노력은 무효화되고 의미를 잃게 된다. 미래의 행복에 대한 지향에서 과거의 삶에 대한 탐구로 활동 방향이 역전되는 것이다. 앞으로 살아가야 할 어떤 것을 탐구하는 것이 아니라 살아버린 것에 대해 탐구하는 것이다. 작가 박태원의 현재의식은 이처럼 미래를 지향하는 것이 아니라 과거를 지향하고 있다. 그리고 구보의 삶은 앞으로 걸어갈 길을 다 알고 있는 작가에 의해 기록될 것이다. 삶은 이미 끝나버렸기 때문이다. 작가 박태원이 추구했던 것은 이처럼 인과율적 시간관에 기초한 미래의 거부와 내면적 지속에 근거한 과거의 탐구이었던 것이다.

4. 지속으로서의 시간과 자아

「소설가 구보씨의 일일」은 어느 소설에 대한 소설이라는 점에서 종래의 소설과는 매우 다른 복잡한 구조를 지닌 작품이다. 작품의 바탕이 되는 것은 무의지적 기억에 의한 회상이다. 작가 자신의 경험이

---

24) 「소설가 구보씨의 일일」에서 나타나는 은밀한 형태의 회귀와 반복은 「천변풍경」에 이르면서 보다 분명해진다. 사계절의 흐름이라는 자연적 주기를 바탕으로 천변의 일상을 보여주고 있다. 여기에서 일상성의 문제가 발생한다. 일상성 역시 반복성을 가지기 때문이다.

라는 시간적 질서를 날[經]로 삼고 1930년대 경성이라는 사회적 공간적 배경을 씨[緯]로 삼아 그 조직 속에 중첩되어 있는 주인공의 과거가 아득한 망각의 심연으로부터 끌어올려진다. 아무렇게나 살아온 듯한 무질서한 현실의 시간 속에서 소멸되었거나 응고되었던 과거의 경험들을 무의지적 기억을 통해 되살림으로써, 사회적 표면자아 속에 숨어있는 본래적인 심층자아를 탐구하고자 한 것이다.

「소설가 구보씨의 일일」에서 주인공에게 있어서 진정한 것이란 소설쓰기이다. 자신의 삶을 한 편의 소설로서 구성했을 때에만 의미를 갖는 것으로 간주하는 구보는 현실 속에서 살아가고 있는 비본래적인 자기를 구원할 수 있는 수단으로서 소설을 이해한다. 따라서 소설의 줄거리는 주인공이 진정한 소설의 주제를 찾아헤매는 과정이다. 소설이 진행되는 동안 주인공 구보는 삶의 흐름에 몸을 맡기면서 행복해지기를 바란다. 그러나 삶의 질서는 그를 만족시키지 못한다. 작가로서의 불임성과 결합된 생존에의 환멸이 지속된다. 소설의 주제는 동경에서의 첫사랑이라는 의의 있는 경험을 회상함으로써 발견된다. 주인공은 당시까지 동경 생활에 대해 부분적인 영상이나 지적으로 재구성된 영상만을 지니고 있다가 특정 계기에 의해 과거생활의 정수를 보게 된다. 여기에서 작품으로서의 「소설가 구보씨의 일일」의 탄생이 예고된다. 황홀감이 그를 찾아든다.

박태원의 경우 지속의 상 아래에서 존재를 질서화함으로써 새로운 세계상을 수립하고자 한 작가이다. 이는 현재에서 벌어지는 생성보다 과거의 존재를 설명하는 존재론적 형이상학으로부터의 해방이며, 구체적으로 카프의 소설에서 보여지던 존재의 질서를 밝히려는 인식론적 지향으로부터의 독립이다. 객관적 사회적 시간의 변화 속에서 세계의 질서를 밝히려는 리얼리즘 작가의 시도는 베르그송적인 의미에서 세계를 정적인 것(보다 적실하게 표현하면 공간적인 것)으로 파악하는 것이다. 소설 속에 등장하는 등장인물의 이념적 변화는 공간적으로 병렬되어 존재한다. 이에 비해 박태원은 객관적 사회적 인과율적 시간을 지향하는 것이 아니라 지속의 상 아래에서 파악한 것이다. 이에 따라 소설의 기능 역시 변모한다. 소설의 기능은 과거의 경향소설처럼 이미 있었던 사실을 설명하거나 어떤 모델을 제시하는 수단이 아니라 미지의 미래에 대한 탐구과정 그 자체로서의 의미를 지니게 된 것이다.(≪한국의 현대문학≫ 제3호, 한국현대문학연구회, 1994년 2월 20일 全載)

일상성과 역사성의 만남

박태원의 「군상」

1. 박태원 문학의 연속성과 불연속성

박태원(1910~1986)은 두 모습으로 우리 앞에 서 있다. 그는 일찍이 리얼리즘적 소설방법에 관한 철저한 대타의식을 바탕으로 문학의 자율성이라는 명제를 발전시킨 작가이다. 특히 「소설가 구보씨의 일일」에서 소설가의 창작과정을 기억과 회상의 방법을 통해 심층적 자아의 분석으로 발전시킴으로써 이상(李箱)과 함께 모더니즘소설의 기수로 부각되었다. 이런 면모와는 달리 박태원은 해방 이후에 새로운 민족국가의 건설이라는 시대적 요구를 문학적으로 수용하고자 노력하였다. 그 결과 「군상」, 「계명산천은 밝았느냐」, 「갑오농민전쟁」 등 역사소설을 발표하기도 하였다. 박태원은 이처럼 일제 식민지 치하에서 철저한 모더니스트로서 활동했으며, 해방 이후 리얼리스트로 변모해 간 것이다. 따라서 그의 문학적 궤적은 해방을 기점으로 양분된 것처럼 보인다.

이러한 문학적 양면성으로 인해, 박태원의 소설에 관한 연구[1]는

---

1) 1980년대 본격화된 박태원 연구는 양적인 면에서 매우 풍부한 편이다. 연구서지를 잘 정리하고 있는 정현숙의 『박태원문학 연구』(국학자료원, 1993)에 따르면,

두 경향으로 분리되어 진행되었다. 박태원 연구는 「소설가 구보씨의 일일」에서 비롯하여 「천변풍경」으로 이르는 모더니즘적 창작방법과 그 변모과정에 대한 연구에서 출발하였다. 박태원의 초기 소설에 구현된 소설기법과 소설배경의 특성에 주목한 이같은 연구방법의 결과 도시공간 속에서 살아가는 근대적 인간형과 그 의미가 상당 부분 구명되어 온 것이 사실이다. 한편 1980년대 후반 장편역사소설 「갑오농민전쟁」 등이 소개되면서 리얼리즘적 측면에서의 접근도 시도되었다. 그 결과 「갑오농민전쟁」은 이기영의 「두만강」과 함께 북한문학을 대표하는 작품으로 "현재의 전사로서의 역사소설"이라는 G. 루카치적 의미의 역사소설 개념에 근접하는 문제작이라는 평가를 받아왔다.

모더니즘과 리얼리즘이라는 현대문학의 양대 경향을 모두 체현하고 있는 박태원의 면모는 한국 근대문학의 특수성을 바탕으로 한 것이지만, 작가론적 입장에서는 두 시기 사이의 연관성, 혹은 변화의 내적 흐름을 밝히는 것이 무엇보다도 먼저 요구되는 일이다. 그리고 이러한 문제의식에 입각한 연구들이 진행되어 온 것도 사실이다. 김윤식,[2] 장수익,[3] 정현숙[4] 등의 글은 박태원의 변모과정을 염두에 두고 이루어진 연구성과이다. 김윤식 교수의 연구는 해방을 전후로 박태원의 문학적 변모과정을 해명하고자 한 첫 번째 시도라고 할 수 있다. 여기에서 박태원이 번역소설을 중심으로 '소설쓰기 → 글쓰기 → 소설쓰기'라는 과정으로 변모하였음을 지적하고, 모더니스트였던 박태원이 리얼리스트로 변모하는 과정을 '모더니즘적 리얼리즘'이라는 개념으로 설명한다. 장수익은 '기법' 개념을 중심으로 우연성의 도입과 영웅적 인물형 추구를 통해 박태원이 문학적으로 변모해왔음을

당대의 평문까지 포함할 경우 100여 편을 훨씬 상회한다.

2) 김윤식, 「박태원론」, 『한국 현대 현실주의소설 연구』, 문학과지성사, 1990.

3) 장수익, 「박태원소설연구」, 서울대 석사논문, 1991.

4) 정현숙, 『박태원문학 연구』, 국학자료원, 1993.

밝히고자 한다. 그에 따르면 박태원은 「천변풍경」에서 시도되었던 우연성의 공간을 중국 전기소설의 번역을 통해 본격적으로 모색하고, 이와 아울러 「여인성장」에서 뚜렷이 나타난 영웅의 형상화를 위해 중국 역사소설을 번역했다는 것이다. 그리고 이 결과가 해방 후의 역사소설에 대한 집착으로 나타난다는 것이다. 정현숙은 박태원이 해방 공간이라는 역사적 전환기에 문학적 자율성의 명제를 극복하고, 「조선독립순국열사전」, 「약산과 의열단」 등 역사전기문학을 통해 새로운 민족문학의 정립이라는 시대적 명제를 수용하지만, 여기에는 순수한 민족주의와 민중의식을 기저로 한 혁명적 민족주의라는 두 입장이 혼재해 있다고 지적한다.

이상에서 살펴보았듯이 박태원의 문학적 변모과정을 해명함에 있어서 가장 문제적인 시기는 일제 말기에서 해방기에 이르는 10여 년의 기간이다. 이 시기에 씌어진 중국번역소설과 역사소설은 박태원의 문학적 변모를 해명하는데 있어 반드시 짚고 넘어가야 할 고리라고 할 수 있다. 만약 이 부분이 해명되지 않는다면 박태원의 문학에 대한 일관성 있는 해명은 기대난망인 것이다. 하지만 이러한 연구태도는 많은 문제점 또한 내포하고 있다. 그것은 박태원이 북한에 올라간 후 십여 년 동안 작품 활동을 강제로 금지 당한 상태에 처해있었다는 점 때문이다. 작가가 자의에 의해서가 아니라 타의에 의해서 붓을 놓고 있어야만 했던 불행한 사건으로 인해 작가 자신의 문학적 변모는 우리 앞에 '던져져' 있다. 이런 점들로 인해 일제 말기의 번역소설과 해방 직후의 역사소설이 박태원의 문학적 변모를 해명함에 있어 핵심고리라고 할 수 있는지에 대해 의심을 품을 수도 있다. 또는 박태원의 문학적 변모를 일관성 있게 해명하는 것이 가능할 것인가, 혹은 그것이 의미있는 것인가에 대해서 회의적 태도를 취할 수도 있다. 결과를 전제하고 그곳에서 역추적하여 원인을 밝혀내려는 태도는 자칫하면 환원주의의 오류에 빠져들거나 동어반복에 그칠 우려가 높기 때문이다.

이 글은 이와 같은 방법론적 회의를 문제삼지는 않을 것이다. 박태원의 문학적 변모가 미리부터 예정되고, 작가 자신에 의해서 준비된 것이라는 가정을 전제하고 있는 셈이다. 일제 말기라는 강압적 상황 아래에서 순수창작물이라고 하기 어려운 중국역사소설의 번역에 박태원이 몰두한 것은 박태원의 작가의식의 한 표현이며, 그 연속선상에서 이루어진 해방공간의 역사소설은 박태원의 문학적 변모를 가장 확연하게 드러내 주는 문학적 증거들이기 때문이다. 이 글은 또한 박태원의 문학적 변모를 해명하려는 기존의 연구들처럼 리얼리즘과 모더니즘의 상호관계 속에서 해명하려고 시도하지 않을 것이다. 그러한 시도가 갖는 거대한 미학적·사상적 의미는 부정될 수 없는 바이지만, 지나치게 추상적인 이론 수준에서 전개될 위험에 노출될 수 있기 때문이다. 박태원은 번역소설을 거쳐 역사소설로 전환하며, 더 나아가 사회주의적 이데올로기를 수용하는 엄연한 문학적 사실을 전제할 수밖에 없는 상황에서 그 변화의 구체적 양상과 계기를 살피는 것이 요구된다고 여겨지기 때문이다.

이런 이유들로 해서 이 글은 일제 말기에 발표된 번역소설과 해방공간에 발표된 역사소설을 대상으로 한다. 박태원은 여러 편의 중국소설을 번역하고자 시도한 바 있다. 실제로 중국전기소설 「매유랑」, 「망국조」, 「부용병」, 「역수한」 등을 번역하여 『지나소설집』(인문사, 1939)을 간행한 바 있다. 또한 「서유기」, 「삼국지」, 「수호전」 등의 번역을 시도하였거니와, 특히 「수호전」은 2년이 넘는 긴 시간 동안 번역을 계속한다. 비록 잡지의 폐간으로 말미암아 완료되지는 못했지만, 해방 후에 이를 다시 출간했다는 점에서 「수호지」에 대한 그의 관심은 주목할 만하다. 해방 후에도 박태원은 「조선독립순국열사전」, 「약산과 의열단」 전기문학 작품을 저술하였고, 「홍길동전」을 개작하기도 했으며, 「임진왜란」, 「군상」 등의 역사소설을 집필하였다. 「계명

산천은 밝았느냐」, 「갑오농민전쟁」 등은 해방공간에 발표된 역사소설과 많은 부분에서 유사하기 때문에 해방공간에 발표된 역사소설과 비교할만한 충분한 가치를 지니고 있다. 하지만 북한에서 발표된 이들 작품은 10여 년 이상의 공백을 지니고 있어서 박태원 문학의 변화를 구체적으로 추적하기에는 불충분하다고 여겨지기 때문에 이 글에서 제외한다.

2. 일상성에서 역사성으로의 비약

일제 말기 조선어 말살정책이 자행되고, 대다수 문인들이 신체제 편입이라는 기로에 서있는 암울한 상황 속에서 박태원은 중국고전소설인 「서유기」, 「삼국지」, 「수호전」 등을 번역한다. 「서유기」나 「삼국지」가 번역을 시작하자마자 중단되었던 사실에 비추어 「수호전」이 ≪조광≫에 1942년 8월부터 1944년 12월까지 27회에 걸쳐 번역 연재되었다는 사실은 주목할 만하다. 비록 잡지의 폐간으로 말미암아 제9장 송강의 행적 부분에서 번역이 중단되고 말았지만, 만약 잡지가 계속되었다면 완결될 가능성이 매우 높았다고 보인다. 『지나소설집』 발간 당시에는 번역소설이 순수창작물과 함께 발표하고 있음에 비해, 이 시기에는 작가적 역량을 「수호전」의 번역에 집중하고 있었기 때문이다.

박태원은 잡지가 폐간당하던 1944년 12월까지 27회에 걸쳐 「수호전」 제9장까지 번역한다. 이때까지 박태원이 번역한 부분은 다음과 같다.

제 1 장   九紋龍 史進(제1회)

제 2 장   花和尙 魯智深(제2회~제3회)

제 3 장   豹子頭 林冲(제4회~제6회)

제 4 장   靑面獸 楊志(제7회)

제 5 장   托塔天王 晁蓋(제8회~제11회)

제 6 장   及時雨 宋江(제12회~제13회)

제 7 장   行者 武松(제14회~제20회)

제 8 장   淸風山(제21회~제24회)

제 9 장   宋江 流配(제25회~제27회)

박태원이 일제 말기의 암울한 상황 속에서 중국고전소설인 「수호전」의 번역에 몰두한 것은 여러 원인들이 있겠지만, 가장 먼저 추측해볼 수 있는 것은 소년시절의 교육과 경험에서 많은 영향을 받았을 가능성이다. 박태원이 소년시절에 고전소설을 탐독했다는 점은 널리 알려진 사실이다. 그는 취학 전에 이미 「춘향전」, 「심청전」, 「소대성전」 등 고대소설을 모두 섭렵했다5)고 회고하고 있다. 하지만 '구인회' 동인으로 활동하던 시절의 박태원의 작품에서는 이러한 면모를 거의 찾아볼 수 없다. 오히려 J. 조이스의 「율리시즈」나 M. 프루스트의 「잃어버린 시간을 찾아서」와 같은 서구문학에서 창작의 영감을 많이 받았던 것으로 보인다. 따라서 고전소설의 영향이 작가의 내면의식에 잠재되었을 가능성은 무시하지 못한다 하더라도 유년시절의 교육과 경험만으로 「수호지」에 대한 관심을 설명하기에는 무리가 있다.

박태원이 중국고전소설에 관심을 기울이게 된 또 하나의 가능성은 파시즘의 상황 속에서 모더니즘조차 퇴폐예술로서 비판되고 부정되었다는 역사적 사실과 관련지을 수 있다. 즉 일제 말기의 파시즘적

---

5) 박태원, 「순정을 짓밟은 춘자」(≪조광≫, 1937. 7) 및 「춘향전 탐독은 이미 취학 이전」(≪문장≫, 1940. 2)

통치 속에서 박태원이 추구해왔던 모더니즘적 방법은 지배적 이데올로기에 의해 철저히 부정되고 비판됨으로써 현실적인 존재기반을 찾을 수 없었던 것으로 보인다. 하지만 이것만으로 박태원의 중국고전소설에 대한 관심을 설명해낼 수는 없다. 만약 박태원의 이러한 작업이 외부적인 강제에 의해 이루어진 비자발적 행위였다면, 박태원은 해방공간이라는 열려진 상황 아래에서 원래의 지점으로 돌아가야 할 것이다. 하지만 박태원은 1930년대의 모더니즘의 자리로 되돌아가지 않고 오히려 일제 말기에 도달했던 자리에서 출발하고 있다. 이 점은 박태원의 중국고전소설에 대한 관심이 어느 정도 자발적인 선택이었음을 반증하는 것이라 아니할 수 없다.

박태원이 중국고전소설 「수호전」에 관심을 기울였던 원인은 파시즘적 상황과 개인적 체험으로만 환원될 수 없다. 박태원이 번역에 진력한 동기는 이 작품이 지니고 있는 독특한 성격6)을 통해 추측해볼 수 있다. 주지하듯이 「수호전」은 북송 말년인 1120년 실제로 있었던 농민봉기를 소재로 하여 명대 초에 완성된 작품이다. 이 작품에서 주요 갈등요소는 영웅들과 송대의 부정부패한 현실의 대립이다. 각 영웅들은 중국 각지의 여러 공간에 흩어져 있다가 현실의 강제성에 의해 도적이 되고 결국 양산박으로 모이게 된다. 이규(李逵), 노달(魯達), 무송(武松), 임충(林冲) 등은 출신계층과 경력이 다르지만, 지배층의 압박을 피해 양산으로 모여든다. 이러한 '양산박(梁山泊) 대취의(大聚義)'의 형성과 발전에 이르는 과정은 영웅적 인물들의 전기를 이어놓은 것이다. 즉 고구(高俅)의 핍박에 의해 왕진(王進)이 동경을 떠나는 것으로부터 시작되어 각 인물들이 양산에 오르는 과정이 순차적으로 서술되어 있다. 각 인물들의 전기는 독립적인 체계와 완전성을 지니고 있으며, 결말부분에 이르러서 비로소 하나의 유기적 구성부분을 이루

---

6) 「수호지」의 성격에 관해서는 『中國大百科全書 中國文學』 제2권(北京, 中國大百科全書出版社, 1986)에 실린 「水滸傳」 항목(呂乃岩 집필)에서 많은 도움을 받았다.

게 된다. 단선적이고 개별적으로 전개되어 온 영웅들의 이야기는 결 말부분에서 하나의 집단적 형태로 조정과 대립하게 되는 것이다. 결 국 「수호전」의 주제는 관리들의 핍박에 못 이겨 봉기의 길에 나선 영웅들의 삶(官逼民反)이며, 중심플롯은 흩어져있던 영웅들이 양산박으 로 집결하는 과정(逼上梁山)이다.

「수호전」의 서사구조가 이처럼 모험소설에 가깝기 때문에 각 서사 단락들은 어느 정도의 완결성을 가지며, 에피소드들은 자유롭게 삽 입될 수 있다. 각 장은 대체로 한 인물의 영웅적인 행위를 중심으로 서술되고 있다. 비범한 능력을 지닌 한 인물이 관의 부당한 핍박을 받아 일상인으로 살아갈 수 없는 상황 속에서 결국 양산박으로 숨어 들어가는 구조를 취하고 있는 것이다. 이처럼 이 소설은 전체적으로 는 양산박이라는 목적지를 향한 각 개인들의 여로로 구성되어 있다. 좀더 구체적으로 살펴본다면 양산박이라는 구심점을 향한 방사형의 구조로 이루어져 있다. 여기에서 인물들의 전기를 유기적으로 구성 해주는 역할을 하는 양산박이라는 공간은 자족적이고 원환적인 성격 을 갖고 있다. 이 공간은 봉건적 질서의 부조리와 핍박으로부터 양산 의 영웅들을 보호해주는 곳이며, 그들의 이상을 제한적이나마 실현 시켜줄 수 있는 가능성의 공간인 것이다. 영웅들의 무용담이 에피소드 식으로 나열되어 있다는 구성상의 특색은 「서유기」나 「삼국지」가 아 니라 왜 「수호전」이 박태원의 관심을 끌었으며, 박태원이 자신의 작 가적 역량을 총동원했는가에 대한 하나의 중요한 실마리를 제공한다.

「수호전」이 보여주는 이러한 구성상의 특색은 「천변풍경」의 그것 과 많은 유사성을 가지고 있다. 「천변풍경」은 '천변'을 무대로 그 속 에서 펼쳐지는 다양한 인간들의 삶의 양태를 철저히 객관적인 모습 으로 펼쳐보이고 있는 작품이다. 일상인들이 펼쳐나가는 일상사의 연쇄가 소설구성의 핵심에 놓이면서 「천변풍경」에서는 일상에서 발 생하는 모든 사건들이 내용이 된다. 「천변풍경」의 50여 개에 이르는 소단락들은 전통적인 장편적 소설과는 달리 작품을 분절적으로 만들거니와, 소설적 시간의 중심에 일상적인 시간이 놓이면서 작품의 구성은 시간의 단편적인 연속으로 분해되는 것이다. 일상적인 시간 속에서 각 사건들은 개별적인 의미만을 가진 에피소드로 변모하고, 완결성을 지닌 각 개인들의 사건들은 전체적인 일상적 시간의 기초 위에 축조된다. 따라서 각 사건은 해결되는 것이 아니라 또 다른 사건과 갈등을 낳는 무한한 연쇄 속의 한 고리로서만 의미를 가질 뿐이다. 「천변풍경」의 '천변'이라는 공간 역시 자본주의의 발전이라는 현실의 경향적 발전과는 구별시켜주는 자족적인 공간이다. 이 공간 속에는 여전히 전근대적 질서가 강하게 남아있어서 천변에 사는 주민들을 공동체적 정서로 융합시킨다.

　「천변풍경」이 일상적 시간의 기초 위에서 축조된 일상인들의 삶이라면, 「수호전」은 봉건제도의 모순과 불합리를 견디지 못한 영웅들이 자신들의 행위를 구체화할 공간을 찾아가는 과정이다. 장수익이 지적하고 있듯이 「천변풍경」에서 '천변'이라는 공간은 '양산박'이라는 자족적인 공간으로 겉모습만을 바꾼 채 다시 나타나고 있다. 「수호전」에서는 현실과 대립하는 양산박이라는 자족적 공간을 설정함으로써, 다시 말하면 영웅들의 행위를 종합할 수 있는 공간이 설정됨으로써 영웅들의 초인적인 능력이 발현되는 것이다.[7] 이와 함께 「천변풍경」과 「수호전」의 구성은 각 분절들이 나머지 장들과 긴밀한 연관성을 갖지 못한 에피소드적 구성이라는 면에서 동질적이다. 「천변풍경」이 일상성의 세계에 기초하고 있으며 「수호전」이 역사성의 세계에 깊이 뿌리내리고 있으면서도 동질적일 수 있는 것은 이러한 구성상의 공통점 때문이다. 이러한 '장회체소설(章回體小說)'로서의 「수호전」의 성격이 박태원의 관심을 끈 가장 중요한 연유이었을 것이다.

---

7) 장수익, 앞의 글, 42면.

남는 문제는 이제 「천변풍경」에서 나타났던 일상성의 세계가 어떻게 「수호전」에서 나타나는 역사성의 세계로 접근할 수 있는가 하는 점이다. "문예감상이란 구경 문장의 감상이다"[8]라는 말에서도 알 수 있듯이 박태원은 일찍부터 언어적 세련성에 주목한 작가이다. 문장의 세련성 추구는 문학을 하나의 자기참조적 구성물로 파악했던 모더니즘미학의 한 발로이거니와, 「수호전」 번역은 문학어의 세련성을 포기할 수 없었던 작가 박태원이 일제 말기에 취할 수 있었던 유일한 현실적 출구였던 셈이다. 비록 그것이 역사의 닫힌 전망으로 인해 예술적 의의를 획득할 수 없었을지라도 그것이라도 써나가야 했던 작가로서의 소명의식만큼은 한 개인의 진지한 삶의 태도로 말미암아 의미를 지닐 수 있는 것이다. 문학을 현실의 반영으로 보지 않고 미학적 가공물이라고 생각했던 모더니스트로서의 작가의 의식은 「소설가 구보씨의 일일」에서 자유연상을 통한 심층의식의 발견이라는 적극적인 모습으로 표출된 반면, 「천변풍경」에서는 일상성에 대한 객관적(몰개성적) 묘사의 집착을 통해 나타났고, 마침내 일제 말기라는 특수한 상황 하에서 역사소설이라는 또 다른 형식으로 드러난 것이다. 더욱이 번역이라는 형식은 작가—세계의 무연관성을 더욱 확고히 한 글쓰기의 방식이며, 궁극적으로 작가와 세계의 상호교섭과정을 배제한 모더니즘적 세계인식에 바탕을 둔 것이다. 즉 「수호전」의 번역은 당대의 현실에 대해 작가의 자유로움을 보장해주는 문학적 형식이자 삶의 방식이었던 것이다.

이처럼 박태원은 일제 말기에 「수호전」의 번역을 통해서 「천변풍경」에서 보여주었던 글쓰기의 방법을 꾸준히 계속하고 있다. 비록 일상성의 세계로부터 역사성의 세계로 비약하였지만, 그 저류에는 이전의 창작방법을 견지하려는 작가의 노력이 엿보이고 있다. 이러한

---

8) 박태원, 「표현·묘사·기교」, 《조선중앙일보》 1934. 12. 20.

은밀한 형태의 자기유지는 박태원 나름의 시대를 건너는 방법이었으며, 이점이 박태원의 「수호전」이 가질 수 있는 의미라고 할 수 있다. 「천변풍경」에서 나타났듯이 객관현실의 직접적 파악조차 불가능한 현실 속에서 박태원은 「수호전」의 번역을 통해서 자신의 예술가적 세련성을 확보해 가는 의식적이고 전술적인 태도를 견지하고 있었던 것이다.

3. 역사적 자료와 '관핍민반'의 도덕성

　박태원은 해방 직후 역사소설과 함께 독립운동에 참여했던 인물들을 다룬 전기문학에도 관심을 기울였다. 박태원이 해방 직후에 발표한 저작으로는 「조선독립순국열사전」(1946), 「약산과 의열단」(1947), 그리고 허균의 고전소설을 개작한 「홍길동전」(1947)을 들 수 있다. 「조선독립순국열사전」은 민영환, 이준, 이상설, 이위종, 안중근, 이재명 등의 행적을 기술한 것인 바, 강화조약 이후 한일제1차협약에 이르기까지의 역사를 '조선최근세사초'라는 이름으로 부록에 싣고 있음에서도 분명해지듯이 역사적 사실에 바탕을 둔 기록물이며 허구적 서사와는 거리가 멀다. 「약산과 의열단」 역시 김원봉의 약전(略傳)과 의열단의 독립운동을 기술한 기록문학적 성격이 강한 저작이다. 따라서 박태원의 문학적 변모를 짐작하게 해주는 것은 허균의 고전소설을 개작한 「홍길동전」이다.

　「홍길동전」은 원작과는 달리 역사적인 배경을 연산군 시대로 설정하여 당대의 역사적 상황에 대해 서술하고 중종반정이 이르는 과정을 기술하고 있다. 연산군 시대는 지배층의 분열과 탐관오리들의 가렴주구로 인해 민중들의 삶이 극도로 피폐화되었던 시기이다. 소설의 전반부는 이러한 역사적 상황 속에서 민중적 인물인 음전의 연산군의 음행에 희생되는 비극적 삶이 부각되어 나타난다.「천변풍경」에서 금순을 통해 형상화되었던 여성들의 수난사가 이 작품에서 음전의 비극적 삶을 통해서 다시 등장하고 있는 것이다. 음전의 삶은「천변풍경」과는 달리 하나의 에피소드에 머무르는 것이 아니라 주인공의 의식을 고양시키는 계기로 작용한다. 즉 홍길동은 음전의 비극적 삶을 통해 자신의 삶을 한 개인으로서의 복수에 그치지 않고 지배계층 일반에 대한 저항으로 확대시킨다. 홍길동은 탐관오리의 징치와 민중의 구휼, 더 나아가 연산군에 대한 반정을 계획한다. 연산군으로 대표되는 봉건적 질서의 부패와 타락상을 적극적으로 부각시킴으로써 지배층에 대한 민중들의 혁명적 의식과 민중적 변혁의 정당성을 강조하는 것이다. 하지만「홍길동전」은 작품내적으로 볼 때, 홍길동이라는 인물에 지나치게 연연한 나머지 진정한 역사소설에 이르지 못한 것으로 보인다. 즉 작품의 결말이자 작가의 지향이라고 할 수 있는 중종반정에 대해서 작가가 역사적 사건을 제시하는데 그침으로써 홍길동의 존재가 부차화되고 만 것이다. 결국 당위적인 차원에서 제시되었던 민중적 변혁의 필연성은 작품 속에서 구체화되지 못한 채 '보다 선한' 지배층으로의 교체라는 차원으로 내려앉고 마는 것이다.

　이러한 인식의 바탕에 놓여있는 것은 박태원의 소박한 역사의식, 곧 도덕적 선악으로 세계를 해석하는 단순성이다. 작가는『홍길동전』의 후기에서 해동요순이라고 할 수 있는 세종조가 홍길동전의 배경이라는 점에서 그의 행동의 정당성을 발견할 수 없었고, 이에 따라 연산군시대로 재해석했다고 말하고 있거니와, 이는 봉건적 질서를 부정하는 민중적 변혁의 필연성이 계급적 분석의 기초 위에서 이루어지지 못하고 지배층의 도덕적·윤리적 타락에 대항해서만 의미롭다는 작가의 소박한 역사의식을 보여주는 대목이라고 할 수 있다.

> 홍길동과 그의 활빈당이 눈부신 활약을 하고 그들의 활약이 충분히 뜻있는 것이기 위하여는 아무래도 아두운 시절, 어지러운 세상이어야만 했다. 이조(李朝)에 있어, 드물게 보는 영명한 군주로 해동요순(海東堯舜)이라 일컬음까지 받는 세종대왕 재위 연간에 이러한 일이 있었다 하여서는, 모처럼의 '홍길동'도 한갓 요망스런 작난꾼에 지나지 않을 것이다.
>
> 이리하여 나는 역사 위에 있어 가장 어둡고, 어지러웁고 또 추악하였던 인군 연산의 시절을 질기로 하였다.
>
> 연산은 내 자신이 실로 사갈(蛇蝎)처럼, 구수(仇讐)처럼 미워하는 인물이다. 그의 가지가지의 학정과 추행을 이 작품 속에서 들추어내며 나는 실로 흥분하고 또 분개하였던 것이다.[9]

이 글에서 먼저 엿볼 수 있는 것은 박태원의 작가적 태도가 변모하고 있는 점이다. 현실의 객관적 관찰을 문학적 상표로 하던 그가 "사갈처럼, 구수처럼 미워하는 인물"을 그리면서 "실로 흥분하고 또 분개"했다고 언급한 것은 그 좋은 예이다. 하지만 보다 본질적인 것은 그의 역사에 대한 태도이다. 즉 봉건시대에 있어서 지배층의 부정과 부패라는 '악'에 대항했을 때에만 민중들의 저항이 '선'한 것으로 파악될 수 있다는 단순한 역사의식이 드러나고 있는 것이다. 이점에서 「홍길동전」의 역사의식은 「수호전」의 그것에서 한발도 더 나아간 것은 아니다. 즉 봉건적 질곡으로 인해 발생한 농민과 기타 피억압계급의 봉기를 그리면서, 그 원인을 그리기 위해 봉건지배층을 부정적으로 형상화한 '관핍민반'의 도덕적 이분법이 여전히 유지되고 있는 것이다. 「수호전」에서 고구(高俅)를 비롯한 조정의 대신과 관리 등은 한결같이 부패하고 무능한 인물로 부각되고, 그들의 정치적·경제적 압박과 박해를 견디지 못한 양산의 영웅들은 반항의 길로 나선다. 지배층의 부정적 행위가 부각되었을 때에만 그것에 저항하는 행위도 정당화될 수 있다. '관핍민반'의 구조로 인해 「홍길동전」에서도 지배

---

9) 박태원, 『홍길동전』, 조선금융조합연합회, 1947, 175면.

계층은 부정적 인물로 그려지고, 이에 저항하는 인물들은 긍정적 성격으로 그려진다.

역사적 발전과 경향을 간과한 채 이루어지는 선명한 도덕적 이분법은 부정적 현실에 대한 부정만이 강조되고 있을 뿐 그 부정적 현실의 개혁할 전망에 대해서는 아직 분명한 상을 갖지 못하고 있던 박태원의 면모를 보여주는 것이다. 그리고 도덕적 이분법에 의해 역사를 파악할 때 박태원의 소설 속에서 역사는 민중들의 자각과 결집에 의해 변혁되는 것이 아니라 영웅적 인물에 의해 변혁이 모색되는 결과를 초래하게 된다. 박태원의 해방 초기의 작품들은 그만큼 봉건질서의 타파라는 당대의 문학적 요구의 반영이지만, 다른 한편으로 새로운 민족국가의 상을 만드는 데에는 실패한 셈이다. 「약산과 의열단」에서도 국권을 상실하게 된 근본원인으로 정치지도층의 무능과 부패, 친일파들의 죄상이 강조되어 있으며, 역사소설 「임진왜란」 역시 지배층의 임진왜란에 대한 무방비와 무책임한 태도를 상세하게 그리면서 이순신의 비범성과 강직함을 부각시킨다.[10] 따라서 「임진왜란」에 대한 김병규의 소론은 이 시기의 박태원의 한계를 명확히 지적한 것이라고 하지 않을 수 없다.

> 그러나 임진왜란의 역사적 사실은 상층계급이 만든 것도 아니요 더구나 개개의 장수들에 의하여 그 운명이 좌우된 것도 아니다. 침입한 왜적을 막을 존재는 민중뿐이었으며, 민중에게 전의가 없었기 때문에 임진왜란이란 역사적 사실 자체가 성립된 것이다. 그러면 민중에게 전의가 어찌하여 없었느냐 하는 것이 임진왜란의 핵심이 되어야 하겠는데, (……) 「임진왜란」에서 전개되어 있는 한 이조사회의 지배계급이 외적에 대하여 '쥐노릇하고 있는 장면'만 대부분 점하고 있다. 이것은 사료관계라고 하더라도 지배계급이 외적에 대하여 '쥐

---

10) 이 때문에 장수익은 지배층의 중심인 조정과 왕의 무능함은 이순신의 영웅성을 강조하기 위한 문학적 장치에 불과한 것이라고 평가하기도 한다. (장수익, 앞의 책, 49면.)

노릇'을 하지 아니치 못하게 되는 그 반면의 필연적인 원인인 '인민 대중에 대한 고양이 노릇'만이라도 구체화할 수 있지 않을까? 상층계급의 사료에 의존하더라도 상층계급 자체보다는 상층계급의 대민중관계는 작가의 눈만 있다면 넉넉히 부상시키고도 남음이 있을 것이다. 지배계급의 외적에 대한 쥐노릇이 민중에 대한 고양이 노릇 그것 때문에 생긴다는 것을 사관의 눈이 뚜렷하지 못한 「임진왜란」의 작가는 알지 못하였던 것이다.[11]

물론 김병규의 이런 지적에도 불구하고 이 작품에서 박태원의 변모의 단초를 확인할 수 있는데, 임진왜란이라는 역사적 상황을 민족 간의 대립뿐만 아니라 민족 내부의 갈등과 함께 제시하고 있는 점이 그 예이다. 즉 전쟁의 진행과정에서 민족을 배반한 관리들로 인해 야기된 민중들의 동요와 왕의 몽진을 반대하는 백성들이 항의가 부각되어 있는 것이다. "이놈아 그래 하는 일은 없이 평시에 녹만 후이 받아먹다가 나라가 이 지경이 되니까 왜적을 막아 물리칠 생각은 않고 도리어 상감을 충동여서 우리를 버리고 도망을 가게 해"(250회)와 같은 대목에서는 국가의 생존보다는 개인적인 안위에 연연하는 지배계층의 무능과 폐단이 민중적 시각으로 제시된다.[12] 비록 왕조사 중심의 역사관이라는 큰 틀로부터 벗어나지 못했지만 당시 민족 내부의 계급적 모순에 대한 인식은 이전의 박태원의 소설에서 볼 수 없었던 새로운 면모라고 하지 않을 수 없다.

---

11) 김병규, 「구보의 '임진왜란'에 대하여─역사문학에 있어서의 사관문제」(≪신천지≫, 1949. 5・6 합병호) 200~201면.(정현숙, 앞의 책, 267면에서 재인용)

12) 민중적 삶에 대한 관심은 기록문학작품인 「약산과 의열단」에서 그 편린을 찾아 볼 수 있다. 예컨대 "선생은, 이제까지 언제나 시대와 함께 민중과 함께 더불어 있어 왔다. 앞으로도 그러할 것이다. 그는 결코, 한층 높은 곳에 서서, 민중을 지휘하고 명령하는 소위 '지도자'가 아니다. 선생은 민중 속에 파고들어 항시 민중을 생각하고 또 행동하는 사람이다. 다만 민중이 그러하기를 원하므로 하여, 한거름 앞을 설 뿐이다."(『약산과 의열단』, 백양당, 1947, 210면)와 같은 대목은 그것을 잘 보여준다. 하지만 그것은 편린에 불과하다.

4. 민중적 일상과 '서울'의 새로운 의미

「군상」은 역사적 실증이나 사실, 혹은 구술에 바탕을 둔 것이 아니라 본격적인 역사소설이다. 이 소설은 해방공간에 발표되었던 다른 저작들과는 달리 역사적인 사건을 민중들의 일상적인 삶을 통해 묘사하고자 한다. 이러한 예술적 방법의 변화가 민중적 삶에 대한 관심에 바탕하고 있음은 두말할 필요조차 없을 것이다. 역사성과 일상성의 행복한 만남이 모색되는 것이다. 「조선독립순국열사전」, 「약산과 의열단」, 「임진왜란」 등이 모두 역사적인 기록을 전면에 내세운 저작들이라면, 「군상」에 이르러서야 비로소 민중들의 일상적 삶에 바탕을 둔 역사소설의 창작이 시도되고 있는 것이다. 따라서 이 작품은 민중적 삶에 대한 관심을 통해 민족간의 대립을 계급적 분석의 필요성으로 전화시키는 박태원의 변모를 잘 보여주고 있다고 여겨진다.

「군상」은 안동김씨의 세도정치가 행해지던 철종 5년을 시간적 배경으로 하고, 전라도 나주와 서울을 공간적 배경으로 하여 펼쳐지고 있다. 조선 말기는 관헌들의 가렴주구가 극에 달했던 시기이며, 농민들의 반란 역시 끊이지 않았던 시기이다. 이러한 역사적 상황 속에서 자행되는 지배계층의 부정적 삶과 이에 대항하는 민중들의 건강한 삶들이 「군상」에 포괄되어 있다. 김좌근을 위시한 이판서, 정판서, 그리고 그의 애첩 나합과 그 외숙 등은 부패한 권력층을 대표하는 인물군이다. 이러한 부패한 지배층의 횡포에 의해 장임손, 신부식, 신돌석, 정도령 등은 가난과 핍박을 견디지 못하고 저항세력으로 형성된다. 지배계층의 부당한 수탈 양상과 그 질곡 속에서 허덕이는 백성들의 비참한 삶이 여러 인물들, 예컨대, 신부식 장임손 등의 삶을 통해서 드러난다. 이러한 다종다양한 민물들이 만남은 장임손이 살인행위를 저지르고 서울로 피해 들어가는 여로 위에서 자연스럽게 이루어지고 있다.

주인공 장임손은 당대의 세도가 김좌근의 애첩인 나합의 오촌 당숙이 권력을 바탕으로 가렴주구를 일삼는데 항의하다가 본의아니게 살인을 저지르고 서울로 피신해 들어간다. 장임손의 정혼자였던 신귀순은 가난 때문에 열일곱냥에 김도사 댁의 종으로 팔려가게 된다. 두 남녀의 비극적인 삶을 통해 펼쳐지는 이 작품은 지배계층의 횡포에 의해 끊임없이 생존권조차 위협당하는 민중들의 반항의식과 그 행동을 그려낸다. 하지만 초반에 문제적 인물로서의 성격을 강하게 띄고 있던 장임손의 형상은 작품이 진행되면서 그 성격을 잃어버리고 한갓 살인범의 차원으로 내려앉고 만다. 그는 서진사의 도움으로 서울에 잠입하는데 성공하지만 민중적 건강성을 완전히 잃어버리고, 자신의 신변안전에만 연연하고 연인을 찾는 일에만 몰두하는 '유지적 개인'으로 타락해버린다. 이러한 성격적 일관성의 결여는 신돌석에서도 나타난다. 신돌석은 딸을 종으로 팔아버린 아버지의 행위에 반발하여 서울로 향하는 도중에 장임손을 만나 누나의 소식을 접하고 복수를 다짐하지만, 서울에 들어온 후로는 김판서 집의 상노로 들어가 돈을 모으는데에만 급급한 유지적 개인으로 전락한다.

이렇듯 초반부에 문제적 성격을 강하게 띄고 있던 인물들이 서울이라는 공간 속에 편입됨과 아울러 유지적 개인으로 타락하고 만 것은 서울의 공간적 성격을 잘 보여주는 것이다. 서울이라는 열려진 공간은 일찍이 「소설가 구보씨의 일일」을 통해서 면밀하게 관찰된 바 있다. 이 공간은 익명성과 군집성을 특징으로 하는 공간임과 아울러 개인의 자유로운 연상을 보장하는 의미있는 공간이다. 하지만 「군상」에 이르면 서울은 의미있는 공간이라기보다 각 인물들을 타락시키는 공간이다. 서울이라는 공간은 문제적 인물로 하여금 본래적 성격을 유지하지 못하고 타락시켜 버리는 용광로와 같은 공간이다. 장임손의 경우 전라도 나주땅에 보여주었던 민중적 건강함, 혹은 문제적 성격은 서울에 들어서면서 이 새롭고 낯선 세계에 적응하지 못함으로써 부정적인 인물에 의해 이용당하기만 한다. 서울이라는 공간 속에서 각 개인들은 의미있는 만남을 계속하지 못하고 개별자로 전락함으로써 이념적·정신적으로 타락해버리고 마는 것이다. 이러한 개별자로의 전락은 장임손, 신돌석 뿐만 아니라 부정한 세상을 등지고 떠도는 시인 김삿갓, 과거제도의 모순을 체현하고 있는 서진사, 부패한 현실의 중압감을 음악을 통해 드러내는 광대 주덕기 등의 모습에서도 잘 드러난다. 그들은 장임손, 신돌석 등의 삶과 일회적으로만 결합함으로써 하나의 거대한 사회적 세력으로 형성되지 못하고 사회적 힘으로부터 분리된 개별자로 존재하는 것이다.

　모더니스트로서의 작가 박태원에게 있어 '서울'이라는 공간은 서정시인조차 황금광으로 나서는 세태, 민첩한 보험회사 외교원의 지적 저열성, 경성역에서 보이는 군중의 소외감 등 속물적인 세계였지만, 이와 함께 산책과 끽다, 그리고 소설쓰기를 통해 자신의 정신적 우월성을 확인할 수 있게 해주는 공간이었다. 하지만 해방 공간에 이르러 민중적 삶을 형상화하는 과정에서 발견한 서울은 문제적 인물을 유지적 개인으로 타락시키는 공간에 불과했다. 「군상」이 어느 정도 역사소설이 요구하는 사실성을 유지할 수 있었던 것은 '서울'이라는 공간의 일상성을 누구보다도 잘 알고 있었던 박태원의 경험에서 유래하는 것이지만, 서울의 의미를 재발견한 그 순간 주인공들은 서울을 떠나야만 하고 서울을 떠난다는 것은 사실적인 묘사를 불가능하게 한다. 결국 소설의 사실성을 유지하기 위해서는 서울에 머물러야만 하고, 소설의 주제를 분명하게 하기 위해서는 서울을 떠나야만 하는 딜레머에 갇혀 「군상」은 더 이상 진행되지 못한다. 일상성과 역사성의 첫 번째 만남은 이로써 실패하고 만 셈이다.

5. 역사의식의 확장과 역사소설

일제 말기부터 해방공간에 이르는 박태원의 문학적 변모는 일상성과 역사성의 변주 속에 놓여 있다고 할 수 있다. 일상성(Alltäglichkeit)[13]이란 인간이 기계적인 본능에 따라 친숙한 느낌을 가지고 돌아다니는 규칙적인 리듬을 가진 세계라 할 수 있다. 그것은 반복되는 직접적 경험의 세계이자 각 개인이 사고능력을 통해 자신의 생활과 활동을 지배할 수 있는 친숙한 세계이다. 역사적 사건(혹은 대립과 투쟁)은 일상성을 붕괴시킨다. 그러나 일상성은 역사를 압도한다. 왜냐하면 모든 것은 그 자신의 일상성을 갖기 때문이다. 이처럼 역사와의 상호 침투의 과정 속에서 일상성은 자신의 고유한 의미를 드러낸다. 즉 일상성의 세계는 그 자체로서는 역사를 갖지 못하지만, 역사로부터 분리된 것이 아니라 역사를 지탱해주고 자양분을 공급해주는 토대인 것이다. 하지만 일상적 세계는 각 개인에게 어떤 문제성도 갖지 않는 세계이기 때문에 소설의 중심내용으로 채택되지 않는다. 일상성과 역사의 부딪힘만이 소설 속에 편입될 수 있다.

그런데 「소설가 구보씨의 일일」에 나타난 강렬한 주관화의 욕망, 객관세계의 자기의식화는 「천변풍경」에 이르면 '카메라의 눈' 속으로 완전히 사라지고 일상적 세계에 대한 객관적 묘사가 부각된다. 「천변풍경」의 특징은 사회적 상황과는 뚜렷하게 구분되는 일상인들의 일상적 세계를 면밀하게 재구성하고 있다는 점이다. 일상적인 인간들은 사건의 원인을 알지 못한 채 즉자적으로 상황에 반응하고 있다. 따라서 당대의 풍속에 대한 묘사는 뛰어난 조형감과 입체성을 획득하고 있지만 당대의 역사적 현실은 그냥 존재하는 것으로만 그려지

---

13) K. 코지크, 『구체성의 변증법』, 박정호 역, 거름, 1985, 66~76면.

게 된다. 「천변풍경」의 세계가 공간적 한계를 명료히 부각시키고 있다는 사실, 혹은 인물들이 소수의 일상인으로 한정되고 있다는 점은 이러한 역사인식의 소산이다.

이런 점을 염두에 둘 때, 「수호지」의 번역은 박태원의 문학세계에 중대한 변화를 초래했다고 보여진다. 「수호전」에서는 박태원의 장기라고 할 수 있는 일상성에 대한 섬세한 묘사가 역사적 세계 속에서 사상되고 만다. 「수호전」은 영웅적 인물들의 영웅적 행위를 묘사하는 모험소설의 형태를 취하고 있기 때문에 일상적 인물들의 삶은 철저하게 배제되어 있는 것이다. 농민들의 저항정신을 반영하고 있으면서도 민중들의 삶으로부터 분리된 영웅들의 활약상이라는 「수호전」의 성격으로 인해 일상적 인물들이 겪게 되는 사소한 문제가 소설의 전개에 개입할 여지는 완전히 사라져버린다. 하지만 번역작업을 통해서 박태원은 자신의 예술가적 욕망을 지속할 수 있었거니와, 그것은 객관적 현실과 주관적 자아 사이의 분리를 전제로 하는 모더니즘적 세계인식에 기반한 것이었다. 일상성에 대한 관심이 역사의 전망에 대한 뚜렷한 인식을 전제하지 않은 상태에서 선택된 하나의 길이었다면, 번역작업(과 해방공간의 기록문학)을 통해 역사성의 세계로 '비약'한 것은 일제말기(와 해방공간이)라는 특수한 상황 아래에서 박태원이 취할 수 있는 또 하나의 길이었던 셈이다. 모더니즘 시기에 박태원의 문학적 주제가 일상성이었다면, 일제말기에서 해방공간에 이르는 시기에 박태원의 문학적 주제는 역사성이었다. 그 역사성은 일상성과 매개되지 않은 추상적인 차원의 것이었기 때문이 소박성을 벗어나지 못했으며, 왕조사 중심의 기록문학으로 외현할 수밖에 없었다. 동전의 양면과도 같이 두 길은 서로 대립하고 있지만, 세계와 자아 사이의 분열을 전제로 하고 있다는 점에서 동질적인 것이다.

이러한 박태원의 면모는 「임진왜란」을 거치면서 변화하고 있다. 작품 「임진왜란」에는 군데군데 민중들의 삶에 대한 작가의 관심이 나타나고 있다. 민중적 삶에 대한 관심, 혹은 계급적 모순을 재해석할 필요성은 민족 내부의 모순이 점차 확대되는 상황 속에 처해 있던 조선문학가동맹의 지도노선과도 일치하는 것이다. 이러한 변모를 구체적으로 보여주는 작품이 「군상」이다, 이 작품은 역사적 실증이나 사실에 바탕으로 둔 작품에서 본격적 역사소설을 창작한 것이다. 이 작품에 이르러 민중의 삶에 대한 구체적 관심이 강조되면서 역사성과 일상성의 만남이 비로소 이루어지기 시작한다. 「수호전」 이후 박태원의 의식 저류에 흐르는 것은 '관핍민반'의 도덕적 이분법이었음은 앞에서도 지적한 바이거니와 지배층과 피지배층의 계급적 대립으로 전화시킨 것은 박태원의 이념적 변모를 가장 잘 표현하고 있는 징표이다.

이처럼 박태원의 해방공간의 활동은 민중적 삶에 대한 관심, 혹은 진정한 역사의식으로의 발전과정 속에 놓여 있다고 할 수 있다. 그러한 노력은 지배층-피지배층, 혹은 선-악이라는 선명한 도덕적 이분법에서 출발하여 민중적 삶에 대한 관심과 민중세력에 기반한 변혁의 필연성을 형상화하는 방향으로 진행되어 왔다. 그리고 문학내적으로 볼 때 역사성과 일상성의 만남을 통해 보다 현실성있는 형상으로 구체화되었다. 하지만 그것은 앞서 지적한 바처럼 많은 약점을 지니고 있다. 그것은 출발일 뿐이다.(『박태원 소설 연구』, 깊은샘, 1995년 5월 1일 全載)

식민지 체험과 식민주의 의식의 극복

허준의 「잔등」

1. 해방 공간에서의 상상지리

우리는 흔히 해방 직후의 풍경을 감격과 환희라는 말로 표현한다. 여러 기록사진들을 통해서 보아왔듯이 거리에 뛰쳐나온 수많은 사람들의 얼굴에는 이민족의 지배가 종식되었다는 기쁨이 아로새겨져 있다. 그래서 억압의 역사가 종식되고 새로운 역사가 시작되리라는 막연한 기대는 수 십 년간 억압되었던 욕망들을 자유롭게 분출하는 축제적 공간을 연출한다. 모든 갈등과 대립은 디오니소스적인 혼돈 속에서 사라지고, 축제에 참여하는 개인은 열광과 도취 속에서 탈개인화된다. 하지만, 축제의 시간이 끝나고 일상으로 되돌아왔을 때, 망각되었던 갈등과 대립은 여전히 완고하게 현실 속에 자리잡고 있음을 보게 된다.

우리가 해방 직후를 다룬 많은 소설들에서 안타까움을 느끼는 것은 바로 이 점과 관련된다. 해방의 감격은 식민현실에 내재하고 있던 많은 모순들이 금방이라도 사라질 것 같은 환상을 조장했지만, 식민의 역사가 끝나고 민족의 역사가 시작되었다고 해서 삶의 갈등이 사라지는 것은 아니다. 그것은 새로운 갈등과 대립, 모순과 불합리를

낳을 뿐이다. 허준의 「잔등」이 주목되는 것은 해방이라는 민족사의
축제를 바라보는 독특한 시각 때문이다. 해방 직후의 감격과 흥분 대
신에 현실을 냉철한 시선으로 바라보려는 보기 드문 작품인 것이다.
「잔등」의 문학적 성과에 대해서는 이미 많은 연구들이 진행되어
왔다. 「잔등」의 내적 형식을 이루고 있는 '길'의 의미를 '귀향'으로
규정하고 역사적 의미를 규명하고자 한 경우들이다.[1] 염상섭의 「삼
팔선」, 「이합」, 「재회」, 김동리의 「혈거부족」, 계용묵의 「별을 헨다」,
정비석의 「귀향」과 함께 이루어진 이러한 연구는 주로 G. 루카치의
소설론에 기대어 '여로'의 역사철학적 의미를 구명하려는 시도와 맞
물려 있다.[2] 여행이라는 공간적 이동의 형식을 작중인물의 의식 변화
라는 시간적 성장의 형식과 상동적인 것으로 이해한 것이다. 그런데,
길의 역사철학적 의미란 이념을 전제로 한 것이어서 허준의 독특한
내적 경험을 단순화시키는 것처럼 보인다. 허준의 「잔등」은 인물의
이념 선택이 분명하게 제시되어 있지 않기 때문에, 등장인물을 통해
서 작가의 이념적 지향을 재구성하려는 시도는 항상 '미달상태'라는
부정적인 평가로 귀착되고 마는 것이다. 작가는 초기작부터 일관되
게 현실세계의 압박을 운명으로 환치시켜 거기에서 오는 허무주의를
간직한 주인공을 등장시키고 있는 까닭에, 「잔등」은 이념적 성장의
서사에 미치지 못하고 있는 것이다. 그래서 리얼리즘적 연구의 반대
편에서는 「잔등」의 여러 미학적·형식적 측면에 주목하였다. M. 바
흐찐의 크로노토프의 개념에 비추어 길의 구성적 성격을 밝히거나,[3]

---

1) 권영민, 『한국 근대문학과 시대정신』, 문예출판사, 1983.
　　이재선, 『현대한국소설사 : 1945～1990』, 민음사, 1991.
　　이대규, 『한국 근대 귀향소설 연구』, 이회, 1995.
　　안한상, 『해방기 소설의 현실 양식과 구조 연구』, 국학자료원, 1995.
　　유철상, 「허준의 '잔등'고」, ≪목원어문학≫ 14, 1996. 12.
2) 김윤식, 「허준론」, 『한국 근대 리얼리즘 작가 연구』, 문학과지성사, 1988.
　　채호석, 「허준론」, ≪한국학보≫, 1989. 가을.
　　김성수, 「허준의 '잔등'에 대하여」, 『한국 근대문학과 일본』, 소명출판, 2003.

인물들의 내면 심리를 표출하는 기법을 분석하기도 하고,[4] 더 나아가 타자성,[5] 현대성[6] 다성성[7]등을 통해서 허준의 문학사적 의의에 대한 탐구로 나아간 것은 허준의 작가적 특성과 연관되었던 것이라고 할 수 있다.

「잔등」의 문학적 성과에 대한 기존의 연구는 이처럼 리얼리즘과 모더니즘이라는 큰 틀에서 벗어나지 못하고 있는 듯하다. 그것은 이 작품이 허준의 작가적 발전 과정에서 전환점에 위치하고 있는 까닭이기도 하다. 이 작품은 ≪대조≫ 창간호(1946. 1. 1 발간)와 제2호(1946. 6. 25 발간)에 연재되다가, 같은 해 9월 완성되어 첫 번째 작품집의 표제작으로 선정된 작품이다. 주지하듯이 허준은 1935년 2월 ≪조광≫에시 「밤비」를 발표하며 등단하였다가, 이듬해부터 「탁류」, 「야한기」, 「습작실에서」 등을 발표하면서 소설가로 활동한다. 해방 전에 발표한 그의 작품들에는 인간의 존재론적 고뇌와 운명 의식이 섬세한 자의식으로 포착되어 있다. 그런데, 해방을 경험하면서 허준은 「속 습작실에서」, 「역사」 등의 작품을 통해 당대 현실에 관심을 갖기 시작한다. 「잔등」은 바로 허준의 변화되는 작가의식을 보여주는 작품인 것이다. 그래서 작가론으로 씌어진 많은 연구논저에서 「잔등」은 작품 자체보다는 작가의식의 단절과 지속이라는 맥락에서 접근된다. 그 결과 해방을 전후한 작가적 변모를 설명하는 모델로 모더니즘과 리얼리즘을 선택했던 것이다.

본고는 이러한 작가론적 접근 대신에 「잔등」의 고유한 서사적 특

---

3) 이병순, 「허준의 ‘잔등’ 연구」, ≪현대소설연구≫ 6, 1997. 6.
4) 김강진, 「허준의 ‘잔등’ 연구」, ≪대구어문논총≫ 13, 1995. 6.
5) 김혜영, 「허준 소설에 나타난 타자 인식의 서사적 기능과 의미 연구」, ≪현대소설연구≫ 14, 1996.
  홍혜준, 「허준 문학 연구」, 서울대 석사논문, 1998.
6) 권성우, 「허준 소설의 미학적 현대성 연구」, ≪한국학보≫ 73, 1993. 12.
7) 우한용, 「소설기호론의 층위-허준의 「잔등」」, 『한국현대소설구조연구』, 삼지원, 1990.

질과 그 의미를 분석하는데 중점을 두고자 한다. 이를 위해 작품 속에 내재하는 공간 구조를 분석하고 그것이 갖는 정치적 함의를 탈식민주의적 맥락에서 재구성해보고자 한다. '여로'라는 「잔등」의 서사 구성 원리는 장춘-청진-서울이라는 공간 사이의 이동 속에서 현실화되고 있거니와, 이 공간은 만주와 조선이라는 지역적인 의미뿐만 아니라 식민과 해방이라는 역사적인 의미와 중첩된다. 그런데, 기존의 연구에서는 여행의 출발점이었던 장춘에서의 역사적 경험보다는 여행의 종착점이었던 서울의 미래지향적 가능성에만 주목했던 것이 사실이다. 하지만, 주인공이 장춘 체험을 끊임없이 떠올리며 재의미화하는 과정은 「잔등」이 해방 직후의 맹목적인 복수심으로부터 벗어나는데 매우 중요한 역할을 담당하고 있다. 즉, 일본 제국주의의 지배 아래에서 이등국민으로서 식민정책을 수행해야만 했던 조선인들의 특수한 사회적 위치가 되물어지면서 식민지에서 벗어난 조선의 미래를 새롭게 구성할 수 있었던 것이다. 따라서 만주국에서의 식민의 기억에 대한 관심이야말로 해방 직후에 발표되었던 다른 귀향소설과는 다른 「잔등」만의 독특한 면모라고 생각된다. 해방이라는 역사적 결절점이 식민 체험에 대한 민족적 망각을 강제하고 있었던 것과는 달리 작가 허준은 만주국 체험을 식민의 기억으로 되살려냄으로써 새로운 민족국가의 모습을 상상할 수 있었던 것이다.[8] 이 과정에서 해방 공간에 나타났던 반제국주의적 투쟁이 식민주의적 의식을 내밀하게 '흉내'내고 있다는 사실을 보여준다. 이처럼, 해방 이후의 현실 속에서 새롭게 발견되는 지배와 복종, 폭력과 반폭력, 원한과 복수 그리고 화해의 문제는 당대의 다른 소설에서 발견하기 힘든 「잔

---

[8] 포스트식민적 조건 아래에서 기억상실(amnesia)과 회상(anamnesis)의 의미에 대해서는 릴라 간디, 『포스트식민주의란 무엇인가』(현실문화연구, 2000, 13~32면)를, 그리고 망각을 통해서 국가 내지는 민족을 상상하는 과정에 대해서는 우카이 사토시, 「르낭의 망각 또는 '내셔널'과 '히스토리'의 관계」(『국가주의란 무엇인가』, 삼인, 1999, 298면)의 논의를 참조할 수 있다.

등」만의 고유한 성과이자 식민지적 의식에 대한 비판과 반성을 담고 있는 것이다.

2. 귀환의 여로와 만주국 체험의 의미

「잔등」에서 주인공이자 초점 화자인 '나'의 여정은 다음과 같다. 장춘(長春)을 떠나 길림(吉林)을 거쳐 스무 하루 만에 회령(會寧) 인근의 금생(金生)에 도착한 '나'는 회령 도립병원 근처에서 하룻밤을 묵는다. 다음날 아침 회령역에서 출발하는 군용열차에 올라타지 못하고 '방'과 헤어진 나는 운 좋게도 트럭을 타고 청진(淸津) 인근의 수성(輸城)에 도착한다. 수성역 앞 다리목에서 뱀장어를 잡는 소년을 만나서 함께 청진 시내로 들어온다. 여관에 여장을 푼 '나'는 황혼 무렵 청진역에서 '방'을 기다리다 날이 어두워가면서, 여관에 다시 돌아온다. 저녁 8시 무렵 여관에 들어온 손님을 통해 '방'이 타고 떠난 열차가 늦게서야 도착한 사실을 알고 서둘러 역에 나가보지만 만나지 못한 채 국밥을 파는 노파를 만난다. 다음날 아침 우연히 '방'을 다시 만난 '나'는 그의 누님 집에서 이틀밤을 자고 사흘째 되는 날 신포동으로 내려와 목욕을 하고, 이틀날 저녁 무렵 군용열차를 타고 서울을 향해 출발한다.

이처럼 「잔등」의 여로는 공간적으로는 장춘에서 서울까지, 시간적으로는 26일 동안이다. 하지만 여행의 출발지인 장춘과 종착지인 서울은 서술되지 않는다. 만주에서 국경을 넘어 조선으로 귀국하는 과정은 소설의 첫머리에서 "장춘서 회령까지 스무 하루를 두고 온 여정이었다"(2면)[9]로 요약되고 있으며, 청진역에서 방과 재회한 후의 3일 역시

"이틀밤을 방(方)누님 댁에서 자고 사흘째 되는 날은 아침 간다고 신포동을 내려왔다"(92면)라고 서술될 뿐이다. 따라서 「잔등」에서 주인공의 여정은 장춘에서 회령, 회령에서 청진, 그리고 청진에서 서울로 분절된다.[10] 그런데, 만주에서 회령까지의 길은 '방'과 함께 하는 귀환이었고, 회령에서 청진까지는 '방'과 헤어져 혼자만의 여행이었으며, 다시 청진에서 서울까지는 '방'과 함께하는 길이었다. 「잔등」에서 핵심적인 부분은 시간적으로는 '방'과 헤어졌다가 다시 만날 때까지 만 하루 동안의 시간이며, 공간적으로는 회령에서 청진에 이르는 길이다.

그런데, 「잔등」의 주인공이 삶의 터전이었던 만주를 떠나 국내로 귀환하는 목적은 분명하지 않다. 그들은 서울을 목적지로 삼고 있지만, 서울은 누구의 고향도 아니다. 그들이 서울에 서둘러 가야할 만한 목적이 없는 것과 마찬가지로 장춘을 서둘러 떠나야할 구체적인 이유 또한 제시되어 있지 않다. 해방을 맞이하여 다른 귀환자들과 마찬가지로 돌아와야 한다는 강박을 보여주고 있을 뿐이다. 이처럼, 뚜렷한 목적 없이 이루어지고 있는 귀국은 '향수'라는 이름의 귀소본능으로 표현된다. '나'는 청진으로 향하는 길목에서 "깨끗한 산과 청명한 계곡의 맑은 공기"(15면)를 마시며 허기증을 느낀다. 그것은 언제까지나 이주민으로서 살아갈 수밖에 없는 불안과 결핍으로서의 만주 체험에서 비롯된 것이라고 할 수 있다. 20여 년 전 만주로 이사간 매부가 "살만한 자리를 다 빼앗기고 발 들여놓은 흙 붙은 데도 없어서 고국을 떠나 산도 없고 물도 안 보이는 광량한 벌판에 서서 밭을 갈고 논을 일으키고 혹은 미천한 직업을 찾아 헤메이는"(19면) 동안 "농부에겐 있을 수 없는 소화불량"(22면) 때문에 고통받는 것도 고국에 대한 향수

---

9) 「잔등」의 텍스트로는 1946년 9월 을유문화사에서 간행된 작품집 『잔등』에 수록된 것을 사용하였다. 인용문은 모두 현대적인 표기법에 따라 고쳤으며, 인용 말미에 면수를 밝혔다.

10) 이병순, 앞의 글, 330~331면.

에서 기인한 것이라고 할 수 있다. 결국 '나'는 "심저에 가라앉아서 흔들리울 길 없는 한 방향으로 쏠리는 일정한 정서"(23면)를 통해 "조선이 그처럼 그리울 수가 없는 나라인 것을 다시금 깨달았다"(24면)

'나'는 이처럼 귀국의 의미를 본능적인 향수의 차원에서 설명한다. 이 상태에 놓이게 되면 왜 돌아와야만 하는가라는 질문은 의미가 없다. 그것은 논리로 설명할 수 없는 생리의 문제일 따름이다. '나'가 뱀장어를 보면서 떠올렸던 것도 바로 이러한 본능으로서의 향수라고 할 것이다. 목숨에 대한 뱀장어의 본능적인 집착처럼 인간 역시 고향과 고국에 대한 근본적인 향수를 간직하고 살아가는 것이다.

> 수부(首部)가 전면적으로 으깨어져 나간 나머지는 그저 고기요 뼈다귀요 피일 밖에 없는 생명이 어디가 붙었을 때가 없는 이 미물이 가진 본능이라 할는지 육감 칠감이라 할는지 혹은 무슨 본연적인 지향이라 할는지 어쨌든 이 생명에 대한 강렬하고 정확한 구심력(求心力)—나는 무슨 큰 철리(哲理)의 단초(端初)나 붙잡은 모양으로 흐뭇한 일종의 만족감을 가지고 동물의 단말마적 운동을 바라보고 있었다
>
> (29면)

'나'는 이처럼 물고기의 생명에 대한 본능적인 지향이나 이주민들의 고향을 향한 그리움을 모두 보편적인 "철리"로 받아들인다. 그런데, '나'가 수성역 다리목에서 만난 소년은 이러한 믿음을 깨뜨린다. 강가에서 만난 소년은 삼지창으로 뱀장어를 잡는다. 그가 뱀장어를 잡는 것은 팔기 위한 목적 이외에도 "어디다 숨겼던지 돈푼 있는" 일본인을 잡기 위한 술책을 포함하고 있다. 그는 도망가려는 일본인을 감시하는 역할을 담당하고 있었던 것이다. 소년에게 있어서 일본인은 한마디로 "미꾸라지 새끼"에 불과하다. 이 경우 미꾸라지는 소년의 삼지창 아래에서 무참하게 죽어가는 뱀장어의 이미지와 중첩된다. 따라서 일본인, 그리고 그것의 은유적 등가물로서의 뱀장어에 대한 소년의 적개심은 '나'에게 모순적인 반응을 불러일으킨다. 이 땅에서 쫓겨나는 일본인의 모

습이 만주에서 쫓겨난 고국으로 돌아오는 자신의 모습이기 때문이다.

사실, 일본 관동군이 건설했던 만주국에서 조선인의 위치는 이중적이다. 그들은 일본인의 지배 아래 놓여 있었지만, 다른 한편으로 일본인을 대신하여 만주인을 식민경영함으로써 자신들의 우월성을 증명하고자 했다. 식민지 조선에서 쫓겨난 조선 이주민들은 만주국에서 지배의 대상을 발견함으로써 권력의 의지를 획득했던 것이다. 만주는 조선이 일본인들에게 그러했던 것처럼[11] 낭만주의적 공간인 동시에 식민의 공간으로 발견되었던 셈이다.[12] 이처럼 일본인-조선인-만주인이라는 위계질서 속에서 그들은 지배자인 동시에 피지배자라는 속성을 지니고 있었다. 따라서 만주인들에게 있어 조선인은 일본인과 다를 바 없이 외부에서 강제로 이식된 존재들이었고, 또한 식민의 역사를 상징하는 존재들이었던 셈이다. 그런데, 일본의 대리인이었던 조선인은 태평양전쟁의 종결과 함께 만주국에서 차지하고 있던 우월적 지위를 상실하게 된다. 만주 토착민에게 있어 일본의 패망은 괴뢰정권 만주국이 붕괴되는 과정이었으며, 이에 따라 본래적인 질서를 회복하기 위해서 식민의 역사를 되돌리는 역사적 책무를 부여했다. 이제 조선인들은 일본인과 마찬가지로 서둘러 이곳을 떠날 수밖에 없었다. 이주민들은 축출되고 토착민들은 새로운 주인이 되어야만 했다. 옛주인이 추방되면서 충직한 대리인들 역시 추방된다. 권력이 거세된 이주민들에 대한 토착민의 복수를 견디지 못한 조선인들은 이제 자신의 조국으로 돌아와야만 했던 것이다.

---

11) 고모리 요이치, 『포스트콜로니얼 : 식민지적 무의식과 식민주의적 의식』, 송태욱 역, 도서출판 삼인, 2002.

12) "만주국은 조선인에게 저항의 장일 뿐 아니라 지배의 기회를 부여하는 장이기도 했다. 특히 중일전쟁 이후 식민지 조선인에게 만주국은 기회의 땅으로서 새삼 부각되었고, 사회적 유동성이 낮은 조선을 벗어나 입신출세를 지향하는 상당수 조선인들이 만주행을 선택함으로써 공식적인 관료 인사 이외에도 조선인의 유입은 훨씬 두드러졌던 것이다"(임성모, 「식민지 조선인의 '만주국 경험'과 그 유산」, 역사문제연구소 심포지움 자료집, 2002, 71면)

「잔등」에서 '나'가 소년에게 예전에 만주국의 수도였던 신경(新京)이 본래의 이름이었던 장춘으로 불린다는 점을 일깨워주는 것은 이러한 상황을 반영한 것이다. 당시 다른 소설들, 예컨대 김만선의 「압록강」 등에서는 여전히 신경으로 일컬어지고 있음에 비해 「잔등」에서 주인공이 굳이 신경이 원래의 이름대로 불려진다는 사실을 강조하는 것은 이같은 맥락에서 이해될 수 있다. 또한 여행의 목적지 역시 제국주의 지배 하의 경성(京城)이 아니라 '서울'로 명명되고 있음도 이러한 상황을 예리하게 포착하고 있는 것이다. 신경이 다시 장춘으로 바뀌고, 경성 역시 서울로 바뀌었다는 사실은 공간의 주인이 달라졌다는 것, 그래서 토착민이 땅의 새로운 주인이 되면서 이식의 역사가 추방의 역사로 다시 씌어지고 있음을 보여주는 것이다. 만주에 갔던 많은 '선량한' 조선인의 경우도 추방의 역사로부터 자유로울 수 없다. 사촌 매부처럼 일제의 수탈정책으로 말미암아 고향을 잃고 만주로 이주했던 많은 조선인들은 일본 제국주의의 피해자라고 할 수 있지만, 토착 만주인의 입장에서는 침략자 일본과 마찬가지로 자신들의 영토를 침해한 존재들이기도 했다. 그래서 일본의 패망과 함께 조선인들은 "무사할 길 없는" 존재가 된다.13) 그들은 결국 자신의 땅으로 돌아와야만 한다. 이것이 근원적인 장소로서의 고국에 대한 본능적인 그리움 내지 향수의 현실적인 의미인 것이다. 따라서 '나'가 서울로 돌아가는 지름길이었던 "안봉선(安奉線)을 택하지 않고 이렇게 먼 길을 돌아오는" 핵심적인 이유는 일본 관동군의 패망 이후 초래된 권력의 공백 상태에서 식민 대리자였던 조선인들이 "비교적 안전"(6면)하게 돌아갈 수 있다는 사실 때문이었다. '나'와 '방'의 초라하

---

13) 「잔등」에서 일본의 패망 후에 사촌 매부가 맞이하게 될 불행한 운명에 대해서는 매우 암시적으로 언급되어 있다. '나'는 청진으로 향하는 제방에서 "매부의 일족은 어찌 되었을까"를 반복하다가 "만일 그들이 무사할 수가 있어 동 넘어 몽기어 밥 짓는 저 일행들의 행색을 하고라도 어느 이 고토의 흙을 밟고 있다 하면……" 이라고 서술함으로써 그들이 삶이 평화로울 수 없음을 암시한다.

고 유머러스한 행색 역시 이러한 역사적 상황의 산물이다. '방'이 만돌린14)을 입고 '나'가 짐 속에 호복(胡服)을 감춘 것은 조선인 이주민이 겪을 수밖에 없었던 추방의 역사를 연상시킨다. 만주인들의 추방과 폭력의 대상이었던 조선인들이 목숨을 구하기 위해 어쩔 수 없이 선택했던 궁여지책이었던 것이다.

「잔등」의 주인공 '나'는 이러한 역사적 경험을 지니고 있는 까닭에 일본인을 향한 소년의 잔혹한 행동에 대해서 모순적인 반응을 보인다. '미꾸라지'와 같은 일본인을 향한 소년의 적개심은 삼지창 아래에서 무참하고 죽어가는 뱀장어를 통해 구체화된다. 그런데, 일본인에 대한 소년의 잔인한 복수가 용납된다면 만주에서 조선인에 대한 추방 역시 용납되어야 한다. 반대로 만주에서의 조선인의 삶이 지속되어야 한다면 한국에서의 일본인의 삶 역시 보장되어야만 하는 것이다. 만주에서의 조선인들이나 조선에서의 일본인들이나 모두 식민의 역사를 상징하는 이주민들이기 때문이다. '나'가 소년을 향해서 가장 묻고 싶었던 질문이 "일본인"들의 거취에 관한 문제였다는 것이 바로 이것을 반증한다.

> 그런 것으로 허다한 시간을 잡히기에는 너무나 많은 궁금증과 질문이 남아 있었을 뿐만이 아니라, 지금 소년의 심리 중에 그만한 내 요구에 응할 준비만은 넉넉히 되어가고 있음을 짐작할 수 있었고, 짐작한 이상 또한 그 절대의 호기(好機)를 놓쳐서는 아니되리라는 성급한 요구도 없지 아니한 까닭이었다.
> "그럼, 일본사람은 다들 도망을 가고 지금은 하나도 없는 셈인가"
> 소년이 잠깐 잠깐 잠잠한 틈을 타서 나는 비로소 공세를 취하여야 할 것을 알았다.
> "도망도 가고 더런 총두 맞아 죽구 더런 남아있는 놈도 있지요"
> (40~41면)

---

14) "만돌린"은 신해혁명 이전 중국의 고급관리를 가리키던 "만다린"을 가리킨다. 「잔등」에서는 그들이 입었던 제복에서 볼 수 있는 칼라(목젖 부분을 중심으로 양쪽으로 갈라지며, 수직으로 서있는 형태이다. 보통 스탠딩 칼라, 차이니즈 칼라, 네루 칼라, 밴드 칼라 등으로 불리기도 한다)를 가리킨다.

여기에서 소년의 행위를 인정한다면 만주에서의 '난리'도 인정되어야 한다. 만주를 떠나 고국으로 추방되어야만 했던 슬픈 운명도 당연한 것이 되어야 하는 것이다. 그들은 만주에서 쫓겨난 피난민이었으며, 토착민들로부터 추방되었던 존재였다. 일본의 패망은 이러한 지배와 권력 관계의 붕괴를 통해서 토착민이 역사의 주체로 자리잡는 역사라고 한다면, 만주에서 쫓겨나는 조선인이나, 한국에서 쫓겨나는 일본인이나 동등한 차원에 속할 수밖에 없다. 이처럼, 일본인과 소년 사이의 갈등과 대립은 만주에서의 삶과 중첩됨으로써 복합적으로 구성된다. 염상섭의 소설에서도 우리는 이러한 상황을 엿볼 수 있다. 그런데, 이러한 만주국 체험이 「잔등」에서 암시적인 형태로만 드러난 것은 만주로부터의 추방이 일본인을 대신해서 식민정책을 수행했던 부끄러운 기억을 떠올리게 하기 때문이다. 그래서 '추방'은 항상 '향수'로 대체되어 의식의 수면 밑으로 깊이 은폐되기에 이른다. 만주국에서 있었던 식민의 기억은 억압되어 은폐되거나 혹은 일본 제국주의에 의한 피해의 민족사[15]로 재구성될 뿐이다.

3. 원한의 극복과 피난민 의식

「잔등」의 주인공 '나'가 바라본 해방의 첫 번째 모습은 기존의 지배자들이 사라진 공간 속에서 펼쳐지는 원한과 복수의 드라마라고 할 수 있을 것이다. 감격과 환희라는 축제적인 분위기는 이러한 잔혹한 폭력을 통해서 고취된다. 소년의 외모에서 풍겨나오는 "자아 중심

---

15) 졸고, 「역사의 망각과 민족의 상상—안수길의 '북간도'론」, ≪국제어문연구≫ 30, 2004.

의 황홀", "오만한 태도", "직선적인 굵이와 부러울 만한 열렬함"(28면) 등등은 궁극적으로 민족적 타자로서의 잔류 일본인에 대한 적개심과 폭력 위에서 성립된 것이었다. 물론 이러한 폭력은 식민 이후 독립된 민족국가를 건설하기 위한 반제반봉건 부르주아 민주주의혁명 과정에서 반드시 지나쳐야만 하는 것인지도 모른다. "피난민도 형지 없이 어지러웠고, 일본 사람들도 과연 눈을 거들떠보기 싫게 처참하지 아니함이 없었으나 이것을 혁명이라 하는 것이었다. 혁명은 가혹한 것이었고, 또 가혹하여도 할 수 없을 것"(69면)이다.

새로운 역사를 창조하기 위해서는 과거의 식민주의적 유산들을 청산해야만 하고, 그 첫머리에 놓인 것이 일본인과 친일파에 대한 숙청을 통해서 오랫동안 억눌려 왔던 민족정신을 고양하는 일일 것이다. 이제 과거와 결별하고 새로운 역사를 창조하려는 과정에서 '일본인'이라는 존재는 반드시 없어져야 할 존재이다. 일본인이 가시성의 영역에 존재하는 한 조선인은 자신들의 불행했던 과거를 상기할 수밖에 없다. 그들이 존재하는 한 식민주의적 상처는 영원히 아물지 않은 채 끝없이 되살아날 것이다. 따라서 억압의 기억을 제거하고 희망의 미래를 위해서 그들은 사라져야만 한다. 이처럼, 독립, 주체성, 민족, 역사 창조 등과 같이 화려한 "나라 만들기"의 수사학 뒤에 감추어져 있는 것은 의식적이고 물리적인 영역에서의 폭력이다. 물리적인 영역에서 일본인과 친일파들을 제거함으로써 의식적인 영역에서의 식민잔재는 망각되도록 강요받는다. 빛나는 새 역사를 구성하려는 욕망은 부끄러운 치욕의 역사를 현재로부터 단절시켜 망각하려는 강박관념으로 나타나는 것이다.

하지만, 식민지배자와 식민지인 사이에는 양가적이고 공생적인 관계가 나타난다. 과거의 식민지배자가 식민지인에 행사했던 폭력에 상응하여 식민 이후의 식민지인이 과거의 식민지배자에게 행하는 반폭력은 분명 타자에 대한 강제력의 행사라는 점에서 동일한 것이다.

「잔등」에서 이와 관련하여 주목해야 할 부분이 바로 소년을 지도하고 조종하는 위원회 김선생의 모습일 것이다. 과거에 식민지배자에 대해 대립하고 투쟁하면서 옥고를 경험했던 김선생은 어느덧 일본인이 살던 집에서 머물면서 잔류 일본인에 대한 감시와 폭력을 배후조종하고 있다. 그것이 민족국가의 건설이라는 과제 속에서 정당한 것이라고 하더라도 다른 한편으로 과거의 식민지배자의 폭력성과 적지 않은 친연성을 지니고 있음을 무시해서는 안될 것이다. 과거의 식민지배자가 떠난 자리에 새롭게 등장한 지배의 폭력성은 민족적 타자에 대해서만 나타나는 것은 아니다. 작품의 말미에서 나타나듯이 이념적 타자 역시 제거되어야할 대상으로 규정되어 폭력을 유발하기 때문이다. 따라서 해방이라는 디오니소스적인 혼돈의 축제 속에는 은밀히 분열과 갈등의 씨앗들이 배태되고 있었던 것이다.

‘나’가 해방공간을 감격과 희열이 아니라 냉철하게 바라볼 수 있었던 것도 이러한 새로운 폭력에 대한 두려움 때문이었다. 일본의 패망으로 쫓겨가는 일본인에 대한 관심은 청진 시내로 들어온 이후에도 지속된다. 청진 시내의 일본인 특별 관리구역에서 우물물로 허기를 채우는 모습이라든가, 시장 좌판에서 일본 여인이 보여준 처량한 모습 등등이 그것이다. 감격과 환희는 원한과 복수라는 폭력의 과정으로 새롭게 문맥화된다.16) 청진역에서 소련 군복을 입은 한국 여성에

---

16) 일찍이 김남천은 「창조적 사업의 전진을 위하여」(≪문학≫, 1946. 7)에서 해방공간의 역사적 과제로 설정된 반제반봉건 부르주아민주주의 혁명이라는 대의 아래 문학적 실천을 강조하면서 「잔등」은 "너무도 감격이 없고 또 자기 변혁의 과정이 보이지 않는다"고 비판한다. 이에 대해 허준은 작품집 『잔등』의 서문을 통해서 불만을 제기한다. "너의 문학은 어째 오늘날도 흥분이 없느냐, 왜 그리 희열이 없이 차기만 하냐, 새 시대의 거족적인 열광과 투쟁 속에 자그마한 감격은 있어도 좋을 것이 아니냐고들 하는 사람이 있는데는 나는 반드시 진심으로는 감복(感服)하지 아니한다. 민족의 생리를 문학적으로 감득하는 방도에 있어서, 다시 말하면 문학을 두고 지금껏 알아오고 느껴오는 방도에 있어서 반드시 나는 그들과 같은 방향에 서서 같은 조망(眺望)을 가질 수 없음을 아니 느낄 수 없는 까닭이다."(허준, 「소서」, 『잔등』, 을유문화사, 1946)

대한 관찰에서 비롯된 상념은 국밥집 노파를 만나면서 정신적인 안주처를 발견하기에 이른다.

국밥집 노파는 일찍이 아이들을 잃고 서른 되던 해에는 남편마저 잃고 오직 유복자인 아들에 의지하여 살아간다. 그런데, 단 하나 남은 유복자마저 사회주의 운동을 하다가 투옥되어 해방 직전에 옥사를 하고 말았다. 그녀가 남편을 잃은 것 역시 기미독립운동 때문인 것으로 보인다.[17] 따라서 남편과 아들을 잃고 맞이한 해방은 환희와 희열이 넘치는 해방이 아니다. 그런데, 남편과 아들을 모두 일본제국주의에 의해 잃어버렸음에도 불구하고 일본인들에 대하여 누구보다도 증오하고 분노해야 할 할머니는 오히려 거지떼들에 불과한 그들에게 "어디 매가 갑니까?"(73~74면)라는 반응을 보인다.

자신의 유일한 희망이었던 아들을 잃었음에도 불구하고 일본인들에게 따뜻한 연민을 보여주는 노파는 일본인에 대한 맹목적인 적개심을 보여주는 소년과 뚜렷하게 대비된다. 노파의 이러한 태도는 아들의 동지였던 일본인 '가도오'의 존재에서 비롯된 것이다. "일본 사람은 일본 바다에서 나는 멸치만 잡아먹어도 넉넉히 살아갈 수 있다"라고 믿었던 '가도오'의 말의 의미를 오년 만에 해득했다는 노파는 결국 아오지에 끌려가는 일본인들이 '가도오의 종자'라고 믿고 그들을 위해 밤늦게까지 국밥집의 불을 밝히는 것이다. '나'는 이러한 할머니의 연민과 동정의 자세에서 "크나큰 경이"이자 "인간 희망의 넓고 아름다운 시야(視野)를 거쳐서만 거둬들일 수 있는 하염없는 너그러운 슬픔"(90면)을 발견하게 된다.

'나'는 이렇듯 국밥집 노파와의 만남을 통해서 해방의 환희 속에

---

17) 노파는 남편과의 사별에 대해 묻는 '나'에게 "갓 설흔 나던 해 봄에 올해 스물여덜 났던 애가 뱃속에 든 채 혼자되었답니다"라고 대답한다. 「잔등」의 시간적 배경이 1945년이므로, 여기로부터 역산해보면 남편이 사망한 것이 1919년 봄이라는 사실을 알 수 있다. 1919년 봄에 유복자였던 아들은 그 해 겨울 무렵에 태어났을 터이고, 따라서 1945년에는 통상적인 나이로 28세에 해당하는 것이다.

숨겨진 면을 발견하게 된다. 해방의 환희가 예전의 지배자였던 일본인에 대한 잔혹한 복수를 통해서 감득되는 것이라면, 해방의 이면에서는 폭력에 대한 민감한 감수성을 지닌 예술가 '나'의 시선을 통해서 인간적 가치가 재발견되는 것이다. 국밥집 노파는 바로 이런 약자·피지배자에 대한 연민과 동정을 통해서 해방과 함께 새롭게 등장하는 강자·지배자·주인의 도덕적 허위를 비쳐준다. 소년이 표상하는 것은 앞으로 이 사회를 지배할 새로운 힘을 상징한다. 실제로 새로운 해방공간에서 지배적인 담론으로 부상한 것은 원한(ressentiment)에 가득찬 복수의 담론이다. 그것은 '나라 만들기'라는 이름 아래 또다시 지배와 피지배, 억압과 피억압의 역사를 반복한다. 노예의 반란은 새로운 주인의 등장일 뿐, 주인과 노예라는 권력구조 자체가 파괴된 것은 아니었던 것이다. 어느덧 일본인의 가옥에 들어가 지배자의 위치에 군림하고 있는 위원회 김선생과 그로 인해 발생하게 되는 폭력의 경험들이 이를 증명한다. 동서양을 막론하고 '나라 만들기'는 항상 폭력을 동반했던 것이다.[18) 하지만, 문제의 심각성은 '나라 만들기'로서의 폭력적인 과정이 예전의 지배자를 향하는 듯이 보이지만, 식민주의 내부의 약한 고리였던 피억압자·여성·어린이들을 향하고 있다는 점이다. 이 과정에서 '가도오'와 마찬가지로 일본인 여성과 어린이들 역시 제국주의적 억압의 희생자였다는 사실은 철저히 무시된다. 해방된 식민지 주체들은 제국주의 본국의 약자들을 억압하고 대상화함으로써 자신들의 주체성을 확인하려 했던 것이다.

허준은 「잔등」에서 소년에 대비되는 노파의 존재를 통해서 주체성 내지는 민족국가 건설이라는 과제를 수행하는 과정에서 나타나는 문제적인 현실, 곧 또다른 의미에서의 토착민과 이주민 사이의 민족 갈등을 극복하고자 한다. 노파가 식민지 경험을 즉자적인 형태가 아니

---

18) 베네딕트 앤더슨, 『민족주의의 기원과 전파』, 윤형숙 역, 사회비평사, 1991.

라 정신적인 형태로 승화시키는 과정에서 중요한 역할을 담당한 것은 탈민족 연대의 경험이다. 아들과 '가도오'의 연대 투쟁의 경험은 더 이상 민족적 차이에 근거한 맹목적인 적개심이 끼어들 여지를 제거해 버린다. 그가 청진역에서 "소련에 국적을 둔 조선 사람"의 모습을 보면서 제기한 민족 간의 공존이라는 테마가 단순히 사회주의적인 이념의 발로로 보기 어려운 점도 이때문이다. 그것은 프롤레타리아 국제주의와 중첩되어 있지만, 허준이 궁극적으로 형상화하고자 했던 것은 소비에트 연방 내에서의 민족 간의 공존이었던 것으로 보인다. "믜 아드나 세냐(우리는 한 가족이 아니냐)"

> 순전히 겸허한 마음을 가지고 그러지 않고서야 어떻게 전 인류를 포용할 수 있는 것은 오직 슬라브족이어야 한다는 염원―연민(憐憫) 외에는 아무 것도 아니 섞인 이 위대한 념원을 감히 품어볼 수가 있었으랴. 사실로 그들 군대에는 얼마나 많은 이민족(異民族)이 섞이어 있었던 것인가―슬라브 그류지아 타타르 가즈백그 등.
>
> (53면)

이처럼, 소설 속의 주인공 '나'가 러시아말을 배우는 것은 서로 다른 민족간에 갈등과 대립을 공존과 화해로 승화시키고자 하는 작가적 지향을 표현하는 것에 지나지 않는다. 그것은 또한 "일본 사람은 일본 바다에서 나는 멸치만 잡아먹어도 넉넉히 살아갈 수 있다"라는 '가도오'의 신념과 멀리 떨어진 것은 아니다.

「잔등」에서 서술되는 것은 불과 하루 남짓한 짧은 시간이지만, 이 시간 동안 '방'과 함께 하는 여행에서 미처 보지 못했던 것을 발견할 수 있었던 것이다. '방'과의 이별의 시간 동안 나는 소년과 노파를 만나 예기치 못한 운명의 반전을 경험하는 것이다. 그것은 무엇이라 설명하기 힘든 "인간성의 개차(個差)이며 운명적인 것의 차별(差別)"(소서, 2면)이다. 이 독특한 경험이야말로 한 개인을 개인으로서 인식하게 만드는 본래적인 경험인 것이다. 그런 맥락에서 그것은 허준이 "예술가로서의 첫 발족점(發足點)"이라고 표현했던 "모뉴멘털한" 경험19)이라고 할 수 있다. 본래적인 경험으로서의 청진 체험, 구체적으로 말해 소년과 노파를 만난 사건은 해방 공간을 바라보는 '나'만의 독특한 시각을 형성하게 한다. 그것은 "제삼자의 시선"으로 이름 붙여진 피난민 의식이다. 이제 '나'는 더 이상 자신의 고국으로 돌아온 존재가 아니라 "피난민"으로 인식된다. "참으로 오래간만에 보는 푸를 대로 푸르른 마가을 바다ㅅ빛 모양으로 이 곳이 고향인 사람의 맏 누님 집을 향하여 걸어나가는 젊은 두 피난민의 마음은 한없이 푸르르고 또 한 없이 부풀어 올랐다"(92면) 이제 '나'는 주인의 자리를 되찾으려는 적개심 대신에 고국에 돌아왔음에도 불구하고 여전히 피난민의 상태로 자신을 인식한다. 이것은 땅과 영토를 둘러싸고 벌어지는 민족간의 투쟁과 갈등에서 벗어날 수 있는 가능성을 보여준다. 동시에 식민의 기억을 제거한 채 타자에 대한 복수를 통해 민족적 주체를 건설하려는 맹목적인 태도로부터 벗어나게 되는 것이다. 이처럼 국밥집 노파와의 만남을 통해서 '나'의 내면적 여행은 끝이 난다. '방'의 여행이 서울에 도달할 때까지 유보된 물리적인 것이었다면 '나'의 여행은 청진에서 해방된 조국의 과거·현재·미래를 발견하는 정신적인 것이었던 셈이다.

4. 맺는 말

「잔등」에서 주인공 나의 여정은 장춘―청진―서울의 여로 속에 구

---

19) 허준, 「문예시평」, ≪조선일보≫, 1939. 6. 2. 이 글은 작품집 『잔등』의 서문에도 일부 인용되어 있다.

성되어 있으며, 좀더 포괄적으로 말한다면, 만주와 조선이라는 공간
적 범주와 과거와 미래라는 시간적 범주를 가로지르면서 진행된다.
따라서 회령에서 청진까지 '나'의 여행의 과정에서 만난 소년과 노파
의 대칭적 관계에는 수많은 의미가 삼투된다. 유년과 노년, 남성과
여성, 복수와 화해, 가해와 피해 등의 대립적인 이미지들을 함축하고
있는 것이다. 이것은 해방 정국의 여러 삶의 양상을 보여주는 장치들
이다. 민족성과 계급성, 폭력적인 것과 인간적인 것, 동일성과 차이
등 서로 대립하는 개념들이 깊이 얽혀 있다. 그것은 또한 소멸하는
것과 출현하는 것 사이의 역사성을 함축하고 있기도 하다.

소년은 식민지적 억압의 경험을 갖지 않음에도 불구하고 일본인에
대한 맹목적인 적개심을 보여준다. 독립된 국가의 건설이라는 주체
화의 논리는 항상 예속적 존재, 억압받을 대상을 필요로 한다. 민족
적 차이에 근거를 둔 이러한 국가 건설의 논리가 가져올 위험성은
명약관화하다. 그것은 제국주의로부터 독립이라기보다는 제국주의의
답습이다. 그것은 파생을 가장한 제휴의 전략에 지나지 않는다. 제2
차 세계대전 후 독립한 많은 제삼세계 국가의 경험이 이를 증명한다.
따라서 복수의 정념에서 벗어날 수 있을 때, 비로소 제국주의의 규정
성 내지는 식민주의적 의식으로부터 자유로울 수 있을 것이다. 해방
직후의 문학 풍경 중에서 「잔등」이 여전히 문제될 수 있다면, 바로
이러한 식민주의적 의식 속에서 감추어진 식민지적 무의식의 문제를
만주·조선·일본의 관계 속에서 섬세하게 제기하고 있기 때문일 것
이다.

이념의 역사와 전쟁 속의 일상

1. '단편의 시대'와 염상섭

일반적으로 '1950년대'라는 시기는 '단편소설의 시대'로 일컬어져 왔다. 이같은 인식은 '전쟁의 상처와 이에 대한 문학적 대응'이라는 1950년대의 문학적 특질이 단편소설 속에서 형상화되었다는 역사적 사실에 바탕을 두고 있다. 또한 1950년대만의 문학적 독특성을 보여 주는 손창섭과 장용학 등이 단편작가였다는 점도 이같은 인식을 더욱 강화시키고 있다. 이에 따라 1950년 이전에 등단한 작가들, 예컨대 김동리, 박영준, 염상섭 등에 대한 연구는 미비한 형편이다. 이들의 문학적 세계가 1950년대 이전에 이미 확립되었기 때문에 1950년대적 특질을 보여주지 못한 것처럼 여겨져 왔던 것이다.

염상섭은 1950년대에 「취우」, 「젊은 세대」, 「미망인」, 「화관」, 「대를 이어서」와 같은 장편소설을 발표함으로써 단편 중심의 소설계에서 독보적인 기량을 과시하고 있다. 특히 한국전쟁 중 ≪조선일보≫에 연재(1952. 7. 18~1953. 2. 20)한 「취우」는 염상섭의 후기 대표작으로 평가되거니와, 문학사의 측면에서도 중요한 지위를 차지하고 있다. 염상섭의 다른 작품들이 대체로 통속적 요소를 내포하고 있음에 비해, 「취우」는 한국전쟁이라는 역사적 격동기에도 묵묵히 이어져 가는 일상적 인간들의 삶을 노대가의 성숙한 시선으로 그려내고 있는 것이다.

「취우」에 대한 연구는 염상섭에 대한 작가론[1]으로부터 시작된다. 「취우」에 대한 본격적인 연구는 김원수[2]로부터 시작되는데, 그는 서술유형, 시간-공간구조, 인물유형 등의 측면에서 「취우」를 검토하였다. 김원수의 글은 전체적인 구성상의 결점[3]에도 불구하고 「취우」에 대한 뛰어난 통찰을 담고 있으며, 김윤식 교수의 연구에도 상당 부분 수용되고 있다. 김윤식은 『염상섭 연구』[4]에서 염상섭의 문학세계를 규정짓는 특질인 '가치중립성'이 그대로 관철되고 있어서 「취우」의 참주제가 '냉소주의'에 있다고 지적한다. 최근에 발표된 신영덕[5]의 연구는 「삼대」 이후의 통속적인 작품과 「취우」가 작품내적 구성원리의 측면에서 연속성을 가지고 있음을 보여주었지만, 염상섭의 전단계 문학과의 연속성의 측면을 지나치게 강조한 나머지 「취우」의 독특성을 분석하는 데까지는 나아가지 못한 것으로 보인다.

「취우」에 대한 기존의 연구는 이처럼 작가론의 형태를 취함으로써 작품이 가지는 사회적 맥락과의 연관성보다는 작가의 문학세계 전반과의 관련성을 문제삼아 왔다. 작품이 놓여진 시대적 여건이라는 공

---

1) 염상섭에 대한 작가론 중 본고와 관련하여 볼 때, 김종균과 김영화의 글이 주목된다. 김종균(『염상섭 연구』, 고려대출판부, 1974, 234~239면)은 염상섭의 후기 대표작으로 「취우」를 거론하면서, 이 작품의 연작관계를 고찰하였으며, 김영화(「염상섭의 '취우'」, 『현대작가론』, 문장, 1983, 267~278면)는 「취우」의 내용과 의미를 중점적으로 분석한 바 있다.
2) 김원수, 「염상섭 소설의 변모양상」, 서강대 석사논문, 1984.
3) 이 글은 「만세전」과 「취우」가 놓여 있는 사회적 맥락을 사상한 채 형식적인 측면에서의 두 작품의 유사성과 차별성을 문제삼고 있다. 이에 따라 두 작품 사이에 내재하는 역사적 거리는 평론 등을 통해 나타난 작가의 세계관적 측면에서 해명된다.
4) 김윤식, 『염상섭 연구』, 서울대출판부, 1987, 819~843면.
5) 신영덕, 「'취우'에 나타난 현실인식의 성격」, ≪한국현대문학연구≫ 1, 1991. 4, 169~184면.

시적 측면보다는 염상섭의 작품세계에서 「취우」가 차지하는 위치라는 통시적 측면이 우선되었던 것이다. 하지만 1950년대는 이전 시기와는 근본적으로 구별되는 시기이며, 이에 따라 작가의식도 상당 부분 굴절되었을 것으로 여겨진다. 이러한 인식론적 단절을 결정짓는 사건은 한국전쟁과 여기에서 비롯되는 반공이데올로기의 구조화일 것이다. 문학을 일종의 이데올로기적 현상으로 이해했을 때, 작가의 창작행위는 이러한 사회적 이데올로기의 변화와 밀접한 관련을 맺지 않을 수 없다. 따라서 중도파적 위치에 있던 염상섭은 한국전쟁이 가져온 이데올로기적 지평의 변화 속에서 자신의 이데올로기를 새롭게 적응시키지 않을 수 없게 된다. 중도파의 이념에 대응하는 염상섭 특유의 창작경향이 '가치중립적인 세계묘사'라 할 때, 전쟁이라는 극단적인 대립상황 속에서 객관적인 묘사는 자칫하면 반공이데올로기의 칼날에 희생될 수도 있는 상황이었던 것이다. 이렇듯 이념을 객관적으로 묘사할 수 있는 가능성을 상실한 시기에 염상섭 나름의 대응책을 모색한 결과가 「취우」로 나타난 것이다.

이 글에서는 이러한 전후 상황을 염두에 두면서 「취우」에 나타난 '일상성'을 분석하고자 한다. 일상성(Alltäglichkeit)이란 인간이 기계적인 본능에 따라 친숙한 느낌을 가지고 돌아다니는 규칙적인 리듬을 가진 세계라 할 수 있다. 그것은 각 개인이 사고능력을 통해 자신의 생활과 활동을 지배할 수 있는 친숙한 세계이며, 반복되는 직접적 경험의 세계이다. 역사적 사건(혹은 대립과 투쟁)은 일상성을 붕괴시킨다. 그러나 일상성은 역사를 압도한다. 왜냐하면 모든 것은 그 자신의 일상성을 갖기 때문이다. 이처럼 역사와의 상호침투의 과정 속에서 일상성은 자신의 고유한 의미를 드러낸다. 즉 일상성의 세계는 그 자체로서는 역사를 갖지 못하지만, 역사로부터 분리된 것이 아니라 역사를 지탱해주고 자양분을 공급해주는 토대인 것이다.[6]

그런데, 한국전쟁 과정에서 중도적 이데올로기의 문학적 현상형태인 '가치중립적 세계묘사'의 가능성이 사라져버리자, 염상섭은 자신의 문학적 태도를 일상적 세계에 대한 묘사를 통해 관철시키고 있는 것으로 보인다. 일반적으로 일상적 세계는 소설의 중심내용으로 채택되지 않는다.[7] 일상성과 역사성의 부딪힘만이 소설 속에 편입될 수 있다. 일상적 세계는 각 개인에게 어떤 문제성도 갖지 않는 세계이기 때문이다. 하지만 「취우」의 특징은 전쟁 상황과는 뚜렷하게 구분되는 일상인들의 일상적 세계를 면밀하게 재구성하고 있다는 점이다. 이는 작가의 의도적인 지향이라고 여겨지는 바, 「취우」가 특징으로 하는 일상적 세계를 시간−공간적 측면(제2장)과 이데올로기적 측면(제3장)으로 분리하여 고찰하고자 한다. 제4장에서는 이러한 분석을 바탕으로 1950년대 문학에서 「취우」가 차지하는 위치를 살펴볼 것이다.

2. 일상적 시간과 공간성의 원리

염상섭의 「취우」는 1950년 6월 28일부터 12월 13일까지 인민군 치하에 있던 서울을 시공간적 배경으로 한다. 인민군 치하의 서울에서 벌어지는 갖가지 사건들과 전쟁을 바라보는 각 계층들의 대응방식이 소설의 주된 내용을 이루고 있다. 서울이라는 한정된 공간 속에서 소설이 전개되고 있으므로 소설 구성의 긴장감은 시간적 흐름의 변화에 따라 형성된다. 시간적 흐름의 완급을 기준으로 살펴보았을 때, 「취우」는 3부분으로 나뉘어진다.[8]

---

6) K. 코지크, 『구체성의 변증법』, 박정호 역, 거름, 1985, 66~76면.
7) M. M. 바흐찐, 『장편소설과 민중언어』, 전승희·서경희·박유미 역, 창작과비평사, 1988, 456면.
8) 신영덕은 「취우」를 주인공의 등장 여부를 기준으로 하여 3부로 나누고 있다. 제1

「취우」의 첫부분(제1장~제3장)에서는 1950년 6월 28일 새벽 2시경부터 오후에 이르는 시간 동안에 벌어지는 사건을 담고 있다. 서울이 지니는 공간적 역동감에 전쟁이라는 시간적 긴박감이 결합되어 서울 함락 직전의 피난민의 모습이 생생하게 나타난다. 인민군과 국군(혹은 경찰관) 사이의 전투상황과 이에 대응하는 서울 피난민들, 특히 김학수와 신영식, 강순제의 의식구조가 전황의 급변과 함께 상세하게 그려지고 있다. 이 부분에서는 시간의 흐름을 알려주는 시간적 표지들이 오전, 오후 또는 각 시간대 별로 세세하게 묘사되고 있다. 제4장 이후에서는 1950년 6월 28일 오후부터 서울 수복 직전까지 벌어지는 사건들이 소설의 내용이 된다. 여기에서의 시간적 표지들은 '그 이튿날' 등과 같이 2~3일의 간격을 두고 나타나며, 특정한 시간적 좌표 위에서 일상인들의 삶에 나타나는 범속성과 평면성, 예컨대 음식 대접, 목욕 행위, 임금 협상, 사랑 싸움 등이 자세하게 묘사된다. 피난이 실패하고 인민군의 치하에서나마 일상성이 회복되면서 시간적 흐름도 전쟁의 긴박함으로부터 분리되는 것이다. 제16장 이후에서는 서울 수복에서부터 12월 13일에 다시 피난을 준비하는 과정을 그리고 있다. 서울이 수복되고 자본주의적 일상성이 회복되면서 시간적 긴박감이 더욱 약화되어 한 장이 대체로 한달 동안에 이루어진 일을 요약·서술하게 된다. 「취우」에서는 이처럼 동일한 서술시간 속에서 서술되는 시간이 점점 많아짐으로써 서술 템포는 빨라지는 반면 시간적 긴박감은 감소되는 특성을 보여준다.

　「취우」의 독특성은 전쟁이라는 격동의 시공간을 지극히 담담하게

부(제1장~제13장)에서는 신영식이 피난에 실패한 후부터 인민군에 잡혀가기 전까지를 다루고 있으며, 제2부(제14장~제17장)에서는 신영식이 인민군에 끌려갔다가 다시 되돌아 오는 기간 동안에 벌어지는 사건을 다루고 있으며, 제3부(제18장~제20장)에서는 신영식이 되돌아온 후 다시 피난을 떠나게 되는 상황을 다루고 있다는 것이다. 하지만 이러한 구분은 그 자신이 인정하고 있듯이 '외부적 형식'에 불과하다. 신영덕, 앞의 글, 171~172면.

그려나가고 있는 제4장 이후에서 나타난다. 이 부분의 시간흐름을 특징짓는 것은 전쟁상황과 걸맞지 않는 시간적 완만함이다. 서울은 전쟁이 벌어지고 있는 곳이 아니라 일상적인 사건이 발생하는 후방이다. 이 곳의 시간은 역사적 흐름과도 무관하며 순간적인 선택에 의해 생사가 결정되는 전장에서의 시간과도 다르다. 개인들의 삶은 지극히 일상적이고 연속적인 시간 속에서 유지되고 있는 것처럼 보인다. 전쟁상황은 일상성을 붕괴시켰지만, 상황 자체의 반복성에 의해 일상화된 것이다.

> 그래도 신영식이가 자기가 가지고 나온 것과 얼러서 대신 한 어깨에 걸머진 류크사크 속에서 껌을 찾아 내어 둘이 씹으며 남자의 팔에 어깨를 끼워서 노랫가락으로 걸었다. 가다가다 폭격기가 머리 위에 높닿게 하고 윙윙 지나갈 뿐, 전쟁은 어디서 났던지 먼 날의 꿈 같다. 그러나 운동화에 대패밥 모자를 쓴 청년이 눈을 두리번거리고 지나는 것과 마주치면 뜨끔하며 전쟁이 머리에 살아나는 것이었다.9)
>
> (155~156면, 강조 - 인용자)

강순제와 신영식에게 있어 역사적 사건, 곧 당대적 삶에 중요한 영향을 미친 한국전쟁은 일상사의 지속이며, 풍경으로 여겨진다. 「취우」의 인물들은 인용문에서 보이는 것처럼 전쟁이 일어났고, 또한 전쟁이 진행되고 있으며, 자신들과는 이념을 달리하는 정치세력의 지배 아래 놓여 있으면서도 자신들의 삶에 미치는 전쟁의 영향을 감지하지 못한다. 그들의 삶은 전쟁에 의해서 거의 영향을 받지 않는다. 그들은 자신들의 삶을 유지할 뿐이다. 전투와 피난, 좌익과 우익, 가해자와 피해자와 같은 이분법적 대립이 전면화되는 가운데에도 계속되는 일상적 삶을 그려 보이고 있는 것이다. 전쟁은 죽음에의 위협도

---

9) 「취우」의 텍스트로는 1987년 민음사에서 간행된 『염상섭 전집』 제7권을 사용하였다. 인용문은 모두 현대적인 표기법에 따라 고쳤으며, 인용 말미에 면수를 밝혔다.

아니며, 평범한 일상사가 끊임없이 지속되는 과정에서 일어난 조그만한 파장에 불과하다.10)

신영식이 의용군으로 끌려가는 과정을 살펴보면 이들이 전쟁을 얼마나 하찮은 것으로 생각하고 있는가가 여실히 드러난다. 신영식은 의용군 징병과정에서 도망칠 여유가 충분히 존재하고 있었음에도 불구하고 자신의 자존심을 지키기 위해 도망치기를 거부한다. 남에게 허둥대는 모습을 보여주는 것이 어설플 것 같아서 침착하게 굴어야 한다고 생각하면서 의용군 징집대를 맞이하는 것이다.(177~178면) 이러한 신영식의 행동은 전쟁에 대한 절박함이 없기 때문이다. 신영식은 죽음과 삶이 교차하는 전쟁터로 끌려가는 것에 대하여 "얼떨김에 구경"(168~169면)하는 것쯤으로 생각하고 있다. 생명의 항상적인 위험이라는 전쟁 특유의 논리를 인식하지 못한 채 일상적인 삶의 지속으로 전쟁을 이해하고 있는 것이다. 이점 때문에 인물들을 지배하는 것은 일상적인 가치, 혹은 개인적 자존심의 고수라는 차원으로 나타난다. 이처럼 「취우」는 전쟁으로 인해 모든 것이 새롭게 재편되는 것은 아니라는 점을 전면에 드러내고 있는 것이다.

한국전쟁이 발생한 직후의 긴박감이 일상적 시간11)으로 대체되고 나면 전쟁은 일상적 사건과 결합할 때에만 각 개인의 삶에 영향력을 미친다. 이처럼 일상적 세계의 완만한 시간구조 속에서 작품의 구성은 시간의 단편적인 연속으로 분해된다. 일상적인 시간 속에서 각 사건들은 개별적인 의미만을 가진 에피소드로 변모한다. 그 자체로서

---

10) 전쟁이 모든 사람에게 무의미한 것은 아니다. 김학수와 같은 자본가계급에게는 전쟁이 직접적인 영향력을 행사한다. 전쟁은 김학수가 자신의 안일을 위해서 허겁지겁 도피하고, 자신의 이익을 위해 끊임없이 돈에 대한 집착을 유지하는 모리배적이고 위선적인 속성을 폭로할 수 있게 하는 계기적인 사건이다.

11) 소설 속에 나타나는 일상적인 시간은 플로베르의 「보바리 부인」에서 가장 전형적으로 드러난다. 이 시간은 그후 고골리, 뚜르게네프의 소설에서도 나타난 바 있다. 이 시간의 의미에 대해서는 M. M. 바흐찐의 『장편소설과 민중언어』(전승희·서경희·박유미 역, 창작과비평사, 1988, 455~456면)에 자세히 언급되어 있다.

완결성을 지닌 각 개인들의 자그마한 사건들은 전체적인 일상적 시간의 기초 위에 축조된다. 손님에게 잘 차려진 음식을 대접하며, 사랑하는 사람을 위해 뜨개질을 하고, 서로의 사랑을 확인하기 위한 끊임없이 투정하고 대립하는 과정 속에서 벌어지는 갖가지 에피소드들이 「취우」의 전편을 채우고 있는 것이다.

일상인들이 펼쳐나가는 일상사의 연쇄가 소설 구성의 핵심에 놓이면서 「취우」에서는 일상에서 발생하는 모든 사건들이 내용이 된다. 또한 각 사건은 해결되는 것이 아니라 또다른 사건과 갈등을 낳는 무한한 연쇄 속의 한 고리로서만 의미를 갖는다. 따라서 일상적 시간에 기반한 소설 구성은 에피소드적 구성으로 나아갈 수밖에 없으며, 시간 또한 의미를 가질 수 없다. 신영식과 강순제의 대화를 살펴보면 가장 먼저 느낄 수 있는 것이 비진지성이다. 그들의 대화에는 진지함이 결여되어 있으며, 사소한 말장난으로 가득차 있다. 대화의 주제도 같고, 대화의 방법도 동일하다. '진담 반 농담 반' 형식의 대화를 통해서 개인은 자기정체성을 확인하며, 상대방에게도 자신을 확인시키는 것이다. 소설적 시간의 중심에 일상적인 시간이 놓이면서 「취우」의 구성과 전개가 공간을 중심으로 펼쳐지게 된다.[12]

일상적 시간에 바탕하여 전개됨으로써 「취우」에서는 돈과 연애를 둘러싼 갈등, 고부간 혹은 집안간의 사소한 갈등이 끊임없이 벌어지고 해결되는 과정만이 존재한다. 따라서 「취우」의 소설적 공간 속에서는 의미있는 '만남'과 '헤어짐'이 존재하지 않는다. 서사적 갈등의 해결이 다른 갈등을 낳는 역사적 인과관계 속에 놓여 있는 것이 아

---

12) 김윤식 교수는 「취우」를 분석함에 있어서 시간이 절대적인 영향력을 미치고 있음을 지적한다.(김윤식, 앞의 책, 828면) 하지만 필자가 보기에 「취우」에 있어서 영향력을 행사하는 시간은 역사적인 과정으로부터 분리된 일상적인 시간이다. 일상적이고 반복적인 시간은 소설 구성에서 중심적인 역할을 수행하지 못한다. 따라서 「취우」에서는 거주공간, 피신공간 그리고 이동공간 및 그것을 연결해주는 길이 보다 중요한 의미를 갖게 된다.(김원수, 앞의 글, 41면)

니라 '개별적인' 재난으로 나타나고 있는 것이다. 역사적 시간과 결합하는 예외적인 사건이 신영식의 의용군 입대인데, 이 사건 역시 장님점쟁이에 의해서 해결이 예견될 뿐만 아니라 예언대로 실행된다. 따라서 그것은 장의 제목처럼 '횡액'에 불과한 것인지도 모른다.[13] 인물들 간의 갈등, 예컨대 김학수−강순제 혹은 장진−강순제 사이의 갈등 역시 확대되거나 심화되지 않는다. 또한 의용군에서 돌아온 신영식과 강순제 사이에도 미묘한 감정 변화가 나타나지만 이것은 정명신의 등장과 함께 원래의 삼각관계로 흡수되고 만다. 전쟁이 일상적 인간의 삶에 커다란 족적을 남기지 않았듯이 전쟁 상황에서 펼쳐진 강순제와 신영식의 사랑도 원초적인 삼각관계 속으로 편입되는 것이다.

> 강순제는 석달 전 서울이 뒤집히던 날, 신영식이와 휘돌던 그 길을, 해방되는 날 오늘에는 혼자서 역코스로 도는 것을 생각하고 가슴이 메어지는 듯하였다.
>
> (223면)

「취우」가 바탕하고 있는 속물적 시간이 지니는 순환성은 일상의 반복성과 상통한다. 그런데, 우리가 주목해야 할 것은 속물적이고 진

---

13) 한국전쟁을 소재로 한 염상섭의 단편들을 살펴보면 각 인물들이 숙명론에 깊이 침윤되어 있음을 알 수 있다. 숙명론적 시각은 일상적 시간의 반복성과 결합함으로써 더욱 공고해진다. 이러한 숙명론적 시각은 전쟁이 가져온 의식 변모의 한 양상이라고 할 수 있다. 전쟁은 개인의 무력함이 확인된 공간이기 때문이다. 개인은 전쟁이 빚어내는 상황에 적응함으로써 자신의 생명을 유지하는데 급급하게 된다. 삶과 죽음이 순간순간 교차하는 상황 속에서 각 개인은 운명에 따를 수밖에 없다는 것이다. 이러한 숙명론이 잘 드러나고 있는 작품이 「산도깨비」(『얼룩진 시대풍경』, 정음사, 1973)이다. 이 작품에서 "아버지를 꿈에 보면 행운이 온다"는 생각은 「취우」의 장님점쟁이의 점괘와 같이 소설 속에서 현실화된다. 숙명론적 시각은 자본주의적 일상성에 대한 비판을 불가능하게 한다. 1950년대에 발표된 염상섭의 소설이 통속성의 차원으로 떨어지고 만 것은 자본주의 체제에 대한 비판적 시각의 결여 때문이다.

부한 일상적 시간이 소설의 주된 시간으로 차용되면서 독특한 소설적 효과가 발생하고 있다는 사실이다. 한정된 공간 속에서 벌어지는 일상적인 사건들의 연속은 전쟁이라는 급박한 시간과 대립하게 된다. 이 시간은 사건으로 가득찬(죽음이라는 의미있는 시간으로 가득찬) 전장의 시간의 흐름과 대조되는, 그래서 그러한 시간을 분산시킨다. 국민들을 모두 양 진영의 어느 한편에 가담하게 하는 격렬한 내전의 양식을 띤 한국전쟁이었지만, 실제적으로 민중들의 대부분은 양 진영 사이에 서서 혹은 이편으로 혹은 저편으로 지속적으로 동요하고 있었을 뿐이다. 전쟁은 일종의 예외적인 사건일 뿐이며, 일상인들의 삶의 평면성과 산문성에 입각한다면 조그마한 파문에 불과하다. 작가 염상섭이 전쟁이라는 상황에 대해 관심을 기울이는 것은 이 조그마한 파문이 범속성에 어떻게 영향을 미치는가 하는 부분에 관해서이다.

3. 이념의 은폐와 일상성의 전경화

「취우」에서 표면적으로 소설 구성의 중심에 놓여 있는 인물들은 신영식이다. 정명신─신영식─강순제의 삼각관계가 신영식을 중심으로 형성되었다는 점도 신영식을 주인공처럼 여기게 한다. 하지만 정명신─신영식의 관계는 배경화된 채(다시 말하면 작품내적 세계에 거의 영향을 미치지 못한 채) 소설 속에 편입되어 있으며, 강순제─신영식의 관계가 전면에 부각되어 있다. 두 사람의 애정관계에서 주도적인 인물은 강순제이다. 신영식은 강순제와 떨어져서 독자적으로 사고하고 행동하지 못한다. 신영식이 있는 곳에는 항상 강순제가 있다.14) 따라

---

14) 「취우」의 연작인 「새울림」과 「지평선」에서는 강순제가 주도적인 역할을 상실하

서 신영식이 주인공으로 설정되고 있으나 실질적으로는 강순제가 플롯 구성에서 중심적인 역할을 담당하고 있다.

「취우」의 인물들은 자본주의 사회에서 어느 정도 사회적 기반을 갖추고 있는 인물들이다. 김학수는 자신의 존재기반을 근본적으로 위협하는 전쟁 상황 속에서 자신의 본성을 여지없이 드러낸다. 김학수는 전쟁이 발발하자 돈으로 가득찬 보스톤백을 간수하느라 동분서주한다. 작가는 영식모의 눈을 통해 김학수의 이러한 모습을 비판적인 시선으로 그려낸다. 민족적 위기상황 속에서도 자신들의 이익을 위해서만 행동하는 상층계급의 모습을 통해서 자기 시대의 사회적·역사적 과제를 처리할 수 없는 무능력자로서의 역사적 한계를 드러내고 있는 것이다.[15] 이러한 상층 자본가계급의 허약성과 도덕적 타락으로 인해 김학수는 인민군에게 납치되어 소설의 무대에서 사라진다. 작가는 김학수의 납치에 대해 어떠한 애정도 보여주지 않는다.

이와 달리 「취우」에서 주도적인 역할을 담당하고 있는 인물은 전혀 역사적이지 않은 인물이다. 강순제와 신영식은 정치적인 이데올로기를 뚜렷하게 내세우지 않는 일상적인 인물이다. 그들은 자신들의 기반이 전쟁을 통해서 완전히 전복되는 것을 원하지 않는다. 그들

고 삼각관계의 중심에 신영식이 서게 된다. 하지만 삼각관계의 중심에 놓인 신영식은 욕망과 윤리 사이에서 끊임없이 방황하는 결과 두 여성 사이에서 벌어지는 애정행각의 나열이라는 에피소드적 구성으로 떨어지게 된다. 그 결과 「취우」의 연작은 매듭을 지을 수 없는 에피소드의 악무한적 연속에 빠지게 된다. 작품이 어디서든 시작될 수도 있고 또한 어디에서도 끝날 수 있는, 즉 유기적 구성을 결여한 구조로 떨어진다. 「취우」가 극적인 완결성에는 미치지 못하지만, 어느 정도 구성적 요건을 갖출 수 있었던 것은 강순제의 적극성이 작품 구성의 중심에 놓여 있기 때문이다.

15) 한미무역 사장인 김학수가 자본을 축적하는 과정은 미군정 아래에서의 귀속재산 불하과정과 관련되었을 가능성이 짙다. 이는 당시 재벌들의 매판적 성격과도 연관된다. 따라서 김학수의 무능과 비도덕성은 자본에 기초하는 그의 역사적 계급적 토대에서 연유하는 것으로 보인다. 신영덕의 글에서 김학수의 계급적 토대에 관해서 처음으로 언급되었다. 신영덕, 앞의 글, 173~174면.

은 자신들의 삶이 영원히 지속될 것으로 믿고 있다. 삶을 유지하는 최소한도의 요건이 모두 갖추어진 신영식과 강순제에게 정치적 이데 올로기의 문제는 무의미하다. 삶을 유지하는 최소한의 요건조차 갖추어져 있지 못한 개인들에게 있어 삶의 조건은 언제든지 정치적 이 데올로기와 결합할 수 있는 개연성을 갖지만, 강순제와 신영식과 같은 중산층에게 정치적 이데올로기는 허구에 불과한 것으로 받아들여 진다. 애정의 추구라든가 자존심의 유지가 더 중요할 뿐이다.

전쟁이 하나의 파문에 불과할 때, 경제적 토대로부터 발생한 변화의 징표와 그곳에서부터 비롯하는 정치적 이데올로기의 대립은 소설 내적 세계에 개입할 여지를 갖지 못한다. 정치적 이데올로기를 거부 하는 등장인물들의 강렬한 몸짓은 '동무'라는 용어를 둘러싼 다음의 논쟁에서 잘 드러나고 있다.

> (A) "동무? 여러분이 언제부터 이 양반의 동무였던가요? 이분의 동무
>   는 이리 다 나와보슈."
>   신영식이와 회계과장이 좌우로 붙들듯이 말리는 것도 뿌리치고
>   강순제는 바락바락 대들었다.
>   (77면)

> (B) 동무라는 한마디에 임일석의 춤에 놀았다가는 큰일이라는 조심
>   이 앞섰기 때문에 어서 이 자리를 떠나고 싶어 하는 불안이 누
>   구에게든지 움직이었다. 그것은 누가 빨갱이라고 탄하고 잡으러
>   달려들 사람이 있을까 싶어서 불안한 것이 아니라 감정적으로
>   그러하였다.
>   (79면)

(A)에서는 정치적 이데올로기에 깊이 젖어 있는 '동무'에 대한 강 순제의 반발이 나타나 있고, (B)에서는 이에 대한 여러 사원들의 특 징이 간명하게 드러나 있다. 정치적 이데올로기의 거부는 「취우」의 모든 등장인물에게 공통적으로 드러나는 특징이다. 따라서 한국전쟁

이 발발하게 된 근본원인 중의 하나인 정치적 이데올로기의 문제는 소설적 갈등의 중심에 서지도 못하며 설 수도 없다. 그 대신 신영식의 애욕적인 본능과 이성적인 자제력 사이의 갈등, 강순제의 돈과 애정 사이의 갈등이 중심에 놓이게 된다. 전쟁이 일상적 삶의 지속이듯이 각 개인들은 정치적 이데올로기가 아닌 행동적 이데올로기[16)]에 입각해서 사고하고 생활하는 것이다. 따라서 전쟁이란 일상적인 삶의 과정에서는 사회적인 윤리와 도덕 관념에 의해서 밖으로 드러나는 것이 억제되었던 욕망들이 공공연하게 드러나는 사회적 가치의 아노미상태로 규정된다. 평소의 사사로운 감정 대립이 이데올로기 대립의 형태를 띠고 나타난다는 것이다.

> 평소의 사험으로 서로 먹어대고 으르렁대는 통에 예서제서 피를 흘리고 지랄을 버르져 송구스러워서도 못 견딜 지경이라는 것이다.
>
> (148면)

인용문에서 보이는 것처럼 전쟁의 실상은 천수영감의 말을 통해서 전달된 것이다. 등장인물의 입장에서 본다면 전쟁현실이 직접 제시되는 것이지만 서술자(궁극적으로는 작가의식과 동일시될 수 있을 것이다)의 입장에서 본다면 간접 제시되는 것이다. 작가는 이처럼 전쟁 상황을 서술자를 통해서 관찰하고 그려내지 않는다. 전쟁이 발발한 직후의 서울에서 벌어지는 인민군과 국군의 대립 역시 강순제와 신영식

---

16) '행동적 이데올로기(behavioral ideology)'란 이미 확립된 이데올로기체계와 구별되는 '일상적 경험과 그것에 직접적으로 연관된 외적 표현 전체'를 가리키는 볼로쉬노프의 개념이다. 행동적 이데올로기는 공식적으로 확립된 이데올로기 체계의 바탕이며 자양분이다. 행동적 이데올로기는 순간적·우연적인 경험과 표현으로부터 새롭게 성장해가는 계급들의 공식화되기 직전의 표현형태에까지 다양한 층위로 구성된다. 여기에서는 행동적 이데올로기의 개별 층위가 갖고 있는 차별성을 무시한 채 공식화된 이데올로기와 구별된다는 의미에서 이 용어를 사용했다.(V. N. Volosinov, *Marxism and the Philosophy of Language*, trans. Ladislav Matejika and I. R. Titunik, N.Y., Seminar Press, 1973, p.91)

의 눈을 통해서 묘사된다. 김학수가 구들장 밑에 재산을 숨겨두는 모습을 비판적으로 묘사할 때에도 가치판단은 영식모의 눈을 통해서 이루어진다.

전쟁 상황에 대한 간접적 제시방법은 이념인의 묘사에서도 계속된다. 한국전쟁이 이데올로기적인 대립을 내포하고 있다는 점을 염두에 둔다면, 전쟁에 대한 묘사는 필연적으로 이데올로기 혹은 이데올로기를 대표하고 있는 이념인들에 대한 묘사로 나아갈 것이다. 하지만 「취우」에서는 이념에 동조하는 혹은 이념에 관심을 갖는 인물이 거의 등장하지 않는다. 유일하게 예외적인 경우가 장진일 것이다. 강순제의 전남편이기도 한 장진은 공산주의자로서 월북하였다가 전쟁과 함께 서울에 나타난 인물이다. 서로 투쟁하는 정파로의 민족의 분열은 일상적인 부부관계를 관통해 나감으로써 강순제와 장진의 관계를 붕괴시킨 것이다. 하지만 이념인으로서의 장진의 면모는 작가의 객관적인 관찰의 대상이 되지 못한다. 장진은 강순제의 시선을 통해 그려진다.

> 편지를 받고 발끈해서 인사도 없이 달아났을 장진이의 입술이 빤히 보이는 듯싶고, 속아 넘어갔다는데 더 앙심을 먹고 못살게 굴어들 것도 뻔한 노릇이다. 그러나 말도 붙여볼 수 없이 그렇게 심할 줄을 몰랐고, 나와서 일을 하라는 말만 없어도 이렇게는 아니 되었을 것이다. 도리어 쌀을 뺏기지 않게 덕을 볼까했던 노릇이 인제는 목까지 노리게 되었고 보니 옴치고 뛸 수 없는 막다른 골에 쫓겨든것 같아서 살림을 파방치고 집까지 뺏긴대야 시들하고 그저 얼떨떨할 뿐이다.
>
> (136~137면)

작가는 3인칭 관찰자시점을 표면에 내세우면서도 실제로는 강순제의 눈을 통해 장진의 삶을 파악하고 있다. 인민군과 함께 일하자는 제의를 묵살당한 장진의 감정변화와 대응양상은 강순제의 눈을 통해서 나타난다. 이러한 '인물시각적 서술상황'[17]에 의해서 장진의 이념적 면모는 일상적 삶의 차원으로 내려앉는다. 장진의 진면목, 혹은 이념인으로서의 모습보다는 감정의 흐름을 억제하지 못하고 행동하는 소박하고 일상적인 인간상으로 변모된다. 「삼대」에서 나타난 이념인으로서의 김병화의 형상은 자신의 행동을 통해서 구체성을 획득하고 있었음에 비해 여기에 이르러서는 일상성의 차원에 깊이 침윤되어 있는 인물의 판단을 개입시킴으로써 이념을 일상적인 욕망의 차원으로 변조시키는 것이다. '공세'와 '피난' 장에서도 장진의 행동이 제시되지만, 여기에서도 강순제의 경험과 눈이 서술자의 눈에 덧씌워져 있음을 확인할 수 있다. 이념적 대립이 아닌 일상적인 대화의 차원에서만 작가는 관찰자적 시점을 통해서 대화를 직접화법으로 그려낸다. 작가는 이처럼 자신의 판단을 등장인물의 시선을 통해 그려냄으로써 이데올로기적 판단으로부터 자유로와진다. 작가가 전쟁에 대한 가치판단을 항상 등장인물의 입을 통해 매개적으로만 드러내고 있다는 점은 작가가 이러한 가치판단에 암묵적으로나마 동의하고 있음을 증명한다.

  염상섭은 한국전쟁을 형상화하는데 있어서 전쟁에 대한 직접적인 묘사로서가 아니라 간접적인 제시로서 전쟁과 이념에 대한 가치판단을 회피해 나간다. 즉 염상섭이 한국전쟁을 형상화함에 있어서 가장 중심적인 방법으로 채택하고 있는 것은 간접제시의 원리이다. 「취우」에서 이념대립으로서의 한국전쟁의 실상은 묘사되지 않으며, 이념인으로서의 공산주의자는 작가의 객관적 조명을 받지 못한 채 작품 속에서 명멸해간다. 당대의 다양한 사회풍속에 관한 폭넓은 묘사를 특징으로 하는 염상섭의 소설세계를 염두에 둔다면 이러한 방식은 매우 이례적인 것이다. 작가가 전쟁이 빚어낸 현실을 등장인물의 눈을 통해서 그려내고 있다는 사실은 두 가지 측면으로 이해될 수 있을

---

17) F. K. 슈탄젤, 『소설의 이론』, 김정신 역, 문학과비평사, 1990.

것이다. 먼저 작가가 전쟁에 대한 의도적인 거리를 가지려고 하는 측면이다. 전쟁 직후에 씌어진 「취우」에서 소설적 객관성을 확보하기 위해서 이러한 노력이 요구되었던 것이다. 피해의식에 깊이 침윤되어 있던 당대의 소설 속에서는 전쟁에 대한 작가의 시선이 객관성을 상실할 정도로 흥분되어 있다는 사실을 상기해볼 때 작가의 이러한 사실주의적 태도는 매우 중요한 의미를 띤다고 할 수 있다. 다른 한편으로 작가의 이념으로부터의 도피를 드러내는 데에도 효과적으로 이용될 수 있다는 측면이다. 이념으로부터의 완전한 도피란 불가능하지만 둘 사이의 어디에서도 자신의 자리를 확보할 수 없었던 중간파의 모습인 것이다.

4. 전후 상황과 일상성의 의미

한국전쟁을 거치면서 남북한정권은 국민과 정치세력에게 양자택일적 선택을 강요한다. 전쟁이라는 첨예화한 정치적·이데올로기적 갈등으로 인해서 남한에서도 정치적 이데올로기의 위상변화가 나타난다. 즉 남한 내부에서는 분단 이전의 중도파가 좌파의 정치적 위상을 갖게 되고 온건우파가 중도파적인 정치적 위상을 갖게 된다. 한국전쟁을 통해 남한 내부세력의 극단적인 분화가 발생하고, 또한 정치적 입장의 극단적인 분화가 일어남으로써 중도적인 입장의 민족내적 근거가 파괴[18]되고 외적인 냉전논리가 대중 의식 속에서 일정한 기

---

18) 한국전쟁을 통해 확보된 정치적 이데올로기의 단일성에 기초해서 1950년대에는 반공이데올로기가 전국민적 합의기반으로 확대되어갈 뿐만 아니라 중도파 또한 인적·물질적으로 제거되는 과정이 나타난다. '남북한 총선거를 통한 평화통일안'을 내세워 이승만의 북진통일론을 비판한 진보당의 조봉암을 제거한 사실은

반을 갖게 된 것이다. 이에 따라 해방공간에서 중도적 이데올로기를 견지해왔던 염상섭은 한국전쟁 이후에 자신의 문학적 태도를 변화시키게 된다. 염상섭은 자신의 '가치중립적 세계묘사'를 유지하는 대신 이데올로기적 중도성을 포기하게 된다. 중도적인 입장에 서서 전쟁 상황과 그 이데올로기적 대립상을 묘사하는 대신 일상적 세계를 묘사하게 된다. 「취우」는 염상섭의 이같은 변모를 잘 보여준다.

한국전쟁은 전민족적인 차원에서 일상적 세계를 붕괴시켰다. 각 개인들은 피난과정에서 자신들의 친숙한 세계로부터 분리되었으며, 각 개인들은 삶과 죽음의 기로에서 헤매어야 했다. 하지만 전쟁조차도 자신의 반복성에 의해서 친숙한 일상으로 변조된다. 「취우」의 출발점은 역사적인 중요한 사건(한국전쟁)이 일상적인 인간들의 삶에 어떤 영향을 미치는가 하는 문제이다. 일상적인 인간들은 이러한 사건의 원인을 알지 못한 채 즉자적으로 반응하고 있는 상황을 서술하고 있을 뿐이다. 작가는 시간과 공간, 사회적 정황 속에서의 인간들의 다양한 반응에 주목하고 있다. 이는 작가의 사실주의적 지향에서 비롯한 것이다. 이것이 과정으로서의 역사, 혹은 현재의 역사적 전제로서의 과거에 대한 명료한 이해에까지 고양되지 못하였음은 주지의 사실이다. 따라서 전쟁이 빚어내고 있는 당대의 풍속에 대한 묘사는 뛰어난 조형감과 입체성을 획득하고 있지만 당대의 역사적 현실은 그냥 존재하는 것으로만 그려지게 된다. 현재의 역사성, 혹은 어디로부터 시작되어 어디로 흘러가고 있는가 하는 것은 작가의 형상화과정에서 부각되지 않는다.

역사적 시간의 형상에서 나타난 이같은 비역사성(혹은 추상성)은 역사적 공간의 형상에도 영향을 미친다. 「취우」의 세계가 공간적 한계를 명료히 부각시키고 있다는 사실, 혹은 인물들이 소수의 일상인으

중도파의 정치적 몰락을 보여주는 가장 좋은 예의 하나이다.

로 한정되고 있다는 점은 이러한 역사인식의 소산이다. 즉 사건의 본질적 특징들을 인식하고 대중에게로 전파시키려는 이념적 인물을 간접화법을 통해 은폐하면서 보전하는 개인들의 삶을 전면에 내세우고 있는 것이다. 이 점에서 「취우」의 역사인식은 편협한 것이라고 할 수 있다. 즉 「취우」에서는 전쟁 상황에 처한 개인들의 반응을 섬세하게 포착하고 있지만 전쟁을 통해서 자연스럽게 드러날 수밖에 없는 역사의식과의 연관성을 상실하고 있는 것이다. 전쟁의 의미에 대한 추적이 불가능한 당대의 정치적·문학적 상황에서 염상섭은 자신의 서사적 재능을 「삼대」와는 다른 방식으로 구체화하고 있는 것이다.

　「취우」의 문학사적 위치는 이러한 전후 상황과의 연관 속에서만 올바르게 위치지워질 수 있다. 대부분의 작가들이 전쟁 상황을 객관적으로 바라보지 못했던 한국전쟁 기간 동안 염상섭은 전쟁이 일상적 세계에 어떻게 영향을 미쳤는가를 살피고 있는 것이다. 그러나 전쟁으로부터 분리된 일상성은 공허해지고 만다. 일상성에 바탕하지 않은 역사가 존재하지 않듯이 역사적 의미로부터 벗어난 일상적 세계 또한 존재할 수 없기 때문이다.[19] 가변성과 역사성으로부터 분리된 일상적 세계는 궁극적으로 자본주의의 역사적 연속성을 부정하는 것이 아니라 그것을 더욱 공고하게 한다. 일상적 세계는 자본주의적 억압과 착취가 이루어지는 구체적 공간이며, 생산관계가 재생산되는 곳이기도 하다.[20] 사회적 토대에 대한 비판적 시각의 결여는 궁극적으로 「취우」를 역사로부터 분리된 일상성의 진부함에 대한 자연주의적 묘사로 전락시킨다. 전쟁은 일상적 인간들의 생활양태를 잠시 흔들어주는(인간들의 시새움과 애욕을 전면에 부각시키는) 파문에 불과할 뿐, 역사적 의미는 탐구되지 못한 것이다.

　요컨대 「취우」에서 보여진 염상섭의 일상적 세계에 관한 관심은

---

19) K. 코지크, 앞의 책, 70면.
20) H. 르페브르, 『현대세계의 일상성』, 박정자 역, 세계일보사. 1990, 75~83면.

‘체제의 위기’와 반공이데올로기의 확립이라는 지배계급의 담론에 직접적으로 대립한 형태였지만, 다른 한편으로 자본주의적 체제에 대한 인정에 바탕하고 있다. 「취우」와 그 속편 「지평선」을 비교해보면 이러한 사실은 금방 확인될 수 있다. ‘보전하는 개인’들의 활동을 통해 이루어지는 시민사회의 끊임없는 자기재생산은 염상섭의 후기 장편소설에서 세대 간의 갈등으로 변모한다. 새로운 것은 낡은 것과 대립한다. 「젊은 세대」와 「대를 이어서」에 나타나는 젊은 세대의 연애관계는 구세대의 가치관과 대립한다. 하지만 이러한 세대 간의 차이는 서사적 갈등을 추상적인 차원에서 해결하거나, 에피소드의 악무한적 연속에 떨어짐으로써 통속성으로 전락하고 만다.(≪관악어문연구≫ 제17호, 서울대학교 국어국문학과, 1992년 12월 31일 全載)

희생의 순수성과 복수의 담론

황순원의 「카인의 후예」

1. 토지개혁과 소설적 상상력

황순원의 「카인의 후예」는 1953년 9월부터 1954년 3월까지 5회에 걸쳐 ≪문예≫에 발표되었다.[1] 해방 공간에서 가장 영향력 있는 잡지 중의 하나였던 ≪문예≫는 휴전회담이 성립된 직후 피난지 부산에서 복간호를 간행하면서 그 첫머리에 「카인의 후예」를 실었던 것이다. 전후문학의 출발을 알리는 ≪문예≫ 복간호에 연재되었다는 사실은 황순원에 대한 문단의 기대가 적지 않았음을 보여준다. 그런데, 「카인의 후예」는 잡지의 갑작스러운 종간으로 중단되었다가, 1954년 12월에 중앙문화사에서 단행본으로 발간되면서 한 편의 장편소설로 완성되기에 이른다. 그리고 황순원은 이 작품을 통해서 아세아자유문학상(1955)을 수상한다. 이후 「카인의 후예」는 『한국문학전집』(민중서관, 1959), 『한국대표문학전집』(삼중당, 1974), 그리고 『황순원전집』(문학과지성사, 1981) 제6권에 수록되기에 이른다.

---

1) 전후의 어려운 경제 사정으로 말미암아 ≪문예≫는 불규칙하게 발간되었다. 「카인의 후예」가 연재되었던 것은 1953. 9(17호), 1953. 11(18호), 1953. 12(19호), 1954. 1(20호), 1954. 3(21호)이었다.

「카인의 후예」는 황순원의 작가적 발전에 있어서 중요한 의미를 차지하고 있다. 1930년 후반 『방가』(1934), 『골동품』(1936) 등의 시집을 간행한 바 있던 황순원은 일제 말기와 해방, 한국전쟁이라는 역사적 격동기를 거치면서 소설가로의 변신을 꾀한다. 「카인의 후예」는 바로 장편소설 작가로서의 역량을 발휘하기 시작한 작품인 것이다. 물론 「카인의 후예」 이전에 「별과 같이 살다」(1947)를 발표한 적이 있지만, 연작의 형태를 취하고 있어서 본격적인 의미에서의 장편소설이라고 하기 어렵다. 따라서 황순원 문학의 제2기는 한국전쟁의 체험과 함께 민족사의 현실을 깊이 있게 천착한 「카인의 후예」에서 비롯된다고 해도 지나친 말은 아니다.[2] 이후 황순원은 「인간접목」(1955), 「나무들 비탈에 서다」(1960), 「일월」(1964), 「움직이는 성」(1973), 「신들의 주사위」(1982) 등의 장편소설을 발표했다. 이 작품들은 발표 순서에 상응하여 전쟁 직후부터 산업화 과정에 이르기까지 한국인들의 다양한 삶의 모습을 소설적으로 형상화하고 있다. 전쟁이 가져온 정신적 혼란과 재생의 의지, 전근대적인 신분제도가 가져온 운명적인 삶과 그것을 극복하려는 실존적인 고뇌, 나아가 한국인의 민족적인 본성과 초월의 가능성 등 한국문학의 다양한 주제들을 깊이 있게 탐구하고 있는 것이다.

황순원이 구축한 문학세계에 대한 연구는 여러 방면에서 검토되어 왔다. 작가 황순원을 다룬 문학평론과 연구논문들이 수백 편에 이르고 있다는 사실[3]만으로도 우리는 황순원 문학의 폭과 깊이를 짐작해 볼 수 있다. 따라서 본고에서는 황순원의 문학 전반에 대한 연구 성

---

2) 황순원의 작품세계는 대체로 3단계로 구분된다. 1) 한국전쟁을 전후한 단편 위주의 시기, 2) 「카인의 후예」 이후 「일월」에 이르는 장편 위주의 시기, 3) 그 이후의 시기로 나뉘어 질 수 있는 것이다.(권영민, 「일상적 경험과 소설의 수법」, 『황순원 전집』 4, 문학과지성사, 1982)

3) 황순원 문학에 대한 연구 목록은 ≪작가세계≫ 24호(1995. 봄)에 잘 정리되어 있다. 이때에 벌써 문학평론과 연구논문을 합쳐 200여 편에 육박하고 있다. 1995년 이후에도 약 100여 편이 더 발표되었다.

과보다는 장편소설, 특히 「카인의 후예」에 대한 연구 성과를 점검하
고 새로운 접근 가능성을 모색해 보고자 한다. 「카인의 후예」에 대한
연구는 작품의 개작과정에 대한 실증적 연구,[4] '큰아기바윗골 전설'
등 여러 설화적 모티프에 주목한 연구,[5] 인물의 성격적 특성을 탐구
한 연구,[6] 북한에서 이루어진 토지개혁의 실상과 작가의 이데올로기
를 비교 검토한 문학사회학적 연구,[7] 그리고 작가 특유의 서술적, 언
어적 특성을 검토한 문체론적 연구[8] 등으로 유형화할 수 있다.

  기존의 연구에 따르면 「카인의 후예」는 북한에서 이루어진 토지개
혁의 실상과 의미를 다루고 있는 문제작이다. 황순원의 초기 단편에
서 찾아볼 수 없었던 지식인이 주인공으로 등장하여, 토지개혁의 이
념과 그 실현과정에 대한 내면적 고뇌를 그려나가고 있다. 따라서 해
방 공간에서 민족국가를 건설하기 위한 다양한 역사적 실험 중에서
토지개혁이 차지하고 있는 의미를 구명하기 위해서는 북한에서의 토
지개혁의 실상을 소설 텍스트와 비교 검토하는 반영론적·문학사회

---

4) 조남현, 「황순원의 '카인의 후예'」,『한국 현대소설의 해부』, 문예출판사, 1993.
5) 유임하, 「설화적 세계와의 결별 의식—'카인의 후예'론」, 《동국대 한국문화연구》,
   1995. 3.
   박미령, 「순수 묘사의 원형과 상징—'카인의 후예'를 중심으로」, 《용인대논문집》
   13-1, 1997.
6) 이어령, 「식물적 인간상—'카인의 후예'론」, 《사상계》, 1960. 4.
   천이두, 「청상(靑孀)의 이미지, 오작녀」,『한국현대소설론』, 형설출판사, 1974.
   구창환, 「황순원론—'카인의 후예'를 논함」,『현대작가론』(서정주 외), 형설출판
   사, 1979.
   김인환, 「인고의 미학」,『별과 같이 살다 / 카인의 후예 : 황순원전집 6』, 문학과
   지성사, 1981.
   이창민, 「'카인의 후예'의 구성 원리」, 《어문논집》 34, 안암어문학회, 1995. 11.
7) 이봉범, 「민족사의 소설적 재현과 그 문학적 성과」,『한국전후문학연구』, 성균관
   대출판부, 1993.
   김만수, 「어둠을 응시하는 아르고스의 시선」,『문학의 존재 영역』, 세계사, 1994.
   김주현, 「'카인의 후예'의 개작과 반공이데올로기의 문제」, 《민족문학사연구》
   10, 1997. 3.
8) 유현경, 「황순원 소설의 사회언어학적 분석—'카인의 후예', '나무들 비탈에 서
   다'를 중심으로」, 《경희대 비교문화연구》 4, 2000. 12.

학적 관점이 유의미할 수 있다. 또한 이러한 역사적 사건을 형상화하는 과정에서 암묵적으로 드러나는 이데올로기적 선택과정을 작가의 개인적인 체험과 월남인으로서의 자의식과 관련지어 설명하는 작가론적 관점도 가능할 것이다.

그런데, 「카인의 후예」를 검토하기에 앞서 주목해야 할 사실이 있다. 《문예》에 연재되던 「카인의 후예」가 미완성의 상태로 중단되었다가, 상당 부분 수정된 다음에 출간되었다는 점이다. 《문예》 17호부터 5회에 걸쳐 발표되었던 「카인의 후예」 연재본은 제1차 토지개혁 과정 직후 도섭 영감이 송덕비를 부수는 과정까지를 다루고 있는데, 단행본으로 출간되었을 때와 비교해볼 때 절반 이상의 분량을 차지하고 있다. 중앙문화사에서 간행될 당시 총 333페이지 중에서 183페이지까지가 연재본에 해당하는 것이다. 그런데, 작가는 작품의 묘사적 적실성과 서사적 개연성을 높이기 위해 연재본을 수없이 수정하고 첨가하는 작업을 수행한다. 이러한 개작의 결과 "작중인물의 감정 상태나 심층 심리에 보다 명료한 색깔을 입힐 수 있었다. 플롯이 보다 튼튼한 인과성 위에 얹힐 수 있게 되었고, 표현상의 적확도를 높일 수 있었고, 서사적 성격이 서정적 성격을 훨씬 더 크게 압도할 수 있게 되었다"[9] 따라서 「카인의 후예」의 연재본과 단행본을 비교하는 것은 주제와 형식의 측면에서 황순원의 작가의식의 편린을 살

---

9) 조남현, 「황순원의 '카인의 후예'」, 『한국 현대소설의 해부』, 문예출판사, 1993, 64면. 그는 연재본과 단행본 사이의 개작을 면밀하게 분석한 후에, 다음과 같은 변화를 지적한 바 있다.
　㉠ 문체 : 모호성을 동반한 시적 분위기에서 명료성을 지닌 산문적인 어조로 변화했다. 현재형 종결어미에서 과거형 종결어미로 교체된 것도 이와 무관하지 않다.
　㉡ 인물 : 긍정적 인물과 부정적 인물 사이의 간격을 더욱 넓히고자 시도했다. 오작녀는 긍정적 인물로 형상화되었고, 도섭 영감은 보다 노골적으로 기회주의자 내지는 배신자로 그려졌다. 오작녀의 남편의 공격적 성격은 약화되었고, 공산주의자는 선동적, 공격적으로 처리되었다.
　㉢ 시점 : 중립적 시점에서 특정인물의 시점을 차용하였다.

펴볼 수 있는 유력한 단서가 될 수 있을 것이다.

일반적인 의미에서 한 작품은 비록 작가 개인의 노력과 상상력에 의해 창조된 것이라고 할지라도 발표되는 순간 자립적인 존재로서 작가의 영향권에서 벗어난다. 따라서 개작의 유혹 내지는 필요에도 불구하고 개작을 실현하기 위해서는 작품 속에 다시 몰입하는 재구축 내지는 재창조의 과정을 겪지 않으면 안 된다. 따라서 작품의 미학적 완결성을 위해 수정 내지 개작을 할 수 있다는 이러한 태도는 역사적으로 보면 예술작품을 천재적 작가의 소산으로 보는 낭만주의적 미학에 기반을 둔 것이라고 할 수 있다.[10] 미학주의 혹은 장인의식이라고 말할 수 있을 이러한 작가의식은 그의 단편소설 「독 짓는 늙은이」에서 구체적으로 나타난 바 있거니와, 작가 황순원의 의식을 탐구할 수 있는 유력한 통로가 되는 것이다. 그런데, 중앙문화사판 말미에 보면 황순원이 「카인의 후예」를 완성한 것은 1954년 5월경으로 밝혀져 있다. 따라서 연재본과 단행본 사이의 시간적인 간격은 큰 의미를 지니지 못한다고 볼 수 있다. 개작 과정은 작가의식의 변모 과정이라기보다는 형성 과정으로 보는 것이 타당할 것이다. 연재본에서 불투명하게 드러났던 작가의 의식적 지향을 선명하게 부각시키는 과정 속에서 작품의 개작이 이루어졌던 것이다.

2. 심리적 퇴행과 복수의 욕망

「카인의 후예」는 주인공 박훈과 그를 둘러싸고 있는 오작녀와 도섭 영감이 맺는 관계를 통해서 진행된다. 특히 박훈이 오작녀와 맺

---

10) 佐佐木健一, 『예술작품의 철학』, 이기우 역, 도서출판 신아, 1987, 230면.

는 미묘한 욕망의 구조는 작품의 서사적 긴장을 형성해내는 주된 원천이라고 여겨진다. 오작녀에 대한 박훈의 내밀한 욕망은 '꿈'이라는 형태로 나타난다. 그 가운데 가장 원형적인 것은 작품의 첫 대목에서 박훈이 야학을 접수당하는 꿈을 꾸는 장면이다. 이 꿈은 현실과 비현실이 교차하고 있다. 본래 연재본에서는 야학 접수 과정이 제시되지 않은 채 박훈의 꿈으로 묘사됨으로써 야학 접수가 실제로 일어난 일인지 아니면 꿈속에서의 환영인지 분간하기 어려웠다. 그런데, 단행본에서는 야학이 공작대원에게 접수되는 과정을 먼저 서술함으로써 현실과 비현실이 명확하게 구별되기에 이른다. 작가 자신도 "아까 생시에는 오작녀가 앞서 달리고 훈이 뒤따라 달렸는데, 꿈속에는 훈이 앞서서 달리는 것이었다"(23면)[11]라는 문장을 삽입함으로써 실재했던 현실과 실재하지 않는 꿈의 경계를 분명히 한다. 이렇게 구별된 꿈의 영역에서 박훈의 심리적 상태를 보여주는 것은 다음과 같은 대목이다.

> 그리고 오작녀는 훈의 얼굴의 상채기를 빨기 시작했다. 목줄기의 상채기도 빨아주었다. 손등이며 팔목의 상채기도 빨아주었다. 나중에는 혀로 핥기 시작했다. 이마며 어깨며 가슴이며 모조리 돌아가며 핥아주는 것이었다. 부끄러웠다.
> 그러면서도 오작녀가 하는 대로 내맡겨두었다. 그게 어쩐지 행복스럽기까지 했다.
> 그러다 보니, 오작녀가 들고 있는 남포불이 지나치게 화안히 켜져 있는 것이었다. 그건 오작녀의 타는 듯한 그 눈 때문에 더한지도 몰랐다.
> 부끄러웠다. 그러면서도 행복스러웠다.
> 푸뜩 이런 자기를 누구에게 엿보여서는 안된다는 생각이 들었다. 불을 끄라고 했다. 그러나 오작녀는 불을 끌 염을 않는 것이었다.

---

11) 「카인의 후예」의 텍스트로는 1954년 12월 중앙문화사에서 간행된 단행본을 사용하였다. 인용문은 모두 현대적인 표기법에 따라 고쳤으며, 인용 말미에 면수를 밝혔다.

훈이 입김으로 남포불을 불었다. 안 꺼졌다. 자꾸 불었다. 그래도
안 꺼지는 것이었다. 안타까웠다. 그러다가 잠이 깨었다.
(23~24면, 강조-인용자)

이처럼 꿈속에서 오작녀는 박훈의 성적 욕망의 대상인 것처럼 보
인다. 비록 육체적 관계를 맺고 있지 않더라도 박훈은 삼 년 여에 걸
친 오작녀와의 동거 생활에서 적지 않은 위안을 얻고 있었던 까닭에
이러한 욕망은 전혀 이상할 것이 없다. 뿐만 아니라 박훈은 오작녀의
'타는 듯한 눈'에서 결코 자유롭지 못하다. 정념으로 가득찬 오작녀
의 눈빛은 박훈의 정신과 육체를 사로잡는다. 박훈이 스물 아홉 해
동안이나 결혼하지 않고 독신으로 살아온 결정적인 이유도 바로 오
작녀의 눈빛이었다.[12) 그런데, 박훈은 이러한 자신의 욕망이 드러나
는 것을 두려워한다. "부끄러웠다. 그러면서도 행복스러웠다", 혹은
"푸뜩 이런 자기를 누구에게 엿보여서는 안된다는 생각이 들었다"라
는 대목은 오작녀에 대한 상반된 감정을 드러내고 있다. 이 상반된
감정을 분석함으로써 우리는 박훈의 내밀한 의식 세계에 접근해볼
수 있다.

박훈이 오작녀에 대한 욕망을 억압해야 하는 표면적인 이유는 두
사람 사이에 존재하는 사회적 제약에서 찾아볼 수 있다. 오작녀는 비
록 남편으로부터 소박을 맞은 상태이기는 하지만 엄연히 결혼한 여
성이다. 따라서 당대의 도덕적 규범으로 볼 때, 남편이 있는 오작녀

---

12) 오작녀에 대한 박훈의 욕망은 단행본에서 구체적으로 드러난다. 단행본 제2장
에서 작가는 박훈과 오작녀의 관계를 서술하면서 다음과 같은 대목을 삽입하고
있다, "전에 서울 가 공부할 때나 평양에 돌아와 있는 동안 몇몇 여자와 안 일
이 있었다. 그때마다 이상스리 떠오른 건 이 오작녀의 눈이었다. 그리고 어느
여자이고 이 오작녀의 눈보다는 못하다는 생각이었다. 한번은 부모의 권도 있
고 해서 어떤 여자와 약혼까지 할 번한 일이 있었다. 무엇 하나 나물 데 없는
여자였다. 그것은 훈은 퇴해 버렸다. 그저 어쩐지 눈이 마음에 들지 않는다는
이유로."(50면)

와의 결합은 어떠한 이유로도 정당화하기 어려운 상태라고 할 수 있다. 더구나 박훈과 오작녀 사이에는 신분적 차이가 개재되어 있어서, 큰아기바윗골 전설과 마찬가지로 현실화되기 어렵다. 박훈이 만약 신분적 차이와 윤리적 제약을 무시한다면 사회적인 비난에 직면하게 될 것이다. 이 경우, 박훈을 지탱하는 도덕적 우월감, 곧 '교사'로서의 지위는 위협받게 될 것이다.[13] 따라서 박훈은 오작녀에 대한 욕망을 억압하고 은폐할 수밖에 없다. 박훈이 오작녀의 남편을 만나 "언제든지 오작녀를 데려가구 싶을 때 데려가십시오"(109면)라는 말하면서 자신이 오작녀와 아무런 관계도 없었음을 끊임없이 강조하는 것도 이러한 사회적 제약과 밀접하게 연관되어 있을 것이다.

그러나 박훈이 오작녀에 대한 욕망을 억압해야 하는 본질적인 이유는 이러한 사회적 제약이나 신분적 차이에서 비롯하는 것이라기보다는 심리적인 계기에서 찾아져야 할 것으로 보인다. 오작녀는 박훈에게 있어서 어머니와도 같은 존재이다. 그녀는 박훈의 보호자이다. 오작녀는 과거에 여러 차례 위기에 처한 박훈을 구해주었을 뿐만 아니라 현재에도 외부의 감시와 핍박으로부터 박훈을 지켜주고 있다. 특히 제1차 토지 몰수 과정에서는 박훈과 부부의 연을 맺었다고 말을 함으로써 결정적인 위기를 모면하게 한다. 이처럼 오작녀는 박훈의 절대적인 보호자라는 점에서 일종의 모성적 존재라고 할 수 있다.[14] 따라서 모성적 존재로서의 오작녀에 대한 육체적 욕망은 억압되어야만 한다. 박훈은 꿈에서 깨어난 직후 이런 자신의 욕망에 대해 부끄러워한다.

---

13) 오작녀, 당손이 할아버지처럼 박훈을 긍정적으로 바라보고 있는 인물들은 모두 박훈을 교사, 선생 등으로 호칭한다. 야학 교사로서 활동한 것은 4개월 정도에 지나지 않지만, 박훈의 삶에서 가장 의미있는 시간이었음을 반증한다.
14) 박혜경, 『황순원 문학의 설화성과 근대성』, 소명출판, 2001, 111면.

  훈은 문득 어릴 때의 일이 떠올랐다.

  밤중에 무서운 꿈을 꾸고 난 뒤였다. 어디선가 밤 뻐꾸기 우는 소리가 들려 왔다. 전설에 나오는 큰아기바윗골 뻐꾸기 생각이 났다. 무턱대고 어머니의 품을 파고 들었다. 그러면 무서움은 사라지고 얼마든지 아늑한 것이었다.

  지금 훈은 어릴 때에 어머니 품속에서 맛본 재릿한 행복감은 되도록이면 오래 지속시켜 보려 했다.

  그러나 다음 순간 좀 전에 꿈 속에서 자기가 어머니 아닌 오작녀에게 몸을 내맡기고 만족스럽던 일이 떠올라 이불을 머리 위까지 막 쓰고 말았다.

(26면)

어린 시절 공포스러운 세계로부터 박훈을 지켜준 것은 어머니의 품이었다. 이러한 경험은 토지개혁을 둘러싸고 새롭게 느껴지는 "강박감"(10면)으로부터 자신을 보호해줄 존재를 필요로 한다. 토지개혁이라는 낯선 세계 앞에서 어머니의 안온한 품 내지는 영원한 안식처로서의 자궁으로 회귀하려는 심리적 퇴행 현상이 오작녀에 대한 욕망으로 나타나는 것이다. "어머니 품 속으로 파고들었다. 그 따뜻하고 아늑한 피난처. 그제는 아무것도 무섭지 않았다"(167면) 그렇지만, "오작녀에게 몸을 내맡기고 만족스럽던 일"은 윤리적으로 금지된다. 오작녀는 어머니를 연상시키는 존재이기 때문이다. 이처럼 자신 앞에 펼쳐진 냉혹한 현실에 대한 공포로부터 도피하고자 하는 욕망은 사회적 금기와 맞부딪치면서 행복감과 부끄러움이라는 모순된 감정으로 표현되고 있는 것이다. 박훈의 모순된 감정은 다음 구절에서도 확인해볼 수 있다.

  뜨거운 입김과 함께, 오작녀의 낸가슴이 훈의 가슴 가까이서 들먹여댔다.

  훈은 온몸을 빼앗긴 사람처럼, 그저 두 손을 상대편의 어깨에 얹고 있었다.

(······)

오작녀의 고개가 가슴에 와 부벼졌는가 하면 헉 하는 소리와 함께 나가쓰러졌다.

잠시는 숨 넘어간 사람처럼 움직이지 않았다. 등어리가 들썩하고 크게 한 번 움직였다. 둥근 어깨에 경련이 일었다. 머리카락 새로 흐느낌 소리가 새어 나왔다.

훈은 온 몸의 피가 위로 끓어 올라옴을 느꼈다. 그러자 가슴 한 구석에서 부르짖는 소리가 있었다. 지금 네가 하려는 일은 무서운 일이다. 손가락 하나 까딱해서는 안된다. 이 여인의 어깨를 가려주기 위해서라도 손가락 하나 까딱해서는 안된다. 어서 이 여인에게서 눈을 돌려라.

무엇에 쫓기듯이 그곳을 뛰쳐나왔다.

(140면)

그런데, 박훈이 오작녀에 대한 욕망을 억압해야 하는 또 다른 이유는 도섭 영감과의 관계에서 찾아져야 할 것으로 보인다. 연재본 첫머리에서 박훈은 자신을 기다리고 있는 오작녀를 보면서 "은밀한 행복감"15)을 느낀 것처럼 서술되었는데, 단행본에서는 "끝이 난다는 생각"(7면)으로 바뀐 것을 볼 수 있다. 즉, 연재본에서 남녀간의 애정이 현재진행형의 상태로 지속되고 있던 것을 단행본에서는 '끝'을 강조함으로써 머지않아 끝장나는, 혹은 끝내야만 하는 당위적인 것으로 수정하고 있는 것이다.

오작녀와의 관계를 끝맺어야만 한다는 강박관념은 어디에서 비롯하는 것일까. 박훈과 오작녀의 관계는 서사가 진행되는 동안 결코 위기에 처하거나 변화하지 않는다. 그렇다면 박훈의 강박관념은 다른 심리적 근거를 가지고 있을 것이다. 그것은 다름 아닌 도섭 영감에 대한 복수의 감정이다. 만약 박훈이 오작녀와 부부의 연을 맺는다면 도섭 영감은 복수의 대상이 될 수 없다. 장인에 대한 복수는 사회적인, 도덕적인 비난을 불러일으킬 것이기 때문이다. 따라서 오작녀에

---

15) 황순원, 「카인의 후예」, ≪문예≫ 17, 1953. 9, 13면.

대한 욕망을 끊임없이 부정하고 억압함으로써만 박훈은 복수를 심리적으로 정당화할 수 있을 것이다. 박훈이 오작녀를 다시 남편에게 보내려는 것도 이런 맥락에서 이해할 수 있다. 오작녀가 남편에게 돌아감으로써 박훈은 죄의식에 사로잡히지 않고 도섭 영감을 응징할 수 있을 것이다. 따라서 오작녀에 대한 욕망이 존재한다면 도섭 영감에 대한 응징은 계속 지연될 수밖에 없다.

이처럼 「카인의 후예」에서 박훈의 내면은 오작녀와 도섭 영감 간의 삼각 구조 속에서 이해될 수 있다. 오작녀는 박훈에게 있어서 억압된 성적 욕망의 대상이면서 동시에 공포스러운 현실을 앞에 둔 채 머뭇거리는 심리적 퇴행의 은신처로서의 모성적 존재라고 할 수 있다. 도섭 영감은 그런 맥락에서 보자면 현실적인 힘을 획득한 부성적 존재인 셈이다. 그런데, 예전과 마찬가지로 헌신적인 보호자의 자세를 보여주는 오작녀와는 달리 도섭 영감은 새롭게 변화한 현실에 능동적으로 적응하면서 박훈을 압박해 들어온다. 결국 박훈은 도섭 영감에 대한 배신감에서 복수를 꿈꾼다. 하지만, 오작녀와의 결합을 향한 욕망이 모순된 감정을 불러일으킴으로써 박훈의 오이디푸스적 반란은 끝까지 유보된다. "오작녀를 봄으로 해서 자기의 마음이 헝클어질는지도 모른다는 게 겁났"(318면)던 것이다. 오작녀 남편의 죽음과 함께 도덕적 구속이 사라졌음에도 불구하고 박훈이 오작녀와 함께 월남하겠다는 결심을 굳히지 못하고 있는 것도 이 때문이다. 결국 작품의 결말 부분에서 도섭 영감에 대한 복수를 시도함으로써 박훈은 퇴행적인 모성적 세계로부터 벗어날 수 있는 가능성을 얻게 된다. 박훈은 오이디푸스적 반란을 통해서 성숙한 개인으로서, 온전한 주체로서 당당히 설 수 있게 되는 것이다. 그리고 토지개혁이라는 낯선 현실, 공포스러운 경험의 세계로 뛰어들게 될 것이다. 그런 맥락에서 「카인의 후예」는 황순원 특유의 통과제의(initiation)적 서사구조의 틀 안에서도 이해될 수 있을 것이다.

3. 토지개혁과 공동체의 분열

「카인의 후예」의 주인공인 박훈이 그토록 대면하기를 주저했던 낯선 삶의 현실이란 다름 아닌 토지개혁이었다. 1946년 2월 발족된 북조선임시인민위원회는 3월 5일 '북조선 토지개혁에 대한 법령'(제17조)를 제정·공포하고 다음날 6장 24항의 세칙을 발표한다. 그리고 이를 본격적으로 추진하기 위하여 빈농과 농업노동자로 구성된 15,000여 개의 농촌위원회를 조직한다. 북한에서의 토지개혁은 '무상몰수 무상분배'의 원칙에 따라 일본인과 친일파, 그리고 5정보 이상의 대토지를 소유한 봉건지주 등의 경제적 기반을 철저히 붕괴시키는 것을 목적으로 하고 있다. 새로운 국가의 민주적 토대와 민족적 성격을 확립하는 가장 근본적인 실험의 하나로서 토지개혁을 시행하였던 것이다. 따라서 토지개혁을 둘러싼 갈등은 이 시기 서사문학이 기반하고 있는 중요한 상상력 중의 하나였다고 할 수 있다.16)

「카인의 후예」는 바로 토지개혁령이 발표된 직후의 평양 근교의 한 농촌을 배경으로 한다.17) 토지개혁령이 발표되면서 평화롭던 양짓골은 순식간에 긴장 속으로 빠져든다. 당에서 파견된 공작대원에 의해 야학이 접수되고, 농민위원장이었던 남이 아버지가 피살되며, 박훈은 보안서로 불려가 개털오바 청년에게 의심을 받는다. 「카인의 후예」는 이처럼 토지개혁을 둘러싼 갈등이 점차 현실화되는 긴장된

---

16) 한국전쟁 이후 북한의 토지개혁을 다룬 작품으로는 「카인의 후예」가 거의 유일하다. 해방공간에서는 이기영의 「땅」(1948~1949), 이태준의 「농토」(1948) 등이 있었으나, 한국전쟁 이후 남한에서는 토지개혁 문제에 대해서 거의 소설적 천착을 시도하지 않고 있다. 아마도 토지개혁이 내포하고 있는 이념적·현실적 폭발성 때문에 남한에서는 금기시되었던 것이 아닌가 생각된다.

17) 「카인의 후예」의 소설적 무대는 평양에서 40여 리 떨어진 작가의 고향, 즉 평안남도 대동군 재경면 빙장리로 알려져 있다. 이 작품은 이외에도 용제 영감의 형상 등을 통해서 작가의 실제 체험을 형상화하고 있다.

분위기에서 시작된다. 이 과정에서 마을 사람들은 자신의 욕망을 좇아 몇 개의 집단으로 나뉘게 된다. 자신이 소유한 땅을 지키기 위한 윤 주사, 김 의사, 용제 영감 같은 지주의 노력, 도섭 영감과 같이 세계질서의 변화에 적극적으로 적응하여 자신의 이익을 도모하는 중간계층의 활동, 그리고 토지개혁을 통해 자신의 땅을 쟁취하려는 소작계층의 투쟁이 서사적 긴장력을 형성하는 것이다.

먼저, 윤 주사와 김 의사 등 지주계급들은 자신들의 이익을 관철하기 위해 다양한 변신을 꾀한다. 김 의사는 남이 아버지의 장례식에서 토지는 농민에게 주어야 한다고 역설하면서 자신이 솔선수범해서 토지개혁에 찬동하고 있음을 과시하거나, 오작녀가 발진티푸스에 걸려 사경을 헤매고 있음에도 불구하고 다른 사람의 눈이 두려워 왕진을 기피하는 등 기회주의적 면모를 보인다. 윤 주사 역시 미리 소작인에게 불하한 것처럼 꾸며 토지를 계속 소유하려고 시도한다. 하지만, 생존을 위한 지주계급의 시도는 모두 실패하고 만다. 그들은 두 차례에 걸친 토지 몰수 과정에서 반동지주로 몰려 숙청되는 것이다. 토지개혁 과정에서 몰락할 수밖에 없는 지주계급의 삶이 가장 비장하게 그려지고 있는 경우가 용제 영감이다. 그는 반동으로 몰려 토지를 몰수당하는 와중에서도 일제 말부터 계속해오던 저수지 공사를 완성하게 해달라고 간청한다. 하지만, 강제 노력동원에 끌려갔던 용제 영감은 위험을 무릅쓰고 탈출을 감행하여 일생의 숙원이었던 저수지를 바라본 후 죽음을 맞이한다. "용제 영감의 위엄 어린 풍모가 더 이상 힘을 발휘하지 못하고 자신이 늘 타고 다니며 아끼던 말에서 떨어져 죽은 사건은 사회적 권위의 추락과 붕괴"[18]를 보여주는 것이다.

소작농민들 역시 토지개혁을 맞아 변화를 꾀한다. 그들은 지주들이 토지를 몰수당하는 장면을 보면서 "이런 일도 세상에 있을까. 정

---

18) 유임하, 앞의 글, 257면.

말 세상만사가 확 뒤집히는 판”(191면)이라고 생각한다. 그런데, 작가는 토지개혁을 담당하고 있는 소작농민들이 계급의식 내지 역사의식을 획득하지 못한 채 토지에 대한 욕망에 사로잡히게 되는 모습을 포착한다. 제1차 토지 몰수 과정에서 대패·삽·곡괭이를 은닉하는 행위라든가, 보다 좋은 땅을 차지하기 위해 반목하는 모습 등등은 토지개혁에 참여한 농민들이 당의 정책이나 노선과는 무관하게 소유욕이라는 근대적인 본능에 사로잡혀 있음을 보여준다. 이것은 토지개혁이 아래로부터 형성된 자발적인 투쟁에 의해서가 아니라 당의 개입에 의해 위로부터 이루어진 타율적인 변화이기 때문에 나타난 현상이다. 소작농민들은 지주와 마찬가지로 토지에 대한 강한 애착을 보여줄 따름이다. 결국 황순원이 바라본 토지개혁이란 개털오바 청년으로 표상되는 공산주의자의 선동과 토지에 대한 농민들의 욕망이 어우러지면서 빚어진 기형적인 사건이다.

토지개혁에 능동적으로 참여하고 있는 듯이 보이는 도섭 영감조차도 그 의미를 이해하지 못한다는 점에서 동질적이다. 그는 자신의 생존을 위해 토지개혁에 앞장서고 있을 따름이다. 본래 도섭 영감은 영유골의 유복한 가정에서 출생했지만, 아버지가 금광으로 가산을 탕진하자 떠돌아다니다가 스무 살 무렵에 양짓골로 들어와 마름이 된다. 그는 지나치게 가혹하다 싶을 만큼 엄격하게 소작인들을 관리하는 인물이었다. 타작마당에서의 도리깨질이 보여주듯이 “내리 누를 놈은 꾹꾹 내리 눌러야디 우자우자했다가는 한이 없다”는 믿음 아래 소작농민들을 억압한 결과 자신의 지위를 유지하고 더 나아가 권력을 생산해냈던 것이다.

> “아버지가 모든 것을 도섭 아즈반한테 맽겨 한 건 압니다.”
> “그랬디. 오작네 아반이 일을 잘 보기두 했어. 그르나 너무 디나틴 데가 있었디. 쩍하믄, **내리누를 놈은 꾹꾹 내리눌러야디 우자우자했**

다가는 한이 없다구 하믄서, 자기 비위에 틀린 소작인한테는 못살게
굴었디. 그 덕택에 한때는 이름 붙은 날이믄 소작인들한테서 닭이니
떡이니 들이밀리군 했어. 아마 디주보담두 더 위했을걸. 가다오다 교
사 할아바지가 오작네 아반더러 소작인들 너무 억울하게 하디 말라
는 말이라두 할 것 같으믄, 세상에 이르케 디주가 많아서야 어뜨케
일을 해먹겠냐구 투덜거린 적두 한두 번이 아니야. 들리는 말에, **교
사 어르신네는 한번 믿구 일을 맽긴 이상에는 그 사람이 다소 잘못하
는 일이 있어두 눈감아 주는 수밖에 없다는 말을 했다드군."**

(59면, 강조 – 인용자)

이처럼, 지주의 욕망을 모방함으로써 도섭 영감은 지주보다 나은
대접을 받을 수 있었고, 또한 자신의 존재 의의를 발견할 수 있었다.
박훈의 아버지가 세상을 떠났을 때 도섭 영감이 누구보다도 서러워
했던 것은 "자기를 알아주던 사람이 이제는 이 세상에 없다는 데서
오는 슬픔"(48면)을 표현한 것에 지나지 않는다. 따라서 토지개혁 과
정에서 농민위원장으로 변신한 도섭 영감이 농민대회에서 지주의 숙
청을 선동하고 박훈 조부의 송덕비를 깨뜨리는 것은 전혀 이상할 바
가 없다. 중간관리자로서의 도섭 영감에게 있어서 권력의 성격은 무
의미하다. 그에게 중요한 것은 권력의 이동을 예리하게 감지하고 적
응하는 능력이다. 도섭 영감은 이처럼, 권력의 욕망을 모방함으로써
권력을 생산하는 모방적 욕망의 메커니즘 위에서 존재한다는 점에서
성격적인 일관성을 지니고 있는 것이다.

그런데, 연재본을 살펴보면, 도섭 영감은 박훈네 소작인으로 등장
한다. "오작녀 아버지 도섭 영감은 훈네 소작인이었다"[19] 그런데, 연
재가 진행되면서 도섭 영감은 마름으로 변모한다. 그리고 단행본에
서는 "오작녀 아버지 도섭 영감은 이십여 년 동안이나 훈네 토지를
관리해 온 마름이었다. 그동안 웬만한 지주 못지않게 잘 살아왔다.
그것이 요지음 토지개혁이란 걸 앞두고는 모든 행동에 있어서 달라

---

19) 황순원, 「카인의 후예」, 《문예》 17, 1953. 9, 17면.

진 것이었다.”(16면)로 수정된다. 이러한 변화는 중요한 의미를 지닌다. 연재본에서 ‘소작인’으로 그려졌던 도섭 영감이 ‘마름’, 더구나 “웬만한 지주 못지않게 잘 살아”온 마름이 됨으로써 훈과 도섭 영감 사이의 갈등의 성격이 달라질 수밖에 없는 것이다. 즉 토지를 둘러싸고 벌어지는 지주와 소작인 사이의 현실적 갈등이 아니라 지주와 마름 사이의 ‘윤리적인 문제’로 변화하는 것이다. 만약 도섭 영감을 소작인으로 그려낸다면 도섭 영감의 행위는 토지를 향한 소작인들의 일반적인 욕망과 구별되기 어려워진다. 작가는 도섭 영감을 마름으로 규정함으로써 도섭 영감의 행위를 윤리적인 차원에서 접근하고자 시도하는 것이다.[20]

도섭 영감을 윤리적 배신자로 부각시키기 위해 작가는 단행본 제2장에서 공작대 책임자인 개털오바 청년과의 밀담을 3면에 걸쳐 새롭게 삽입한다. 이 장면은 본래 연재본에서는 없었던 것인데, 도섭 영감의 행위에 대한 소설적 동기를 부여하기 위해 단행본 출판 과정에서 새롭게 추가된 것이다. 박훈이 보안서로 불려가기 직전에 이루어진 이 만남에서 도섭 영감은 남이 아버지를 대신하여 면 농민위원장의 자리에 임명된다. 그리고 이때 개털오바 청년은 과거 지주와의 관계를 문제삼으면서 “지주와의 관계를 깨끗이 청산하구 무자비한 투쟁”을 요구한다. 이에 따라 도섭 영감은 박훈과의 관계를 “칼로 베이듯이 해버려야”(33면) 한다고 생각한다. 이십여 년 동안이나 지주에게 충성을 다하는 마름 노릇 한 것이 ‘과오’로 포착되자 살아 남기 위해서 지주와의 관계를 끊고 당을 위한 ‘무자비한 투쟁’을 약속할 수밖에 없었던 것이다.[21]

---

20) 장현숙에 따르면 ‘도섭영감’은 ‘도섭질하다’, ‘도섭이 많다’라는 평안도 사투리에서 붙여진 이름이라고 한다.(장현숙, 『황순원 문학 연구』, 시와시학사, 1994, 190면) 국립국어연구원이 발행한 『표준국어대사전』에서도 ‘도섭스럽다’는 “주책없이 능청맞고 수선스럽게 변덕을 부리는 태도가 있다”는 의미를 지닌다.

21) 조남현, 앞의 글, 66면.

「카인의 후예」는 이처럼 도섭 영감의 행위를 배신이라는 윤리적인 측면에서 접근한다. 따라서 토지개혁을 둘러싼 소작농민들의 투쟁은 사회역사적 역동성을 획득하지 못한 채 개인적 욕망의 흔적들로 관찰될 뿐이다. 이러한 관찰자 내지는 방외자의 시선은 박훈의 의식에 기반을 둔 것이다. 박훈은 토지개혁에 대해서는 당위적으로 인정한다. 즉, 토지개혁에 적극 찬동하는 것처럼 내세우는 김 의사나 소작인과 짜고 토지를 판 것처럼 위장하는 윤 주사 등 타락한 지주계급과는 달리 박훈은 야학을 설치하고 농민을 계몽하는 지식인으로서 토지개혁에 대해서도 극단적인 반감을 갖지 않는다. 오히려 토지문서를 스스로 불태우는 등 자신에게 취해지는 토지개혁을 당연한 것으로 받아들이는 인물이다. 하지만, 박훈은 토지개혁의 현실적 진행 과정에 대해서 부정적인 태도를 취한다. "아직 나라도 서기 전에 토지개혁을 한다는 건 민족을 분열시키는 시초"(96면)라는 인식은 박훈으로 하여금 토지개혁에 적극적으로 찬동할 수 없도록 한다. 그런데, 이러한 민족적 분열에 대한 우려는 연재본에서는 언급되어 있지 않다.

> (A) 훈은 훈대로 이 윤주사의 흥분과는 달리 가슴을 끓게 하는 게 있었다. 그것은 아직 나라도 서기 전에 토지개혁을 한다는 건 민족을 분열시키는 시초이라는 점이었다.
>
> (96면)

> (B) 그러나 훈은 어쩐지 이 윤주사의 흥분에 따라가고 있지 않은 자기를 느꼈다. 그것은 자기로서도 차 보이는 자신이 있다. 아마 아버지가 살아 있어 같은 말을 했대도 그럴 밖에 없었을 자신이었다. 결국 자기 손수 모아들인 재물이 아니어서 그런 것인가.[22]

연재본 (B)에서 윤주사가 훈을 찾아와 토지개혁에 대한 대처방안을 말할 때, 박훈은 일정한 거리를 취할 뿐이다. 자신의 노력에 의해

---

22) 황순원, 「카인의 후예」, ≪문예≫ 19, 1953. 12, 142면.

서 축적된 것이 아니기 때문에 소유토지에 대해 별다른 애착을 보여 주지 않는다. 그런데, 단행본 (A)에서 박훈은 민족의 분열에 대해서 우려하는 지식인으로 변모한다. 이러한 민족적 단일성 혹은 통합된 민족공동체에 대한 황순원의 지향들은 계급 갈등을 민족 분열 행위로서 비판하는 이론적 근거로서 작동한다. 토지개혁은 바로 민족적 단일성을 훼손하는 파괴적인 행위로 인식되는 것이다.

> (농민대회는 - 인용자) 이미 예기하고 있던 일이었다. 그러나 한순간 훈의 가슴을 무엇인가 분명히 두 갈래로 갈라 놓는 것이 있었다. 그것은 또 그대로 그를 싸고 있는 공간이 크게 두 갈래로 갈라지는 듯한 느낌이기도 했다.
>
> (136면)

> 훈도 물론 벌써부터 삼팔선이 점점 굳어져 가고 있다는 걸 모르는 바 아니었다. 그게 토지개혁으로 해서 더해졌다는 것도 알고 있었다. 훈이 토지개혁이 있기 전날 당손이 할아버지한테서 이 동네에도 토지개혁이 된다는 말을 듣고, 이미 예기하고 있던 사실인데도 가슴 한가운데가 두 쪽으로 갈라지는 듯한, 그리고 자기를 둘러싸고 있는 공간이 크게 두 갈래로 갈라지는 듯함을 느낀 것도 이 때문인 것이었다.
>
> (229면)

이처럼 「카인의 후예」에서 작가는 토지개혁이 시작됨으로써 전통적인 민족적 단일성이 붕괴되는 과정에 주목하고 있다. 황순원은 남이 아범의 죽음을 둘러싸고 '광목'과 '피 묻은 이불'을 대비시킨다거나, 개털오바 청년이 순진한 농민을 부추겨 지주에 대한 적개심을 조장하는 행위를 통해 토지개혁의 파열적 성격을 강조한다. 특히 제2차 토지개혁 과정에서 이러한 성격은 더욱 잘 드러난다. 폐병을 앓는 아들을 위해 공기 좋은 곳으로 찾아들어온 사람도 유한지주라는 명목으로 숙청되고, "칠순이 넘는 오늘날까지 과부로 늙어오면서 삯일과 무명낳이로 한닢 두닢 모아서는 사들였던 땅뙈기"(223면) 때문에 분디나뭇집 할머니 역시 토지개혁의 대상이 되고 만다. 결국 분디나뭇집 할머니는 땅을 빼앗긴 이튿날 목을 매고 자살한다. 이처럼 작가는 토지개혁을 새로운 것의 승리라는 관점, 곧 과거의 봉건적인 유제를 청산하고 새로운 사회를 건설하려는 민중들의 열망보다는 낡은 것의 붕괴라는 관점, 곧 토지개혁이 전통적인 인간관계를 변화시키는 측면에 중점을 두고 있는 것이다. "전통적 삶을 이룩해온 풍속과 습속은 모두 그 가치 기반이 흔들리"고 "공동체적 상호협조와 신뢰의 인간관계가 하루 아침에 완전히 와해되"23)어 버린 것이다. 윤리적인 배신이라는 범주 역시 전통적인 인간관계의 단일성과 통합성에 기반을 두고 있는 것임은 두말할 필요도 없을 것이다.

4. 설화의 삽입과 순수성의 의미

「카인의 후예」는 이상에서 살펴본 바와 같이 토지개혁을 둘러싸고 벌어지는 여러 정치세력들 사이의 갈등과 대립을 박훈과 오작녀의 사랑과 교차시키면서 서술하고 있다. 박훈과 오작녀의 사랑이라는 개인적인 서사와 토지개혁으로 와해되어 가는 전통사회의 모습이라는 역사적인 서사가 결합되어 있는 것이다. 주인공 박훈은 두 개의 서사가 진행되는 와중에서 거멀못과 같은 역할을 담당한다. 서로 다른 차원에 속해 있는 서사가 박훈을 교차하면서 하나의 소설로서 축조되고 있는 것이다. 이 과정에서 박훈은 토지개혁이라는 역사적 격

---

23) 신동욱, 「황순원 소설에 있어서 한국적 삶 인식 연구」, 『동양학』 16, 단국대학교 동양학연구소, 1986. 10, 25면.

랑 속에서 다양하게 변화하는 여러 계층의 인간 군상을 관찰하고 평가하는 초점화자의 역할을 담당하고 있다.

그런데, 이러한 박훈의 역할은 「카인의 후예」를 통합적인 서사로 구성하는 데 있어서 적지 않은 약점을 지니고 있는 듯이 보인다. 그는 토지개혁의 대상이라는 점에서 역사적인 서사의 한 축이지만, 다른 한편으로 초점화자의 역할을 담당함으로써 사건에 깊이 개입하지 않은 채 관찰자적인 태도로 인간 군상의 윤리적인 타락상을 바라보고 있는 것이다. 따라서, 개인적인 서사와 역사적인 서사를 결합할 수 있는 통합적인 구심점이 확보되지 않는다. 작가의 개작과정에서 '큰아기바윗골 전설'이 주목되는 것은 이때문이다. 연재본에서는 전혀 찾아볼 수 없었던 큰아기바윗골 전설은 단행본 출간과정에서 새롭게 삽입된다. 그런데, 기존의 연구에서는 작품의 개작 양상을 이데올로기적 측면에서 접근함으로써 큰아기바윗골 전설의 삽입이 차지하는 의미를 깊이 있게 천착하지 않고 있다.[24] 인물 성격화의 측면이나, 이념적인 측면에서의 개작이 기존의 내용을 수정하고 보강하는 차원에서 이루어진 것이라고 한다면, 큰아기바윗골 전설은 새로운 서사적 단락을 삽입하여 작품의 유기적 연결성을 고양시키고 있다는 점에서 가장 핵심적인 개작이라고 할 수 있는 것이다.

> 큰아기바윗골 전설은 훈도 어려서 어른들한테 들어 알고 있었다.
> 그 옛날 이 가락골 마을에는 큰 부호가 하나 살았다. 대문이 열두 대문이나 되는 큰 집이었다.
> 그 집에 삼대째 내려오는 외아들이 하나 있었다. 이 도련님이 자기 집 여종 하나와 좋아 지냈다. 큰아기라 불리는 애였다.
> 도련님이 서울로 공부를 떠나게 되었다. 큰아기와는 자기 돌아올

---

24) 조남현, 김주현 등의 연구는 작품의 개작 과정에 대한 실증적인 검토에 주안점을 두고 있지만, '큰아기바윗골 전설'이 새롭게 삽입되고 있는 것에 대해 큰 의미를 부여하지 않고 있다.

때까지 기다리라는 굳은 언약을 하고.

몇 해가 지났다. 도련님이 돌아오지 않았다. 큰아기는 차차 자기의 처지를 생각하게 되었다. 자기와 같은 천한 계집이 어찌 도련님 같은 낭군을 바란단 말인고.

어떤 사람의 아내가 되고 말았다. 그 남편 되는 사람이 여간 부랑자가 아니었다. 공연한 일에도 못살게 굴었다.

큰아기는 밤마다 사람의 눈을 피해 산으로 올라가 빌었다. 그만 자기를 바위가 되게 해달라고.

그러한 어느 여름날 밤, 하늘과 땅이 무너지는 듯한 천둥이 울면서 거기 꿇어앉은 큰아기를 바위로 변케 해버렸다.

그해 겨울이었다. 서울 갔던 도련님이 돌아왔다. 큰아기의 이야기를 듣자 곧 산으로 달려갔다. 그리고는 큰아기바위를 붙안고 울었다. 추운 겨울인데도 이상하게 큰아기바위에는 산 사람과 같은 온기가 서리어 있는 것이었다.

도련님은 며칠이고 큰아기바위를 안고 울다 그 자리에 그냥 숨지고 말았다.

이듬해 봄, 큰아기바윗가에 전에 없이 붉은 진달래꽃이 피었다. 그리고 어디서 왔는지 뻐꾸기 한 마리가 구슬피 울었다.

(199~200면)

큰아기바윗골 전설은 부잣집 도련님과 여종 사이의 비극적인 사랑을 내용으로 한다. 신분적인 차이로 말미암아 이루어질 수 없는 사랑이라는 테마는 박훈과 오작녀의 사랑을 가리킨다. 실제로 박훈의 꿈속에서 큰아기바윗골 전설은 오작녀와의 관계를 직접적으로 지시하고 있다. "한번은 또 자기가 뻐꾸기가 되어 있었다. 울음을 울었다. 곁에서 듣는 오작녀의 눈에 어떤 알지 못할 행복의 빛이 어리어 있었다. 자꾸 울었다. 이러다가는 목이 터져 죽을지도 모른다는 생각이 들었다. 그런데도 그칠 줄을 모르고 그냥 울어 대는 것이었다."(306면) 오작녀 역시 전설에 기대어 박훈에 대한 자신의 사랑을 간직할 수 있다. 전설 속에서 희생과 헌신을 통해서 사랑을 완성시켰듯이, 오작녀는 박훈에 대한 절대적이고 맹목적인 애정을 통해서 사랑을 이룰

수 있으리라고 기대한다. 비록 현실적인 제약으로 말미암아 현세에
는 이루어지지 못한다고 하더라도 오작녀는 사랑이 완성될 수 있으
리라는 믿음을 뻐꾸기의 울음소리 통해서 끊임없이 확인하는 것이다.

　이처럼 오작녀의 의식은 전설을 통해서 과거를 향하고 있다. 현재
를 살아가고 있지만, 그녀의 의식은 과거의 전설을 '기억'[25]함으로써
만 의미를 획득할 수 있는 것이다.　따라서 과거가 현재의 전사로서
의 의미를 가지고 있다거나, 혹은 미래는 새롭게 시작될 것이라는 인
식은 존재하지 않는다. 현재의 삶은 과거의 반복일 따름이다. 과거는
현재에도 반복되고 미래에도 지속될 것이다. 그래서 뻐꾸기 소리에
서 환기된 큰아기바윗골 전설이 오작녀에게 일으키는 반응은 항상
동일하게 나타난다.

> (A) 뻐꾸기 소리에 귀 기울이고 있었다. 그러는 그네의 눈은 무엇을
> 꿈꾸는 듯한 빛으로 변해 있었다.
>
> (26면)

> (B) 바람 소리에 섞여 밤 뻐꾸기 우는 소리가 들려온 것이었다. 그러
> 자 점점 오작녀의 젖은 눈이 무슨 꿈꾸는 듯한 빛으로 변하면서,
> 혼잣말을 중얼거렸다.
>
> (198면)

> (C) 오작녀의 물기어린 눈에 점점 꿈꾸는 듯한 빛이 더해지며
>
> (302면)

---

25) 황순원의 소설에 나타난 설화적 상상력을 유종호는 "겨레의 기억"(유종호, 「겨
레의 기억」, 『황순원 전집 제2권』, 문학과지성사, 1981)이라고 말한 바 있으며,
김현 역시 황순원은 옛날 이야기와 현재적 사건의 융합을 통해 "사람이란 현재
와 과거의 복합체이며, 더 나아가서 현실과 꿈―전설의 복합체이며, 안과 밖이
밀접하게 연관되어 있는 유기체라는 것을 가르쳐준다"(김현, 「안과 밖의 변증법」,
『황순원 전집 제1권』, 문학과지성사, 1981, 391면)라고 지적했다. 홍정선도 「이
야기의 소설화와 소설의 이야기화」(『말과 삶과 자유』, 문학과지성사, 1985)에서
황순원 문학의 특질로서 거론한 바 있다.

(D) 그러자 오작녀는 가슴 속이 무엇으로 가득해짐을 느꼈다. 큰아
기바위의 슬픈 전설보다 자기가 너무 지나치게 행복한 것 같았다.

(86면)

(E) "전 저 뻐꾸기 소리를 들을 적마다 큰애기를 생각하믄……"
오작녀의 젖은 눈에 꿈꾸는 듯한 빛이 더해지면,
"왜 그런디 내가 분에 넘티게 행복한 것만 같애요"

(200면)

이렇듯 큰아기바윗골 전설은 오작녀에게 "꿈꾸는 듯한 빛"이라는
몽환적 세계로 인도한다. 큰아기바윗골 전설이 상기시키는 이러한
환상을 통해서만 박훈과 오작녀의 사랑은 완성될 수 있었던 까닭에
현실에 대한 구체적인 분석이 이루어질 수 없다는 점은 분명해 보인
다. 이처럼, 현재의 삶을 바라보는 의식지평으로서의 과거는 유년기
에 대한 등장인물들의 기억과 맞물린다. 서사의 진행과정에서 박훈
은 '~이 떠올랐다'는 식의 회상을 통해서 오작녀와의 지난날을 떠올
린다. 박훈이 회상하는 유년의 세계는 그 구체적인 내용만을 달리할
뿐 소설 속에서 끊임없이 반복되고 있다. 이러한 유년의 세계는 평화
로운 공동체, 갈등과 대립이 사라진 순수상태로서 표상된다. 분열된
현실과 대비되는 대안적 중심으로서의 순수하고, 통합적인 상태로서
의 과거에 대한 상상적 지향인 것이다. 이처럼, 「카인의 후예」의 두
주인공은 인간의 순수성이 살아 숨쉬는 공간, 곧 유년시절 혹은 신성
한 과거에 대한 기억에서 자신들의 삶의 의미를 발견해가는 인물들
이라고 할 수 있다. 그리고, 박훈이 지향하고 있는 순수하고 통합적
인 세계는 태평양전쟁을 피해 내려왔을 때 겪었던 세계, 곧 지주와
소작농과의 원만한 인간관계가 유지되는 세계이다. 그 세계는 경제
적인 이유에 의해서 발생하는 계급적 대립이 소거된 채 인간적인 애
정이 살아 있는 세계로 이상화된다. 이처럼, 기억 내지는 이미지로서
의 개인적·민족사적 과거에 대한 집착은 그들이 아직 상징계의 세

레를 거치지 않은 미성숙한 상태의 인간이었음을 반증하는 것이다.

「카인의 후예」에서 순수했던 유년에 대한 탈시간적인 지향은 다른 한편으로 현재의 폭력적인 상황에 대한 희생자라는 의식과 결합한다. 유년기의 순수를 간직하고 있는 박훈과 오작녀는 악한 행동을 저지를 수 없는 존재들이기 때문이다. 그들은 이데올로기의 폭력 앞에 무방비 상태로 내던져진 피해자로 각인된다. 지주와 소작인으로서의 사회적 관계라든가, 지배와 억압의 구조는 유년기의 순수성이라는 의식의 프리즘을 통해서 속악한 현실과 순수한 인간, 가해와 희생의 범주로 재구조화되는 것이다. 이에 따라 과거에 지배적이고 억압적인 경제적 주체들이 고통 받는 자들로 변모한다. 박훈과 오작녀는 과거의 순수한 인간성을 간직하고 있는 까닭에 현실을 지배하는 타락한 자들에 의해서 결코 이길 수 없으며, 여러 억압과 핍박을 받는 가련한 존재가 된다.

이데올로기라는 이름의 속악한 현실에 의해 고통받는 희생자들은 자신들의 순수성을 지켜내기 위해 세계에 맞서게 된다. 이에 따라 타자에 대한 공격성, 곧 도섭 영감에 대한 복수 역시 순수함의 외장을 빌어서 자신의 본질을 감춘다. 그들은 순수함을 지키기 위해 폭력을 행사할 뿐이다. 폭력의 동일성은 은폐된 채 복수의 권리는 정당한 것으로 그려지게 된다.[26] 유년기의 순수성과 현실적 고통으로 말미암아 박훈은 이제 어떠한 폭력을 행사해도 무죄가 되는 것이다. 서술자는 이처럼 과거를 반복적으로 원용함으로써 복수의 에너지를 길어올린다. 박훈이 과거를 떠올릴수록 도섭 영감의 배신은 더욱더 분명해지고, 복수는 항상 정당해지는 것이다.

이처럼 「카인의 후예」를 규정짓는 것은 순수 / 타락, 과거 / 현재, 기

---

26) 유년기적인 행동 경향(infantilisme)과 희생화 경향(victimisation)의 결합 과정과 현실적인 의미에 대해서는 파스칼 브뤼크네르, 『순진함의 유혹』(김용권 역, 동문선, 1999)을 참조할 수 있다.

억 / 망각의 이분법이다.[27] 이데올로기의 폭력과 윤리적인 배신이 어지럽게 펼쳐지는 현실 속에서 유년기의 기억은 손상되지 않은 진정성의 세계를 구현한다. 큰아기바윗골 전설은 해방 공간의 역사적 현실을 비판하는 토대가 되는 동시에 박훈과 오작녀의 심리적 지향을 효과적으로 보여주는 상징이 된다. 오작녀가 머물고 있는 유년의 동화적 세계 내지는 민족사의 유년기에 대한 기억은 평화로운 민족공동체를 작가의 통합적인 비전으로 제시하는 것이다. 상상된 미래의 맞은편에는 상상된 과거가 있다.[28] 과거는 자신의 유년, 민족사의 기억으로서의 전설, 소멸되는 전통사회의 진정성으로서의 고향, 원초적 출생지로서의 여성, 이미지로 가득찬 상상계의 동의어이다. 분열적이고 대립적인 현실 경험은 전체성과 자족성, 완전성의 기표로 구성된 과거로의 퇴행적인 욕망을 부추기는 것이다. 결국, 개인적인 서사와 역사적인 서사를 큰아기바윗골 전설이라는 접점을 통해서 하나로 통합시키면서 작가의 이념적인 위치를 보여주는 것이다.

5. 유년기의 기억과 통과제의의 의미

「카인의 후예」는 과거와 현재의 대립이라는 이원적 구조 속에서 인간들의 삶을 바라본다. 근원으로 되돌아가고자 하는 이러한 인식은 타락하기 이전의 상황이 갖고 있었을 상상적 조화를 통해 현재를 비추어주고 비판할 수 있는 강력한 에너지가 된다. 토지개혁을 통해

---

27) 황순원 소설에 나타난 망각과 피해의식의 결합에 관해서는 졸고, 「망각의 공동체와 기억의 소설적 의미―황순원의 '나무들 비탈에 서다'론」, ≪한국현대문학연구≫ 12, 한국현대문학회, 2002.
28) 리타 펠스키, 『근대성과 페미니즘』, 김영찬·심진경 역, 거름, 1998, 103면.

이루어진 경제적 평등의 세계가 아니라 인간관계의 건강성이 살아 있는 공동체의 세계를 작가의 통합적 비전으로 제시하는 것이다. 그런 점에서 보자면, 황순원의 소설은 언제나 법이 지배하는 상징계에서 벗어나 이미지로 가득찬 상상계를 꿈꾸어왔는지도 모른다. 상상계 속에 그는 어머니와의 상상적인 합일을 꿈꾸는 유아적인 상태에 놓여 있다. 민족사의 과거에 대한 끊임없는 동경은 이러한 상상계에 고착된 작가의 의식을 반영하고 있다. 이미지가 지배하는 상상계에 고착된 의식은 아버지의 이름으로 다가오는 상징계의 질서를 공포에 찬 눈으로 바라보고 있는 것이다. 실재계로의 진입은 끊임없이 지연된다.

하지만, 이러한 유년기에 대한 지향은 그것이 동경하는 과거의 역사적인 시간성을 제거함으로써 억압을 은폐하기도 한다. 황순원이 지향하는 유년기적·공동체적 질서는 기실 일본제국주의의 식민지 지배 아래 놓여 있던 조선이라는 상황 속에서만 성립 가능하다. 일제의 식민지 지배라는 대립항이 존재했을 때 민족은 하나의 공동체로 상상될 수 있는 것이다. 그런데, 해방을 통해서 일본(민족)이라는 대립항이 사라지자 새로운 대립항이 출현한다. 황순원은 결국 새로운 상황 속에서 역사성을 제거함으로써 개인사적으로는 유년의 기억을, 역사적으로는 토지개혁 이전의 세계를 이상화한다. 이처럼, 민족적 통합성에 대한 작가의 이념적 선택은 계급적 분열성을 대립항으로 전제로 한 것이다. 이것은 전쟁이라는 상황 속에서 끊임없이 확대재생산되고 있던 내셔널리즘과 무관하지 않을 것이다.(≪현대소설연구≫ 제18호, 한국현대소설학회, 2003년 6월 30일 全載)

서발턴은 침묵하고 있는가

이무영의 「농민」

1. 이무영과 농민소설

1925년 이후 한국 근대문학사에서 농민문제에 관심을 기울인 소설은 그 수를 헤아리기 어려울 정도이다. 이는 농민계층이 민족구성원의 80% 이상을 차지하고 있었다는 것에서 직접적인 이유를 찾을 수 있겠지만, 보다 본질적인 이유는 일제 강점하의 조선 사회가 처해 있던 식민지적 근대의 모습에서 찾는 것이 타당할 것이다. 당시의 농촌 풍경은 자본의 본원적 축적과정으로서의 토지조사사업이 완료되었음에도 불구하고 여전히 봉건적인 소작제도가 온존하고 있는 복합적인 모습으로 구성되어 있었다. 따라서, 농민소설은 전근대적인 생산관계와 근대적인 생산관계가 공존하는 모순적인 상황, 곧 식민지 권력·독점 자본·봉건 지주의 결합이라는 특수한 국면 아래에서 태동하고 성장했던 역사적 장르라고 할 수 있다. 그 중에서 조명희, 이기영 등의 사회주의 계열과 이광수, 심훈 등의 민족주의 계열은 이념적 편차만큼이나 서로 다른 소설적 방법을 통해서 문학사적 성과를 이룩하고 있다.

작가 이무영 역시 우리에게 '농민문학의 대표자'로 알려져 있다.

100여 편에 가까운 그의 소설작품 가운데 양적으로 많은 부분을 차지하고 있는 것은 애정윤리를 다룬 작품이다. 하지만, 그의 작가적 역량이 가장 빛나는 부분은 농촌을 소재로 하여 농민들의 삶을 천착한 농민소설의 영역이다. 그런데, 이무영의 농민소설은 민족주의 혹은 사회주의적 이념에 충실했던 계몽적 농민소설과는 구별된다. 그는 '귀농 모티프'를 바탕으로 농민들에 대한 계몽의지와 시혜의식을 그려내고 있는 이념적 농민소설과는 달리 토지에 대한 본능적 애착을 바탕으로 농민들의 삶을 그려내고 있는 것이다. 그런 점에서 이무영의 소설들은 엘리트주의적 입장을 취하고 있는 이념형 소설과는 다른 맥락에서 그 의미가 탐구될 필요가 있다.

농민소설에 대한 이무영의 관심은 대략 세 차례에 걸쳐 나타난다.

(1) 1932년~1935년에 걸친 첫 번째 시기는 농민계층의 궁핍과 이로 인한 절망감을 표현한 시기로서, 「흙을 그리는 마음」, 「만보노인」, 「우심」 등의 작품이 이에 속한다.

(2) 1939~1943년에 걸친 두 번째 시기는 토지에 대한 농민의 본능적인 애착을 전면에 부각시키고 있는 「제일과 제일장」, 「흙의 노예」, 「모우지도」, 「귀소」 등의 작품을 발표한다.

(3) 1950년 이후의 세 번째 시기는 구한말 이후의 농민수탈사를 대하소설의 형식으로 엮어보려 했던 「농민」, 「농군」, 「노농」 연작이 대표적인 작품이라고 할 수 있다.

기존의 연구에서 가장 큰 관심을 가졌던 시기는 두 번째 시기였다. 그런데 이 시기에 이무영은 1942년 발표한 「靑瓦の家(청기와집)」으로 기쿠치간(菊池寬)이 제정했던 제4회 조선예술상(문학부문)을 수상했을 뿐만 아니라 이태준과 함께 『대동아전기』를 번역·출간하기도 했다.[1] 그래서, 「흙의 노예」나 「제일과 제일장」에서 나타나고 있는 흙에 대

한 애착이야말로 일제 말기의 현실 도피와 국책 순응을 교묘하게 위장하고 있다는 비판을 받게 된다.[2] 주인공이 면장의 도움을 받아 땅을 사들이는 결말 부분에서 드러나는 민족의식의 부재는 이무영의 친일행적과 닮아있는 것이다.

본고는 이무영의 농민소설을 검토함에 있어서 「농민」, 「농군」, 「노농」 연작에 주목하고자 한다. 흔히 "흙의 문학의 결정판"[3]으로 평가받는 이 작품은 이미 여러 연구자들에 의해서 "적극적인 행동의 농민상을 부각시킨 농민문학다운 풍모를 갖춘 작품"[4]이라든가, "농민들의 의식과 삶이 역사적 진실성과 디테일한 부분 묘사와 조화를 이뤄 새로운 전형을 창조한 작품",[5] 그리고 "동학혁명 → 의병투쟁 → 3·1운동으로 이어지는 근대민중사를 농민적 시각에서 총체적으로 형상화했다는 점에서 이전에 보여주지 못했던 농민소설의 새로운 전형을 개척한 작품"[6]이라는 평가를 받은 바 있다. 류양선과 같이 "엄밀한 의미에서 농민소설이 아니며 사랑과 활극으로 이어지는 전형적인 통속소설"[7]이라는 부정적 평가가 없는 것은 아니지만, 농민계층의 적극적이고 주체적인 역사 참여의 가능성을 모색하고 있다는 점에서 높은 평가를 받고 있는 것이 사실이다.

본고가 「농민」, 「농군」, 「노농」 연작에 관심을 갖는 것은 해방 이후에 나타난 작가의식의 변화를 엿볼 수 있기 때문이다. 일제 식민지

---

1) 오양호는 이러한 국책 순응을 "한국 농민층의 풍습과 습관을 그 계층의 언어로 표현"하기 위한 "합법화된 위장"으로 파악하고 있다. 그래서 이무영은 "1940년대 초까지 민족의 전통적 가치관과 의식 세계에서 떠나지 않고, 한국 농민의 전통적 윤리관을 형상화한 리얼리스트"로 고평된다.(오양호, 『농민소설론』, 형설출판사, 1984, 71면)

2) 이재선, 『한국현대소설사』, 홍성사, 1979, 363면.

3) 윤병로, 『현대작가론』, 이우출판사, 1983, 140면.

4) 김병걸, 「농촌문학론과 이무영 소설」, ≪문학사상≫, 1975. 7, 260면.

5) 조정래, 『한국 근대사와 농민소설』, 국학자료원, 1998, 70면.

6) 이봉범, 「이무영의 '농민' 연작 소설 고찰」, ≪반교어문연구≫ 14, 2002.

7) 류양선, 「이무영의 농민소설」, 『한국농민소설연구』, 서광학술자료사, 1994, 351면.

시대에 발표된 이무영의 소설들은 흙에 대한 농민들의 애착을 본능적인 것으로 형상화하거나, 혹은 미래의 희망을 발견할 수 없는 절망적인 상황에서 분출되는 자연발생적인 저항을 그려내고 있었다. 그런데, 「농민」 연작에서 작가는 '장쇠'라는 인물을 통하여 농민들의 삶을 동학농민운동, 의병전쟁, 삼일운동 등의 민족사와 결합시킨다. 이제, 농민들의 삶은 수난의 역사가 아니라 저항의 역사로 새롭게 구성된다. 이러한 농민상은 작가의 개인적인 변화를 보여줄 뿐만 아니라 한국소설을 지배해왔던 이념형 농민소설과는 다른 새로운 면모를 보여주는 것이기도 하다.8) 지금까지 민족주의 혹은 사회주의 이념에 기반을 둔 농민소설에서는 농민들을 집단적·저항적 주체로 설정함에도 불구하고 스스로 자신의 계급적·역사적 위치를 자각할 수 없는 존재로 규정해 왔다. 그래서 농민들은 항상 '외부의' 의식과 활동, 곧 지식인의 계몽이라든가 노동자들과 계급동맹에 의해서만 자기인식에 도달할 수 있는 존재로 대상화되었다. 이에 비해 「농민」 연작에서는 엘리트 지식인들을 등장시키지 않으면서도 농민적인 일상을 역사적인 과정으로 확장시키고 있는 것이다.

「농민」 연작에서 '소문(rumor)' 모티프9)가 주목되는 것은 이 때문이다. 엘리트의 지도를 받지 않는 농민집단이 역사적인 주체로 성장하기 위해서는 '자생적인' 담론이 필수적이라고 할 수 있다. 그런데, 근대적인 지식의 세례를 받지 못한 농민들은 현대적인 의미의 담론적 구성물을 형성하기 어렵다. 뿐만 아니라 자신을 둘러싼 역사적 상황

---

8) 정한숙은 「농민」 연작에 등장하는 장쇠에 대하여 "우리 문학 속에서 볼 수 있는 최초의 근대적 자각을 가진 새로운 농민상"이라고 평가한 바 있다.(정한숙, 『현대소설론』, 고려대학교 출판부, 1985, 155면)

9) 소설 작품에서 소문의 문학적 기능에 대해서는 Hyunyong Choi, *Das Gerücht als Literarisches Verfahren : im Hinblick auf seine Sujetbildende Funktion*, Dortmund, Projekt Verlag, 2002 을 참조할 수 있다. 이 글은 19세기 러시아 소설을 분석하여 플롯 구성에 있어서의 소문의 기능과 의미에 대해 고찰하고 있다.

에 대해서 제한된 정보만을 접할 수밖에 없었던 하위계급(subaltern classes)[10]으로서의 한계는 독자적인 언어로 말하는 것을 더욱 어렵게 만든다. 하지만, 이러한 제약 속에서도 농민들은 침묵하는 것이 아니라 소문과 같은 전통적인 커뮤니케이션 양식을 통하여 정보를 생산하고 유통시킨다. 따라서 소문은 내용의 진실성이 아니라 익명적이거나 집단적인 발화를 통해서 하위계급이 어떻게 현재를 인식하고 미래를 욕망했는가를 엿볼 수 있게 한다는 점에 그 중요성이 있는 것이다. 농민들은 자신들이 처해 있는 상황에 대해 현대적인 언어로 명료하게 자신을 표현하지는 못했을 지라도 구술적인 언어를 통해서 세계에 대한 해석을 수행하고 변화의 의지를 실천하고 있었던 것이다.[11]

이처럼 「농민」 연작에 드러난 소문 모티프를 통해서 우리는 구술적인 담론 양식이 집단적이고 적극적인 역사 참여로 확장되는 과정을 엿볼 수 있을 것으로 기대된다. 그리고 엘리트의 개입이 없는 상태에서도 농민들이 능동적으로 자신의 역사적 위치에 대해서 질문하고 해답을 모색하고 행동으로 발전했다고 한다면, 지금까지 한국의 농민소설에서 보여주었던 전통적인 농민상―현실 인식의 부재로 말미암아 지배질서에 맹목적으로 순응하거나 본능적으로 저항하는 존재, 혹은 항상 엘리트의 계몽 대상에 머물러 있는 존재로서의 농민―은 새로운 관점에서 재검토될 수 있을 것으로 보인다.

---

10) 하위계급, 혹은 서발턴의 개념과 의미에 대해서는 안토니오 그람시, 「이탈리아 역사에 대한 수고」, 『그람시의 옥중수고』 2, 이상훈 역, 1993, 70~74면 참조.
11) 식민지 시대, 특히 사회주의 계열의 소설에서 농민적 구술담론으로서의 소문에 대한 인식과 그 의미에 대해서는 졸고, 「구술문화와 저항담론으로서의 소문 : 이기영의 '고향'론」(『한국현대문학연구』16. 2004. 12.)에서 언급한 바 있다.

2. 정치적 담론으로서의 소문

「농민」은 1950년 1월 1일부터 5월 21일까지 ≪한성일보≫를 통해서 발표되었다. 이어 1954년 대한금융조합연합회에서 단행본으로 출간되었다. 단행본으로 출간된 당시 이무영이 쓴 「후기」를 보면 이 작품의 창작동기를 엿볼 수 있다. "이 「농민」만으로 최소한 5부작을 요하기로 동학난에서 시작하여 동학난이 끝나기까지를 제1부로 했다. 2부가 국권이 잃어지는 날까지로 되었고, 제3부가 왜정 36년기, 제4부가 해방으로부터 6·25동란까지, 9·28로부터 오늘까지를 제5부로 계획하고 써내려 가는 중이다"[12] 이무영이 이처럼 "반세기 동안 우리 농민이 걸어온 길"을 그려내기 위하여 총 5부의 연작 장편을 구상하였던 것은 자신의 문학적 세계를 장편의 기획 속에서 완성하고자 하는 작가적 열정을 보여주는 것이라고 할 수 있다. 하지만, 「농민」 연작은 작가의 구상대로 완성되지 못한 채 3부에서 멈추고 말았다. 1953년 10월 1일부터 ≪서울신문≫에 연재하던 제2부 「농군」은 "사(社)와 필자의 사정"으로 중단되었고, 1954년 대구일보에 「노농」을 연재하는 것을 끝으로 「농민」 연작은 끝을 맺고 만 것이다.[13]

「농민」, 「농군」, 「노농」을 살펴보면 소설적 갈등이 장쇠의 귀향과 관련되어 있음을 알 수 있다. 장쇠를 보았다는 소문에서 시작된 「농민」은 말할 것도 없고, "아들의 소식"으로 시작되는 「농군」이나 "속 아들의 소식"으로 시작되는 「노농」은 모두 장쇠의 귀향을 반복적인

---

12) 이무영, 「권말기」, 『농민』, 대한금융조합연합회, 1954, 239~240면.(이동희, 『흙과 삶의 미학』, 단대출판부, 1993, 233~234. 재인용)
13) 「농민」, 「노농」, 「농군」의 텍스트로는 2000년에 국학자료원에서 발간된 『이무영 문학전집』[전6권] 제1권을 사용하였다. 인용문은 모두 현대적인 표기법에 따라 고쳤으며, 인용 말미에 인용면수를 밝혔다.

모티프로 사용하고 있는 것이다. 장쇠가 떠돌이 생활을 마치고 찾아온 고향은 충청북도 충주 근처의 '미륵동'이다. 이곳에서 김승지는 양반이라는 신분적 특권과 지주라는 경제적 능력을 이용하여 미륵동 농민들을 지배하고 수탈한다. 고율의 소작료를 강요할 뿐만 아니라 부녀자를 능욕하는 파렴치한 인물인 것이다. 그의 악행이 적나라하게 드러난 것은 장쇠의 처 '금순'을 겁탈한 사건이었다. 그런데, 금순이 자살하자 복수가 두려웠던 김승지는 누명을 씌워 장쇠마저 죽이고자 한다. 하지만, 딸 미연으로 말미암아 목적을 이룰 수 없게 되자, 김승지는 장쇠의 소작권을 박탈하여 미륵동에서 쫓아내기에 이른다. 따라서 김승지에게 쫓겨난 지 3년여 만에 장쇠가 고향 미륵동으로 돌아왔다는 소문은 농민들에게 김승지와의 대결이 본격화될 것을 알리는 징후로 받아들여진다.

그런데, 소설적 갈등의 출발이라고 할 수 있는 장쇠의 귀향은 구체적인 사건으로 제시되지 않고 '소문'의 형태로 제시된다. 장쇠는 「농민」에서 한식날 밀장한 부모의 묘를 찾아 밤늦게 성묘를 가는 아버지 원치수와 만나는 대목과 동학의 지도자가 되어 김승지와 박의관을 징치하는 대목에서 잠시 모습을 드러낸다. 「농군」에서는 윤판서의 잔칫날에 봉변을 당하고 있는 일양을 구출할 때에만 등장한다.[14] 이처럼 구체적인 형상이 아니라 소문으로만 존재하는 장쇠의 귀향이

---

14) 작가는 「노농」을 연재하기에 앞서 "2권에서는 장쇠가 다시 농군이 되려고 들어오다가 마침 일본이 합병을 하려들매 의병대장이 되어 미륵동에 나타났으나 국운은 이미 기울어 한일합방이 되는 것을 보고 구름처럼 사라진데서 끝이 나는 것이다"라고 적고 있지만, 우리가 지금 볼 수 있는 텍스트에서는 장쇠의 의병 활동은 전혀 드러나지 않는다. 대신 장쇠의 아버지 원치서의 삶과 박일양과 미연 사이의 애정 문제가 전경화되어 있을 뿐이다. 장쇠가 소문에서 벗어나 하나의 실체로서 소설 속의 세계에 드러내는 것은 「노농」에 이르러서이다. 경술국치 이후 장쇠는 비로소 미륵동으로 되돌아와 자작농에의 꿈을 이루기 위해 방축계를 결성하고 개간 사업에 열중하는 등 농민으로서의 일상적인 삶을 살기 시작한다.

“미륵동과 탑골은 말할 것도 없거니와 근동 일대를 박작 뒤집어 엎”(176면)을 만큼 중요한 관심사로 떠올랐던 것은, ‘동학난리’, ‘을사보호조약’, ‘한일합방’과 같은 역사적 사건과 맞물려 있었기 때문이다. 미륵동 농민들에게 있어 장쇠의 귀향은 김승지에 대한 개인적인 복수보다는 지배계급에 대한 집단적인 저항의 맥락으로 받아들여졌던 것이다.

그래서 장쇠의 귀향 소문은 진위 여부와는 무관하게 자체적인 전염성을 지니고 농민들을 포섭해버린다. “동학 난리로 세상이 소란할 때라 장쇠와 동학란과는 그 무슨 관련이나 있는 것 같은 인상을 주어 여인네들은 여인네대로 사내는 사내대로 안방과 봉놋방에 들어앉아서는 장쇠 이야기에 밤이 깊는 줄도 몰랐”(177면)던 것이다.

> 마침 전라도에서 동학난리가 일어나, 여기 충청도에서 민심이 소란할 때다. 이 고장에서 하룻길밖에 안되는 괴산(槐山)에서는 벌써 원님의 모가지가 잘리고 관가에 불을 질러 양반이란 양반은 모조리 잡아다가 목을 벨 놈은 목을 베고 볼기를 칠 놈은 볼기를 쳐서 내어보냈다는 소문이 떠돌고 있을 무렵이기도 했다.
> “괴산은 남의 골이기나 하잖나베? 괴산은 그만두구 우리 골에서두 동학군이 문경 새재를 넘어 들어온다는 소문에 신발도 못 신고 버선바닥으로 들구 튀었다데나……젠장할 거! 어찌됐든 한번 뒤집혀나 봐라!”
> 모두가 뜬소문이기는 했으나 이런 소리가 핑핑 떠들어오기도 할 때라 어디서 문소리만 좀 크게 나도 눈이 휘둥그레질 판이다.
> 그러난 소문만 그랬지 장쇠를 보았다는 사람은 하나도 없다. 혹은 저의 집으로 들어가는 것을 보았다기도 하고 혹은 그런 것이 아니라 엿목판을 진 어떤 떠꺼머리 총각이 장쇠네 집 소식을 자꾸 캐어물어서 그것이 장쇠라는 말이 되었다기도 하고, 읍내 장에서 장쇠가 사람들을 모아놓고 막 떠들었다더라—이런 말이 들리는가 하면 정말 장쇠가 울 뒤에서 세수하는 걸 보았다는 사람도 있어 통 갈피를 잡을 수가 없다.
>
> (174면)

역사적 사건이 이처럼 소문의 형태로 농민적 일상에 개입하는 방식은 19세기 말 20세기 초의 상황을 고려할 때, 충분히 이해할 만하다. 당시 농민들은 역사적 사건에 대해서조차 '신뢰할 만한' 정보를 거의 갖고 있지 못했다고 보는 것이 타당할 것이다. 소수의 지식인들만이 신문, 잡지와 같은 현대적인 대중매체를 이용하여 사건을 분석하고 의미를 생산할 수 있었던 것이다. 따라서 문자성의 세례를 받지 못한 농민들은 '동학난리'와 같은 사건들에 대해서 폭넓고 정확한 정보를 얻을 수 없었다. 그래서 사람과 사람을 직접 연결하는 전통적인 커뮤니케이션 방식에 따라 정보를 교환하고 유통시킬 뿐이었다. 그런 의미에서 소문은 구술문화의 전통 속에 있었던 농민들이 이용할 수 있는 거의 유일한 방법이었다고 할 수 있다. 근거가 불확실하고 사실과 의견이 혼재되어 신뢰성을 얻기 어려웠지만, 소문은 역사적 사건에 대한 정보를 공유하고자 하는 농민들의 욕망을 담고 있는 것이다.

비록 장쇠의 귀향에 대한 미륵동 농민들의 관심은 사람들의 입을 거치면서 "으레껏 끝판에 가서는 얼토당토않은 이야기"(176면)가 되고 마는 소문의 일반적 형식에서 벗어나지 못하지만, 소문의 과잉은 그 자체로 지배체제의 위기를 표현한다. 소문에 대한 김승지의 반응은 전통적인 질서가 위기에 봉착했음을 단적으로 보여준다. 장쇠의 아내를 겁탈하고 장쇠에게 매질을 가해 미륵동에서 쫓아내도록 명했던 무소불위의 김승지였지만, '동학난리'라는 격변의 회오리 속에서 장쇠의 귀향에 전전긍긍하지 않을 수 없었던 것이다. 그래서 김승지는 장쇠의 귀향 소문, 더 나아가 변화를 갈구하는 농민들의 집단적 담론을 통제하고자 한다. 김승지가 마을 사람들을 잡아다 놓고 소문의 진원지를 찾아내고자 하는 것은 그러한 목적에서 이루어진 것이다. 그런데, 소문의 진원지를 찾을수록 김승지가 만나게 되는 것은 거대한 익명성이다. 소문은 항상 현존하고 있지 않은 사람의 말을 참조하고 인용하는 담론 형식이다. 소문의 유통 과정은 "누가 말했다더라"라는 간접화법을 기본 형식으로 하고 있는 것이다. 그래서 소문 속에서 인용된 발화주체는 분명하지 않다. 그 역시 다른 누군가를 인용함으로써만 존재하기 때문이다. 따라서 소문 속에서의 발화 주체는 소문이 유통되는 집단 내의 인물인 것은 분명하지만, 다른 사람을 인용함으로써만 존재한다는 점에서 철저하게 익명적인 존재라고 할 수 있다. 소문은 "전달된 비독립적인 말로서 인용의 인용"15)인 것이다. 결국 소문의 진원지를 찾아내어 농민적 담론을 통제하고자 하는 김승지의 노력은 수포로 돌아가고 만다.

「농민」 연작에서 농민들은 이처럼 소문을 통해 역사적 사건에 관한 단편적인 정보를 교환하고 공유하면서 사건의 실체에 독자적으로 접근한다. 사건과 사건, 단편적인 정보들 사이에 존재하는 결락이나 빈틈을 추측과 의문과 해석으로 보충하면서 자신들의 욕망을 담아내는 것이다. 그것은 소문의 또 다른 속성, 곧 사건과 사건 사이의 빈틈을 채워 넣을 수 있는 "빈틈이 있는 인용"16)이라는 사실과 관련된다. 다른 사람의 말을 인용하되, 말하는 사람이 사건과 사건 사이에 존재하는 여백들을 채워 넣어 보다 완결된 이야기로 만들어가는 것이다. 소문 속에서 사람들은 혼자가 아니다. 다른 사람의 말을 참조하면서 사람들은 희망과 불안, 그리고 기대를 나누어 가진다. 그래서 소문은 끊임없이 덧붙여지면서 집단적인 말이 되고, 나아가 계층적 무의식과 상응하게 된다. 마치 농담이 개인의 무의식을 드러내듯이17) 소문은 집단의 무의식을 포함하는 것이다. 이렇듯, 구술담론으로서의 소

---

15) 한스 J. 노이바우어, 『소문의 역사』, 박동자·황승환 역, 세종서적, 2001, 17면.
16) 같은 책, 108면.
17) 소문은 일종의 "사회적" 농담이라고 말할 수 있을 지도 모른다. 압축·전치·전위 등 농담의 기술 등은 소문의 유통 과정을 분석하는 데 많은 도움을 줄 것이다. 본고를 구상함에 있어서 지그문트 프로이트의 『농담과 무의식의 관계』(임인주 역, 열린책들, 2003 재판)로부터 많은 도움을 받았다.

문은 문자성에 의존한 현대적인 매스미디어와 달리 발화 주체를 은폐함으로써 집단화된 담론공동체를 형성한다. 그래서 소문 속에서 화자는 오직 익명적이면서 동시에 집단적인 존재로서 가시화된다. 그 결과, 김승지는 소문이라는 부재하는 군중들의 담론 속에 포위되어 버린다. 소문은 더 이상 통제되지 않는다. 소문이 김승지의 통제를 벗어나자 김승지가 오랫동안 구축해놓았던 담론적 헤게모니 역시 위기에 처하게 된다.

요컨대, 김승지를 불안에 떨게 했던 것은 장쇠라는 인물이라기보다는 장쇠를 둘러싼 소문이었다. 장쇠가 귀향한다면 자신의 삶을 위협하는 실체가 드러남으로써 김승지의 대응을 가능하게 할 것이다. 하지만, 실체가 드러나지 않는 익명적이고 집단적인 소문을 통해서 표현되고 있는 농민들의 저항적 의식이야말로 김승지를 불안에 떨도록 했던 것이다. 결국, 장쇠의 귀향 소문은 역사적 풍문과 결합하면서 미륵동 사람들의 감추어졌던 무의식을 표면에 드러내는 계기라고 할 수 있다. "젠장할 거! 어찌됐든 한번 뒤집혀나 봐라!"(174면)라고 내뱉는 농민들의 말은 그것을 잘 보여준다. 현실에 대해 불만을 지니고 있으면서도 적극적으로 저항할 수 없었던 농민들은 소문이라는 매체를 통해서 자신들의 열망을 드러낸다. 신분적 질서와 봉건제도를 혁파하고자 하는 무의식적 열망이 장쇠의 귀향에 투영됨으로써 소문은 생명력을 얻게 되었던 것이다.

그런 점에서 장쇠의 귀향 여부와는 상관없이 소문은 농민들의 정치적 의식을 촉발시키는 매개라고 할 수 있다. 단순히 사건을 전달하는 객관적인 언어가 아니라 그것을 통해서 자신들의 집단적 무의식을 표현하는 정치적인 언어인 것이다. 따라서 소문에서는 현대적인 매스 미디어가 요구하는 객관성, 동일성, 신뢰성 등을 문제삼을 필요가 없다. 그 대신 자신들을 둘러싼 역사적 상황에 대해서 제한된 정보만을 접할 수밖에 없었던 서발턴 농민이 소문을 통해서 어떻게 자신들의 욕망을 담아냈는가에 주목해야 한다. 농민들은 소문을 통해 담론을 형성하고, 그것을 통해서 지배자들에 맞서 변화를 도모할 수 있는 가능성을 획득하게 되는 것이다.

3. 소문의 전복적 성격과 농민 봉기의 정치적 의미

장쇠의 귀향과 함께 촉발된 소문은 농민들의 정치적 무의식을 각성시키고, 더 나아가 정치적 행동으로 구체화된다. 풍문으로 전해진 역사적 사건과 장쇠의 귀향이 맞물리면서 농민들은 소문을 통해서 김승지로 대표되는 전통적인 담론적 헤게모니에 맞서기 시작한다. 마을 사람들은 사사로운 사건 하나하나에 의미를 부여하면서 자신들의 담론을 형성해갔던 것이다. 소문이 소문을 낳았고, 소문을 끊임없이 확대재생산하면서 농민들은 자신들의 기대와 열망을 독자적인 언어로 이야기할 수 있게 된다. 장쇠의 귀향 소문에 이어지면서 "이튿날 떠돈 두 가지 소문"(181면)은 농민들의 의식이 발전하고 있음을 보여준다.

장쇠의 귀향과 맞물려서 떠도는 첫 번째 소문은 장쇠가 돌아왔다는 소식을 들은 김승지가 놀라서 졸도했다는 소문이다. 이 소문은 김승지의 시중을 들던 음전의 입을 통해서 시작된 것이었음에도 불구하고 사실과는 다르다. "장쇠란 소리에 벌떡 일어난다는 것이 어찔해지며 밥참상에 가서 쓰러졌던 것"이 이튿날 "장쇠가 왔다는 소실에 놀라 나자빠져서 게거품을 부걱부걱 내뿜었다는 것"(187면)으로 과장되었던 것이다. 물론 이러한 과장과 왜곡은 소문의 일반적 속성이라고 할 것이다. 하지만 우리가 주목해야 할 것은 '진실'의 차원이 아니라 '효과'의 차원이다. 이러한 소문이 떠돌면서 그동안 미륵동 농민들에게 무소불위의 권위와 권력을 지닌 제왕적 존재로 군림하던 김승지의 체면과 위신이 땅에 떨어지고 말았던 것이다. 장쇠는 김승지조차 벌벌 떨게 만들 정도의 힘을 가진 존재로 새롭게 인식되었던 반면에 김승지는 장쇠 때문에 두려움에 떨고 있는 나약한 존재가 전락하고 만 것이다. 김승지가 음전을 내쫓는 것은 그녀가 자신의 권위에 대해서 심각한 훼손을 가져왔기 때문이다.

소문이 지니는 이러한 전복적 효과는 봉놋방에서의 마을 사람들의 대화에서 다시금 확인해 볼 수 있다. 장쇠의 아버지 원치수가 아들에 대한 마을사람들의 생각을 알아보기 위해 봉놋방에 들렀을 때, 전혀 새로운 형태로 변화하고 있는 농민들의 모습을 만나게 된다. 농민들은 이제 김승지의 딸 미연과 장쇠를 천생연분으로 만들어내면서 새로운 담론으로 만들어간다.

> 곰보는 여기서 잠깐 쉬어 수염을 쓰윽 쓰다듬고서,
> "각설하고—그 일이 있은 뒤로 미연이는 밤낮 생각느니 원장군이라. 그 의젓한 장군의 얼굴이 눈에 삼삼, 태봉이 다 흔들리는 듯싶던 장군의 음성은 귀에 쟁쟁, 날이 갈수록 장군 그리운 생각만이 꿈결에만 오락가락하니 소저의 마음이……"
> 박태복이가 한참 신바람이 나서 춘향전 읽는 식을 하니 방안이 그만 뒤집힌다. 젊은 패들은 배를 안고 뒹굴고 웃는데 성업이와 응서는 태복이를 쥐어지르고 법석이다.
> 오직 웃지도 않고 말도 없이 앉아 있는 것은 치수뿐이었다. 이런 허황된 웃음엣소리가 어쩌다가 김승지 귀에 들어갔을 때에 당한 봉변에 그는 진저리를 치고 있었던 것이다.
>
> (239면)

인용문에서 잘 드러나듯이 자신들이 가지고 있는 제한된 정보, 예컨대 김승지의 딸 미연이 장쇠를 구해준 일과 미연이 늦게까지 결혼하지 않는 일 사이에 존재하는 여백들을 스스로 채워가면서 신분적 차이 때문에 꿈조차 꿀 수 없는 미연과 장쇠의 결혼을 상상하기에 이른다. 이처럼 전통적인 신분질서에 대한 불경스러운 조롱과 모독을 통해서 소문은 질서의 '상징적인' 전복자로서의 역할을 담당한다. 웃음이 지니는 유쾌한 전복을 통해서 그들은 자신들의 해방된 미래를 그려볼 수 있는 것이다. 그것은 전통적인 질서에 대한 완전한 전복이라는 의미에서 카니발적이다.[18] 소문은 전복적인 담론의 생성지이면서 동시에 유쾌한 놀이인 것이다.

장쇠의 귀향과 더불어 미륵동을 떠도는 또다른 소문은 김승지와 박의관의 회동 소식이다. 미륵동과 탑골을 지배하는 김승지와 박의관은 오랫동안 미워하던 사이였음에도 불구하고 장쇠의 귀향 소문이 나자 서로 만나 오랫동안 밀담을 이야기를 나누었다는 것이다. 이 소문 역시 확인되지 않은 것이지만, 이 소문이 차지하는 소설적 기능 역시 적지 않다. 사실 미륵동과 탑골의 농민들은 지주들의 이해관계 때문에 상대방에 대한 적개심을 무분별하게 드러내고 있었다. "이렇듯 두 동리는 아주 딱 갈라져서 사람들은 고사하고 어쩌다 두 동리 개가 만나도 떼쌈이 벌어지는 것이었다."(184면) 이러한 동리 싸움은 김승지와 박의관의 대립을 공간적으로 재생산하는 차원이었지만, 이제 장쇠의 귀향과 함께 새로운 대립이 발생한다. 김승지와 박의관의 결탁을 통해서 양반 대 상놈, 지주 대 농민의 대립으로 변화하는 것이다. 미륵동 농민들의 정체성은 이렇듯 지배계급과의 차이를 통해서 비로소 형성된다. 안토니오 그람시가 서발턴은 오직 일련의 부정을 통해서만 자기를 인식할 수 있다고 지적했듯이[19] 농민들은 자신

---

18) 민중문화의 카니발적 성격에 대해서는 미하일 바흐찐의 『프랑수아 라블레의 작품과 중세 및 르네상스의 민중문화』(이덕형 · 최건영 역, 아카넷, 2001)를 참조할 수 있다.

19) "기본적으로 부정적이고 호전적인 농민들의 태도는 단지 계급의식의 단초를 보여주는 어렴풋한 불빛에 지나지 않는다. 민중은 자기 자신의 역사적 정체를 명확히 의식하지 못할 뿐더러, 적의 역사적 정체나 분명한 한계도 의식하지 못한

이 양반이 "아니라는 사실"을 인식함으로써 자신을 인식할 수 있게 된 것이다.

물론 농민적 정체성이 저항적 존재만을 생산하는 것은 아니다. 차이의 방식이 아니라 모방의 방식으로 자기 정체성을 구성하기도 한다. 이러한 흉내내기의 방식을 대표하고 있는 존재가 돌이이다. 그는 힘에 있어서 결코 장쇠에 뒤지지 않지만, 미련했던 탓에 항상 장쇠에게 패배한다. 씨름판뿐만 아니라 금순을 둘러싼 대결에서 패배한 그는 결국 "장쇠한테 대한 불길같은 복수심"(195면)과 "세도에 눈이 어두워"(196면) 김승지의 종이 되기를 자청한다. 그의 이러한 선택은 일본 제국의 경찰이 되는 것에까지 계속된다. 그는 계층적으로나 민족적으로 자신의 출신을 부정하고 지배자를 흉내냄으로써 존재의미를 발견하고자 했던 것이다. 하지만, 끝없는 모방에도 불구하고 돌이는 농민 출신으로서의 한계 때문에 지배자의 위치에 올라설 수 없었다. 지배자로부터 항상 "문맹" "무식" 등의 이름으로 무시당하면서 타자적 위치에 서 있는 자신의 모습을 발견할 수밖에 없었던 것이다.

이처럼 순응과 저항 사이에서 분열되어 있는 농민들의 집단적 정체성은 미래에 대한 상상적 기획에도 영향을 미친다.[20] 농민들의 미래에 대한 의식은 부정적인 방식, 곧 뒤집어엎기[顚覆]의 차원에 머물고 있는 것이다. 「농민」의 결말 부분에서 잘 드러나듯이 김승지와 박의관을 징치하기 위한 봉기에 참여했던 농민들은 미래에 대한 창조적인 비전을 획득하지 못한 채 "젠장할 거! 어찌됐든 한번 뒤집혀

다. 역사적으로 수세에 몰렸던 하층계급들은 적의 정체와 계급적 한계에 대한 일련의 부정을 통해서만 자아를 의식할 수 있(……)다" (안토니오 그람시, 『옥중수고선집』, 케이트 크리언, 『그람시·문화·인류학』, 김우영 역, 도서출판 길, 2004, 142면에서 재인용)

20) 농민봉기에 대한 탈식민주의적 접근에 대해서는 김택현의 「구하와 식민지 시대 인도 농민 봉기의 역사」(『서발턴과 역사학 비판』, 박종철출판사, 2003)에서 많은 도움을 얻었다. 이 글에서 저자는 라나지뜨 구하의 연구업적을 상세하게 소개하면서 인도의 서발턴 농민들이 보여주었던 봉기의 성격을 새롭게 규정하고 있다.

나 봐라"(174면)는 차원에서 봉기에 참여했던 것이다. 그들의 봉기는 세상을 뒤집어엎는 것, 그들이 종속되어 있는 신분 중심의 사회 질서를 전도시키는 것이었을 뿐이다. 그러한 성격을 잘 보여주는 것이 김승지의 죄상을 추궁하는 과정에서 장쇠와 미연을 결혼시키라고 요구하는 「농민」의 결말 부분이다. 그것은 앞서 봉놋방에서의 에피소드를 통해서 드러났던 웃음을 통한 상징적 전복 과정이 구체적인 행동으로 나타나는 것이라고 할 수 있다. 하지만, 장쇠와 혼인하겠다는 미연의 말에 의해서 투쟁성을 상실할 만큼 허약한 것이기도 했다. 그들의 비전은 신분 질서라는 전통적인 질서에 기대어서만 표현될 수 있었던 것이다. 이것이야말로 농민계층과 농민 봉기의 종속성(subalternity)[21]을 보여주는 것이라고 할 수 있다.

농민 봉기의 종속성을 보여주는 또 다른 요소는 지역성(locality)의 문제이다. 농민적 삶이 땅에 대한 본능적인 애착을 벗어나서 존재할 수 없었던 것처럼 지역성은 농민들의 삶을 구성하는 기본원리라고 할 수 있다.[22] 소설적 발단을 이루는 장쇠의 귀향뿐만 아니라, 소설적 결말을 이루는 농민들의 봉기 역시 이러한 지역성과 무관하지 않다. 「농민」에서 농민들의 봉기는 장쇠를 매개로 해서 동학이라는 보다 광범위한 세계변혁 운동과 관계를 맺고 있는 것처럼 암시되기는 하지만, 뜸마을(미륵동과 탑골)이라는 공간적 한계를 벗어나지 못한 채 김승지와 박의관에 대한 도덕적 단죄의 성격을 띤다. 「농군」이나 「노농」에서의 농민적 저항 역시 지역성에 기반을 둔 것이다. 「농군」에서 박

---

21) "하위 사회집단의 역사는 단편적이고 삽화적일 수밖에 없다.(……) 하위집단들은 언제나 지배집단들의 활동에 예속되는데, 그들이 반란을 일으키고 봉기했을 때조차도 그러하다. 오직 '영구적인' 승리를 거두었을 때에만 그 종속은 타파되는데, 그것도 즉각적으로 되지는 않는다. 실제로, 하위집단들이 승리한 것처럼 보일 때조차도 그들은 단지 스스로를 방어하는데 골몰할 뿐이다"(안토니오 그람시, 「이탈리아 역사에 대한 수고」, 『그람시의 옥중수고』 2, 이상훈 역, 거름, 1994, 74면)

22) 김택현, 앞의 책, 114~115면.

일양 때문에 남편에게 소박을 맞고 친정으로 쫓겨난 미연은 「노농」에
서 김승지의 뒤를 이어 가산을 유지하는 역할을 떠맡지만, 여자라는
이유만으로 서울댁에게 그 자리를 빼앗기고 만다. 그런데, 서울댁이
표상하는 공간적 외재성과 폭력적 남성성은 여성적 존재로서의 미연
에 대한 연민과 동정을 불러일으키는 한편 외부인에 대한 농민들의
본능적인 공포를 자극한다. 그 결과 「노농」의 대단원에서는 장쇠·
미연을 중심으로 한 미륵동 농민들과 서울댁과 결탁한 일본 제국주
의와의 대결로 치환된다. 타지 출신 지배자인 서울댁에 대한 분노를
일본 제국주의에 대한 거부로 전이시킴으로써 3·1운동을 민족적인
저항으로 확장시키는 것이다. 그 과정에서 미륵동 농민들은 일본 제
국주의에 의해 침탈당하는 나약한 여성의 이미지로 상상되며, 동시
에 차이를 지니지 않는 단일한 공동체로 상상되기에 이른다. 「농민」
을 지배했던 지주와 소작인, 김승지와 미륵동 농민 간의 차이와 대립
이 「노농」에 이르러서는 낯선 존재로서의 서울댁(더 나아가 일본 제국주
의)의 개입과 함께 사라져 버리는 것이다.

　「농민」 연작의 대단원을 형성하는 농민들의 집단적 봉기는 이처럼
당대 사회의 구조적 모순에 대한 저항적 의식을 표현하는 것이기는
하지만, 동시에 지역성에 입각한 농민계층의 세계 인식을 잘 보여주
는 것이다. 또한 변화에의 열망을 새로운 세계에 대한 비전으로 확장
시킬 수 있는 유기적 지식인[23]을 갖지 못했을 때 겪게 되는 좌절과
혼돈을 보여주는 것이기도 하다. 전통적 지식인이었던 박일양이 자
신의 계급에 대해 회의하는 과정 속에 존재하는 인물이며, 민중적 삶
속으로 뛰어들 만큼 구체화된 것은 아니었다. 농민 계층 출신인 장쇠

---

23) 전통적 지식인과 유기적 지식인의 개념적 구별에 대해서는 안토니오 그람시의
　　『옥중수고』(위의 책, 15~23면)에 언급되어 있다. 이에 대한 보다 자세한 논의는
　　케이트 크리언의 『그람시·문화·인류학』 제6장 「지식인과 문화의 생산」을 참
　　고할 수 있다.

는 개인적인 원한과 복수심에서 출발하여 동학과 만남으로써 현실을 변화시키려는 실천적 의지를 확보했지만, 자기계급의 역사적 위치에 대한 자각에까지 이르지는 못했던 것이다. 결국 「농민」 연작에서 농민들의 봉기는 특정한 역사적 상황 속에서 억눌려왔던 농민들의 욕망이 '일시에' 그리고 '직접적으로' 폭발하였던 사건에 지나지 않는다.

그러나 이러한 사실이 「농민」의 소설적 실패를 말하는 것은 아니다. 만약, 「농민」이 성공할 수 있었다고 한다면, 그것은 장쇠가 영웅적 성격에도 불구하고 현실 속에서 거의 드러나지 않았기 때문이다. 그가 지도자로서 농민들의 삶을 이끌어나갈 때 농민들은 의식화의 대상으로 전락하고 말았을 것이다. 또한, 장쇠의 의식 성장 과정이 결락되어 있다는 비판[24] 역시 재고될 필요가 있다. 농민들이 '의식적으로' 각성되었을 때에만 봉기에 참여할 수 있으리라는 가정은 하위계급으로서의 농민의 계층적 특성에 대한 오해에서 비롯된 것이다. 의식적으로 봉기에 참여할 수 있는 존재란 서발턴이라기보다는 지식인 엘리트에 가깝다고 할 수 있다. 반면에 농민들은 지배층이나 엘리트들과는 '다른' 방식으로 자신들의 삶을 이해하였고, 그러한 이해 속에서 봉기에 적극적으로 참여하였던 것이다. 누구의 통제도 받지 않는 자연발생적인 봉기의 형태야말로 서발턴 농민이 역사와 '직접적으로' 만나는 방식이었던 것이다.

4. 「농민」 연작의 의미와 한계

이무영은 「농민」 연작에서 농민들을 하나의 주체로서 새롭게 드러

---

24) 이봉범, 앞의 글, 526~531면.

내고 있다. 그것은 '외부로부터 유입된' 귀농 엘리트들이 등장하지 않고 있다는 점과 관련된다. 지식인의 귀농모티프에 기반하고 있는 「흙의 노예」는 농민들의 의식을 지식인의 눈을 통해 그려내고 있다는 점에서 지극히 권력적인 담론이라고 할 수 있다. 그런데, 「농민」 연작에 이르러서 이무영은 농민들이 엘리트들에 의해서'만' 파악될 수 있다고 말하지 않는다. 농민들은 지식인의 눈에 비친, 그래서 계몽의 대상으로 규정된 무지한 존재가 아니라 스스로 발언하고 자신들의 세계인식에 따라 능동적으로 행동하는 집단으로 그려진다.

이무영의 「농민」 연작에서 주체적 농민에 대한 이해는 소문이라는 담론 구성 방법과 밀접한 관련을 지니고 있다. 소문의 담론적 형식은 사건과 언어와의 객관적 일치를 문제삼을 수 없는 방식으로 이루어져 있다. 소문의 중요성은 바로 여기에서 출발한다. 장쇠의 귀향이 하나의 소문으로 무섭게 퍼져나갈 수 있었던 것은 바로 농민들이 집단적 무의식이나 소망, 기대 등과 결합되었기 때문이다. 따라서 소문의 가치를 객관적 사건과의 동일성 여부에 따라 판단하는 것은 무의미하다. 소문이 유통되는 과정에서 드러나는 압축과 왜곡, 전치야말로 구비적인 전통 속에서 존재하는 농민들이 자신들의 집단적 무의식을 표현하고 조직화하는 과정으로 이해되어야 하는 것이다. 동학난에 대한 수많은 소문들이 결국에는 농민들의 저항적 의식을 각성시켜 '지역적인' 봉기로 이끌었던 것은 아니었을까. 그런 맥락에서 볼 때 소문은 근대적인 매체에 맞서는 저항의 중심지였던 것이다.

이처럼, 소문의 비공식적이고 집단적이고 익명적인 특성은 진실 여부와는 무관하게 농민들의 의식과 삶을 반영하고 있다. 그것은 지배계급의 언어로서 표현되지 않는 빈틈을 파고들어 자신들의 해석을 집어넣는다는 점에서 명확히 정치적이다. 그것은 농민들이 공동체 내에서 자신들에 대한 이해를 공론장 속에서 만들어가는 과정 중의 말이며, 역사를 해석하는 하나의 구성물이자, 집단적인 무의식이 표출된 정치적인 담론이었다. 그런 맥락에서 보았을 때 농민들의 봉기 역시 소문과 마찬가지로 명확히 농민적 의식에서 출발한 정치적 투쟁이었다. 따라서 계몽주의적 시혜의식이나 프롤레타리아적 계급의식과는 다른 농민적 삶의 양상을 보여준다. 지금까지 우리는 공식적이고 논리적인 언어로서 포착할 수 없는 하위계급으로서의 삶에 대해서 주목하지 못하고 있었을 뿐이다.

그런데, 우리는 「농민」 연작을 읽으면서 이무영의 작가의식을 전혀 문제삼지 않았다. 「농민」 연작에 대한 탈식민주의적인 독해를 통해서 "침묵을 강요당하고 있던" 농민들의 말을 복원하고자 했을 뿐이다. 「농민」에 대한 전복적 독해를 통해서 텍스트 속에서 은밀하게 감추어졌던 서발턴 농민들의 목소리를 듣고자 했던 것이다. 따라서 「농민」 연작에 대한 탈식민주의적 접근이 작가 이무영이 탈식민주의적 의식을 가진 작가라는 것을 말하는 것은 아니라는 사실을 분명하게 밝힐 필요가 있다. 실제로 농민들의 삶을 재현하는 과정에서 작가 이무영은 농민적 저항의 근본요인을 계급적·경제적 차원에서 찾지 않고 지배계급의 도덕적 타락에서 찾고 있다. 이러한 도덕적 이분법이 농민들의 삶과 공동체의 역사를 형상화하는 과정에서 소설적 육체를 앙상하게 만들고 있음은 말할 것도 없다. 또한 「노농」에서 잘 드러나듯이 농민들을 하나의 공동체로 상상함으로써 민족주의적 담론으로 포섭한 것도 소설적인 단순화를 초래하고 있다.

서발턴 농민집단은 다양한 이질성을 지닌 구성원들로 구성된다. 그들은 명확한 자의식을 지니지 않고 있기 때문에 동일한 세계관을 공유하기 어렵다. 하지만, 비동질적 집단으로서의 농민들은 고립된 것처럼 보여도 보다 큰 정치적·경제적 실체에 속해 있다는 점 역시 분명하다. 그런 점에서 볼 때 「농민」 연작은 위계와 불평등을 내포한 비동질적 집단으로서의 서발턴 농민들의 삶을 지나치게 단순화한 작품으로 평가받을 수 있을 것이다. 주인공의 개체성을 제거하고 대표성을 부여함으로써 주인공의 행위를 개인의 행동이라기보다는 민족적 저항의 행위로 재현하고 있는 것이다. 서발턴 농민들이 살아가고 있는 삶의 논리성·인과성을 과장하고, 그것을 민족주의적 역사로 재해석함으로써 「농민」, 「농군」, 「노농」 각각을 동어반복적으로 구성하고 만 것이다. 이러한 역사의식의 과잉이야말로 「농민」 연작이 완성되지 못한 궁극적인 이유이자, 이 작품의 한계라고 할 수 있을 것이다.

(≪현대소설연구≫ 제26호, 한국현대소설학회, 2005년 6월 30일 全載)

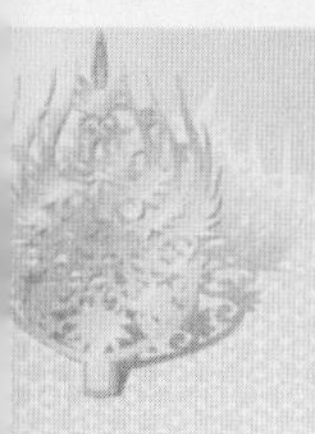

한국전쟁과 여성의 존재 양상

염상섭의 「미망인」

1. 여성 혹은 전쟁의 피해자

한국전쟁은 모든 민족 구성원들의 일상적 세계를 붕괴시켰다. 자의에 의해서건 타의에 의해서건 개인들은 전쟁 속으로 끌려 들어가 삶과 죽음의 기로에서 헤매거나, 혹은 친숙했던 세계로부터 쫓겨난 채 낯선 공간 속에서 피난살이를 해야만 했다. 그래서 전쟁은 사회 구성원 모두에게 씻기 어려운 육체적·정신적 상흔을 남겨주었던 것이다. 1950년대 문학이 상처의 치유에 골몰할 수밖에 없었던 것은 한국전쟁 이후의 삶이 일상성의 붕괴라는 충격에서 완전히 벗어나지 못했음을 반증하는 것이다.

염상섭은 1950년대에 들어서서 10여 편의 장편소설(미완 포함)을 비롯한 수많은 단편소설을 발표하였다. 양적인 면만을 살펴보았을 때 염상섭은 단편 중심의 1950년대 소설계에서 독보적인 역량을 과시하고 있는 셈이다. 그런데, 「취우」(1952), 「미망인」(1954), 「젊은 세대」(1955), 「화관」(1956~1957), 「대를 이어서」(1959) 등의 장편소설에서 가장 중요한 소설적 전제 중의 하나는 바로 전쟁의 상처가 육체적인 훼손이나 정신적인 충격뿐만 아니라 전통적인 사회적 관계의 붕괴로서 나타나고 있다는 점이다. 그것은 전쟁에 직접 참여했던 젊은 남성들의 전장 체험에 집중되었던 신세대 작가들과는 달리 염상섭의 소설적 관심이 후방에서 이루어지던 일상적인 삶에 집중되어 있었던 것에서 연유한 다. 한국전쟁 중에 씌어졌던 장편 「취우」에서 분명하게 드러났던 바, 이념적인 대립과 갈등을 일상인의 시각에서 바라봄으로써 전쟁의 무 의미성과 욕망의 불변성을 포착하고자 했던 것이다.[1]

그런데, 1950년대 이루어진 염상섭의 문학 활동에 대한 연구는 미 진한 편이다. 일반적으로 1950년대 문학에 대한 연구가 '신세대' 작 가들에 집중되어 있었던 까닭에 '구세대'의 대표적인 작가였던 염상 섭에 대한 관심은 작가론을 통해 포괄적인 형태로 표현된다. 하지만, 염상섭 연구의 토대를 이루고 있는 작가론[2]들에서조차 이 시기에 대 한 관심은 극히 미미하다. 「표본실의 청개구리」, 「만세전」, 「삼대」 등 식민지 시대에 발표되었던 작품들이 집중적인 분석의 대상이 되었던 반면, 이 시기에 발표된 작품 가운데에서는 「취우」[3]만이 주목되었을 뿐이다. 「젊은 세대」나 「화관」, 「대를 물려서」 등에 대한 작품론이 있긴 하지만, 대부분 『염상섭 전집』이 출간되면서 씌어진 해설에 불 과할 뿐이다.[4]

본고에서 검토하고자 하는 「미망인」과 「화관」 연작 역시 본격적인 검토가 거의 이루어지지 않고 있다. 「미망인」은 ≪한국일보≫ 창간을

---

1) 졸고, 「염상섭의 '취우'에 나타난 일상성에 관한 연구」, ≪관악어문연구≫, 1992.
2) 김종균, 『염상섭 연구』, 고려대출판부, 1974.
  김윤식, 『염상섭 연구』, 서울대출판부, 1987.
3) 김영화, 「염상섭의 '취우'」, 『현대작가론』, 문장, 1983.
  김원수, 「염상섭 소설의 변모 양상」, 서강대 석사논문, 1984.
  조건상, 「안일한 속물들의 드라마」, 『염상섭전집』 7, 민음사, 1987.
  신영덕, 「'취우'에 나타난 현실인식의 성격」, ≪한국의 전후문학≫, 태학사, 1991.
  김승환, 「염상섭론―상승하는 부르주아와 육이오」, ≪한국학보≫, 1994. 3.
4) 신범순, 「'이대'를 통한 분단 현실의 일상적 의미화」, 『염상섭전집』 8, 민음사, 1987.
  류보선, 「역사 감각의 상실과 풍속으로의 함몰」, 『염상섭전집』 8, 민음사, 1987.

기념하여 1954년 6월 16일부터 12월 6일까지 151회에 걸쳐 연재되었던 1,300매 내외의 장편소설이다. 그런데, 신문에 연재될 당시 작가의 의욕적인 열정에도 불구하고 독자들의 관심을 크게 끌지 못했을 뿐만 아니라, 연재 후에도 단행본으로 발간되지 않음으로써 연구자들의 주목을 받지 못했다. 「미망인」의 속편인 「화관」 역시 1956년 9월부터 이듬해 9월까지 ≪삼천리≫에 연재되었지만, 사정은 크게 다르지 않다.

이런 맥락에서 김경수의 『염상섭 장편소설 연구』[5]는 1950년대에 발표되었던 염상섭의 장편소설에 대한 총체적인 접근을 시도했다는 점에서 높이 평가될 만하다. 그는 「전후 염상섭 장편소설의 전개」에서 "전후 사회와 미망인의 발견"이라는 표제 아래 「미망인」과 「화관」에 주목한다. 즉, 「미망인」과 「화관」 연작은 "횡보의 소설적 상상력이 전후의 현실에서 새롭게 발휘된" 작품으로, '전쟁미망인'을 "전후의 현실을 가장 단적으로 보여주는 전형적인 인물"로 형상화하고 있다고 평가한다. 김동윤의 「염상섭의 '미망인' 연구」[6]는 「미망인」에 대한 최초의 작품론이라고 할 수 있다. 그는 주인공 명신뿐만 아니라 물질만능주의에 빠진 다양한 인간 군상들에 주목하면서 「미망인」이 "전후 사회의 세태"를 포착한 작품으로 평가한다.

그런데 김경수와 김동윤의 연구는 미망인[7] 문제에 주목하고 있음

---

5) 김경수, 『염상섭 장편소설 연구』, 일조각, 1999.
6) 김동윤, 「염상섭의 '미망인' 연구」, ≪한국언어문화≫ 21, 2002. 6.
7) 본래 미망인(未亡人)이라는 용어는 춘추 시대의 역사적 인물을 기록한 『좌전(左傳)』의 「성공(成公)」 조에 처음 등장한다. 이때 미망인이라는 용어는 남편이 사망하면 아내도 같이 죽어야 하지만 아직 생존해 있다는 의미로 아내가 스스로를 낮추어 말하는 말할 때 사용되었다. "남편과 함께 죽었어야 함에도 불구하고 아직 살아있는 사람"이라며 스스로 낮추는 자칭(自稱)이었던 것이다. 따라서 남편을 잃은 여성을 가리키는 데 용어로서 미망인은 매우 부적절하다고 할 수 있다. 하지만, 본고가 대상으로 삼고 있는 작품의 표제가 '미망인'인 까닭에 편의상 이 용어를 사용하기로 한다.

에도 불구하고, 1950년대 현실에서 이들이 차지하는 사회적·역사적 의미에 대하여 깊이 있게 분석하지 못하고 있어서 적지 않은 아쉬움을 남긴다. 1953년 8월 15일 서울 환도 이후 전후의 질서가 새롭게 구축되면서 미망인은 문화 영역의 중요한 키워드로 부각된 것으로 보인다. 1955년 무렵 「단장의 미아리 고개」(반야월 작사, 이재호 작곡, 이해연 노래)가 대중적 사랑을 받았다든가, 최초의 여성 영화 감독이었던 박남옥이 영화 「미망인」을 제작 발표하는 등 전쟁 피해자로서의 미망인들이 겪고 있는 삶의 애환이 대중적 감수성을 자극하고 있었던 것이다. 물론 미망인에 대한 대중적 관심이 커졌던 원인을 동정이나 연민과 같은 심리적인 요인으로 국한시킬 수는 없다. 실제로 미망인들에 대해서 당시의 한국사회는 한편으로 전쟁의 피해당사자에 대한 도덕적 채무감에 시달리고 있었지만, 다른 한편으로 가부장제적 전통과 관습으로부터 자유로운 여성들에 대한 성적 호기심으로 충만해 있었던 것도 사실이다.

염상섭의 「미망인」 역시 이러한 사회적 분위기로부터 자유로울 수 없었다. 「미망인」을 연재하기에 앞서 염상섭은 「소설과 현실－'미망인'을 쓰면서」를 통해서 전쟁미망인 문제가 당대 사회의 중요한 관심사 중의 하나였음을 보여주고 있다.

> 이 소설은 제목부터 독자의 흥미를 끌 수 있으리라고 장(張) 사장 자신이 붙여준 것이거니와, 나 역(亦) 제목을 고르기에 고심하던 끝이라 아무 이의는 없었으나, 선전 전단에는 '가정연애소설'이라고 주(註)까지 내었기에 천속(賤俗)한 감이 없지 않아서 싫다한즉, 그래야 인기를 끌 것이라 한다. 그만큼 문학에 대한 이해가 있는 신문인이면서 역시 인기부터 염두에 두는 것이다.[8]

이처럼 미망인들의 존재가 사회적 관심의 대상이 되었던 것은 한

---

8) 염상섭, 「소설과 현실－'미망인'을 쓰면서」, 《한국일보》, 1954. 6. 14.

국전쟁의 결과로 약 50여 만 명9)에 달하는 전쟁미망인10)이 양산되었다는 사실 때문일 것이다. 그런데, 미망인 문제는 전쟁의 후유증과 관련되었을 뿐만 아니라 전후 사회를 새롭게 구축하는 과정에서 해결해야 할 사회적 과제의 하나로 담론화되었다는 점에서 중요한 의미를 지니고 있다. 1950년대를 풍미했던 여러 사회적인 병리현상들, 즉, 춤 바람, 신흥종교의 범람, 축첩과 매매춘 등이 전쟁미망인과 밀접한 관계를 맺는 것으로 인식되었던 것이다. 요컨대 전통적인 가족제도와 성 모랄의 붕괴, 물질 만능주의의 만연, 여성들의 사회 참여와 퇴폐적인 욕망 등의 근저에 전쟁미망인이라는 존재가 가로놓여 있었던 것이다. 이 과정에서 전쟁미망인의 사회적 이미지는 '피해자'가 아니라 '위험한 여자'로 재구조화된다. 따라서, 우리는 염상섭의 「미망인」, 「화관」 연작을 통해서 전쟁미망인의 존재를 어떻게 의미화하고 있는가를 살펴보고, 이를 통해서 전후 여성의 존재 양상과 함께 전후 의식의 한 측면을 이해할 수 있을 것으로 기대한다.

---

9) 1952년 사회부 부녀국에서 조사한 바에 따르면 당시의 미망인의 수는 전국적으로 203,852명이었으며, 이들에게는 516,668명의 미성년자녀가 있었다. 1954년 공보실에서 발표한 바에 의하면, 전체 미망인 293,852명 중 전쟁미망인이 101,845명(약 35%)를 차지하고 있었다. 그리고, 1957년 보건사회부 집계에 의하면, 미망인의 수는 505,296명이었고, 자녀와 노부모 등 부양가족 수는 916,273명이었다. 이로 미루어 짐작컨대 전국의 미망인수는 대략 30만명에서 50만명 정도로 추산된다. 이러한 숫자는 1957년의 인구로 환산하면 여성인구 20명 중 1명이며, 20세 이상의 여성 중 10명 중 1명에 해당한다.

10) 당시에 전쟁미망인의 범주에는 ㉠ 군인과 경찰 출신으로 전사했거나 행방불명된 자의 부인, ㉡ 제2국민병 출신으로 전사했거나 행방불명된 자의 부인, ㉢ 민간인으로 납치되었거나 행방불명된 자, 혹은 폭사 피살자의 부인, ㉣ 전쟁후유증으로 사망한 자의 부인 등이 포함되었다.

2. '보호의 대상'과 '유혹의 주체'로서의 전쟁미망인

「미망인」의 시간적 배경은 1953년 말이다. 소설의 첫 대목에서 주인공 명신은 부산 대화재로 말미암아 유일한 생계수단이었던 판잣집 구멍가게를 잃고 서울로 향하게 된다. 「미망인」의 소설적 출발에 해당하는 부산 대화재 사건은 11월에 있었던 부산역 대화재를 가리킨다. 1953년 무렵 부산에서는 세 차례의 큰 화재 사건이 발생했다. 1월 30일, 부산 국제시장 대화재와 11월 27일 부산역 대화재, 그리고 12월 10일 용두산 피난민촌 화재사건이 그것이다. 그 중에서 1953년 11월 27일 영주동 서쪽의 피난민촌에서 발생한 화재는 영주동, 동광동, 대청로 입구 일대의 판잣집들을 태우고 부산역전 일대의 시가지에 막대한 피해를 남겼다. 부산역, 부산우체국, 부산일보사 사옥 등과 피난민 가옥 6천여 세대가 불에 타 소실되었고, 사상자 29명, 이재민 3만여 명에 이르는 인적 피해와 약 177억환(현재 화폐가치로 약 1조 7천 7백억원)에 달하는 물적 피해를 남겼던 것이다.

「미망인」의 주인공 명신은 이러한 불의의 화재로 말미암아 생활의 터전을 잃고 서울로 귀환하는 인물이다. 그런데, 명신의 서울로의 귀환은 개인적인 선택으로 그치는 것은 아니다. 부산역 대화재 사건이 있기 직전인 1953년 8월 15일 대한민국 정부의 서울 환도가 공식 발표된 바 있다. 1950년 6월 25일 한국전쟁이 발발하고, 이어 6월 28일 서울이 함락되자 대한민국 정부는 8월 18일 부산으로 이전했다가 서울 수복과 함께 10월 27일 서울로 환도한 바 있다. 그런데 1951년 들어 전황이 급변하면서 서울이 함락될 위기에 처하자, 1월 3일 서둘러 부산으로 이전하여 1953년 7월 27일까지 지속된다. 따라서 명신의 서울 귀환은 휴전협정과 함께 전쟁 혹은 피난 시절이 끝나고 일상적 삶이 새롭게 시작되는 것과 무관할 수 없다. 이제, 전쟁을 상징하는 공간인 부산으로부터 벗어나는 것을 계기로 전쟁의 흔적들은 하나둘 지워지고 그 자리에 전후의 일상적인 질서가 새롭게 구축되어야 하는 것이다.

이러한 일상적인 삶으로의 복귀는 명신의 의식 속에서도 발견된다. 스물 세 살의 젊은 전쟁미망인 명신은 전쟁터에서 남편이 죽자 이태 동안 소복을 입고 갖은 고생을 해가며 딸 옥진을 기른다. 남편 김택희 대위는 사리원 출신으로 해방이 되자 서울에서 홀로 대학에 다니다가 군인이 된 뒤에 명신과 결혼을 하였다. 그런데, 남편이 "데릴사위나 다름없이 처가에서 살았"(5회)기 때문에 명신은 시집 구경조차 못한 상태였다. "사변 이후에는 시부모님의 생사조차 모르고 있다가 이렇게 되었으니, 옥진이를 앞에 놓고 보니까 시집을 갔었나 싶지, 꿈결 같은 허무한 노릇"(5회)인 것이다.

> 남편이 일선에 있을 때는 가다가다 꿈에 보여서, 어디가 몸이 아픈가? 후방으로 보내오려나? 하고 마음에 키우고 며칠씩 애를 태우기도 하였지마는, 전사한 것을 안 뒤에는 한번도 꿈에 보이지를 않는 것은 혼령도 잘 가있으니 마음 놓고 살라는 말인지? 요새 와서는 혼인 전후의 일이 먼 꿈처럼 추억될 뿐이다.
> 삼년 동안 그만큼 고생을 하면서 아이를 길러놓고 이태 동안 거성을 입었으니 간 사람만 가엾지마는 자기로서는 그만하면 할 도리는 다 했다는 생각도 드는 것이었다.[11]
>
> (27회)

찾아갈 시댁도 없고 전사한 남편과의 정리도 사그라져 버린 명신에게 있어 전쟁은 망각되어야 할 것에 지나지 않는다. 그런데, 부산은 항상 전쟁의 상처를 떠올리게 만드는 기억의 공간일 수밖에 없다. 부산 대화재 사건 직후 명신이 서둘러 서울로 귀환하는 것은 전쟁

---

11) 「미망인」의 텍스트로는 ≪한국일보≫ 연재본을 사용하였다. 인용문은 모두 현대적인 표기법에 따라 고쳤으며, 인용 말미에 연재횟수를 밝혔다.

상태로부터 벗어나 일상적인 삶으로 복귀해야 하는 상황을 반영한 것이다. 그런 점에서 볼 때, 가을에 있었던 '삼군합동 전몰장병 추기 위령제'는 전쟁이 망각되고 일상이 시작되는 전환점을 이룬다. 명신은 남편을 빼앗아간 전쟁의 기억으로부터 벗어날 때 비로소 삶의 일상성을 회복할 수 있을 것이다.

전쟁 상태로부터 벗어나 일상적인 삶 속에 정착하고자 했을 때에 전쟁미망인인 명신이 마주친 것은 바로 생계 문제였다. 물론 전쟁의 직접적인 피해자인 그들은 사회적 보호의 대상이었다. 전쟁 때 희생된 군인과 경찰의 경우 그 유족들에 대해서 1952년 9월 26일 법률 제256호로 제정된 전몰군경 유족과 상이군경 연금법 및 동년 11월 28일 공포된 동법 시행령에 의해서 연금이 지급되었던 것이다. 하지만, 이러한 법적·제도적 장치에도 불구하고 전쟁미망인에 대한 연금 지급은 제대로 이루어지지 못했고, 결국 개인적인 능력에 따라 생계 문제를 해결해야만 했다.[12] 그런데, 사회 경험도 풍부하지 않은 데다가 특별한 기술이나 학식도 갖고 있지 않은 젊은 여성이 전후의 폐허화된 경제 현실 속에서 일자리를 마련하기란 쉽지 않다. 더욱이 명신에게는 어린 아이까지 딸려 있는 상태였다. 결국 명신이 선택할 수 있는 방법은 다른 남성들의 도움을 얻거나 혹은 자신의 육체를 통해서 경제적 문제를 해결하는 것이었다.

「미망인」의 서사 구조의 한 축을 이루고 있는 홍식-명신-창규의 삼각 구도는 이러한 현실적 상황을 반영한 것이라고 할 수 있다. 서울로 올라온 명신은 모친의 이종사촌동생인 안암동 조씨 부인의 집에 가서 잠시 몸을 의탁하지만, 결국에는 피복 공장을 하는 홍식 부친과 홍식의 도움을 구할 수밖에 없게 된다. 홍식 부친은 명신을 자신이 경영하는 피복공장에서 일을 하도록 채용하고, 명신 모친 역시

---

12) 이 과정에 대해서는 이임하, 「한국전쟁이 여성 생활에 미친 영향」, ≪역사연구≫ 8, 2000. 27~29면에 자세히 언급되어 있다.

평소에 알고 지내던 금선의 집에 식모로 소개하는 것이다. 홍식 부친이 이처럼 명신에게 호의를 베풀었던 것은 전사한 큰아들 때문이었다. 명신의 남편 김택희 대위는 큰아들의 친구였던 것이다.

그런데, 명신의 서울 정착을 돕던 홍식은 점차 명신에게 호의를 갖게 된다. 이 와중에 명신이 기거하던 금선의 집에 드나들던 박창규 역시 명신에게 흑심을 품고 그녀를 다방 마담으로 끌어들이게 된다. 그는 "해방 전부터 일본 사람 뿌로커 밑에서 고용살이를 하다가 해방 후에는 제법 제 혼자 손으로 벌어먹겠다고 날뛰더니 피난통에 부산 나려가서야 한밑천 잡고서" 다방 고원(古苑)을 경영하던 중, 명신을 다방 마담으로 들어앉치기 위해 금선과 온갖 협잡을 꾸민다. 이러한 창규에 맞서 홍식은 아버지 몰래 회사돈을 유용하면서까지 명신을 돕고자 하지만, 창규의 물질적인 유혹 앞에서 늘 불안할 수밖에 없다.

이처럼 명신은 스스로 자신의 삶을 개척해가는 능동적인 존재라기보다는 남성들에게 의존함으로써만 살아갈 수 있는 수동적인 존재로 형상화된다. 명신의 의식은 "자기는 자기대로 살겠다"고 생각함에도 불구하고 이러한 능동적인 의지를 실현하지 못한 채 "무엇에나 의지할 데가 있어야만 살 것같은 허전한 생각"에 사로잡혀 있는 것이다. 이러한 모순된 자기의식은 남에게 의지하지 않고 스스로의 삶을 능동적으로 개척하려는 의지와 다른 사람에게 의지하지 않고서는 삶을 유지하기 어려운 전후의 현실 사이에서의 갈등을 내포하고 있다.

> 피난살이에 찌들고, 저도 모르는 사이에 과부가 되고 한 명신이는 **무엇에나 의지할 데가 있어야만 살 것 같은 허전한 생각**이면서도, 그와는 정반대로 뉘게나 손톱만치라도 끼치지 않고 **자기는 자기대로 살겠다는** 고깝고 꼬장한 감정에 옥죄인 **자기 마음**을 펴지 못하는 그런 모순된 심경에 사는 것이었다.
>
> (2회, 강조-인용자)

전쟁미망인 명신을 바라보는 사회적인 시선은 '미망인'이라는 말 자체가 함축하듯이, 남성적인 논리에 의해서 규정된다. 그들의 삶은 항상 가부장적 남성의 부재나 결핍으로 의미화된다. 또한 남편이 죽었을 때 뒤를 따라야 했음에도 불구하고 아직까지 살아 있는 미완성의 존재에 불과하다. 그래서 미망인의 삶은 남편의 죽음으로 시작되어 자신의 죽음을 통해서 완성될 수밖에 없는 것으로 규정되기에 이른다. 이렇듯, '부재'와 '결핍', 그리고 '미완성'으로 규정된 미망인들의 삶은 항상 남성적인 가치 속에서 의미를 지닌다. 그들의 남편이 국가와 민족을 위해서 자신을 희생했듯이, 그들은 남편을 대신하여 가정을 지키기 위해 헌신해야 하는 것이다. 전통적인 가부장적 질서 속에서 자녀 교육과 가정 관리의 역할만을 부여받았던 여성들이 아무런 준비도 없이 갑작스럽게 남성들의 역할을 부여받았던 것이다.

하지만, 이러한 역할에도 불구하고 여성들에 대한 사회적인 시선은 전혀 바뀌지 않았다. 그들은 가정을 지탱하기 위한 적극적인 사회 활동에도 불구하고 여전히 보호받는 존재로서의 전통적인 이미지에서 크게 벗어나지 못하고 있다. 혹은 자신에 부여된 사회적 책무, 곧 가정의 유지에 충실했을 때에 미망인은 동정과 연민의 감정을 불러일으키는 존재가 된다. 소복을 입은 채 가족의 생계를 위해 열심히 살아가는 미망인 명신은 홍식에게 보호의 대상으로 인식되는 것이다. "과부댁이 됐다는 것이 죄가 아니요 더구나 전쟁미망인은 동정을 받아야 할 것 아닙니까. 타락하기 쉬운 길로 끌려들어가는 걸 붙들어줘야 할 것 아닙니까?"(59회)

또한, 미망인은 어떤 남성에게도 소유되지 않은 까닭에 모든 남성들에게 육체적인 욕망을 불러일으키는 존재이기도 하다. 전쟁미망인은 끊임없이 주위 남성들의 성적 관심과 호기심의 대상이었고, 그러한 유혹은 미망인을 더욱 곤경에 빠지게 했다. 하지만, 이러한 유혹의 대상이었던 전쟁미망인들이 언제든지 유혹의 주체로서 도덕적인 비난에 노출되었다는 사실에 주목해야 한다. 만약 가정의 유지라는 사회적 가치를 거부하고 개인적 욕망을 추구하게 될 때, 전쟁미망인은 가정의 파괴자 내지는 문란한 성행위자로 둔갑하여 남성들의 도덕적 타락을 정당화시켜주는 존재로 재구조화되는 것이다. 달리 말하면, 전쟁미망인은 전통적인 남성적인 통제 아래에서만 보호의 대상이었을 뿐, 남편이라는 가부장적 권력이 사라진 상태에서 언제든지 자신의 욕망으로 말미암아 가정을 파괴하고 가족 관계를 해체할 위험한 존재로 감시되고 있었던 것이다. 이런 맥락에서 볼 때, 전후의 여러 사회적 병리 현상을 언급할 경우, 사회적인 약자였던 전쟁미망인들이 도덕적인 희생양으로 전락하는 것은 어쩌면 당연한 일일는지도 모른다.

이처럼, 「미망인」의 삼각관계를 구성하고 있는 홍식과 창규의 상이한 시선은 바로 이러한 미망인을 바라보는 사회적 시선, 곧 보호의 대상이자 유혹의 주체라는 이중적 측면을 함축하고 있다고 할 수 있다. 창규의 시선은 표면적으로 명신을 유혹의 대상으로 구성하는 듯이 보이지만, 그 이면에는 언제든지 전쟁미망인을 유혹의 주체로 재구성함으로써 자신의 도덕적 타락을 정당화하려는 태도가 숨겨져 있다. 홍식의 시선 역시 명신을 보호의 대상 내지는 도덕적인 의무감으로 구성함으로써 남성중심성으로부터 결코 벗어나지 못하고 있는 것이다.

3. 가족의 위기와 세대론적 관점

염상섭의 「미망인」에는 명신 이외에도 여러 미망인들이 등장한다. 안암동 조씨 부인(인용과 인임 모친), 금성 전몰미망인 원호회 회장(화숙 모친), 홍식의 형수, 그리고 금선 등등은 모두 남편을 잃은 채 홀로 살아가는 미망인들이다. 심지어 명신이 금선의 집을 나와 잠시 거주했던 셋방집 주인 역시 미망인이다. 따라서 홍식의 모친를 제외한다면 소설 속에서 나오는 모든 가정은 남성이 부재하는 여성들만의 공간이다. 이들 미망인들이 남편을 잃게 된 이유는 여러 가지로 나누어 볼 수 있다. 조씨 부인이나 명신 모친과 같이 남편과 사별한 경우, 화숙 모친이나 셋방집 주인과 같이 전쟁 중에 월북하거나 납치된 경우, 그리고 명신이나 홍식 형수와 같이 전쟁터에서 사망한 경우로 구분해 볼 수 있는 것이다. 여기에 더하여 금선과 같이 태평양전쟁을 전후하여 남편과 헤어져(혹은 사망하여) 홀로 사는 경우도 찾아볼 수 있다. 전쟁으로 인한 인명 피해가 20대 전후의 젊은 남성들에게 집중되었던 만큼 그 후유증은 젊은 여성들에게 그대로 전가되고 있는 셈이다. 전쟁에 직접 참여했던 젊은 남성들뿐만 아니라 후방의 여성들에게도 전쟁은 광범위한 피해를 끼쳤던 것이다.

이러한 남성 부재의 삶 속에서 여성들이 보여주는 삶의 방식은 다양하다. 염상섭은 이러한 미망인의 존재를 세대론적 관점에 따라 유형화한다. 이러한 세대론적 관점은 작가의 창작의도에서 확인해볼 수 있다.

> 시대와 연치(年齒)의 차가 있고, 사상·관념의 대립은 있을지 모르지마는 구습, 구도덕의 질곡에 짓눌리면서라도 20년·30년의 수절로 깨끗하고 굳센 신념과 실생활을 쌓아 자녀의 교육과 '성취'에 행복을 누리는 과수댁이 있는가 하면, 그와는 대차적으로 방종과 윤락의 구렁을 헤매는 늙고 젊은 '전전(戰前) 미망인'도 얼마든지 거리에 볼 수 있다. 이러한 각양각색의 미망인 혹은 준(準) 미망인의 생활양상과 생활태도와 그들이 걷는 길과 생각하는 바를 비교하여 관찰하고 그려보고자 이 붓을 든 것이다.[13]

---

13) 염상섭, 「소설과 현실 – '미망인'을 쓰면서」, ≪한국일보≫, 1954. 6. 14.

염상섭은 식민지 시대부터 가족을 소설 구성의 중심으로 삼아 개인과 사회의 총체적 형상화를 도모하는 서술전략을 보여준 바 있다. 「만세전」이 그러하고 「삼대」가 그러하다. 이 시기의 소설에도 가족 문제는 여전히 구성의 중심에 놓여 있다. 가족 제도는 근대적 세계의 축소판이자, 다양한 시간들이 충돌하는 장으로 나타난다. 염상섭이 가족을 구성하는 요소로서의 '세대'에 관심을 기울였던 것도 이 때문이다. 소설 속의 각 세대는 시간적인 연속성을 의미하는 통시태임과 동시에 한 시대에 공존하던 다양한 삶의 형태를 표상하는 공시태인 것이다.

「미망인」에서 구세대적인 면모를 보여주는 인물은 안암동 조씨 부인이다. 그녀는 27살 되던 해에 남매를 남겨둔 채 남편이 병사하자 17년 동안 자식들을 키우며 수절한다. 죽은 남편을 대신해서 재봉틀 일을 해서 인웅과 인임 남매를 대학까지 보내는 존재인 것이다. 따라서 그녀의 존재 의미는 자식을 통해서만 구현될 따름이다. 남편을 대신해서 자식을 성장시켜 결혼시키는 것이 그녀의 유일한 삶의 목표인 것이다. 명문대에 다니는 인웅을 재봉틀 일을 도와주던 화숙과 결혼시키거나, 인임을 인웅과 대학 동창인 홍식과 결혼시키기 위해 명신 모친에게 중매를 부탁하는 모습 속에서 가족에 대한 전통적인 사고방식을 엿볼 수 있는 것이다.

이러한 조씨 부인의 전통적인 면모와 대비되는 것이 금선이다. 금선은 일본 교토의 영어학숙을 중퇴한 30대 초반의 여성이다. 태평양전쟁 중에 남편을 잃은 그녀는 해방이 되자 미군을 따라 귀국한 뒤 영어 실력과 미모를 밑천으로 삼아 미군 대령과 사귀는 '유엔 마담'이 된다. 그런데 미군 대령이 갑작스럽게 본국으로 돌아감에 따라 홀로 남게 된 금선은 박창규와 공모하여 명신을 다방 마담으로 끌어들이고자 시도한다. 그녀는 이처럼 '돈'을 획득하기 위해 '성'을 수단으로 삼는 타락한 삶을 살아가고 있다. 그녀의 숱한 남성 편력은 육체적 욕망에서 기인한 것이다. 그녀는 순종적이며 순결하고 정숙한 여성, 곧 아내와 딸을 오염시키는 위험한 존재라고 할 수 있다. 따라서 가정을 갖지 않은 채 자신의 허영과 욕망을 좇아 불나비처럼 남자의 품을 찾아다니는 금선은 두려움 내지는 혐오의 대상으로 각인된다.

이처럼 조씨 부인과 금선이 한국전쟁 이전의 3, 40대 중년 미망인들의 삶을 보여주고 있다면, 한국전쟁으로 생겨난 20대 전쟁미망인의 모습을 보여주는 것이 명신과 홍식 형수이다. 그들은 전쟁의 와중에서 남편을 잃었지만, 남편과의 관계를 상기시켜 주는 자식들에 의해 여전히 구속되어 있다. 자식들에 대한 모성적 사랑을 포기하지 않는 한, 그들은 여전히 남편과 관계를 맺고 있는 셈이다. 따라서 그들이 삶을 영위하는 데 있어서 선택은 항상 남편의 분신, 곧 아이들과의 관계 속에서 이루어질 수밖에 없다. 그들이 선택할 수 있는 가능성은 죽은 남편과의 관계를 계속 유지하는 것, 재혼하여 새롭게 가정을 꾸미는 것, 그리고 남편을 잊고 홀로 사회 생활을 영위하면서 새로운 삶을 사는 것으로 요약될 수 있다. 첫 번째 가능성은 조씨부인과, 마지막 가능성은 금선과 각각 중첩된다.

「미망인」의 주인공 명신은 앞세대의 조씨 부인이나 금선과는 다른 가능성을 선택한다. 따라서 명문대 응용화학과를 졸업한 홍식과 애딸린 전쟁미망인 명신이 결합하는 과정은 적지 않은 갈등의 요소를 내포할 수밖에 없다. 특히 홍식이 대학생 인임과의 혼담을 파의하는 과정과 나란히 진행되면서 갈등은 더욱 고조되기에 이른다. 명신과 홍식의 결합을 반대하는 가장 단순하고 명쾌한 논리는 "총각이 헌계집하구 장가간다"(70회)라는 말로 요약될 수 있다. 홍식 부모는 말할 것도 없고 명신 모친까지도 동일한 반응을 보여준다. 이같은 의식은 조씨 부인처럼 명신과 같은 처지에 있는 미망인에게서도 발견된다. 그래서 홍식 모친과 같은 이는 오히려 홍식에게 "네 재주껏 첩으루 들어 앉쳐서 집안에 알리지 말구 소리없이 살려무나"라고 권고하기도 한다. 그런데, 홍식이 첩치가한다면 모든 윤리적 비난은 명신이 뒤집어쓰게 될 것이다. 전쟁미망인 명신이 육체적 욕망에 사로잡힌 유혹의 주체로서 비난받음으로써 홍식은 윤리적으로 자유로울 수 있는 것이다.

이러한 전통적 관념에 대해 홍식은 오히려 "그렇게 말하면 나도 총각이 아닙니다. 부산 가서 술김에 친구에게 끌려서 놀러두 다녀봤습니다. 나도 헌놈입니다"(70회)라고 말한다. 그리고 "상처꾼이 삼취에도 처녀 장가를 가는데, 몸을 더럽히지 않은 깨끗한 과부가 총각한테 시집 못 간단 법두 없지 않느냐?"(75회)라고 응수한다. 이러한 의식은 전통적인 가부장제 아래에서의 남성적인 의식과는 큰 차이가 난다. 결혼에 대한 전통적인 의식을 거부하려는 모습은 인임에게서도 발견된다. 인임은 부모의 의사보다는 자신의 선택에 따라 결혼 상대자를 구하면서 "현대 여성에게는 애인이나 결혼 상대자에게 동정(童貞)을 요구할 권리쯤 가져야 할 것이다"(123회)라는 지론을 내세운다. 이처럼 「미망인」은 세대론적 구성법을 통해서 전후의 새로운 환경에 처한 젊은 세대들의 의식 변화를 보여준다.[14]

그러나 이러한 젊은 세대들의 새로운 가치관에도 불구하고, 현실적으로는 전세대와 맞설 만큼 충분히 성숙한 상태에 이르지 못한 것으로 보인다. 홍식은 명신과의 결혼 문제로 부모와 대립하다가 마침내 전쟁미망인원호회 회장으로 활동하는 인웅의 장모에게 부친을 설득하도록 요청하는 것이다. 20여 년 전 일본에서 여자 대학을 나온 '회장 마님'은 남편이 전쟁 중에 납북된 후 자식들을 키우면서 전쟁

---

14) 염상섭의 이러한 면모는 이후의 소설에서도 그대로 반복된다. 「젊은 세대」는 미완의 작품이지만 상처한 40대 사나이와 미망인의 결합을 플롯으로 하면서 구 세대들의 복잡한 연애관계와 신세대의 솔직하고 발랄한 연애관계를 대비시키고 있다. 젊은 세대의 이야기가 본격적으로 전개되기 시작할 무렵 연재가 중단되어 그 완전한 모습을 보여주지 못한 점이 아쉽지만, 마지막 장편 「대를 물려서」에서도 그대로 드러난다. 전쟁을 겪은 이후의 세대간의 윤리의식의 변화를 충실히 반영하고자 했던 것이다.

미망인들을 위한 사회활동을 펼치고 있다. 그녀는 명신의 편지를 통해서 저간의 사정을 알게 된 후 명신과 홍식의 결합을 적극적으로 권고한다. "난 당신네 같은 젊은 미망인이 한 사람이라두 가정 부인으루 다시 들어가서 다시 얌전히 살림을 하게 하기 위해서라두 그런 자국이 걸리면 놓치기가 아깝단 말요"(144회) 그리고 회장 마님을 홍식과 명신의 결합을 반대하는 홍식 부친을 적극적으로 설득한다.

> "첨 뵙는 처지에 이런 말씀을 해 어떨지 모릅니다만, 인물 곱겠다, 살림 얌전하겠다, 그런 색시를 놓구 무슨 걱정이십니까."
> 회장마님은 아주 판을 차리고 중매 노릇을 단단히 하였다.
> "알아듣겠습니다. 그 말씀이건 그만 두시죠."
> 여감은 손을 내 두르며 이맛살을 찌푸리었다.
> "아니, 제말씀을 잠간 들어보세요. 저는 제 사업의 욕심으루선지, 적어두 댁 아드님같은 얌전한 신랑감이 한 십만 나와서 젊은 전쟁미망인들을 살려야 하겠다구 생각합니다만……"
>
> (149회)

회장마님은 이처럼 홍식 부친을 설득함으로써 작품의 대단원에서 홍식과 명신의 결합을 성사시키는 가장 결정적인 전환점을 마련한다. 그런데 명신과 홍식의 결합 과정에서 전세대와의 마찰을 이겨내고 결혼 승낙을 받아낼 수 있었던 것은 전통적인 현모양처의 이미지 때문이었다. 「미망인」의 속편에 해당하는 「화관」에서는 이러한 면모가 분명하게 드러난다.15) 「화관」은 전편의 뒤를 이어 부모의 허락을 받

---

15) 「미망인」에 등장했던 인물들은 이름을 달리한 채 「화관」에 그대로 등장한다. 이 사실을 맨처음 지적한 것은 김종균이다. "「미망인」과 「화관」은 완전히 같은 이야기를 인명과 사건을 조금 달리 꾸몄을 뿐이다. 미혼청년 신홍식(홍식의 오식—인용자)의 끈질긴 명신에 대한 구혼이나, 「화관」에서 진호의 영숙에 대한 구혼 방식이 완전히 일치하며 그 인물들의 성격도 거의 같다."(『염상섭 연구』, 앞의 책, 253면) 본고에서는 논의의 연속성을 위해서 「미망인」에서 사용되었던 이름을 먼저 쓰고 괄호 안에 「화관」에서 사용되었던 이름을 밝히고자 한다. 중요 등장인물들의 변화를 제시하면 다음과 같다.

은 홍식(진호)은 부산에 내려와 회사를 다니면서 결혼을 준비한다. 그런데, 금선(봉순)은 홍식을 이용해 자신의 잇속을 챙고자 한다. 이 과정에서 금선(봉순)이 홍식(진호)의 하숙집에서 며칠씩 묵었던 사실이 명신(영숙)에게 알려지면서 두 사람의 결혼은 위기에 봉착하기도 한다. 하지만 다시 회장 마님(정자경 여사)이 전면에 등장하여 혼사 일정을 주선함으로써 예정대로 결혼이 이루어진다. 따라서 「화관」의 중심적인 갈등은 명신(영숙)—홍식(진호)—금선(봉순) 사이에서 펼쳐지고 있지만, 소설적 긴장력을 얻지 못한 채 금선(봉순)의 타락한 모습과 홍식(진호)의 우유부단한 모습 등 에피소드의 나열로 점철될 뿐이다. 정작 「화관」에서 우리의 관심을 끄는 것은 결혼식을 마치고 아들의 신접 살림을 도와주기 위해 부산으로 내려간 홍식(진호) 모친이 명신(영숙)의 행동거지를 바라보는 태도이다.

> 집에 얻어들기까지 이러한 살림이 한 일주일 동안 지나갔다. 그 일주일이 모친에게는 무슨 놀이나 가고 피접이나 간 것 같이 재미도 있었다. 그것은 고사하고 요 며칠 동안 함께 지내는 새에 새며느리의 인품도 알게 되어 싹싹하고 고운 성미가 마음에 들기도 하거니와 재빠르게 몸을 아끼지 않고 살림에 알뜰하고 바지런할 뿐만 아니라, 언제 배웠다고 요새 젊은애 쳐놓고는 그만하면 어디엘 내놓기로 부끄러울 게 없다고 그만 홀딱 반하였다.
> "초년 고생은 금을 주구두 못 산다지만, 넌 어려서부터 고생살이에 힘 안들이고 모두 제대로 배웠구나. 그만하면 난 이젠 맘 놓구 집이나 드는 걸 보구 올라가겠다"[16]

이처럼, 전쟁미망인 문제를 통해 드러난 염상섭의 현실 인식은 너무도 분명하다. 염상섭이 파악하고 있는 50년대적 현실이란 '가정'으

미망인	명신	홍식	창규	인웅	금선	인웅 모친
화 관	영숙	진호	인환	택규	봉순	정자경 여사

16) 염상섭, 『취우·화관—염상섭 전집 제7권』, 민음사, 1987, 383~384면.

로 대표되는 전통적인 질서가 붕괴된 위기의 국면이었다. 그래서 염상섭은 전쟁으로 인해 기존의 도덕률과 윤리의식이 현실구속력을 상실하면서 여성들이 타락해 가는 모습에 지속적으로 관심을 기울였던 것이다.[17] 이러한 전쟁미망인의 모습은 염상섭의 소설에서 흔히 볼 수 있는 허영에 사로잡힌 신여성을 계승한 것으로 여겨진다.[18] 자신의 욕망을 실현하기 위해 능동적으로 사회에 투신했던 신여성들과는 달리 전후의 미망인들은 생존을 위해 어쩔 수 없이 사회 속으로 뛰어들어야만 했다. 이 과정에서 가부장적 권력이 부재하는 전쟁미망인들은 항상 윤리적인 타락의 가능성을 지닌 상태로 규정된다. 따라서 미망인들에게는 '수절'이라는 전통적인 가치관이 강요되는 한편, 도덕적 타락이라는 비난 앞에 노출된다. 순수와 타락, 보호와 유혹, 가정과 사회라는 대립적인 구도 속에서 염상섭은 전통적인 가족관계를 재구성함으로써 미망인들의 윤리적 문제를 해소할 수 있다고 생각하는 듯하다. 작품의 결말 부분에 회장 마님(정자경 여사)을 등장시켜 명신(영숙)과 홍식(진호)를 결합시키는 역할을 담당하도록 한 것은 미망인의 재혼 문제가 현실적인 가능성을 지니고 있어서라기보다는 당위적인 차원에서 작가에 의해 부여된 관념이었음을 반증하는 것이다.

4. '희생양'으로서의 전쟁 미망인

「미망인」은 작가 염상섭이 해군에서 전역한 후 처음으로 발표한

---

17) 이처럼 해체되어 가는 가족관계 속에서 중년 남녀, 특히 애욕적인 여인을 등장시켜 현실의 단면을 보여주는 작품으로 「숙명의 여인」, 「출분한 아내」, 「어머니」, 「서글픈 질투」, 「늙은 것도 설운데」, 「의처증」 등의 작품을 들 수 있다.

18) 그래서 이어령은 "삼사십년전의 틀을 가지고 자꾸 찍어만 내는 국화빵 같은 소설"이라고 비난하기도 한다.(이어령, 「1957년의 작가들」, ≪사상계≫, 1958. 1)

장편소설이다. 따라서 작가는 이 작품을 통해서 비로소 전쟁 문학으로부터 벗어날 수 있었다. 물론 염상섭이 전쟁 중에 발표했던 작품들에서 전쟁의 직접적인 영향을 말하는 것은 쉽지 않다. 한국전쟁 과정에서 중도적 이념의 문학적 구현태인 "가치중립적인 세계묘사"의 가능성이 사라지자, 염상섭은 역사적 상황에서 벗어난 일상인들의 생활세계를 '가족'을 통해 재구성하고 있는 것이다. 이러한 염상섭 특유의 세계인식은 「취우」를 통해 문학사의 전면에 나타나거니와, 「미망인」 역시 한국전쟁이 일상적인 인간들의 삶에 어떤 영향을 미치는가 하는 문제로 다루어질 뿐이다.

염상섭의 「미망인」 연작에서 전쟁미망인은 가족 관계의 붕괴라는 전쟁의 후유증을 가장 잘 보여주는 존재들이다. 50여 만 명에 달하는 전쟁미망인과 그 가족들은 체계적인 구호대책도 없이 개인적으로 생존을 도모할 수밖에 없었다. 하지만, 전후의 현실 속에서 전쟁미망인들이 처해 있는 사회적 문제는 윤리적이고 규범적인 측면에서 접근되고 있다는 점에서 더욱 문제적이다. 전후의 급속한 사회 변화 속에서 기존의 질서가 유지되기를 바라는 지배세력들에 의해 미망인은 윤리적 적대자로 규정되어 사회적인 편견과 냉대, 통제의 대상으로 자리매김되는 것이다. "가정을 경시하고 허영과 향락에 빠진 자유부인"이라는 이미지가 항상 전쟁미망인들의 존재 위에 덧씌워졌던 것이다.

염상섭이 「미망인」 연작에서 제시하고 있는 미망인들의 재혼 문제 역시 전쟁미망인의 자기 실현이라는 측면보다는 전통적인 가족 관계의 유지라는 사회적 요구의 반영으로 이해될 수 있을 것이다. 이처럼 전후의 현실 속에서 전쟁미망인들은 한국전쟁의 직접적인 피해자임에도 불구하고 도덕적 타락의 근원으로 규정되는 또다른 폭력의 희생양이었다고 할 수 있다. 현충일, 국군의 날 등과 같은 국가적인 기념일을 통해서 남성들의 죽음이 명예롭게 기억되었다면, 전쟁의 또

다른 피해자였던 전쟁미망인들은 고의적으로 망각되고 은폐되거나 혹은 감시와 통제의 대상으로만 존재했던 것이다.(≪한국근대문학연구≫ 제9호, 한국근대문학회, 2004년 4월 30일 全載)

망각의 공동체와 기억의 의미

황순원의 「나무들 비탈에 서다」

1. 전후의 상황과 인간성의 위기

황순원의 「나무들 비탈에 서다」는 1960년 1월부터 7월까지 ≪사상계≫에 연재된 후, 같은 해 9월 단행본으로 출간된 장편소설이다.[1] 이 작품은 황순원의 작가적 여정 속에서 적지 않은 의미를 지니고 있는 것으로 알려져 있다. 주지하듯이 황순원은 1930년대 말 시인으로 출발하여 "긴밀한 구성, 산문 문체의 서정적 윤색 혹은 상징적 고양, 치밀한 묘사와 정확한 문장"을 특징으로 하는 규범적인 단편소설

---

1) 「나무들 비탈에 서다」는 ≪사상계≫ 연재본(1960. 1~7)과 사상계사 단행본(1960) 사이에 일정한 차이가 있다. 두 판본 사이에는 문장의 수정으로 인한 변화 이외에도 작품의 내용에서도 커다란 변화가 나타나고 있다. 가장 큰 변화는 연재본에서 계향에 의한 현태의 타살이 단행본에서는 계향의 자살과 현태의 방조로 개작된 결말 부분일 것이다. 이와 함께 연재본에서는 뚜렷하게 부각되지 않던 현태의 방황 원인이 단행본에서는 전쟁 중의 경험으로 구체화됨으로써 제1부와 제2부 사이의 연관성이 보다 분명하게 나타난다. 작품의 개작은 황순원의 소설에서 일반적으로 나타나는 현상이기도 하지만, 작품의 구조를 고려했을 때 보다 높은 구조적 완결성을 획득하기 위한 작가의 노력이라고 보인다. 작가 자신도 후에 자신의 개작을 존중해줄 것을 요구한 바도 있기 때문에(황순원, 「말과 삶과 자유」, 『말과 삶과 자유』, 문학과지성사, 1985, 29면) 본고에서는 사상계사 단행본에 근거한 『황순원 전집』 제7권(문학과지성사, 1981)을 주된 텍스트로 이용하였다.

의 미학을 추구하는 작가로 성장하였다. 그리고 해방 공간을 거치면서 개인적 실존의 차원에 머물러 있던 작가 의식을 역사와 현실의 차원으로 확대하기 시작한다. 이 과정에서 황순원은 「별과 같이 살다」, 「카인의 후예」, 「인간접목」 등과 같은 장편소설을 잇달아 발표한 바 있다.

그런데, 이러한 장편소설, 특히 「인간접목」을 통해서 초기 작품세계를 지배하던 공동체적 질서가 전후라는 폐허적인 현실 속에서 더 이상 설득력을 획득할 수 없다는 점이 분명해진다. 「나무들 비탈에 서다」는 그런 점에서 「인간접목」 이후 4년여의 시간 동안 모색되었던 작가적 변화를 보여주어야만 하는 절박한 상황 속에서 발표된 작품이라고 할 수 있다. 실제로 이 작품은 1960년 1월 연재가 시작되던 시점에 "이미 작품 전체의 구상이 완료돼 있었"[2]을 만큼 작가의 심혈이 담겨 있기도 하다. 그리고, 1960년 연말에 있었던 백철과의 논쟁[3]도 이 작품에 대한 작가의 애정을 반증하는 것이라고 할 수 있다. 그뿐만 아니라 이 작품에서는 이전과는 달리 당대의 일상적인 삶을 구성하는 전쟁의 체험과 그 상처를 중심적인 테마로 부각시키기에 이른다. 전후의 상황 속에서 나타난 인간성 상실의 위험을 전쟁의 경

---

2) 황순원, 「비평에 앞서 이해를─백철 씨의 '전환기의 작품자세'를 읽고」, 《한국일보》, 1960. 12. 15.(『황순원 연구』, 문학과지성사, 1985, 201면에서 재인용)

3) 이 논쟁은 백철이 「전환기의 작품 자세」(《동아일보》, 1960. 12. 9)를 통해 「나무들 비탈에 서다」가 생생하고 구체적인 묘사에도 불구하고 작품의 유기적인 구성에 이르지 못함으로써 트리비얼리즘에 떨어졌다는 점, 4·19라는 역사적 격동기를 통과한 작가적 의식이 작품 속에 구체적으로 드러나지 않고 있다는 점을 비판함으로써 촉발되었다. 이에 대해 황순원이 「비평에 앞서 이해를─백철 씨의 '전환기의 작품자세'를 읽고」를 발표하고, 백철이 다시 「소설작법」(《한국일보》, 1960. 12. 18)을, 황순원이 「한 비평가의 정신 자세」(《한국일보》, 1960. 12. 21)를 발표함으로써 역사의 변화와 작가의 의식에 대한 논쟁으로 확대된다. 이 논쟁은 백철의 안이한 비평적 태도로 말미암아 심도 있게 진행되지 못한 채, 창작 이외의 글을 일체 발표하지 않았던 황순원이 직접 자신의 작품을 옹호했다는 점에서 세간의 이목을 집중시킨 하나의 해프닝으로 끝나고 만다.

험으로 소급함으로써 자신의 소설적 세계를 현실에 보다 밀착시키고 있는 것이다.

그동안 「나무들 비탈에 서다」에 행해진 논의들은 다양하고 풍부한 편이다. 특히 황순원에 대한 비평적 언술이나 문학사 기술, 그리고 작가론에서 이 작품은 반드시 언급되었다고 해도 지나친 말은 아니다. 그래서 이 작품에 대한 기존의 연구업적들을 모두 언급하는 것은 불가능에 가깝다. 따라서 본고에서는 「나무들 비탈에 서다」에 대한 작품론을 중심으로 기왕의 연구 성과들을 간단히 유형화해 보고자 한다. 이러한 유형화는 황순원에 대한 연구자들의 관심 방향과 대체로 일치하는 것이기도 하다.

첫째, 작가의 독특한 심리 묘사와 분위기 조성에 기여하는 발화적 특성에 대한 연구,[4]

둘째, 작품의 주요 모티프로서의 '유리'의 의미에 대한 연구,[5]

셋째, 등장인물의 내면과 상호 관계의 양상에 대한 연구,[6]

넷째, 휴머니즘적 작가 의식의 1950년대적 의미에 대한 연구,[7]

---

4) 권영민, 「황순원의 문체 그 소설적 미학」, 『말과 삶과 자유』, 문학과지성사, 1985.
박선미, 「황순원의 문체 연구-'나무들 비탈에 서다'를 중심으로」, 이화여대 석사논문, 1987.
유현경, 「황순원 소설의 사회언어학적 분석-'카인의 후예', '나무들 비탈에 서다'를 중심으로」, ≪경희대 비교문화연구≫ 4, 2000. 12.
5) 원형갑, 「'나무들 비탈에 서다'의 배지(背地)」, ≪현대문학≫, 1962. 1~3.
구창환, 「상처받은 세대」, ≪조선어문학≫, 1964.
천이두, 「자의식과 현실」, 『종합에의 의지』, 일지사, 1974.
6) 조남현, 「황순원의 '나무들 비탈에 서다'」, 『한국현대소설의 해부』, 문예출판사, 1993.
이경호, 「'나무들 비탈에 서다'의 타자성」, ≪한양어문연구≫ 13, 1995. 12.
7) 배선미, 「황순원 장편소설 연구-전쟁의 피해 양상 및 극복의지를 중심으로」, 숙명여대 대학원, 1990.
강상희, 「황순원의 '나무들 비탈에 서다'고」, ≪단국대국문학논집≫ 14, 1994. 5.
구재진, 「황순원의 '나무들 비탈에 서다' 연구」, ≪선청어문≫ 23, 1995. 4.
김교봉, 「전후소설의 현대소설적 성격-'나무들 비탈에 서다'의 경우」, ≪영남대 국어국문학연구≫, 1997. 12.

　그런데, 기존의 연구들은 그 해석상의 다양함에도 불구하고 궁극적으로는 전쟁 체험에서 비롯되는 죄의식과 인간성 파탄의 위기, 그리고 이것을 극복하기 위한 작가의 휴머니즘적 지향 내지는 구원의식으로 요약된다. 이러한 접근은 작품의 표면적인 서사를 통해서 추출되는 의미론적 요소에 사로잡힌 결과라고 할 수 있다.

　본고에서 주목하고자 하는 것은 이러한 표면적인 서사의 밑바탕에 놓여 있는 심층적인 구조, 특히 여성성의 문제이다. 이 작품은 2부로 구성되어 있다. 제1부는 1953년 휴전을 전후로 한 전장을 배경으로 하고 있으며, 제2부는 1956년의 전후 현실을 배경으로 하고 있다. 제1부가 자신의 선택과는 무관하게 전쟁 속에 끌려들어간 세 명의 젊은이들이 전쟁의 광포한 논리에 휩싸여 순수성을 잃어가는 모습을 그리고 있다면, 제2부는 전쟁의 상처를 간직한 인물들이 전후의 현실 속에 어떻게 좌절하고 방황하며 고통받는가를 전면에 부각시키고 있다. 제1부와 제2부 사이에는 3년 여의 시간적 단절이 개입되어 있지만, 동호의 죽음을 통해 개전후의 상황과 인간성의 위기로 하여 긴밀하게 연관된다. 동호의 죽음과 함께 던져진 "대체 우린 피해잘까 가해잘까"라는 물음이 전후의 상황과 연계되면서 전쟁에 참가했던 젊은이들의 정신적 후유증을 심도있게 그려내고 있는 것이다.

　그런데, 제1부와 제2부에서 주인공의 역할을 담당하고 있는 동호와 현태에게 있어 가장 결정적인 사건은 항상 여성들을 둘러싸고 벌어지고 있다는 점에 주목할 필요가 있다. 즉 제1부에서 현태는 전장에서 민간인 여성을 겁탈하고 살해하며, 동호는 술집 작부 옥주와의 사련 끝에 자살에 이른다. 제2부에서 현태는 전장에서의 경험으로 말미암아 깊은 죄의식에 사로잡히게 되어 정신적으로 방황하던 중에 동호의 애인이었던 숙을 겁탈하고, 마침내 술집 기생이었던 계향의

―――――――――――――――――

　김병익, 「파탄의 시대와 구원의 가능성」, 『나무들 비탈에 서다』, 문학사상사, 1998.

자살 사건에 연루되기에 이른다. 이처럼 황순원은 전후의 일상적인 삶의 공간뿐만 아니라, 남성들의 영역이라고 할 수 있는 전쟁의 공간에도 여성들을 의미있게 배치하고 있다. 이에 따라 본고는 「나무들 비탈에 서다」가 여성이라는 감추어진 존재를 통해서 전쟁의 상처와 극복의 가능성을 모색하고 있다는 가정에서 출발하고자 한다.

2. 전쟁의 폭력성과 대상화된 여성

「나무들 비탈에 서다」는 전쟁 상황과 전후 현실 속에서 고통받고 방황하는 젊은 영혼들의 모습을 그리고 있다. 따라서 이 작품의 의미를 탐구하기 위해서는 먼저 원체험으로서의 한국전쟁에 대해서 살펴보지 않으면 안된다. 황순원이 바라본 전쟁은 표면적으로 인간성을 파괴하는 폭력적인 경험으로 요약된다. 자신의 생명을 유지하려는 원초적인 욕망은 상대방에 대한 맹목적인 적개심을 불러일으킨다. 나, 우리, 아군, 동료를 제외한 모든 타인은 생존을 위협하는 존재이기에 제거되어야 할 대상으로 규정된다. 생명 유지는 생명 박탈과 동의어인 것이다. 따라서 전쟁이란 강자만이 살아남는 냉혹한 동물적인 상황이다. 더욱이 한국전쟁은 동족간의 이념투쟁이라는 점에서 더욱 잔혹한 면모를 보인다. "이번 동란이 가져온 특이한 양상이 있다면 그것은 동족끼리 더 잔인하다는 점이었다. 응당 포로취급을 해야 할 것도 직결처분이란 명목 하에 총살을 해버리는 것이 상례"(284면)8)처럼

---

8) 「나무들 비탈에 서다」의 텍스트로는 문학과지성사에서 간행된 『황순원전집』을 사용하였다. 인용문은 모두 현대적인 표기법에 따라 고쳤으며, 인용 말미에 면수를 밝혔다.

되어 있었던 것이다.

전장에서 경험하게 되는 이러한 적자생존/우승열패의 야만적인 상황은 군인들 사이의 대립적인 관계로 한정되는 것은 아니다. 군인들은 자신들이 소속된 민족과 국가, 그리고 이념을 위해 싸운다는 점에서 명분을 가질 수 있었다. 그렇지만, 전쟁은 싸움에 직접 참여하지 않는 인물들 또한 여러 가지 방식으로 끌어들인다. 민간인들 중에서 특히 여성들과 어린이들은 군인들의 폭력에 쉽게 노출된다. 작품의 첫머리에서 제시되는 수색대의 경험은 전쟁이 안고 있는 인간성의 파괴와 윤리적인 파탄을 요약적으로 제시하고 있다.

현태와 동호, 그리고 윤구가 소속된 수색대는 미처 피난가지 못한 여인을 만난다. 그런데, 현태는 이 민간인 여성을 강제로 겁탈한 후 살해한다. "여인이 적의 첩보원이 아니라 하더라도 나중 이쪽의 행동이 알려질 우려가 있는 경우에는 중대본부까지 데리고 가야 하는 것이다. 그것이 귀찮으니까 숫제 없애버"(272면)린 것이다. 전쟁의 광기가 휩쓸고 지나간 산골마을에서 공포와 두려움에 떨고 있던 여인은 손을 내밀지만, 현태는 오히려 "무서우니 같이 있어 달라는 거야. 허지만 될 일이야? 해치워버렸지. 어제 일은 그뿐이야"(273면)라고 무미건조하게 말한다. 「나무들 비탈에 서다」에서 전쟁의 야만성은 아군과 적군 사이의 대립뿐만 아니라 민간인에 대한 군인의 폭력, 특히 여성에 대한 남성들의 성적 폭력을 통해서 구체화되고 있는 것이다.

그런데, 작가는 이러한 여성에 대한 남성의 폭력을 전쟁이 빚어내는 필연적인 모습으로 그려낸다. 1953년 7월 휴전이 성립되기 직전에 있었던 구만리 전투의 와중에서 현태와 동호가 소속되어 있던 부대는 적군의 총공세를 견디지 못하고 퇴각하게 된다. 이 와중에서 윤구는 적의 포로가 되고, 부상당한 현태는 동호의 도움을 받아 간신히 후방으로 탈출한다. 이렇듯 절체절명의 상황 속에서 현태는 자신의 발기한 성기를 보고 "이놈이 이렇게 건재해 있는 한 죽음이라는 건 생각할 필요가 없어"(280면)라고 말한다. 성욕은 죽음의 위협 앞에서 자신이 여전히 육체적으로 현존하고 있음을 확인시켜 주는 것이다. 휴전 성립 후 소토고미에서의 생활 중 현태가 술집 작부와의 관계를 탐닉했던 것도 이런 맥락에서 이해할 수 있다. 여성의 존재와 그것을 바라보는 욕망은 "살아있음에 대한 희열"(294면)을 확인하는 방법이었던 것이다. 죽음의 고비를 넘기고 살아남았다는 사실을 직접적으로, 그리고 감각적으로 확인받기 위해서 여성이라는 대상적 존재를 필요로 했던 것이다.

그런데, 군인들의 성적 욕망을 전쟁이라는 억압적인 상황 아래에서 삶의 에네르기를 표현하는 것으로 이해하는 것은 매우 소박한 것이라고 할 수 있다. 대부분의 경우 전장 중에 일어난 성적 폭력은 처벌을 받기보다는 전쟁 중에 일어날 수 있는 당연한 일 중의 하나로 받아들여진다. 더욱이 전시하의 강간은 점령지의 접수라는 상징을 동반하고 있어서 묵시적으로 허용되거나 은밀하게 조장되었던 것이다.9) 이처럼 성적 폭력에 대한 관용적인 태도들은 군대 생활을 지배하는 시스템이 폭력을 유발하는 구조 속에 놓여 있다는 사실과 연관된다. 일반적인 의미에서 전쟁을 수행하고 있는 군대 조직은 폭력을 통해 몸을 훼손시킴으로써 몸을 경시하는 풍조를 확산시킨다. 여성의 육체 역시 강제적으로 점유되어야 할 대상으로 인식된다. 따라서, 전쟁이라는 특수 상황 속에서 일상적으로 나타나는 물리적인 폭력과 성적인 폭력이 육체라는 대상 속에서 서로 융합되고 중첩됨으로써 범죄성을 상실하기에 이른다. 결국, 생존을 위해 맹목적으로 살아가는 남성들은 여성들의 육체를 통해서 보상받는 것으로 인식되는 것이다. 그런 맥락에서 현태의 손에 죽어간 여인이나 소토고미에서 작

---

9) 하세가와 히로꼬, 「의례로서의 성폭력—전쟁 시기 강간의 의미에 대해서」, 『국가주의란 무엇인가』(코모리 요우이치, 타카하시 테츠야 편), 이규수 역, 도서출판 삼인, 1999.

부로 살아가는 여성들은 동일하게 전쟁이라는 남성적인 폭력의 결과 물일 따름이다.

동호의 자살은 이러한 남성적인 전쟁의 문화가 빚어낸 필연적인 결과이기도 하다. 사실 동호는 현태와는 달리 여성에 대한 순수성을 간직하고자 했다. 동호가 해운대 호텔에서 숙과 하룻밤을 보내면서 보여주었던 순수성은 "시공을 초월한다는 달콤한 시적 낭만적 플라토니즘의 그것이었다. 그리고 그것은 현실과는 너무도 인연이 먼 상처받기 쉬운 순수성"10)에 지나지 않았다. 그런데, 현태는 술집 작부인 옥주를 통해서 동호의 순결성을 훼손한다.

> 서늘한 바람에 얼굴을 불리우면서, 영락없이 자기는 여자에게 강간을 당하고 나오는 길이라는 생각이 들었다. 그러나 이런 터무니없고 맹랑한 생각에도 동호는 웃을 수가 없었다. 그저 자기 몸의 한 부분이 더러워졌다는 데 더 마음이 쓰였다. 서서 오줌을 누면서 거기를 씻었다. 도리어 더러운 것이 더 넓게 번져가는 느낌이었다. 담배를 피워 물었다. 몇 모금 빨지 않아 갑자기 목구멍 깊숙이에서 구역질이 치밀어 올랐다. 길가에 쭈그리고 앉았다. 토해도 나오는 것은 별로 없고 헛구역질에 속만 온통 뒤집혔다.
>
> (340면)

육체적 욕망을 부정하고 아가페적 사랑을 지향하던 동호는 이러한 성적 교섭을 '강간'11)으로 받아들인다. 옥주와 성관계에 의해 '유리'와도 같은 동호의 육체는 강제로 오염된다. "무엇이든 직접 여자의

---

10) 천이두, 앞의 글, 149면

11) 강간은 다른 폭력과는 다른 상처를 발생시킨다. 그 상처는 희생자에게는 접촉에 의해 더럽혀졌다는 생각과 수치심을 각인시키고 훼손당한 인격을 관통하는 모욕감이 다른 사람들의 눈에 비친 자신의 모습을 완전히 바꾸어놓는 것이다. 강간의 희생자가 어쩔 수 없이 느끼는 수치심은 1) 내밀한 무엇인가가 짓밟혔다는 사실(도덕) 2) 희생자가 더럽혀진 자신의 존재에 대해 갖는 이미지(신체) 3) 그 사실이 타인의 눈에 드러나지 않을가 하는 두려움(시선)이 얽혀 있는 것이다.(조르쥬 비가렐로, 『강간의 역사』, 이상해 역, 도서출판 당대, 2002, 41면)

피부에서 얻은 기억을 지녀야만 그 여자를 소유할 수 있다"(268면)라고 믿는 현태는 자신의 대리인인 옥주를 통해 동호가 지금까지 간직해왔던 내밀한 정신적 가치들을 강제로 짓밟는 것이다. 그리고 "어른이 되기란 그렇게 힘든 법이야"(341면)라고 말한다. 동호는 이러한 현태 앞에 무력하게 설 수밖에 없다. 추파령과 금성강 전투에서 겁에 질려 허둥대는 동호를 구해낸 현태의 모습에서 나타나듯이, 성숙한 어른으로서의 현태와 미성숙한 어린이로서의 동호의 형상이 투영되어 있기 때문이다.[12] 구토는 그런 의미에서 무력하게 겁탈당한 자신에 대한 수치심과 모욕감, 그리고 성숙한, 그렇지만 오염되고 타락한 어른의 세계를 처음으로 경험한 자의 거부감의 표현이다.

동호는 결국 자신의 삶을 지배해오던 여성적인 내향성과 '소녀 취향'의 결벽성을 벗어던지고자 시도한다. 옥주와의 첫 번째 관계 이후 동호는 현태와 함께 다시 술집을 찾는다. 그리고 "전같으면 눈 앞의 색시들의 자존심을 조금도 생각해주지 않는 현태의 말소리가 잔혹하게만 들렸을 터인데, 이날 동호는 모든 처사에 있어 그렇듯 결단성을 가진 현태의 의지가 도리어 부러웠다"(345~346면) 이제 옥주와의 관계 직후 동호가 받았던 모욕감과 수치심이라는 희생자로서의 감수성은 여성의 육체를 소유함으로써 자신의 남성성을 확인받기 위한 "의지"로 자리바꿈한다.

그러나 날이 갈수록 동호는 자기가 괴로워하고 있는 것이 어쩐지 멋쩍고 어이없게 생각되었다. 남자라면 누구나가 할 수 있는 짓을 자기는 했을 뿐이 아닌가. 그는 소심하기 짝이 없는 자신에 대해 어

---

12) 현태와 동호 사이에는 이처럼 보호하는 주체와 보호받는 대상으로서의 관계가 존재한다. 이러한 관계는 동호에게 남성으로서의 열패감을 불러일으킨다. "종내 현태 편에서 달려와 겨드랑 밑을 끼고 구덩이로 끌고 갔다. 폭음에 귀가 먹먹한 채 정신없이 끌려가는 동호의 머릿속에는 엉뚱한 의식만이 선명했다. 이렇게 되면 어떻게 되지? 현태 네 녀석은 대담무쌍한 용사가 되구, 난 더할 나위 없이 비겁한 졸자가 되구."(264면)

떤 형용하기 힘든 노여움같은 것까지 느꼈다. 어째서 자기는 남들처럼 아무렇지도 않게 그 일을 치러버릴 수 없는가. 그리고 한갓 심상치 않은 일을 넘겨버리지 못하는 것일까. 현재도 자기는 아무런 티없는 마음으로 숙이를 예전과 같이 사랑하고 있지 않은가. 아니, 어느 때보다도 그녀를 그리워하고 있지 않은가. 결국은 자기의 하찮은 결벽성을 고수해 보려는 데서 쓸데없는 마음을 쓰고 있는 것이다. 현태의 말이 아니더라도 소녀 취미에 지나지 않는 그 따분한 결벽성이란 걸 이 참에 처치해버려야 하는 것이다.

(343면)

옥주와의 성적 교섭은 "남자라면 누구나 할 수 있는 짓"이기 때문에 어떠한 죄책감을 가질 필요가 없다. 그러한 가책과 후회는 "하찮은 것"이고 "처치해 버려야 할"가치에 지나지 않는다. 이처럼 숙에 대한 순수한 사랑을 간직했던 동호의 의식은 시간이 흘러가면서 굴절되고 왜곡된다. 이제 여성은 숭고한 사랑의 대상이 아니라 욕망의 수단 내지는 점유되어야 할 대상으로 재규정된다. 이처럼 동호는 옥주와의 성관계라는 계기를 통해서 현실을 지배하는 폭력적인 논리에 흡수되어 간다. 폭력은 대담성, 용기 등 남성적인 가치들로 치환되어 정당화된다. 전쟁이라는 상황 속에서 하나의 온전한 남성적 주체로 인정받기 위해서 현실의 규범에 예속되지 않을 수 없었던 것이다. 그것이 「나무들 비탈에 서다」 제1부에서 나타나는 이니시에이션적 구조의 참된 의미라고 할 수 있을 것이다.

하지만, 옥주에게 '강간'당함으로써 육체적으로 오염된 동호는 타인의 시선을 의식하지 않을 수 없다. 자신의 더럽혀진 몸이 타인의 시선에 드러나지 않을까 하는 두려움은 동호로 하여금 숙의 편지를 읽어볼 수 없도록 만든다. "옥주와의 두 차례 관계 이후 동호는 어떻게든 혼자 생각하는 시간을 피하기에 힘썼다"(355면) 숙의 시선은 자신의 내면으로부터 울려나오는 양심의 소리이기도 하기 때문이다. 끊임없이 자신을 합리화하고 아무렇지도 않은 듯이 행동하려 하지만,

옥주와의 관계가 깊어갈수록 섬세한 내면의 목소리는 더욱 커져갈 뿐이다. 결국 내면에 자리잡고 있던 순수함은 동호를 자살로 몰고 간다. 현태가 표상하는 남성적이고 폭력적인 문화는 전장에서 한 여인을 겁탈하고 살해하였듯이 동호 역시 육체적인 파멸 상태로 내몰았던 셈이다.

전장의 성폭력은 이처럼 전쟁의 폭력성과 깊이 연관된다. 전장에서 힘을 가진 자는 살아남을 수 있었고, 정의로서 자신의 폭력을 정당화할 수 있다. 희생자에게 행사하는 폭력은 남성이 여성에게 행사하는 폭력과 결코 구분될 수 없다. 전장의 논리, 달리 말해 약자/패자/죽은 자에 대한 강자/승자/살아난 자의 우월성이야말로 폭력에 대한 감수성을 둔화시키고, 모든 인간적이고 도덕적인 가치의 상실을 초래했던 것이다. 동호가 표상하고 있는 여성적인 가치들, 순수성과 염결성, 내향성들은 현태가 표상하는 남성적인 가치들에 의해 강제로 오염된다. 전쟁은 이처럼 여성적인 것들을 부정함으로써 남성적인 문화와 사상을 강화하는 것이다.

3. 전쟁의 기억과 망각으로서의 삶

전쟁의 폭력성은 전쟁 시기를 살았던 모든 사람들에게 깊은 흔적을 남긴다. 그것은 "비가 오려거나 눈이 내리려면 언제나 전쟁터에서 받은 팔꿈치의 상처 자국이 먼저 근질거리고 저리곤 하는 것"(462면)처럼 육체적 상처에만 국한되는 것은 아니다. 오히려 전쟁의 상처는 잊혀진 듯하다가도 기억을 통해서 끊임없이 되살아난다. 따라서 전후를 살아가는 젊은이들을 그리고 있는 「나무들 비탈에 서다」의 제2

부에서 가장 문제적인 국면은 전쟁의 기억에 관한 것이라고 할 수 있을 것이다. 실제로 현태, 윤구, 선우중사 사이에는 기억을 둘러싼 미묘한 차이가 개입되어 있다. 그리고 이러한 차이를 통해서 우리는 전쟁의 후유증을 여러 각도에서 접근해볼 수 있을 것이다.

일반적인 통념과는 달리 기억과 망각은 서로 대립하는 항목은 아니다. 망각은 항상 기억을 전제로 하기 때문이다. 기억되고 있는 것이 존재할 때 비로소 망각도 가능하다. 기억이 없다면 망각할 대상도 없는 것이다. 그런데, 기억이 처음 이루어지는 순간을 살펴볼 때, 원초적인 기억은 기억해야만 할 것과 기억하지 않아도 좋을 것 사이의 구분을 포함하고 있다. 기억하지 않아도 좋을 것은 기억되기 이전에 이미 망각되고 있는 것이다. 하지만, 기억해서는 안될 것은 기억되지 않는 것이 아니라 망각되도록 기억된다. 따라서 기억하지 않아도 좋을 것은 망각 자체가 망각되고 있는 것, 곧 망각의 망각임에 비해 기억해서는 안될 것은 망각되도록 기억된다는 점에서 망각의 기억이라고 할 수 있을 것이다.[13] 이렇듯 기억하지 않아도 좋을 것과 기억해서는 안될 것 사이에는 다른 심리적 메커니즘이 존재한다.

그런데, 망각되었던 것, 억압되었던 과거의 경험들이 불현듯 의식

---

13) 망각의 기억과 망각의 망각 사이의 구별에 대해서는 우카이 사토시의 논의를 참조할 수 있다. 그는 「르낭의 망각 또는 '내셔널'과 '히스토리'의 관계」에서 다음과 같이 말하고 있다. "그러나 그전에 잊어서는 안될 것이 있다. 그것은 망각의 기억과 망각의 망각의 차이이다. 그도 그럴 것이 어느 개인 혹은 사회 역사에 있어서, 과거 특정 사건에 대한 망각이 그 자체가 망각될 경우와 망각이 일어난 것 자체는 기억되고 있는 경우가 있기 때문이다. 전자의 경우는 과거에 전반적인, 제삼자의 눈에는 종종 이상하게 보이는 무관심이 생기고, 후자의 경우에는 어떤 어색함과 불안이 독특한 행동양태로 그 개인 혹은 사회의 기분을 규정한다. 무엇을 잊었는지 불분명한 채 잊었다는 것만이 기억되고 있기 때문이다. 사회의 경우에서 생각하면, 대다수(majority)의 기억에는 전자의 경향이, 소수(monority)의 기억에는 후자의 경향이 지배적이라고 말할 수 있을지도 모른다."(우카이 사토시, 「르낭의 망각 또는 '내셔널'과 '히스토리'의 관계」, 『국가주의란 무엇인가』, 도서출판 삼인, 1999, 298면.

의 표면으로 떠오르는 순간이 있다. H. 베르그송이 '무의지적 기억'[14])이라고 불렀던 것과 유사하게 특정 계기를 통해서 자신이 잊고 지냈다는 사실, 달리 말해 자신이 과거의 경험을 망각하고 있었다는 것을 기억하는 순간이 존재하는 것이다.

> 무심코 밖을 내다보는 그의 눈에 횡단보도를 건너는 한 여인의 모습이 들어왔다. 허름한 옷을 입은 여인의 품에는 두어 살 가량 난 애가 안겨 있었다. 그 어린것이 병이라도 난 것일까. 노리께하니 파리한 얼굴에 눈은 감겨지고, 입은 반쯤 벌어져 있었다. 그런 어린것을 여인은 사뭇 소중하게 품에 안고 길을 건너고 있었다. 현태는 문득 전에 이들 모녀를 어디선가 본 듯싶었다. 어두컴컴한 방안에 말라배틀어진 팔을 포대기밖에 내놓은 채 누워있던 어린애와 그 어머니. 내가 다시 내려갔을 대 그 여잔 되레 낮처럼은 놀라지 않았지. 그리고 별로 항거하는 빛도 없었고. 그런데 일어나 나오려는 내 손을 와 잡았겠다? 그 손이 뭣을 말하는지 알았지. 허지만, 허지만 난 해치워버리고 말았어. 현태는 자기 손을 내려다보았다. 거기 아직 그냥 스며져 있는 여인의 그 약간 떨리면서 땀기운이 돌던 손의 감촉. 그리고 메마른 피부에 온기를 띠고 있던 목의 감촉. 어린것에만은 손을 대지 않았는데 그것마저 생생한 실감을 갖고 되살아오는 것이었다. 말라 배틀어진 어린것의 가느다란 목을 누를 때에 받을 수 있는 촉감이. 그날 밤 그는 술을 마시고 또 마셨다. 다음 날도 다음 날도 마셨다.
>
> (404~405면)

이 장면은 군대 제대 후에 정상적인 삶을 살아가던 현태가 갑작스럽게 정신적인 위기에 봉착하게 되는 순간을 보여주고 있다. 사실, 현태는 제대 후에 대학을 졸업하고 아버지의 사업을 도우면서 성공적으로 현실에 복귀한다. 이러한 현실적인 모습은 제1부에서 충분히 예견되었던 모습이기도 하다. 수색 중에 발견된 모자(母子)를 본부까지 데리고 가는 것이 귀찮아 살해하고 난 후 "해치워버렸어"라고 말

---

14) H. 베르그송, 『시간과 자유의지』, 정석해 역, 삼성출판사, 1982.

한다든지, 윤구를 통해서 전달된 김 하사의 흙을 "궁상맞으니 없애버려라"라고 말하는 대목에서 우리는 잔혹하리만큼 냉정하게 전쟁의 현실에 적응해 가는 현태의 성격을 엿볼 수 있었던 것이다. 그런데, 현태는 어느 날 택시를 타고 가다 보게 된 여인의 모습 속에서 자신이 살해한 모자의 환영을 본다. 이 사건 이후 현태의 삶은 급격한 혼란 속으로 빠져들고 심각한 정체성의 위기에 휩싸이게 된다.

현태는 전쟁으로부터 벗어나기 위해 전쟁을 망각해야만 했을 것이다. 전쟁이 끝나고 군대 생활을 마감하는 순간, 자신 앞에 새롭게 펼쳐진 일상적인 삶에 편입되기 위해서는 전쟁을 무의식의 영역으로 억압해야만 했던 것이다. 전쟁 중에 행했던 비인간적 행동들을 망각의 동굴 속으로 유폐시킴으로써 삶은 유지될 수 있는 것이다. 달리 말하면, 망각의 의지는 살아남은 자들이 가지고 있던 생존의 방편이었다고 할 수 있는 것이다. 선우 이등상사의 예에서 볼 수 있듯이 전쟁의 경험에 사로잡혀 있는 동안 정상적인 삶을 유지하기란 불가능한 까닭이다.

선우 이등상사는 자신의 과거 행위로 인한 죄의식 때문에 현실에 복귀하지 못하고 있는 인물이다. 그의 아버지는 평생 하나님과 교회를 위해 헌신한 독실한 기독교도였다. 그런데, 한국전쟁 중에 인민군이 들이닥쳐 산등성이에 구덩이를 파고 이십여 명의 동민을 몰아넣은 다음 따발총을 난사한다. 그 와중에 요행히 살아남은 아버지는 도망치다가 심한 갈증을 이기지 못하고 한 곳을 찾아간다. 그곳은 바로 보안서였다. 결국 보안서원들은 총에 빗맞아 죽지 않은 사람이 있다는 것을 알고 구덩이에 다시 올라가 나뭇더미 속에 숨어있는 다른 두 사람마저 죽이고 만다. 이 사실을 안 선우 상사는 "부모의 피갚음"을 위해 부역자들을 사살하게 되고, 전투 때마다 선봉에 선다. 하지만, "어떤 피를 가지구두 우리 어머니 아버지의 피를 갚을 순 없었다"(313면) 이처럼 증오심에 불타 보복적인 살인을 저지른 선우 상사는 죄책감 때문에 군대 생활 내내 '술'을 통해 망각하고자 시도하지만 실패한다. 망각되지 않는 기억에서 비롯하는 죄책감은 편집증(혹은 결벽증)으로 나타난다. 버스를 타고 가다가 중학생의 뒷주머니가 떨어져 있는 것을 발견하고 잡아채거나, 예배 도중 어느 사람의 등 뒤에 붙은 조그만 실밥을 보고 그것을 떼어내지 못해 안절부절하는 모습 등등은 그의 섬세한 자의식에서 비롯하는 죄책감을 예각적으로 보여준다. 결국 선우 상사는 극단적인 정신분열을 일으켜 정신병원에 갇히게 된다.15)

　이렇듯 전쟁이라는 비일상적인 공간 속에서 행해진 폭력적인 경험들을 망각하지 않는다면 전후의 일상적인 삶의 공간으로 편입하는 것은 불가능하다. 윤구가 전후의 현실 속에서 성공적으로 적응할 수 있었던 가장 근본적인 힘은 전쟁의 경험을 망각할 수 있는 능력에 있었다. 윤구는 전쟁 전에도 과외교사를 하면서 고학을 할 정도로 생활 능력을 갖추고 있었다. 또한 전쟁 중에는 포로로 잡혔다가 탈출해 나올 정도로 상황에 잘 적응하며, 현태와의 술자리에도 아무런 거리낌없이 어울린다. 전쟁 후에는 재무부 국장으로 있는 미란의 아버지로부터 도움을 받아 출세의 터전으로 삼고자 한다. 이러한 그의 생활철학이 가장 잘 드러난 것이 미란과의 관계이다. 현태가 자신의 애인이었던 미란과 사귈 때라든가, 임신한 미란이 잘못된 낙태 수술로 말미암아 사망했을 때, 그리고 미란의 죽음으로 말미암아 자신의 사회적 지위가 한 순간에 무너져 내렸을 때에도 윤구는 결코 현태의 행위를 문제삼지 않는다. 그는 오히려 현태의 금전적인 도움을 받아 양계장을 차릴 따름이다. "죽은 미란은 미란이요 자기는 자기대로 앞으

---

15) 이러한 선우 이등상사의 모습에서 우리는 제1부의 동호의 모습을 발견할 수 있다. 그들은 "갸름하고 작은 손"(308면)을 가진 존재들로 총대를 잡는 것이 어울리지 않는, 달리 말하면 "남성적이지 못한 손"을 가졌다. 동호와 선우 이등상사는 자신들이 저지른 행위를 망각하지 못함으로써 끝내 파멸에 이르고 만 것은 이러한 여성적 성격과 밀접한 연관성이 있다.

로 살아갈 방도를 강구해야 한다고, 그러기 위해서 어쨌든 궁지에 빠져 있는 자기를 그처럼 돌봐주는 현태에게 새삼스레 미란의 문제를 가지고 가타부타할 필요는 없다고"(420면) 생각한다. 이처럼 윤구의 삶은 항상 과거의 그림자를 지우고 미래를 향해 나아간다. 따라서 전쟁 체험 역시 그냥 스쳐지나간 과거일 따름이다. 그의 삶 속에서 과거는 망각되고, 현재는 오직 개인의 성공과 미래의 희망을 향해서만 정향되어 있을 뿐이다. 끊임없이 진행되는 시간의 흐름 속에서 과거의 기억을 망각할 수 있는 능력이야말로 윤구의 현실적응력을 담보하는 가장 중요한 요건이었던 것이다. 작품의 결말 부분에서 현태의 아이를 임신한 숙이 윤구를 찾아와 의탁을 요청하지만 거절하는 것도 이러한 윤구의 현실적인 태도와 밀접한 관련이 있다.

현태 역시 여인의 환영을 보기 전까지 이러한 망각의 과정을 통해서 정상적인 삶을 영위할 수 있었다. 그런데 망각되도록 기억되었던 것이 되살아나면서 과거의 경험은 새롭게 현재의 시간적 지평 위에 되살아난다.16) 전쟁은 지나가버린 사건이 아니라 현재의 삶 속에 여전히 살아있는 기억인 것이다. 여인의 환영을 통해서 전쟁의 기억이 되살아난 순간 삶의 안정성은 순식간에 붕괴된다. 현태는 이제 과거의 삶, 전장의 윤리로 퇴행한다. 토요회를 만들어 술과 여자가 주는 쾌락에 자신을 내맡기며, 친구의 애인인 숙을 겁탈하면서도 아무런 도덕적 회의도 지니지 않는다. 이러한 방탕한 삶은 "자유의 과잉상태"라는 이름 아래 합리화된다.

---

16) 기억 또는 회상의 의미에 대해서는 포스트콜로니얼리즘에서 깊이있게 탐구되어 왔다.(L. Gandhi, 『포스트식민주의란 무엇인가』, 이영욱 역, 현실문화연구, 2000, 13~37면) 호미 바바는 다음과 같이 말한다. "상기(remembering)란 내적 성찰이나 회고처럼 평온한 행위가 결코 아니다. 오히려 그것은 현재라는 시대에 아로새겨진 정신적 외상에 의미를 부여하기 위해서 조각난 과거를 다시 일깨워(re-membering) 구축한다고 하는 고통을 수반하는 작업이다"(Homi. K. Bhabha, *The Location of Culture*, Routledge, 1994, p.63)

> "자유가 너무 많은 데서 오는 과잉상태가 아니구 자기에게 주어
> 진 자율 처리하지 못하는 과잉상태 말야. …… 이런 상태에 한 빠지
> 는 날엔 어떻게 되는지 알어? 수렁에 빠진 짝야. …… 첨엔 발만 조
> 금 옮겨 짚으면 거길 헤어날 수 있을 것 같지. 그러나 안돼. 몸을 움
> 직이면 움직일수록 점점 더 깊이 빠져들어가는 걸. (중략) 도대체 이
> 런 상태에 빠지게 하는 것이 뭘까? …… 자기에게 주어진 자율 처리
> 하지 못할 만큼 무능력하게 만든 게 뭐냔 말야? …… 대체, 언제, 어
> 디서, 누구 땜에 이런 무능력자가 되지 않으면 안됐느냐 말야, 응?
> (중략) 다시 한 번 전쟁터에 서보고 싶어. 그리구서 죽음과 맞선 순
> 간순간에 잃어버린 나 자신을 도루 찾구 싶어. 그땐 정말 자신이 있
> 었어"
>
> (482~483면)

하지만 이러한 현태의 논리는 기실 자신의 죄책감을 벗어나기 위
한 변명에 지나지 않는다. "다시 한 번 전쟁터에 서보고 싶어. 그리
구서 죽음과 맞선 순간순간에 잃어버린 나 자신을 도루 찾구 싶어"
라고 외치는 현태의 모습은 삶의 무의미성을 극복하려는 처절한 실
존적 의지를 보여주는 듯하지만, 다른 한편으로 전장에서의 생존의
논리를 정당화함으로써 죄책감에서 벗어나고자 하는 듯이 보이는 것
이다.

4. 가해자로서의 기억과 피해의식의 극복

「나무들 비탈에 서다」의 제2부에서 전쟁의 흔적은 기억을 통해서
탐구되고 있다. 그런데, 전쟁은 기억의 망각, 곧 시간의 흐름에 따라
자연스럽게 잊혀져 가는 기억의 소멸 과정 속에서 나타나지 않는다.
오히려 전쟁은 망각을 통해서 드러난다. 일상적인 삶에 성공적으로

적응하고 있는 인물들은 전쟁의 기억들을 의식적·무의식적으로 망각한 인물들이다. 이에 비해 망각되었던 기억을 다시 떠올리는 사람들, 곧 망각을 기억해 낸 인물들은 죄의식 속에서 정체성의 위기와 분열을 경험한다. 전쟁을 경험했던 자들이 겪는 정신적 상처와 후유증은 바로 이처럼 '망각할 수 있는 능력'을 상실한 자들에 의해서만 탐구될 수 있을 뿐이다.

그럼에도 불구하고 현태를 비롯하여 전쟁을 체험했던 많은 젊은이들은 자신들이 전쟁으로 인한 피해자에 불과하다는 의식에 사로잡혀 있다. 이러한 피해의식은 전쟁이라는 공간에서는 어떠한 행위도 용납될 수 있고, 그러한 억압된 환경 아래에 속해 있던 병사들도 피해자일 수밖에 없다거나, 혹은 역사 혹은 운명 등등 개인의 영역을 넘어선 무언가에게 책임이 있다는 식의 체념적인 논리에 바탕을 두고 있다. 이에 따라 자신들이 저질렀던 폭력적이고 범죄적인 행위들은 피해 의식을 통해서 은폐된다. 이러한 의식적인 도착 속에서 가해자는 피해자로 둔갑하고, 누구도 전쟁 중에 이루어진 범죄적인 행위에 대해 책임지지 않는다. 가해자로서의 전쟁은 망각되고 피해자로서의 전쟁만이 기억될 따름이다.

「나무들 비탈에 서다」에서 전쟁이라는 폭력적 과정 속에서 자신이 가해자였다는 점을 깨닫고 있는 존재는 현태이다. 그는 전쟁과 전후의 현실 속에서 강간이라는 행위를 통해서 폭력적인 남성성의 논리를 실천한 인물이다. 그럼에도 불구하고 폭력을 행사하는 주체로서의 현태는 이러한 행위의 의미에 대해서 의식하지 못한 채 자신이 전쟁의 피해자라는 사실에 괴로워한다. 그런 현태가 전후의 수많은 방황과 혼란을 겪으면서 마침내 자신이 가해자일 수도 있다는 의식에 도달한다.

> 안전과 위험이 항상 공존해 있는 전쟁터. 그 예측할 길 없는 전쟁
> 의 생리에 의해 죽고, 부상을 당하고, 그리고 생존했더라도 무언가

눈에 뵈지 않는 멍자국을 남겨 받아야만 했던 수많은 젊은이들. 현
태는 새삼스럽게 지난날 동호가 자살하기 바로 직전에 한 말을 되씹
어 보았다. 대체 우린 피해잘까 가해잘까? 내가 보기엔 이번 동란에
나왔든 젊은이들은 죄다 피해자밖에 될 수 없다는 생각이 들어. 그
러나 현태는 동호의 말에 대답이나 하듯이,
  "정말 그럴까. 난 가해자두 될 수 있다구 보는데"

(480면)

물론 이러한 가해자로서의 인식은 명료한 형태로 나타난 것은 아
니었다. 하지만, "죄다 피해자밖에 될 수 없다"는 생각에서 "가해자
두 될 수 있다"는 생각은 전쟁 중에 행했던 자신의 행위들을 새롭게
바라보도록 만든다. 피해자로서의 전쟁이 아니라 가해자로서의 전쟁
을 기억해내야 하는 것이다. 숙을 겁탈하고 2주일이 지난 후 다시 만
난 자리에서 현태는 수색대 활동 중에 자신이 했던 행위를 다시 떠
올린다. 숙을 겁탈한 것과 여인을 살해한 것은 이제 하나의 의미로
중첩된다. 이 만남 이후 현태의 방황은 끝이 난다. 토요회가 해체되
면서 술을 통한 망각은 불가능해지고 계향의 자살로 말미암아 무관
심을 가장한 망각17) 역시 불가능해진다. 그는 이제 가해자로서의 전
쟁의 기억을 받아들일 수밖에 없다. 현태가 계향이에게 단도를 내어
주고 그녀가 죽기를 기다리면서 보게 되는 전정(剪定)의 환상도 이런
맥락에서 이해가능할 것이다.

---

17) 현태와 계향의 관계는 이런 맥락에서 이해될 수 있다. "서로 어떤 상처를 주고
받지 않고서는 무릇 인간관계란 성립되지 않을 성 싶"다고 믿었던 그는 "자의
식에까지 침투해올 부담이 없"(474면)는 계향과의 관계를 탐닉했던 것이다. 자
기에게 어떤 강요나 부담을 두지 않는 듯한 계향의 무표정하고도 차가운 시선
앞에서 그는 오히려 어떤 휴식같은 것을 느끼는 것이다. 이러한 무관심은 불안
과 죄책감에 의해 발생하는 정신적 고통을 망각할 수 있는 유일한 수단이었던
것이다. 그래서 계향이가 "죽고 싶어요"라고 처음으로 감정이 담긴 말을 할 때
현태는 "이미 이곳도 자기의 휴식처는 아니라는 생각"이 들면서 칼을 꺼내주는
것이다.

　　그는 크나큰 나무 밑에 서 있었다. 가지와 잎이 온통 하늘을 덮고 있었다. 난데없이 제트기 편대가 나타나 기총소사를 하기 시작했다. 그러나 그는 나무 뒤로 몸을 피하는 법 없이 그냥 비행기가 날아오는 방향과 마주 서 있었다. 콩 튀듯 총탄이 부어졌다. 나뭇가지와 잎이 맞아 떨어졌다. 비행기 편대가 햇빛에 은빛 날개를 반사시키며 선회를 하여 기수를 이리로 돌렸다. 그는 다시금 비행기와 정면으로 마주섰다. 콩 튀듯 총탄이 부어졌다. 또 나뭇가지와 잎이 맞아 떨어졌다. 이렇게 비행기 편대가 지나갈 적마다 나뭇가지와 잎은 맞아 떨어지고, 그는 비행기와 마주 서 있었다. 가지와 잎이 다 떨어졌다. 그는 생각했다. 이제 이 나무는 전정을 한 과수나무처럼 열매를 많이 맺을 거라고. 그러면서 표연히 정면으로 다가오는 비행기와 마주 서 있었다.

(521~522면)

　여기에서 볼 수 있듯이 현태는 자신을 전정의 대상으로 설정한다. 앞서 현태 자신이 농담과도 같이 "토요회 회원들 자체가 정신적인 전정을 받아야 할 층의 대표적인 존재"라고 말한 바 있지만, 이 부분에 이르러서 현태는 비로소 전쟁과 전후의 상황 속에서 자신이 저지를 '죄'를 인정하고 스스로 전정의 대상으로 절실하게 인식하는 것이라고 할 수 있다.[18]

　「나무들 비탈에 서다」에서 현태가 전쟁의 경험을 가해자의 입장에서 새롭게 재구성하는 과정에서 자기파괴적인 결과에 도달했다면, 숙은 피해자의 입장에서 전쟁을 재구성하면서 새로운 가능성을 모색한다. 숙은 동호의 갑작스런 죽음에 충격을 받고 그 이유를 알기 위해 현태를 만난다. 하지만, 인천의 한 호텔에서 겁탈을 당하고 임신을 하게 된다. 그런 의미에서 숙은 피해자임에 분명하다. 그런데, 숙

---

[18] 이와 같은 관점에서 볼 때, 전정의 상징적 의미를 "상처받는 주체와 상처를 강요하는 인간관계 사이의 상호화해"(천이두, 앞의 글, 173면)로 이해하거나 "현실에 대한 절망을 표현"(구재진, 앞의 글, 411면)으로 바라보는 것은 재고의 여지가 있다고 보인다. 이 부분은 가해자로서의 현태가 내리는 자기 징벌을 상징적으로 보여주는 대목인 것이다.

은 현태의 부도덕한 행동 역시 전쟁의 상처로 받아들인다. 그녀에게 있어 동호의 자살과 현태의 방황은 전쟁의 상처에 다름아니다. 그래서 숙은 자신을 겁탈한 현태의 아이를 낳아 키우겠다고 결심한다.

> "선생님이 받으신 피해가 어떤 종류의 것인지는 모르겠습니다. 그렇지만 큰 의미에서 이번 동란에 젊은 사람치구 어느 모로나 상처를 받지 않은 사람이 있을까요. 현태씨도 그 중의 한 사람이라구 봅니다. 그리구 저두 그 중의 한 사람인지 모르구요"
> "네…… 그런 생각에서 그 친구의 애를 낳아 기르시겠다는 겁니까?"
> 그네는 윤구에게 주던 시선을 한 옆으로 비키면서,
> "모르겠어요……어쨌든 제가 이 일을 마지막까지 감당해야 한다는 것 이외에는. …… 그럼 실례했습니다"
> (393~394면)

작가는 여기서 숙의 형상을 통해서 상처받은 영혼을 본인 스스로 수난과 희생을 통해서 포용하겠다는 모성적이고 기독교적인 사랑으로 감싸안는다. 전쟁이 빚어낸 불임의 상태는 이 대목에서 새로운 가능성을 얻게 된다. 앞서 살펴본 바와 같이 전쟁은 폭력을 통해 몸을 훼손시킴으로써 몸을 경시하는 풍조를 확산시켰고, 특히 여성의 육체는 점유되어야 할 대상으로 인식된다. 이런 상황과 관련하여 제1부에 등장하는 옥주뿐만 아니라 제2부에 등장하는 미란, 계향 등이 '불임'의 상태에 놓여 있다는 점은 하나의 중요한 상징이라고 할 수 있다. 남성들의 폭력에 노출된 여성들이 불임의 상태에 놓여 있다는 점은 작가 황순원이 전쟁과 전후의 현실을 인간성 부재 내지는 불모성으로 파악했음을 암시한다. 갈등과 대립을 속성으로 하는 남성적인 문화 속에서 삶은 파괴되고 역사는 단절될 수밖에 없었던 것이다.

그런데, 전쟁에서 비롯되었던 나와 타자 사이의 원초적인 분리의 경험은 '잉태'를 통해서 새로운 발전의 가능성을 향해 나아갈 수 있게 된다. 제1부에서 현태의 대리인인 옥주에게 강간당한 동호는 심리적 파괴와 함께 육체적 자살에 이른다. 하지만, 제2부에서 숙은 현태에게 강간당해 원치 않는 아이를 임신하게 되지만 오히려 현태를 이해하고 아이를 낳기로 한다. 이러한 변화된 지점이야말로 전쟁의 상처를 넘어서기 위해 황순원이 제시하고 있는 대안이기도 하다. 모든 상처와 고통까지도 감싸안는 자기희생적인 성격을 지니고 있는 이러한 가능성은 작가 특유의 모성성과도 통한다.[19] 그것은 또한 모성성이 지니고 있는 포용력과 생명력을 바탕으로 피해의식에서 벗어나 책임의식으로의 성숙을 요구하는 것이기도 하다. 전쟁은 당대를 살았던 모든 이들에게 안겨진 원죄와도 같은 것이어서 그것으로부터 도피는 있을 수 없다는 것이다.[20]

5. 가해와 피해의 복합경험으로서의 전쟁

황순원의 소설은 한국전쟁이 가져온 정신적 상흔들을 묘사하면서 그 상처의 극복과정을 형상화하고 있다. 1950년대를 살아가는 모든 사람들은 어떤 방식으로든지 전쟁의 상처를 안고 살아갈 수밖에 없

---

19) 황순원의 문학에 나타난 모성적 치유와 포용의 힘에 대해서 박혜경의 연구를 참조할 수 있다.(박혜경, 『황순원 문학의 설화성과 근대성』, 소명출판, 2001, 52~55면)

20) 여성적인 것에 대한 성폭력으로 요약되는 전쟁의 폭력성은 전장이라는 특별한 시간과 공간 속에서만 나타나는 욕망의 표현은 아니다. 전쟁 시기의 성폭력은 평상시의 여성의 신체에 부여되어 온 의미 속에서 나타난 현상이기 때문이다. 즉 기존의 일상성 속에서 서서히 형성되어 온 성적 규범에 따라 전쟁 중의 성적 폭력이 발생하는 것이다. 따라서 전장에서의 성폭력은 결코 일과성의 사건이 아니다. 「나무들 비탈에서 서다」에서 전쟁 후의 일상에서도 여성은 남성들의 성적인 욕구를 해소하는 대상이거나 정신적 피폐상태를 표현하는 수단에 지나지 않는다. 따라서 황순원의 소설에서 나타나는 모성성과 여성성은 구별될 필요가 있다. 황순원이 제시하는 모성적 가능성은 전통적인 남성적 규범과 시선에서 크게 벗어나는 것은 아니다. 오히려 그것에 빚지고 있다고 여겨진다.

는데, 특히 전쟁에 직접 참여했던 젊은이들(그리고 남성)에서는 그 상처가 더욱 심각한 것으로 나타난다. 황순원의 작가적 관점은 이러한 전쟁의 상처가 전쟁에 참여했던 사람들에게만 나타난다고 보는 관점, 곧 시대의 고민과 상처를 한국전쟁의 '경험'으로 소급하는 관점에서 벗어난다. 전쟁에 직접 참가한 사람들뿐만 아니라 전쟁에 참가가지 않고 후방에 남아있던 많은 여성들 역시 전쟁과 무관한 것이 아니라 전쟁의 한 당사자였으며, 또한 피해자였던 것이다. 따라서 1950년대를 살았던 모든 사람들은 전쟁의 피해자라고 할 수 있다.

그런데, 전후를 살아가고 있는 사람들이 모두 피해자라고 보는 관점은 전쟁의 파괴적 성격을 은폐하고 전쟁에서 이루어졌던 많은 범죄적 행위뿐만 아니라 전후의 도덕적 붕괴조차도 정당화하는 논리로 이용될 수 있다. 이렇듯 가해자와 피해자를 전도시키는 과정을 통해서 전후의 한국 사회는 전쟁의 기억에 대한 집단적인 망각 상태에 놓여 있었다고 해도 지나친 말은 아니다. 가해자로서의 전쟁은 망각된 채 피해자로서의 전쟁만이 기억되었던 것이다. 이러한 의식적인 도착 상태를 통해서 전후의 내셔널리즘은 '망각의 공동체'로 구성되기에 이른다.

「나무들 비탈에 서다」에서 인물들의 성격을 규정하는 가장 원초적인 조건은 한국전쟁이라고 할 수 있다. 이러한 폭력적인 전쟁의 생태를 압축적으로 보여주는 것은 강간의 문제이다. 작가는 이러한 강간 모티프를 기억의 문제와 함께 교차시킴으로써 전쟁과 전후의 현실을 새롭게 구성한다. 즉, 전쟁에 참여했던 남성들이 왜곡된 피해의식을 극복해가는 과정과 함께 강간의 피해자였던 여성들이 성숙한 책임의 윤리를 형성해가는 과정을 그려내고 있는 것이다. 현태와 숙이 보여주는 상반된 전쟁 극복 방식은 궁극적으로는 작가 특유의 구원의 논리 속에서 이해될 수 있을 것이다.(≪한국현대문학연구≫ 제12호, 한국현대문학회, 2002년 12월 30일 全載)

역사의 망각과 민족의 상상

안수길의 「북간도」

1. 안수길과 만주체험

안수길(1911~1977)의 「북간도」는 1957년 12월부터 ≪문학예술≫을 통해 3부작으로 연재 계획 중이었으나 잡지의 폐간으로 발표되지 못하다가,[1] ≪사상계≫에 제1부(1959년 4월호)와 제2부(1960년 4월호), 제3부(1963년 1월)가 발표되었고, 마침내 1967년 8월 제4부와 제5부와 합쳐져 완성되기에 이른다. 집필 기간 8년, 작품 구상 기간까지 감안한다면 10년이 넘는 세월이 말해주듯이, 이 작품에 대한 작가의 열정과 관심은 지대한 것이었으니, 안수길은 이 작품에 대해 다음과 같이 회고한 바 있다.

> 만주 지방의 우리 농민과 민족의 생활을 발굴하는 것으로 작품의 출발점을 삼아온 나는 6년 전에 「북간도」를 완결함으로써 재만 시절의 중단편적 단편(斷片)들의 규모를 크게 해 종합적인 것으로 마무리한 셈이었으나, 민족 수난의 역사를 펼쳐본 그 작품도 기초는 "어떻게 사느냐", "어떻게 사는 것이 올바른 삶이냐"에 두고 있음은 두 말할 것도 없는 일이다.[2]

---

1) 안수길, 「후기」, 『북간도』(하), 삼중당, 1985[중판], 319면.

이러한 언급을 통해서 우리는 「북간도」가 안수길의 창작 과정에서 '완결편'의 의미를 차지하고 있음을 알 수 있다. 안수길이 1935년 문단에 등단한 이래 "만주 지방의 우리 농민과 민족의 생활을 발굴하는 것을 작품의 출발점으로 삼아" 온 사실은 널리 알려진 사실이다. 1943년에 발간된 첫 창작집 『북원』에 수록된 「벼」(1940), 「새벽」(1940), 「원각촌」(1942), 「목축기」(1942), 「새마을」(1943) 등과 ≪만선일보≫에 연재했던 장편 「북향보」(1944) 등은 작가 안수길이 해방 직전까지 ≪만선일보≫기자로 활동하면서 직·간접적으로 체험했던 만주 이주민들의 삶을 다룬 것들이었다. 따라서 장편 『북간도』는 "재만 시절의 중단편"을 "종합"함으로써 나타난 작품인 셈이다.

그런데 「북간도」가 발표 직후부터 문단의 주목을 받았던 것3)은 이러한 작가의 개인사뿐만 아니라 전후 한국 문학의 전개 과정에서도 중요한 역할을 담당하고 있기 때문이다. 「북간도」는 ① 만주 이주민의 삶을 사실주의적 전통 속에서 복원한 역사의식 ② 만주라는 공간 속에서 벌어진 타민족과의 대립과 갈등을 극복해 가는 주체성을 고취한 민족의식 등을 통해서 한국 문학의 새로운 가능성을 보여준 작품으로 평가받았다. 「북간도」를 지배하고 있는 이러한 역사의식과 민족의식은 4월 혁명을 전후한 새로운 지적 분위기와 결합하면서 "해방 뒤 십여 년 래의 우리 문학사에 있어서 가장 뛰어난 작품",4) "민족문학의 하나의 초석이 되어 줄 만한 거작"5) 이라는 찬사로 이어졌던 것이다. 물론 김우창6)과 같이 작중인물의 성격화가 이루어지

---

2) 안수길, 『명아주 한 포기』, 문예창작사, 1977, 239면.
3) 「북간도」 제1부가 발표된 직후 ≪사상계≫ 74호(1959년 5월호)에는 「다시 기교면의 요령」(곽종원), 「또 하나의 리얼리즘」(백철), 「이것은 명편이다」(선우휘), 「기념비적인 노작」(최일수) 등이 실려 있다.
4) 백철, 「서문」, 『북간도』(상), 삼중당, 1985[중판], 3면.
5) 신동한, 『비평문학 산책』, 자유문학사, 1981, 165면.
6) 김우창, 「민족주체성의 의미—안수길 작 '북간도'」, 『궁핍한 시대의 시인』, 민음사, 1982[중판].

지 못했음을 지적한 비판적인 평문도 없지 않았지만, "민족의 얼", "민족적 저항" "민족 주체성" 등의 개념과 결합된 긍정적인 평가가 대세를 이루고 있는 것이다.

그런데, 김윤식은 『안수길 연구』[7]를 통해서 안수길의 간도 체험을 역사적 차원에서 비판적으로 분석한다. 즉, 안수길의 초기소설은 만주국의 건설이라는 상황과 불가분의 관계를 맺고 있는 국책문학으로서의 성격을 지니고 있다는 것이다. 이러한 지적은 오양호가 『한국문학과 간도』[8]을 통해서 한국문학사에서 암흑기를 이루고 있는 1940년대 문학의 연속성을 확보하기 위해서라도 만주에서 이루어진 여러 문학적 활동에 대해서 관심을 지녀야 한다고 주장한 것에 대한 비판이라고 할 수 있을 것이다. 안수길의 초기 소설은 망명문학이나 저항문학이 아니라 만주국의 왕도낙토(王道樂土) 이념에 기반을 둔 친일문학으로서의 성격을 지니고 있는 것이다. 김윤식은 그런 맥락에서 「북간도」가 안수길의 작가적 원형질을 이루고 있는 만주 체험을 극복하기 위해서 씌어진 것이라고 지적한다.

최근에 발표된 박진임의 논문[9]은 호미 바바의 논의를 끌어들여 "이산(diaspora)"의 개념으로 「북간도」를 새롭게 읽으려는 시도이다. 간도라는 공간이 지니는 접경지대적 특징과 함께 장치덕 일가의 선택이 내포하는 문화적 충돌과 교섭을 "잡종성(hybridity)"의 개념으로 확인하고자 했던 것이다. 이러한 박진임의 시도는 그동안 한국문학을 규정하고 있는 민족 담론이 가지는 단일한 정체성에 대한 환상을 불식시키는데 일조할 것으로 보인다. 하지만, 그의 논의는 만주 문제가 함축하고 있는 역사적 중층성을 사상한 채 잡종성 개념을 무매개적으로 적용한 듯한 인상을 주고 있다. 만주국이 지니고 있던 식민주의

---

7) 김윤식, 『안수길 연구』, 정음사, 1986.
8) 오양호, 『한국문학과 간도』, 문예출판사, 1988.
9) 박진임, 「국경 넘기와 이주의 시학」, ≪한국현대문학연구≫ 11, 2002. 6.

적 성격에 대한 고려 없이 만주에서의 문화적 충돌에 대해서만 언급하고 있는 것이다. 이 때문에 만주라는 공간에서 서로 다른 민족 문화가 동등하게 맞부딪치는 것이 아니라 지배와 피지배라는 권력 질서 속에서 강요와 타협, 저항이라는 관계를 형성해내고 있었다는 역사적 사실이 간과되기에 이른다.

본고는「북간도」를 통해 안수길의 작가적 체험과 소설적 형상화 사이의 간극에서 논의를 출발하고자 한다. 안수길이 처음 만주로 건너간 것은 1924년 무렵이었다. 이때부터 안수길은 1945년 6월에 귀국하기까지 간도에 머물면서 다양한 활동을 보여준다. 그런데「북간도」에서 작가 안수길이 만주에서 체험했던 1920년대 중반 이후의 모습을 찾아보기는 쉽지 않다. 앞서 살핀 대로 만주 체험이 작가 자신의 창작의 출발점이었다는 점을 인식한다면 우리는 1930년대 만주의 다양한 생활 모습이 반영되어 있을 것으로 기대하지만, 작가는「북간도」제4부와 제5부에서 용정을 중심으로 한 만주의 일상적인 현실을 거의 다루지 않고 있는 것이다. 작가는 자신이 직접 경험했던 일상적인 삶에 무관심한 대신에 만주로 이주했던 조선인들의 역사적인 삶을 복원하고자 했던 것이다.

이러한 사실은「북간도」를 분석하는 데 있어서 많은 시사점을 줄 것으로 기대된다. 소설이 개인의 체험에서 출발하는 것임은 분명하다. 하지만, 체험이 곧바로 개인의 기억으로 치환되는 것은 아니다. 체험이 기억으로 조직화되는 과정에서 무의미하다고 판단되는 것들은 망각되는 것이다. 따라서 기억은 망각과 대립하는 것이 아니라 망각을 포함하는 과정이라고 할 수 있다.[10) 무의미한 것들과 의미 있는 것들이 구분되어야만, 달리 말해서 망각되어야 할 것과 기억되어야 할 것이 구분되어야만 기억이 존재할 수 있는 것이다. 기억이 과거에

---

10) 우카이 사토시,「르낭의 망각 또는 '내셔널'과 '히스토리'의 관계」,『국가주의란 무엇인가』, 도서출판 삼인, 1999, 298면.

대한 직접적인 반응에 머물지 않고 현재적인 의의를 가질 수 있는 것도 이 때문이다. 이처럼, 체험을 의미화하는 과정에서 망각이 필수적인 과정이라면, 기억을 표현하는 소설 텍스트에서도 서술된 것과 서술되지 않은 것들을 함께 살펴볼 필요가 있다. 작가가 서술하지 않은 것들은 작가 개인이 망각하고 싶었던, 혹은 망각해야만 했던 것들을 담고 있어서 작가와 작품의 숨겨진 의미를 파악하는데 있어서 중요한 역할을 할 수 있는 것이다.

그런 점에서 볼 때, 「북간도」는 작가 안수길의 만주 체험이 기억과 망각의 과정에서 재구성되고 있는 텍스트라고 할 수 있다. 그가 「북간도」에서 서술하지 않고 있는 것은 작가의 의도적인 망각의 일종이라고 보인다. 작가는 그러한 개인적인 망각의 빈틈을 역사의식과 민족의식으로 채움으로써 한편의 장편소설로 완성할 수 있었다. 따라서 「북간도」에서 서술된 것들을 분석하는 것과 함께 '무엇이' 그리고 '왜' 서술되지 않았는가를 고려해야만 한다. 이 과정을 통해 우리는 작가의 창작 의식의 메커니즘과 그것을 지배하는 동시대의 정치적 무의식, 달리 말해 역사와 민족에 대한 의식 구조를 탐구해볼 수 있을 것이다.

2. 이주민의 정체성과 '기원'에 대한 강박

「북간도」는 1870년 초여름부터 일제의 식민 통치를 거쳐 1945년 해방을 맞이할 때까지 약 80년 동안 만주 간도를 무대로 펼쳐졌던 조선 이주민들의 삶을 그려내고 있다. 그런데, 하나의 작품으로 구성되어 있음에도 불구하고 작품은 두 개의 서사단위로 구분되는 듯이 보인다. 시간적·공간적 배경뿐만 아니라 작품의 중심적인 갈등에 이르기까지 「북간도」는 전반부와 후반부 사이에 뚜렷한 차이를 보여주고 있는 것이다.[11]

　「북간도」의 전반부에 해당하는 것은 1959년부터 1961년까지 ≪사상계≫를 통해 발표되었던 제1부에서 제3부까지이다. 여기에서는 1870년대부터 일제에 의해 강제 병합되는 1910년 무렵의 만주 비봉촌이 소설적 무대를 이루고 있다. 함경도 종성에서 가뭄과 기근을 피해 만주로 이주해 온 이한복 일가(이한복－장손－창윤)의 3대에 걸친 개척이민사를 담고 있는 것이다. 그 중에서도 중심적인 위치에 자리잡고 있는 것은 창윤이다. 감자 서리를 위한 변발흑복은 할아버지 이한복 영감의 죽음을 초래하고, 청인 지주 동복산의 송덕비 방화는 아버지 장손의 죽음을 가져오기 때문이다. 창윤은 이처럼 제1부와 제2부의 핵심적인 사건에 해당하는 두 인물의 죽음에 직접 관련되어 있다는 점에서 서사의 중심에 서있다고 할 수 있다. 그런데, 창윤은 할아버지와 아버지의 유지를 이어받아 ‘근직한 농부’가 되는 것을 삶의 목표로 삼는다. 이 과정에서 농경민 특유의 땅에 대한 집착은 여러 서사적 갈등을 낳는 원동력이 된다. 청국 관헌들과 청인 지주의 횡포에 맞서 농토를 개척하고 지켜나가려는 창윤의 욕망과 의지가 역사적 사건과 결합하면서 「북간도」의 전반부를 지배하고 있는 것이다.

　「북간도」의 후반부에 해당하는 것은 1967년 단행본으로 간행될 때 전작으로 완성되었던 제4부와 제5부이다. 이 부분은 1910년 무렵부터 일본이 패망하던 1945년까지 용정과 훈춘을 중심으로 펼쳐지고 있다. 일본이 간도협약(1909)을 통해 청국의 지배권을 인정하게 되자 창윤은 가족을 이끌고 비봉촌을 떠나 용정 부근의 대교동으로 이사한다. 이제 창윤은 ‘근직한 농부’가 되는 것을 포기하고 기와를 만들면서 생

---

11) 김윤식, 앞의 책, 175면.

존을 도모하다가 훈춘에서 국수장수로 생을 마감하게 된다. 창윤이 농촌을 떠나면서 땅을 소유하기 위한 청인과 조선인 간의 대립과 갈등은 사라지고 일본인과 한국인 사이의 갈등이 전면에 부각된다. 이제 창윤의 아들 정수가 주인태 교사와의 인연을 바탕으로 독립운동에 적극적으로 투신하면서 서사의 주인공으로 등장한다. 정수는 일본의 제국주의적 침략에 맞서 용정에서의 만세 사건, 용정 조선은행 15만원 강탈 사건, 청산리·봉오동 전투 등에 직·간접적으로 참여한다. 하지만 일본 관동군의 토벌작전이 강화되면서 독립군이 궤멸 상태에 빠지자 정수는 장현도를 통해 일본 경찰에 자수하게 된다. 독립군에 가담한 전력으로 5년형을 선고받았던 정수는 다시 청림교 사건에 연루되어 6년형을 선고받고 투옥되었다가 1945년 해방을 맞이하게 된다.

「북간도」는 이처럼 역사적 상황과 등장 인물의 교체라는 측면에서 전반부와 후반부로 구분되어 있다. 그럼에도 불구하고 「북간도」가 하나의 텍스트로 묶일 수 있었던 것은 이한복-장손-창윤-정수로 이어지는 가문의 역사가 서사의 중심에 위치하고 있기 때문이다. 「북간도」를 지탱하는 서사적 추동력은 바로 여기에서 나온다. 이한복 일가를 중심으로 최칠성 일가와 장치덕 일가가 벌이는 협력과 갈등, 화해와 투쟁이 작품의 전편을 채우고 있는 것이다. 이처럼 서사의 중심에 가문을 내세우는 것은 동양의 서사적 관습에서 매우 익숙한 것이다. 조선 후기의 여러 대하소설[12]뿐만 아니라, 식민지 시대에 발표되었던 염상섭, 채만식 등의 소설에서도 이러한 면모를 쉽게 확인해볼 수 있는 것이다. 그런데, 「북간도」에서 눈여겨 보아야 할 것은 이러한 가문의 서사 속에서 개인들의 성격이나 다양성이 전혀 부각되지 않는다는 점이다. 이한복, 최칠성, 장치덕으로 대표되는 세 인물의 성격들이 가족 구성원들에게 그대로 전이되면서 서사적 갈등이 크게

---

12) 송성욱, 『조선시대 대하소설의 서사문법과 창작의식』, 태학사, 2003.

변하지 않는다. 물론 최동규와 같은 인물이 부모 세대와 '약간의' 차이를 보여주기도 하지만, 작품 속에서 의미 있는 결과를 만들어내는 데 실패하고 있다. 이러한 양상은 전대의 가족사소설이 가문을 배경으로 하면서도 실질적으로는 가족 구성원들 간의 세대적 갈등을 중시했던 것과는 큰 차이를 보여준다. 「북간도」에서 각 인물들은 개별적인 성격을 획득하지 못한 채 가문이라는 범주 속에 갇혀 있다. 그리하여 시간이 진행됨에 따라 '연속성'과 '유사성'이라는 원리에 의해 반복재생산된다. 세 가문의 정신적 지주를 이루고 있는 이한복, 최칠성, 장치덕의 모습은 이후의 세대들에게 거부되어야 할 과거의 표상이 아니라 모방되어야 할 권위의 상징으로 받아들여지고 있는 것이다. 그래서 세 인물이 보여준 삶의 방식이야말로 「북간도」의 전반부에서 가장 원형적인 의미를 구성해낸다.

이한복은 함경도를 휩쓴 가뭄과 기근을 이겨내기 위해 사잇섬[間島] 농사를 핑계로 두만강을 건넜다가 월강 사실이 탄로나 종성 부사 이정래의 문초를 받게 된다. 이 자리에서 이한복은 백두산 정계비를 근거로 사잇섬이 우리의 땅임을 주장한다. 그 후 종성 부사와 함께 백두산 정계비를 답사한 이한복은 월강 금지령이 유명무실해지자 이듬해인 1871년 처남 장치덕과 함께 간도로 이주하여 비봉촌을 건설한다. 따라서 이한복은 생존을 위해 만주로 건너온 사람들과는 달리 민족 의식으로 충만해 있다. "아사(餓死)냐? 죄사(罪死)냐? 둘 중의 하나를 택해 월경 도강하는 변경민"(「사잇섬 농사」, 상권, p.39)[13]과는 달리 간도가 우리 땅이라는 신념을 지니고 있는 것이다. 따라서 이한복의 인식은 변경민의 구휼을 위해 은밀하게 도강을 허용했던 서북경략사

---

13) 「북간도」의 텍스트로는 1985년 삼성출판사에서 출간된 『북간도』[상·하]를 사용하였다. 1979년 발간된 초판과 1985년 발간된 중판 사이에는 차이가 드러나지 않는다. 인용문은 모두 현대적인 표기법에 따라 고쳤으며, 인용 말미에 장제목과 권수, 그리고 면수를 함께 밝혔다.

어윤중의 목적과도 부합된다. 그에게 있어서 백두산 정계비의 해석을 둘러싼 담론의 문제는 생존을 도모하기 위한 현실적 문제인 동시에 영토의 확장을 위한 정치적 문제였던 것이다. 따라서, 민족주의적 요구를 자각한 이한복과 현실적 욕구에 사로잡힌 사람들과는 간도를 바라보는 태도가 다를 수밖에 없었던 것이다.

간도 이주민의 삶을 규정하는 민족적 정체성의 문제는 이처럼 영토의 확장이라는 민족주의적 요구와 타협을 통한 생존이라는 현실주의적 요구가 상충하는 과정에서 발생한다. 실제로 청국 정부는 1881년 무렵부터 조선 정부에 정식으로 문제를 제기하는 한편, 자국민 간도 이민을 적극 장려함으로써 국경 분쟁 상태에 돌입하게 된다.[14] 이 와중에서 청국 정부는 자국의 이익을 극대화하기 위하여 강제적인 변발흑복과 입적귀화를 추진하기에 이른다. 이러한 청국 정부의 요구에 대해 이한복, 최칠성, 장치덕은 각기 상반된 대응방식을 보여준다.

> 최삼봉이와 노덕심이 걸어가고 있는 모습이 바라보였다. 비단 다부솬즈(두루마기 같은 옷) 위에 큰 무늬 둥그런 후단 마구얼(마고자 같은 옷)을 입은 최삼봉이는 머리를 땋아 뒤로 드리우고 있었으나 갓 대신 도토리 깍정 모양인 마오즈(모자)를 올려놓고 있었다. 토호 동복산이 같은 점잖은 차림이었다. 걸음걸이도 동복산이 본새를 따는 것임에 틀림이 없었다. 무거운 몸가짐, 배를 내밀고 느릿느릿한 동작! 그 뒤를 다부솬즈 소매에 손을 엇바꿔 찌르고 노덕심이 따르고 있었다.
>
> (「성난 불꽃」, 상권, 95면)

---

14) 백두산 정계비는 1712년 조선과 청국 간의 국경 문제를 확정짓기 위해 세워진 것이었다. 그런데, 19세기 말의 변화된 국제 관계 속에서 백두산 정계비의 해석을 둘러싸고 새로운 갈등이 불거진다. 청국의 영유권 주장에 맞서 조선 역시 간도관리사를 파견하는 등 첨예하게 맞서고 있는 것이다. 1909년 조선의 외교권을 강탈한 일본이 청국과 간도협약을 맺기까지 간도를 둘러싼 조·청간의 국경 분쟁은 사그라들지 않았다. 간도 문제에 관해서는 김명기 편저, 『간도 연구』(법서출판사, 1999)를 참고할 수 있다.

> 장치덕이는 자신부터 머리를 빡빡 깎았다. 그리고 부락 전체에 단
> 발을 권했다. 본국에서는 갑오경장(甲午更張) 후의 단발령이 아직도
> 완전히 실시되고 있지 않은 이때, 강 건너 이곳에서는 육십 노인부
> 터 솔선 단발을 했던 것이었다. 반항의 표시였다. 어떤 일이 있든 청
> 복과 변발은 하지 않는다는 의사 표시였던 것이다.
>
> (「감자의 사연」, 상권, 63~64면)

최칠성은 청국 관헌들의 요구에 따라 입적귀화와 변발흑복을 수용
한다. 그는 아들 최삼봉과 노덕심을 입적시키는 등 청국의 정책에 순
응하면서 청인 지주 동복산과 결탁하여 자신의 세력을 확장해 나간
다. 그의 처세술은 청인의 세력이 강성할 때에는 청나라 사람으로 행
세하다가 상황이 바뀌자 재빨리 조선인으로 변신하는 최삼봉을 통해
서 구체화된다. 이러한 처세술 덕분에 최칠성 일가는 비봉촌에 정착
할 수 있었고, 마침내 최삼봉은 비봉촌의 향장으로서 확고부동한 자
리를 잡게 된다.

장치덕의 경우도 마찬가지이다. 청인 입적 문제가 불거지자 그 역
시 청국과의 마찰을 줄이기 위해서 변발 대신 단발을 선택한다. 조선
에서 단발령이 실시되기도 전에 선뜻 단발을 감행한 그의 선택은
"청국의 문화도 아니고, 순수히 조선적이지도 않은 제3의 방식"15)이
라고도 할 수 있을 것이다. 하지만, 단발은 청인과의 마찰을 피하기
위한 일시적인 방책이었으며, 더 나아가 조선적인 것의 붕괴와 근대
적인 것의 승리를 초래한 역사적인 사건이기도 했다. 장치덕 일가가
용정에서 상인으로서 성공하고, 만주의 새로운 지배자로 등장한 일
본제국주의와 타협하리라는 것은 이런 맥락에서 충분히 예상가능한
일이었다.

이러한 현실적인 선택의 결과 최칠성 일가는 농민으로서 비봉촌에
정착하며 장치덕 일가는 상인으로서 용정에 자리잡는다. 최칠성과

---

15) 박진임, 앞의 글, 207면.

장치덕의 선택은 표면적으로는 서로 다른 모습을 띠고 있지만, 전통적인 관습에서 벗어나 외래의 문화적 관습을 받아들인다는 점에서는 크게 다르지 않다. 그들은 지금까지 간도를 지배하고 있는, 혹은 앞으로 간도를 지배할 타민족에 대한 동일화(Identification)[16]의 전략을 통해 생존을 도모하는 '약자'의 전략을 취했던 것이다. 피지배자가 지배자들의 생활과 의식을 모방하는 동일화의 전략은 모방 대상과 모방 주체 사이의 구별과 차이를 내포하고 있다는 점에서 지배권력에 대한 비판적 인식의 출발점이 될 수도 있다. 호미 바바가 말했던 '흉내내기(mimicry)'[17]의 전복적 의의는 이러한 차이에 대한 인식에서 출발한다. 하지만, 차이에 대한 인식이 없는 상태에서 이루어진 일방적인 모방과 동일시는 모방하는 주체를 결핍과 부재로서 구성함으로써 지배권력의 문화적 헤게모니를 강화할 뿐이다. 그런 맥락에서 최칠성 일가와 장치덕 일가의 동일화의 전략은 이러한 차이에 대한 인식이 지배권력에 대한 비판으로 이어지지 못한 채 민족적 전통 내지는 문화적 정체성의 폐기로 이어지게 된다.

동일화의 전략을 통해 간도에 성공적으로 정착한 이들과 달리, 간도 이주에 앞장섰던 이한복 일가는 간도에 정착하는데 실패한다. 창윤은 비봉촌에서 쫓겨나 용정 언저리를 맴돌다가 훈춘에서 국수장수가 되고 마는 것이다. 이한복 일가가 끝내 만주에 정착할 수 없었던 것은 최칠성이나 장치덕과 다른 방식으로 민족의 전통과 문화를 이해하기 때문이다.

---

16) M. 페쉬는 주체가 구성되는 방식을 동일화(Identification)와 반동일화(Counter-Identification), 그리고 비동일화(Disidentification)으로 구별한다. 페쉬의 논의와 포스트 콜로니얼리즘과의 이론적 연관성에 대해서는 빌 애쉬크로프트 · 개레스 그리피스 · 헬렌 티핀의 『포스트 콜로니얼 문학이론』(이석호 역, 민음사, 1996, 274~279면)을 참조할 수 있다.

17) 호미 바바, 「모방과 인간」, 『문화의 위치』, 나병철 역, 소명출판, 2002, 177~191면.

　　"청인들 때문에 귀한 머리를 제 손으로 깎을 건 없지 무어야."
　　약자의 행동이라는 것이었다. 부모가 준 모발을 함부로 깎는 것도
불효여든, 청인 때문에 깎아 버리는 건 더한 일이라고 했다. 그것은
나라를 사랑하고 청인이 아님을 표시하는 굳건한 생각임에는 틀림이
없으나, 그럴 필요가 어디 있느냐는 것이었다. 이럴 때일수록 우리
사람이 가지고 내려오던 것이면 더 고집스럽게 지켜 나가야 된다는
생각이었다. 그러면서 이겨야 된다는 것이었다. 풀어 드리울 가능성
이 있다고 해서 미리 머리를 빡빡 깎는 건 벌써 청인에게 한풀 지고
들어가는 일이라고 했다.
　　그리고는 흑복변발 문제가 해결될 때까지는 머리를 깎지 말고 버
티자고 만나는 사람마다 강조했던 한복 영감이었다. 이런 사태가 아
니면 맨 먼저 창윤이의 머리를 깎게 했을 할아버지이기도 했으
나……．

(「감자의 사연」, 상권, 73~74면.)

　　인용문에서 알 수 있듯이 이한복 영감은 최칠성이나 장치덕과는
달리 생존을 위해 지배민족의 요구에 순응하기보다는 민족적 정체성
을 표상하는 전통적인 문화적 관습을 고집한다. 청국 정부의 강제가
없었더라면 "맨 먼저 창윤의 머릴 깎게 했을" 터이지만, 청국 정부의
요구에 따르지 않기 위해 "머리를 깎지 말고 버티"자는 것이다. 타민
족의 요구에 순응하는 것을 민족적 정체성의 훼손이라고 받아들이는
것이다. 이러한 반동일화(Counter - Identification)의 전략은 지배권력의 문
화적 헤게모니에 대한 전면적인 거부라는 점에서 민족주의적 성격을
획득할 수 있었다. 비봉촌을 떠난 창윤이 정수의 교육을 위해 학당이
있다는 것과 함께 조선 사람만 살고 있다는 것 때문에 대교동을 선
택했다는 점도 이러한 의식과 무관하지 않다. '나'와 '나 아닌 것', 자
아와 타자, 자민족과 이민족의 엄격한 이항대립을 바탕으로 타자에
대한 부정과 투쟁을 통해서 자기동일성을 유지하고자 하는 '강자'의
전략을 도모하는 것이다. 청인과 일본인을 '되놈'과 '왜놈'으로 비하
하는 것은 이러한 민족적 우월성을 표현하는 언어학적 흔적인 셈이다.

소설 「북간도」에서 작가 내지 서술자가 청인들의 삶을 구체적으로 탐구하지 않은 채, 항상 이주민으로서의 조선인의 시야 속에서 파악하는 것은 이러한 이한복 일가의 삶에 대한 작가적 동의를 표현한다. 조선인들은 원래 자기 땅이었지만 지금 남의 땅이 되어버린 간도라는 공간 속에서 지배권력의 문화적 헤게모니의 침탈 앞에 노출된 채 이방인, 혹은 이주민으로서 살아가게 된다. 타민족이 지배하는 공간 속에서 이주민으로 살아가야 한다는 것은 정체성의 위기 속에 노출되어 있음을 의미한다. 작품의 전반부에서 이러한 정체성의 위기를 가장 예각적으로 보여주는 것은 간도에 설치된 통감부 파출소에 대한 모순된 감정이라고 생각된다. 1907년 한일신협약을 통해 군대를 강제로 해산시킨 일본은 8월 23일 조선 정부를 대신해서 청인의 핍박으로부터 조선인을 보호하겠다는 명분 아래 용정에 통감부 임시 간도 파출소를 설치한다. 이 사건은 간도 이주민들에게 모순된 반응을 불러일으킨다. 통감부 파출소가 자신들의 이익을 보호해주리는 기대와 함께 일본의 조선 침탈이 심화되고 있다는 우려를 낳는 것이다. 그런데, 일본의 침투와 함께 청인들 역시 조선인을 일본인의 만주 침탈의 전초병으로 인식하면서 "일본 관헌을 오게끔 만들어 준 조선 사람에 대해 강압책을 구사"하게 만드는 빌미를 제공하기도 한다. 용정에서 찾아온 창덕은 향장 최삼봉에게 일본군 밀정으로 몰려 비봉촌을 쫓기듯이 떠나게 되고, 동복산의 집에서 있었던 사소한 말다툼이 김서방의 죽음을 맞게 된다. 이처럼, 청국과 일본이라는 강대국의 틈바구니에서 조선인은 항상 타자화된 존재로서 끊임없이 위기의 삶을 살아가야만 했던 것이다.

그러나, 이러한 이한복 일가를 통해서 드러나고 있는 반동일화의 주체 구성 전략은 현실에 대한 냉철한 인식을 전제로 한 것이라기보다는 맹목적인 신념에 가까운 것이었다. 간도 문제에 있어서도 조선과 청국 사이의 국경 분쟁의 시발점을 이루는 백두산 정계비에 대한 집착은 그 대표적인 예라 할 수 있다. 사실, 소설 속에서 서술자는 "백두산 빗돌을 제 눈으로 보고 온 그(이한복—인용자)였으므로 청국에의 입적 문제는 처음부터 말이 안되는 일이었다"(「감자의 사연」, 상권, 68면)라고 말하고 있지만, 이한복 영감이 백두산에서 보고 온 것은 말 그대로 빗돌이었을 뿐이다. 글을 해독할 수 있는 능력을 지니고 있지 못했기 때문에 이한복은 비문의 내용에 대해서는 전혀 알지 못했다. 그래서 백두산 정계비에 새겨진 '土門'을 둘러싸고 벌어진 해석상의 논쟁과 백두산 정계비가 위치해 있는 지점을 둘러싼 분쟁에 대해서 전혀 알 길이 없었다. 그럼에도 불구하고, 이한복 영감은 백두산 정계비를 통해서 간도가 우리 민족의 땅이라는 확고한 신념을 간직하게 된다.

물론, '누가 간도의 원래 주인이었던가'라는 역사적 기원을 밝히는 것은 불가능에 가깝다. 백두산 정계비가 세워지기 이전부터 그 땅에는 누군가가 살고 있었고, 그 종족 역시 근대적인 민족 개념으로는 설명하기 어려운 복합적이고 가변적인 경계를 지닐 수밖에 없기 때문이다. 따라서 간도의 영유권을 둘러싼 해석학적 논쟁은 기원적 상황을 밝히는 문제라기보다는 현재의 역사적 상황을 반영하는 문제일 수밖에 없다. 현재를 지배하는 국가 간의 세력 판도가 해석의 방향을 결정하는 것이다. 그 결과, 청국, 러시아, 일본 등 주변 강대국들은 간도의 영유권을 둘러싸고 세력 다툼을 벌이는 와중에서, 국제사회에 능동적으로 참여할 수 없는 "북간도의 조선 농민들은 완전히 남의 나라에 온 '이미그런트' 유랑의 이주민이 되고 말았"(「잊지 못할 이 땅에서」, 상권, 273면)던 것이다. 요컨대, 19세기 말의 급박한 국제 정세의 변화와 무관하게 이한복 영감의 주관적인 신념은 현실 속에서 구현될 수 없었고, 이한복 일가 역시 간도에 자리잡지 못한 채 타자화된 이주민의 위치를 벗어날 수 없었던 것이다.

이처럼, 이한복 일가에게 있어서 민족의 정체성이란 간도라는 접경지대에서 타민족과의 상호작용을 통해서 형성되어가는 역동적인 것이라기보다는 먼 시간적 과거 속에 존재하는 것이다. 그것은 과거의 문화적 전통에 고정된 채 시간적인 연속성 위에서 반복적으로 재생산될 따름이다. 한 가문의 정체성이 이한복 영감이라는 원조(元祖)를 통해서 형성되어 "할아버지와 아버지의 피를 더럽혀서는 안된다"(「앞으로 갓」, 상권, 143면)라는 말과 함께 자손들에게 전승되었던 것처럼 정체성은 변화할 수 없는 그 무엇인 것이다. 그것은 또한 간도 문제에서도 백두산 정계비라는 기원적 상황으로 소급하려는 태도와도 무관하지 않다. 그처럼 과거의 어느 순간에 존재했던 완벽하게 본질적인 순간은 시간의 흐름과는 무관하게 영원히 고수되어야만 한다. 그것은 모두 민족과 가문의 역사에 있어서 기원에 대한 강박적인 집착을 표현하고 있다. "민족의 얼이 용서하지 않았다"(「감자의 사연」, 상권, 63면)라는 말로 요약할 수 있는 이러한 본질주의적 사고는 한편으로 간도가 우리의 땅이라는 민족주의적 신념으로 나타나며, 다른 한편으로 상투나 한복과 같은 문화적 관습에 대한 엄숙주의적 준수로 나타나게 된다.

요컨대 간도 이주민이 겪고 있는 정체성의 혼란은 「북간도」에서 사실적으로 묘사되는 것이 아니라 당위적으로 극복되어야 할 것으로 그려지고 있다. 정확히 말하자면 민족적 과거 내지는 전통을 고수함으로써 정체성은 유지될 수 있다고 주장하는 것이다. 이 과정에서 현실적인, 그리고 역사적인 구체성은 사라지고 이한복·최칠성·장치덕 일가의 대립과 차이가 반복적으로 재생산된다. 복수(複數)의 개인들이 갖고 있는 삶의 다양성은 민족적 정체성의 위기를 강박적으로 극복하려는 작가의 의식적 노력에 의해서 사라지고 있는 것이다.

3. 만주 체험의 소멸과 민족주의

「북간도」의 후반부, 곧 전작으로 완성된 제4부와 제5부는 청산리 전투에 참여했다가 장렬하게 전사한 창덕, 그리고 독립운동에 헌신한 정수를 통해 일본 제국주의에 적극적으로 저항하는 모습으로 이루어져 있다. 청인와의 대립관계 속에서 자신의 정체성을 유지하고자 했던 작품의 전반부와는 달리 일본 제국주의의 만주 침탈이라는 변화된 상황 아래에서 민족의 주권을 되찾으려는 적극적인 행동을 보여주는 것이다. 이러한 적극적인 행동 의지는 근대적인 교육을 통해서 형성된 것이었다. 비봉촌에서 밀려나 용정 부근의 대교동으로 옮겨간 창윤은 아들 정수를 신명학교에 입학시킨다. 정수는 주인태 교사와의 관계를 통해 용정에서 있었던 만세운동, 용정 조선은행 15만원 강탈 사건 등에 직·간접적으로 간여하며, 마침내는 홍범도 장군의 휘하에 들어가 봉오동 전투와 노두구 전투에 직접 참여하는 인물로 성장한다. 이러한 정수의 투쟁은 제1부에서 이범윤, 신용팔의 감화를 받아 비봉촌에서 사포대(私砲隊)를 조직했던 창윤의 젊은 시절을 연상시킨다. 외세의 침투에 맞서 스스로의 힘으로 자신들의 운명을 개척해가려는 창윤의 시도는 비록 실패로 돌아갔지만, 정수를 통해서 다시 부활하고 있는 것이다.

이러한 이한복 일가의 무력항쟁과 대비되어 나타나는 것이 장치덕 일가의 현실적인 성공이다. 일찍이 월산촌에서 청국 정부의 입적귀화 정책에 맞서 삭발을 감행했던 장치덕의 아들 두남은 청국인과의 대결을 피하여 농토를 버리고 용드레촌[龍井]으로 이주하여 상인으로 변신하는데 성공한다. 이어 현도는 용정에서 해란상회를 경영하면서 일본 경찰과 교유하는 지역 유지가 되었고, 아들 만석은 상업학교를

졸업하고 일본 동척회사에 입사한다. 현도의 이러한 현실주의적 면
모는 창윤과의 다음 대화에서 선명하게 드러난다.

> 현도는 말을 이었다.
> "……그래서 같은 남으 법으 따를 바에야 청국법으는 앙이 따르
> 겠다는 말일세."
> 마치 결론이나 되는 듯이 얼른 끝을 맺어 버렸다.
> "자네 말두 일리는 있네마는……."
> 현도가 그냥 일본법에 따르겠다는 심정이 아님은 알 수 있었다.
> 그러나 그 말이 그대로 수긍되지 않았다. 그렇다고 달리 현도의 생
> 각을 그른 것이라고 비판할 말을 찾아낼 수도 없었다. 사포대 때나
> 노랑 수건 사건 때의 창윤이라면 청국 토호와 관헌은 물론 싫다. 그
> 리고 일본은 더욱 싫다. 한마디로 단언했을 것이다. 그게 무슨 쓸개
> 빠진 수작이냐고 현도를 나무랐을 것이었다. 그러나 지금의 창윤이
> 는 그때의 패기가 가셔진 것일까? 나이를 먹어 가는 탓일까? 그렇지
> 않으면 실제로 청국의 토호나 관헌들과 옥신각신을 겪는 사이에 현
> 실을 보는 눈이 침착해진 탓일지도 모른다. 생각이 퍽으나 유순해졌
> 다. 벌써 삼십객이었다.
> "일리는 있지마내두 일본법으 따르는 거는 옳지 않다 그겠가?"
> 같은 삼십객인 현도는 더욱 여유가 있었다. 현실적이었다. 장사하
> 는 동안에 그렇게 되었는지 모를 일이었다.
> "글쎄……."
> "글쎄 할 줄으 알았네. 난들 좋아서 일본법으 따르자구 하겠능가?
> 국권이 절반 이상이나 일본에 넘어가구 있는 이 마당에서 말이네.
> 그러나 그래두 숨으 쉴 수 있는 데가 여기네. 일본 아아들이 영사관
> 이라구 해서 저어 나라 깃발으 높이 달구 있지마는 그기 무슨 상관
> 이 있능가? 가아들이 우리르 보호해 준다문, 그러라구 해두잔 말이
> 네. 그거르 되비(도리어) 이용해 보자능 길세."
> (「우리도 값이 오른 셈」, 상권, 304면)

여기에서 알 수 있듯이 창윤은 일본인이 청인과 조선인의 공동의
적이라는 생각을 가지고 있었음에 비해, 현도는 일본의 침투를 긍정
적으로 받아들인다. 일본이 청국의 부당한 횡포로부터 자신을 보호

해줄 것이라는 믿음 아래, 아들 만석을 조선총독부 파견소에서 세운 보통학교에 입학시키고, 나아가 동양척식회사의 일원으로 성장시키는 것이다. 현도가 살고 있는 용정은 청국의 영토이면서도 일본이 영사관을 설치하고 경찰권을 행사하는 식민의 공간이었던 것이다.

그런데, 작품의 전반부에서 청인과 손을 잡았던 최칠성 일가와 철저하게 대립했던 것과는 달리 창윤은 작품의 후반부에서 현도로부터 적지 않은 물질적·정신적 도움을 받는다. 창윤에게 정수의 근대적 교육을 설득한 것도 현도였으며, 정수가 일본 경찰에 자수하기로 결심하도록 주선한 것도 현도였다. 이렇듯 정수가 일본의 만주 지배를 용인하는 현실주의자 현도의 영향을 받으면서 급박하게 진행되던 일본 제국주의에 대한 투쟁 역시 소설세계 속에서 사그라든다. 물론 정수가 청림교 사건에 연루되어 투옥되기도 하지만, 소설적 긴박감을 얻지 못한 채 역사적인 시간에 따라 평면적으로 나열되고 있을 뿐이다. 이처럼 만주에서 있었던 여러 역사적 사건들을 주인공들의 삶이나 의식과는 무관하게 작가가 직접 역사적 사실을 삽입하는 것은 「북간도」의 전반부에서도 자주 나타난 바 있다. 등장인물이 전혀 알지 못하고 있는 역사적 사실을 동원함으로써 서술자는 등장인물보다 우월한 위치에서 작품의 진행을 이끌어나가는 것이다. 그런데, 작품의 후반부에서는 그 양상이 사뭇 다르다. 역사적 사실이 등장인물의 일상을 압도하면서 작품의 전면에 부각되는 것이다. 특히 제4부에서 창덕이 청산리 전투에 참여하여 전사하기까지의 과정을 작가의 묘사와 서술로서 상세하게 기술한 것은 대표적인 예이다. 작품의 전편을 통해서 창덕의 삶이 항상 창윤과의 대화를 통해서 요약적으로 제시되고 있었던 것과는 달리 창덕의 청산리 전투 장면만큼은 창윤과 무관한 상태에서 작품 세계로 편입됨으로써 서사적 통일성을 파괴하고 있는 것이다.

그런데, 「북간도」 후반부가 흥미로운 것은 이처럼 역사적 사실을 전면에 부각시킨 시간적 배경이 작가 안수길이 만주에서 생활했던 시기와 일치한다는 점이다. 안수길이 처음 만주로 건너간 것은 1924년 무렵이었다. 안수길은 함경도 흥남 서호리에서 소학교를 다니던 중 부친(안용호)이 살고 있던 간도로 건너가 1926년 중앙학교를 졸업할 때까지 간도에 머무른다. 중앙학교를 졸업하고 다시 국내에 들어온 그는 함흥고보, 서울 경신학교 등을 거쳐 1930년 일본에 건너간다. 그런데, 집안 사정으로 말미암아 와세다대학 고등사범부 영어과를 졸업하지 못한 채 귀국하여, 1932년부터 간도에서 교편을 잡는다. 1935년 ≪조선문단≫ 현상문예에 당선되어 소설가로서 활동하기 시작하였고, 1936년 4월에는 문예동인지 ≪북향≫을 간행하기도 하였다. 그리고 1936년부터 해방 직전인 1945년 6월에 귀국하기까지 ≪간도일보≫(용정)를 거쳐 ≪만선일보≫(신경) 기자로 활동하면서 활발한 창작활동을 했던 것이다.[18]

> 나의 경우는 청소년 시절을 만주에서 보냈다는 사실이 결정적인 요인인 것으로 생각한다. 내가 간도 용정의 부모 옆으로 두만강을 건너가게 된 것은 1924년 봄, 그러니까 내 나이 열 네 살 때였었다. 거기서 국민학교 5,6학년 2년 동안 공부하고 고향의 H고보에 입학, 서울, 京都, 東京 등지에서 학업을 닦기는 했으나 방학 때면 제2의 고향인 간도에서 지냈고, 더구나 첫 취직까지가 현지의 우리말 신문사였고, 해방 직전 35세 때에 귀국하기까지 쭉 그 신문의 기자 생활을 했다.[19]

그런데 「북간도」에서 작가 안수길의 만주에서 체험했던 1920년대 중반 이후의 모습을 거의 찾아볼 수 없다. 일제 말기에 발표되었던 많은 작품들이 이 시기를 역사적 배경으로 삼고 있음에도 불구하고 작가는 「북간도」 제 4부와 제5부에서 용정을 중심으로 한 만주의 삶

---

18) 안수길의 생애에 대해서는 이기윤의 「안수길 소설 연구」에 잘 정리되어 있다.
19) 안수길, 「어떻게 살 것인가—자작의 주변」, ≪문학사상≫, 1973. 3, 206면.

을 거의 다루지 않고 있다. 「북간도」에서 정수가 투옥되던 1926년을 전후한 시기부터 1945년 해방을 맞이하게 될 때까지의 역사적 상황은 매우 소략하다. 총 720여 페이지 중에서 「낮과 밤」, 「어둠은 짙어가고」, 「그 뒤에 오는 것」 등 45페이지 정도의 분량만을 차지하고 있을 뿐이다.

「북간도」에서 안수길이 다루지 않고 있는 1930년대 만주의 역사는 공교롭게도 일본 제국주의에 의해 괴뢰국가 만주국[20]이 건설된 시기였다. 1932년 만주국의 성립은 만주로 이주했던 조선인의 사회적 위상에 적지 않은 변화를 가져왔다. 관동군이 지배하는 만주국에서 조선인이 일본인의 지배 아래 놓여 있었다는 사실은 부인하기 어렵다. 하지만, 다른 한편으로 조선인들은 만주국에서 이민족을 식민 경영함으로써 자신들의 우월성을 증명하고자 했던 것 또한 사실이다. 일본인이 지배하는 공간 속에서 일본인을 대신하여 토착민으로서의 만주족을 지배했던 까닭에 일본인－조선인－만주인이라는 민족적·종족적 위계질서 속에서 지배자이자 동시에 피지배자라는 이중적인 속성을 지니게 된 것이다. 1931년에 일어난 만보산 사건을 계기로 만주의 조선인들은 일본 경찰의 도움을 받을 수밖에 없는 상황에 놓이게 되면서, 일본 제국주의의 만주국 경영에 협조함으로써 권력의 의지를 획득했던 것이다. 만주국 성립 이후 만주는 조선이 일본인들에게 그러했던 것처럼 식민의 공간으로 발견되었던 셈이다.[21] 일본 제국주의와 타협을 통해 지배와 성공의 기회로서 활용하고 있는 장현도

---

20) 만주국에 대해서는 윤휘탁의 『일제하 '만주국' 연구』(일조각, 1996)과 한석정의 『만주국 건국의 재해석』(동아대출판부, 1999) 등을 참조할 수 있다.
21) "만주국은 조선인에게 저항의 장일 뿐 아니라 지배의 기회를 부여하는 장이기도 했다. 특히 중일전쟁 이후 식민지 조선인에게 만주국은 기회의 땅으로서 새삼 부각되었고, 사회적 유동성이 낮은 조선을 벗어나 입신출세를 지향하는 상당수 조선인들이 만주행을 선택함으로써 공식적인 관료 인사 이외에도 조선인의 유입은 훨씬 두드러졌던 것이다"(임성모, 「식민지 조선인의 '만주국 경험'과 그 유산」, 역사문제연구소 심포지움 자료집, 2002, 71면)

의 형상은 이러한 조선인의 변화된 사회적 위치를 보여주고 있다.

그런데, 작가는 이러한 장현도의 면모를 비판적으로 접근하지 않는다. 앞서 살핀 바와 같이 장치덕 일가 역시 최칠성 일가와 마찬가지로 지배권력으로서의 타민족에 대한 모방과 동화를 통해서 생존을 도모해 온 현실주의적 면모를 보여주었던 것이 사실이다. 그런데, 작가는 작품의 전반부에서 최칠성 일가를 "배신"이라는 윤리적 범주를 통해 신랄하게 비판하고 있음에 비해, 장치덕 일가에 대해서 "적응"이라는 말로 윤리적인 애매모호함을 보여주고 있다. 이러한 애매모호한 태도가 나타나게 된 근본적인 원인은 무엇일까. 그것은 작가의 첫 번째 작품집인 『북원』의 친일문학적 성격을 통해서 충분히 예상 가능한 일이기도 하다. 안수길이 ≪만선일보≫ 기자로 활동하면서 발표한 일제 말기의 여러 소설들은 오족협화를 내세운 만주국의 국시에서 크게 벗어난 것은 아니었다. 비록 조선인 이주민의 과거와 현재를 사실감 있게 그려냈다고 하더라도 만주국의 오족협화의 이데올로기를 강화하는 방향으로 이용될 수밖에 없었던 것이다. 그런 맥락에서 볼 때, 장치덕 일가의 삶에 대한 긍정적인 평가는 간도에서 지배 엘리트로서 살아갔던 안수길의 개인적 체험과 무관하다고 할 수 없다. 만주국에서의 친일적인 문학 활동은 안수길에게 있어 부정하고 싶은 아픈 상처로 남아있었을 터이고, 그 상처를 은폐하는 과정 속에서 장치덕 일가의 삶이 '배신'이 아닌 '적응'으로 재현되었으며, 더 나아가 제국주의에 대한 투쟁의 민족사로 구성하기에 이른 것이다.

그러나, 이러한 상황은 소설의 구성적 측면에서 '흔적'을 남기고 있다. 「북간도」의 제4부와 제5부를 살펴보면 작품의 전반부를 지배해왔던 청인과의 갈등이 완전히 사라져 있다. 그 대신 조선인이 식민 지배자였던 일본인의 피해자로서만 그려지고 있다. 작품의 전반부에서는 조선인이 청인의 피지배자로서 그려지고 있어서 토착 지배세력으로서의 청인의 억압적 상황에 대해서 확고한 태도를 보여줄 수 있었다. 이에 비해서 만주국의 등장과 함께 청인을 대신하여 지배세력으로 부각한 일본인, 그리고 이중적인 지배구조 속에 처하게 된 조선인들은 가해/피해, 지배/억압의 경험이 공존함으로써 윤리적으로도 이중적인 상황에 처하게 된다. 이러한 모순된 상황 속에서 작가는 청인들을 소설의 무대에서 축출해버림으로써 지배의 경험을 소거하고 피해의 경험만을 부각시킨다. 피지배자로서의 청인들이 사라지면서 지배의 경험 역시 사라지고, 이에 따라 제국주의에 대한 저항민족주의가 서사의 전면에 부각될 수 있었던 것이다.

「북간도」가 소설적 배경으로 삼고 있는 역사적 시기는 한민족이 자주적으로 근대적인 국민국가를 건설하는데 실패했던 19세기 말에서 20세기 중엽이었다. 따라서 근대 국민국가의 부재 상태로 말미암아 한민족의 구성원들은 국가의 보호를 받지 못한 채 타민족과의 투쟁 속에 무방비상태로 내몰리게 되고, 그 결과로 지배민족인 일본인에 의해 끊임없는 피해의 서사를 구성하게 되는 것이다. 간도에서의 이루어졌던 만주 이주민의 삶에서도 만주국에서의 지배 경험을 제거함으로써 수난의 역사로 재구성되었다. 청국과 일본 사이의 역사적 차이를 무시하고 조선인을 억압하는 타민족이라는 범주로 동일화함으로써 「북간도」는 타민족과의 지난한 투쟁 속에서 진행되어 온 민족의 역사로 구성해낸 것이다. 이 과정에서 작가 안수길은 일본 제국주의에 대한 투쟁을 전면화함으로써 지배엘리트로서 살아왔던 개인적인 경험과 조선인이 일본인과 유착된 지배 권력의 일부였다는 역사적 사실을 은폐한다. 그것은 민족주체성의 이름으로 가해의 민족사를 은폐하는 것일 뿐만 아니라 만주국에서 국책문학을 수행했던 자신의 부끄러웠던 개인의 기억을 망각하는 것이기도 하다. 안수길이 「북간도」에서 시도하고 있는 것은 민족의 수난의 역사를 통해서 민족을 상상하도록 만드는 것이었던 바, 그 밑바탕에는 망각이 가로놓여 있었던 셈이다. 망각과 은폐를 통해 "창조된" 민족의 기억은 근대 국민국가의 건설이라는 과정을 통해서 역사적 정당성을 획득하며, 「북간도」 역시 이러한 민족주의의 여러 특징들을 잘 표현하고 있다고 할 수 있을 것이다.

4. 민족담론을 통한 역사의 재구성

「북간도」는 안수길의 작가적 발전 과정에서 중요한 의미를 지니고 있다. 초기 작품은 만주 개척이민의 모습을 보여주고 있다고 하더라도 만주국의 이념으로부터 자유로울 수 없었던 까닭이다. 그것은 검열제도를 통한 감시와 처벌을 고려하더라도 작가의식의 훼손을 가져왔다. 이런 점에서 안수길이 「북간도」를 통해서 형상화하고자 했던 강렬한 역사의식과 민족의식은 의식적 전도 과정을 통해 형성된 것이라고 할 수 있다. 제국주의의 침략으로 말미암아 고향/조국을 잃은 채 타국에서 힘겹게 생존해야만 했던 이주민들의 생활을 피해의 경험으로 확대시키면서 민족의식과 역사의식으로 탈바꿈시켰던 셈이다. 그래서 안수길의 「북간도」는 민족주의의 민족에 대한 이해, 곧 민족담론의 전형적인 예를 보여주고 있다.

식민지 지배를 받고 있는 조선인에게 있어서 만주는 모국에서 쫓겨났다는 추방의 이미지와 함께 일본인을 대리하여 타민족을 지배할 수 있는 권력의 이미지를 동시에 표상하고 있는 공간이었다. 민족과 민족, 문화와 문화가 충돌하는 접경지대인 만주에서 조선인들은 피지배의 현실과 지배의 환상이 맞물리는 의식적인 분열을 경험하게 되는 것이다. 이 과정에서 문화적 충돌에 따른 정체성의 위기는 민족을 단일한 정체성으로 규정하는 경향으로 나타날 수도 있고, 민족을 다양한 차이를 내포하는 복합적인 것으로 확장할 수도 있을 것이다. 본고는 이러한 두 가지 가능성 중에서 안수길의 「북간도」가 보여주고 있는 민족에 대한 이해, 곧 민족 담론이 전자의 방향으로 귀결되고 있음에 주목하고자 했다. 작가는 민족을 단일한 정체성으로 규정함으로써 만주라는 접경지대를 정체성의 위기로 환원하고 있는 것이다.

또한, 안수길의 「북간도」를 통해서 개인의 기억을 소거한 채 민족 내지 국민의 기억으로서 만주 이민사를 구성하고자 노력한다. 잃어버린 과거를 되찾으려는 민족주의의 요구에 걸맞게 재해석된 만주 이민사는 피해의 경험으로서 구조화된다. 가해의 경험을 민족의 기억에서 제거하는 것은 비단 만주국 체험에만 국한되는 것은 아니다. 초기 간도 개척을 둘러싸고 벌어졌던 토착민과 이주민 사이의 갈등 역시 마찬가지이다. 안수길의 「북간도」에서 조선인들은 항상 피해자의 이미지로서만 등장한다. 19세기 말 국내의 정치적 혼란과 무능, 그리고 주권 박탈로 상징되는 근대 국민국가의 결여상태 속에서 만주 이주민들은 국가의 보호를 받지 못한 채 항상적으로 이민족의 지배를 받는 위치에 놓여 있는 것이다. 이렇듯 근대적인 민족국가의 건설이 당위성을 부여받으면서 이주민들의 다양한 삶의 양상은 단순화된다. 민족/반민족, 선/악, 전통/외래의 이항대립적 관점 아래에서 개인적인 차이는 부정되며, 민족적 전통을 공유한 민족구성원들이 모두 단일한 정체성에 귀속되어야 한다는 강박으로 나타나는 것이다. 달리 말하면 민족 정체성은 현재를 살아가고 있는 여러 구성원들이 차이 속에서 만들어가는 역동적인 과정이 아니라, 과거와 전통으로 고착된 본질적인 것으로 그려지는 것이다. 「북간도」의 중심 인물을 이루고 있는 이한복 일가를 통해서 나타난 것처럼 과거에 영원히 고정된 채, 유사성과 연속성이라는 원리에 의해 반복재생산되는 것이다. 이것이 「북간도」에서 나타난 민족 담론의 가장 큰 특징이자 한계라고 할 수 있을 것이다.(≪국제어문≫ 제30호, 국제어문학회, 2004년 4월 30일 全載)

저자소개 ■ ■ ■

■ 김종욱(金鍾郁)

1967년 전남 신안 출생
서울대학교 국어국문학과 및 동 대학원 졸업(문학박사)
1992년 중앙신춘문예 평론 부문 당선
현재 세종대학교 국어국문학과 교수

주요저서

『한국 소설의 시간과 공간』(태학사, 2000)
『소설 그 기억의 풍경』(태학사, 2001)
『한국신소설전집』(공편, 서울대학교출판부, 2003)

한국 현대소설의 서사형식과 미학 ■ ■ ■

인 쇄 2005년 8월 1일
발 행 2005년 8월 5일

저 자 김 종 욱
펴낸이 이 대 현
편 집 박 윤 정
펴낸곳 도서출판 역락
　　　　서울 성동구 성수 2가 3동 301-80 (주)지시코 별관 3층
　　　　전 화 : 3409-2058, 3409-2060 FAX : 3409-2059
　　　　홈페이지 : http://www.youkrack.com
　　　　이메일 : youkrack@hanmail.net
　　　　등 록 1999년 4월 19일 제2-2803호

정 가 16,000원
ISBN   89-5556-405-8-93810

■ 잘못된 책은 교환해 드립니다.